文酒三千年

文化模式视阈下的中国宴饮文学

万伟成 / 著

人民出版社

责任编辑：龚勋

责任校对：曲静

图书在版编目（CIP）数据

文酒三千年：文化模式视阈下的中国宴饮文学／万伟成 著 .—北京：
 人民出版社，2022.12
 ISBN 978－7－01－025362－6

I.①文… II.①万… III.①中国文学－古典文学研究 IV.① I206.2

中国版本图书馆 CIP 数据核字（2022）第 257637 号

文酒三千年
WENJIU SANQIANNIAN
——文化模式视阈下的中国宴饮文学

万伟成 著

人 民 出 版 社 出版发行
（100706 北京市东城区隆福寺街 99 号）

北京中科印刷有限公司印刷 新华书店经销

2022 年 12 月第 1 版 2022 年 12 月北京第 1 次印刷
开本：710 毫米 × 1000 毫米 1/16 印张：22.25
字数：350 千字

ISBN 978－7－01－025362－6 定价：59.00 元

邮购地址 100706 北京市东城区隆福寺街 99 号
人民东方图书销售中心 电话（010）65250042 65289539

序

　　万伟成博士《文酒三千年：文化模式视阈下的中国宴饮文学》一书即将出版，这是伟成在酒学术研究方面的新收获。

　　伟成早在20世纪90代亦即在中山大学攻读博士学位之前，已在台湾出版过有关酒文化的著作，受到台湾大学曾永义等有关学者的重视。在中大求学时又更进一步研究酒文化问题，他所写的毕业论文也以此为重点。

　　我不善饮，即使饮半杯啤酒也面红耳赤。但是，作为从事研究中国文化、文学的工作者，也不可能不知道"酒"对中国文化和文学创作的意义。因此，对这一领域多少有所接触。而且，在大学里，师生交流是双向的和平等的，互相问难，也互相促进。所以，记得在伟成撰写学位论文时，我一方面会对他的研究提出一些看法，而更多的则是伟成在酒的方面给我提供了不少知识和滋养。在这个阶段，同学们都戏称伟成为"酒博士"。我忽然想起了欧阳修在《醉翁亭记》中所说："饮少辄醉，而年又最高，故自号曰醉翁也。"按我的情况，在伟成等同学面前，实可用"醉翁"自嘲。

　　伟成毕业后到佛山大学从事教学科研工作，并且担任过行政方面繁重的职务。但他一直对酒文化与文学的关系孜孜不倦地继续研究，陆续出版了《中华酒经》《中华酒诗》《中华酒传》《中华酒道》《酒诗三百首》《李渡遗址——中国白酒起源与遗产价值研究》等专著。再加上这本《文酒三千年》，很可能在研究酒文化的领域中，还没有人能像他这样写过这么多有价值的论著。不是有人想当"茅台院士"吗？就研究社会人文学科的方面而言，假如也有类似的荣衔，伟成未尝不可以放手一搏。

酒，传说是夏朝的国君少康发明的。此人姓姒，看来夏朝还属母系社会。不过，全世界各国各地都会酿酒，这只能说，酒这东西是人民大众在稻米蒸煮后的发酵过程中发现的佳品。到商代，酒已成为全民性共同爱好的饮料。除了商纣王大搞"酒池肉林"外，《尚书·酒诰》也说殷（商）人"庶群自酒，腥闻在上"。在古代，无论靠狩猎为生，还是进入农业耕作的社会，人们都要靠天吃饭，祈求上天的保佑，自然少不了把最好的东西，奉献给诸天神佛，让他们吃得好、喝得满意，以便给予下民好风好雨好天气，有利于狩猎或耕作。在我国古代，还未有"可口可乐"或"健力宝"之类，因此献给上天的饮料，无非就是酒！为了表示敬意，便精心制作酒器，以表虔诚。现在，我们从出土的酒器中，发现爵、觚、角、斝、觥、杯等盛酒的器物，就可以感悟到古人向上天祈求庇佑的那番真挚和隆重之情。当然，到后来，酒的酿造工艺愈来愈发达，古人还懂得酒可治病，故繁体字"醫"下面的"酉"字，就是"酒"字。可惜，古人还未懂得喝酒过度会有血压高、心脏病甚至致癌的祸害。于是，无论贫富，人们都把酒作为除了水和茶之外，至为重要的饮料。

酒这东西很奇妙。同是作为饮料，喝茶与喝酒给予人的感觉大不相同。喝茶，无论是红茶绿茶还是乌龙茶，不仅用以止渴，而且能出现让人口舌生津、满口余香、头脑清醒的效果。当然，我也因喝潮州人的"工夫茶"过多，尝试过"醉茶"，所以感觉那滋味比醉酒还难受，但这只是例外。一般来说，喝茶只会让你心情平静而恬适，神经放松。而喝酒给人的感觉，却与喝茶大大不同了。一杯落肚，即使是用冰镇过的也会产生热量，让人血脉贲张，作为神经中枢的大脑皮质细胞也会相应地产生变化，兴奋点逐渐从紧张转化为活跃。这时候，面对审美客体，审美主体的感受会出现变化，作者对时代的认识或会变得更敏锐，或会变得更模糊，更会把自己的主观意念注入审美客体之中，让作品呈现的意象产生很大的变化。如果是"美酒饮教微醉后，好花看到半开时"，那么诗人的思想感情会特别活跃，浮想联翩；如果纵情狂饮，就会像李白那样喝得酩酊大醉，便会"斗酒诗百篇"，在亢奋中把审美客体写得出神入化，甚至让读者亦即审美受体忽魂悸而魄动。因此，酒对文学乃至文艺创作所产生的功能，是其他饮料如清茶咖啡之类所不能比拟的。

当然，酒是不宜多饮的。据知大文学家韩愈饮了入药之酒过多，卒致殒命；传闻诗人孟浩然久病初愈，本不应饮酒的，但有挚友来访，他便不顾一切，大吃大喝，待回家时旧病复发，不久即呜呼哀哉。特别对青少年，更应特别注意防范。记得在20世纪90年代中，我奉命作为创作《新三字经》的主笔，初稿有"李太白，诗之仙，一斗酒，诗百篇"之句。初稿在报上发表后，便收到东北老工人的来信，说："黄教授，别这样写，我们这里青少年已酗酒成风了。"我当即在定稿时改为"李太白，诗之仙，飞彩翼，思联翩"。避开酒字，以减少引发出"酒"的副作用。至于伟成这本新著，属学术性论著，指出酒与创作的关系，与商业性无关，当不至于引起误解。

由于酒是与文人的关系最为密切的物质，因此，历代诗人墨客写到了饮酒或因酒而发的作品，为数很多。《文酒三千年》最大的特色是全面地论述饮酒与不同时代的社会状态，特别是诗人因不同的遭遇和思想感情而发之于酒的关系。例如，基于社会的变化，从西晋到东晋宴饮文学，从忧愤格向平淡格过渡，其代表人物如好酒的诗人陶渊明，他的饮酒是对现实悲情的消解，体现在与酒有关的作品中，便呈现出平淡冲和的美学精神。又如论及盛唐时期经济发展，政治环境相对开放，各民族文化交流融合。怀才不遇的李白，便借饮酒发泄牢骚和任侠之气，酒的热力冲击着他的大脑神经，让他亢奋，让他激动，在酒诗中便表现出极度夸张和奇特的想象。此外，伟成还从古代小说和戏曲中，罗列大批与酒有关的材料，让读者了解当时的社会生活，以及作者如何通过饮酒来表现人物形象，并从中获得丰富的知识。

在文学史上，酒这种物质作为媒介，与诗人的创作有着密切的关系。近年来，有关酒与文学的论题越来越引起学者们的注意，有关研究成果也越来越多。但是，很少有人像伟成这样，对酒与文学和文化的关系作系统性、全面性的论述。因此，把《文酒三千年》视为酒的文学史，有助于我们从一个新的角度观察和研究中华传统文化。当然，酒与文学创作发展历程的研究还属于学术创新过程中的一个环节，如何概括贯串一些理论性的问题，如何准确表述，还需要进一步探索思考。希望伟成以后有更多的创获。以上诸见，仅供读者参考。

黄天骥

2022 年 6 月 14 日于中山大学

目录

第六章

元曲宴饮文学的世俗化与文化模式 / 215

第七章
《水浒传》和明代小说中的宴饮文学模式 / 247

第八章
《红楼梦》和清代中前期小说中的宴饮文学模式 / 279

第一章

文化模式视阈下的
中国宴饮文学导论

中国古代文学中，以酒为意象、符号、题材的文学作品汗牛充栋。正如方回总结："诗与酒常并言，未有诗人而不爱酒者也。虽不能饮者，其诗中亦未尝无酒焉。"① 其实不仅是诗歌，酒还深度融进了散文、词曲、戏剧、小说等文学样式中，形成了中国文学史上的独特盛景——"宴饮文学"（本书中的宴饮文学概念主要指的是"酒文学"）。中国文学史上没有第二种生活物品或饮料能取代酒的地位。酒不仅成了意象、符号、题材，而且是文化精神的体现。也就是说，它与一定的民族文化性格、思维方式相联系，与一定的文化思潮、意识形态相联系，与一定的文化模式、艺术显现形式相联系。这就是本书研究中国宴饮文学的重要依据。

第一节
宴饮文学概念的内涵与形态

一、"宴饮文学"概念的提出

"宴饮文学"的概念最早可以追溯到《文选》卷二十提到的"公宴""祖饯"两类诗歌。后来的《隋书·经籍志》载有"齐《释奠会诗》一十卷、《齐宴会诗》十七卷、《青溪诗》三十卷齐宴会作。梁有魏、晋、宋《杂祖饯宴会诗集》二十一部，一百四十三卷，亡，今略其数……《文会诗》三卷，陈仁威记室徐伯阳撰……《魏宴乐歌辞》七卷……《晋宴乐歌辞》十卷，荀勖撰"。《旧唐书·经籍志》载有"《晋元氏宴会游集》四卷，伏滔、袁豹、谢灵运等撰。《元嘉宴会游山诗集》五卷，《元嘉西池宴会诗集》三卷，颜延之撰。《齐释奠会诗集》二十卷。《文会诗集》四卷，

---

① （元）方回：《瀛奎律髓·酒类》，[清]纪昀勘误，黄山书社1994年版，第424页。

徐伯阳撰"。"宴饮文学"概念已经被现代学术界所采用，诸如胡大雷《中古公宴诗初探》、丁玲《论建安宴饮诗的功能——兼与诗经宴饮诗比较》、黄亚卓的博士学位论文《汉魏六朝公宴诗研究》、李华的博士学位论文《汉魏六朝宴饮文学研究》等，不一一列举。

论述至此，与"宴饮文学"相类的"酒文学"概念已经呼之欲出了。最早提出这一概念的，当推20世纪80年代的经济学家于光远。

> "酒散文"是"酒文学"中的一个品种，而"酒文学"又是"酒文化"的一个品种……我不敢对世界各国"酒文化"的比较发表意见，但是在"酒文学"这一领域，我想一定是中国第一。①

这里不但提出了"酒文学"的概念，而且还提出了"酒散文"这一衍生概念；不但把酒文学与酒文化、酒散文与酒文学之间的局部与全体的关系揭示了出来，而且作出了酒文学"中国第一"的论断。"酒文学"这一概念后来逐渐为学术界所采用，有许多相关著作专门介绍"酒文学"的②，也有专篇论文论述酒文学的③，并提出了酒诗、酒词、酒歌、酒赋、酒文、酒散曲、酒戏曲、酒小说等一系列衍生概念。

---

① 于光远：《于光远经济论著全集》第21卷《我与"酒文化"》，知识产权出版社2015年版，第57页。

② 赵荣光：《中国饮食文化史》第四章，上海人民出版社2014年版，第137—139页；庞杰、申琳、史学群：《食品文化概论》第五讲，中国农业大学出版社2014年版，第90页；谢定源：《中国饮食文化》第八章，浙江大学出版社2008年版，第351页；刘洁：《中国古代文人与传统文化》第七章，甘肃人民出版社2012年版，第278页；叶昌建：《中国饮食文化》第五章，北京理工大学出版社2011年版，第214—216页；沈汉、朱自振：《中国茶酒文化史》第七章，文津出版社1995年版，第325—330页；隗静秋：《中外饮食文化》第四章，经济管理出版社2015年版，第136—137页。

③ 于翠玲：《论古代文人的饮酒方式及酒文学》，载王炎、何天正主编：《辉煌的世界酒文化：首届国际酒文化学术讨论会论文集暨剑南春国际酒文化征文获奖作品选》，成都出版社1993年版，第377—383页；陈达能：《中国酒文学的开篇》，《贵州师范大学学报》1991年第2期。

　　稍后，学术界提出了"酒文学史"这一概念。早在 1997 年陈桥生就罗列了一大批涉及酒文学的作品，并说："光靠上面列出的拾一漏万的篇目，加以演绎，就足够写部酒文学史了。"① 2012 年金开诚也说："中国文学与酒有着不解之缘，一部文学史也可称为一部酒文学史。"② 这些说法虽有夸张，但"酒文学史"的概念越来越被学术界所接受，比如"仅从中国文学名家之作中，略加筛选和演绎，就足够写一本《中国酒文学史》了"③。"面对着这样一部酒与文学联姻的文学史，敢说没有任何人有本事把酒和文学的史实和轶事搜罗得齐全。"④ 但如何将这一随意性的概念转变为科学性的概念，从一个个作家的酒文学作品中阐释整个中国酒文学史的发展变化，则成为目前亟待解决的课题。

二、宴饮文学概念的内涵：与酒题材内容相关的文学作品

　　本书既然以"宴饮文学"（酒文学）为标题，就必先界定"宴饮文学"的范围。为了论述方便，本书所涉宴饮文学作品包含以下内容。

　　（一）以酒为中心题材的文学作品

　　酒史源远流长，其咏酒、酒具、酒器、酒肆、酒令、酒妓等，是中国文学作品中的重要题材。物质形态的酒文化对中国酒文学题材的最直接影响，就是催生了大量咏酒评酒、咏酒具器、描绘酒家、塑造酒人的作品。行为形态的酒文化对酒文学题材的影响主要集中在宴会文学与酒令文学作品中。至于酒会场面、酒令场面的细节描写，从先秦诗文、两汉赋文、魏晋志人志怪小说、唐诗宋词元曲、唐传奇到宋元话本、明清章回小说，

---

① 陈桥生：《诗酒风流》，华文出版社 1997 年版，第 10 页。

② 金开诚：《饮酒与行令》，吉林文史出版社 2012 年版，第 91 页。

③ 李麦逊：《舌尖下的中国：一个饕餮民族的前世今生》，重庆出版社 2013 年版，第 150 页。

④ 何满子：《中国酒文化》（图文本），上海古籍出版社 2001 年版，第 54 页。

无处不有。《水浒传》《红楼梦》《镜花缘》中的"酒",已经构成故事的重要情节和塑造人物的重要手段。这些题材的作品,本书都将它们归纳为宴饮文学的范畴。

(二)以酒为符号、意象的文学作品

任何一部文学作品都负载着作家的灵魂,折射着作家的心志。然而,意不离象,象以见意。许多文学作品虽然不是以酒为描写中心,但却是以酒为重要符号与意象,散发着浓厚的酒的气息,承载着作家大量的文化信息。无论是相思离别、政治题材的文学作品,还是田园、边塞题材的作品,均不乏以酒作为符号者。这类文学涉及各种题材,既是涉酒文学作品,又可归纳为广义的宴饮文学。

准确来说,第一类称之为"酒文学"比较恰当;而第二类称为"酒文学"则比较勉强,广义上称之为"宴饮文学",但其中有一部分作品对"酒"的描写意义比较重大,甚至借酒抒怀,也可以作为酒文学作品来解读。另外还有一类以"戒酒"为中心内容的文学作品,如陶渊明、辛弃疾、杨万里等都作有《止酒》,不过借戒酒抒怀,也可纳入"酒文学"范畴。而且酒对作品主题的深化和升华、人物形象的塑造、艺术情节的开展等文学作用也很大,比如《三国演义》《水浒传》《红楼梦》等,是典型的"涉酒文学",都有大量的宴饮文学内容,"酒"在其中的描写分量很重,所以为了叙述方便,同时也为了对中国宴饮文学有一个完整的认识,对这类戏曲、小说中的酒描写,本书也将它们放在宴饮文学中进行论述。

总之,酒本身就有诗化的特质,它在文学作品中的饮用方式直接影响着文学意境的美学特征、作家的情感起伏和格调定位;它在文学作品中扮演的角色千变万化,作品的主题也就千差万别。酒文化在中国古代文学中得到了生动体现。

三、宴饮文学概念的形态:与酒相关的文学体裁形式

从题材上来说,酒文学的内容已如上所述;从体裁上来说,主要有以下五类。

（一）酒散文

酒散文，又称"宴饮散文"。"酒散文"之名，始见于前引的于光远之说，数量次于酒诗。在宴饮文学中，占比最大的是咏酒散文、颂酒散文，如戴逵《酒赞》、刘伶《酒德颂》、王绩《醉乡记》、白居易《酒功赞》、皮日休《酒箴》、周履靖《酒德颂和刘伶韵》等，不绝于史；其次是论酒杂文，如谢肇淛《五杂俎·论酒》、黄九烟《论饮酒》等；再次是传记酒散文，既有如王绩《五斗先生传》、白居易《醉吟先生传》等自传体，也有秦观《清和先生传》、陈鼎《八大山人》等他传体。最为另类的是戒酒散文、骂酒散文，如东晋庾阐《断酒戒》、梁武帝《断酒肉文》、东晋葛洪《酒诫》、高允《酒训》等；最为平庸的是应酬酒散文，但像陈暄《与兄子秀书》等酒文极富个性，不能当平庸之作来看。这些散文，有的义正词严，有的游戏为文，有的塑造酒人形象。到了明清时代，以酒为中心内容的酒小品文，如袁宏道《觞政》《酒评》、江盈科《造酒》、田艺蘅《醉乡律令》等，独抒性灵，旨永神遥，不拘一格，虽有游戏文字，但文学性极高，在文体上也有开拓。

有一类特别的酒散文，严格来说是"酒赋"。其中最多的是直接以酒为名的赋文，汉代邹阳《酒赋》是最早的酒赋，以后扬雄、曹植、王粲、嵇康、袁山松、苏轼等皆有同题作品传世；吟咏具体酒的赋文，如张载《酃酒赋》、苏轼《酒子赋》《洞庭春色赋》《中山松醪赋》、元好问《蒲桃酒赋》、朱德润《轧赖机酒赋》等；以饮、醉为名的酒赋，如皇甫湜《醉赋》、陆龟蒙《中酒赋》、张耒《卯饮赋》等；写法各异，有的借酒发挥（邹阳、扬雄等），有的说理抒怀（苏轼等），有的描述酿酒工艺（元好问、朱德润）。对于酒文学史来说，每一篇酒赋都与作者所处的时代相关，与作者的心理个性相关，都具有相当高的文学价值。

（二）酒诗歌

酒诗歌，或称"酒诗""饮酒诗""酒歌""觞咏""宴饮诗歌""游宴诗""燕飨诗""宴乐诗"等，这是最大宗的酒文学。细分之，酒诗、酒歌确有不同。

酒诗主要指的是描写酒、酒器、宴席等相关题材的诗歌，反映了诗人的饮酒生活、饮酒状态与饮酒心理，也包括诗人在醉态思维状态下创作的诗歌，如陶渊明《饮酒二十首》，是饮酒之后创作的组诗。中华酒文学史的第一页——《诗经》就有涉酒诗达 58 篇之多。①《诗经》300 余篇，本来都没有标题，标题是后人加上去的，即取每首诗首句中的几个字以为标题。其中《宾之初筵》《既醉》等篇，可谓第一批酒诗。汉末魏晋时期，朝廷典礼、皇家宴会多了起来，以宴会命名的诗也开始流行，如建安三曹七子，推出一批以"怜风月，狎池苑，述恩荣，叙酺宴"（《文心雕龙·明诗》）等为主要内容的公宴诗，"开后世种种应酬等类"② 恶习；至陶渊明始，有意识地大量创作酒诗，借酒抒怀，开创了后世饮酒诗的模式。初盛唐除了王绩、孟浩然等以酒赋悠闲情怀，高适、岑参等以酒寄寓悲壮豪情外，更有李白的跃扈不群、飞扬千古，还有诗圣杜甫的醉歌、醉怀、醉哭、醉叹、自画醉像等，一并加入醉狂盛唐的"大合唱"，《全唐诗》中的酒诗就蔚为大观了。与之相应，后世关于酒诗的选本，也越来越为学界所瞩目，明周履靖编辑过《青莲觞咏》，今人蔡毅编辑有《中国历代饮酒诗赏析》，该书《前言》说："关于篇目的选择，原则是诗歌本身必须咏及饮酒，而且是重要内容，这样虽有一些确有饮酒本事可寻但诗并未着重咏酒的名作未能入选。"③《中华酒诗的文化阐释》《酒诗三百首》二书里的"酒诗"概念就是我们这里运用的"酒诗"概念了。从最早入乐的《诗经》涉酒诗，到后来脱离音乐的酒诗，都可以称为酒诗。

酒歌起源于酒礼献歌，是入乐的酒诗，因此是广义酒诗中的一个重要组成部分。从酒歌发展史来看，至少有三种形式。

（1）民间酒礼歌。它最初是民间节庆、婚丧、祭祀、乡饮酒或飨礼等典礼场合上的酒礼歌，这些典礼都有进献酒的环节，同时配以赞辞和歌唱，敬酒献唱的入乐献歌和《诗经》涉酒诗，多属此类；汉乐府的《鼓吹曲辞·将

---

① 万伟成：《中华酒诗的文化阐释》，中国文联出版社 2002 年版，第 1 页。

②（清）叶燮：《原诗·内篇上》，人民文学出版社 1979 年版，第 4 页。

③ 蔡毅、胡有清：《中国历代饮酒诗赏析·前言》，江苏文艺出版社 1991 年版，第 20 页。

进酒》《横吹曲辞·高阳酒人歌》《四厢乐歌·上寿酒歌》《清商曲辞·宴酒篇》《杂曲歌辞·饮酒乐》等，以及保留在许多少数民族风俗中的迎宾、祭祀、婚姻、丧葬、节庆等各种礼仪上的酒歌，如《敬酒歌》《饮酒歌》《问酒歌》《谢酒歌》《拒酒歌》《祝酒歌》《送客歌》等，皆其余绪。

（2）楚悲歌与挽歌。非典礼场合上的酒歌最早可以追溯到《夏人歌》，春秋时代的优施醉歌、优孟醉歌，晏子进献的《冻水歌》《穗歌》《岁莫歌》，战国时荆轲的《易水歌》，汉代前后的项羽《垓下歌》、刘邦《大风歌》《鸿鹄歌》、刘彻《秋风辞》等帝王醉歌，司马相如《琴歌》、东方朔《据地歌》、李陵《别歌》、杨恽《拊缶歌》等文臣武将醉歌和汉末魏晋南北朝普遍盛行的酒后挽歌也都可以归于酒歌系列，这两种酒歌皆以悲情为主色调，反映了当时国人一种习见的文化心态，①这种作品连绵不断，一直沿袭至清。

（3）文人的自创酒歌。从酒后挽歌形式演变来的曹操《短歌行》等，标志着文人的酒歌已然成熟。后来历代文人的醉歌，甚至还融入劝酒与行令，体裁形式也由酒诗歌发展成酒词曲。与一般酒诗不同的是，酒歌往往是集诗、音乐与舞蹈于一体的文学样式。但必须说明的是，只有当酒歌既是"饮酒时唱"，内容又与酒相关时，才属于本书所界定的"宴饮文学"范畴。

（三）酒令与酒词曲

作为文学形式的酒令，最早的作品是《投壶辞》《耕田歌》等，与诗歌关系密切，后来增加了嘲弄讥诮的内容，形式上向杂言体发展，到了唐代发展成既有令曲曲谱、酒令著辞，又有歌舞表演等综合艺术，成为词体文学的重要源头。酒词有时与诗结合在一起，称为"酒诗词"。中唐以后，文人饮酒从外向转变为内敛，酒令著辞成为古代文学中的一个新品种——词。酒令浅斟低唱的特征，对后来词的内容与风格影响很大。作为一代文学代表的宋词，主要出自于一批有影响的酒词作家，如晏殊、柳永、苏轼、辛弃疾、李清照、陆游等，这些人又共同掀起了酒诗词创作的新一轮繁荣。酒词选集也应运而生，早期的《花间集》《尊前集》中往往酒词与酒令难以分辨。

---

① 万伟成：《中华酒诗的文化阐释》，中国文联出版社2002年版，第66—113页，第142—150页。

"酒词"一词，古人早已用过。明周履靖还编选过《唐宋元明酒词》，收入《夷门广牍·觞咏》；清代的《笑林广记·酒词》①还专门收录了一首宋代民间文人创作的《行香子》，用以嘲弄薄酒词；至于现代学术界，运用"酒词"概念的学术专著与论文就更是不胜枚举了。散曲作品中，也有大量的咏酒、涉酒、借酒咏怀的内容，并已经开始为学术界所注意了。②

（四）酒戏曲

酒与戏曲的起源关系密切，西方古希腊的戏剧就与酒神祭祀相关。在中国戏曲形成史上，汉代角抵戏《东海黄公》、唐代参军戏《踏谣娘》乃至晚唐《茶酒论》，都是与酒内容相关的戏曲在形成过程中出现的重要作品。宋金杂剧剧本里，《醉院君》《醉青楼》《醉还醒》《花酒酸》《闹酒店》《偷酒牡丹香》等宫本杂剧段数，虽已失传，但顾名思义，都是以酒、醉为名的剧目。宋元而后，酒文化又追踪并渗透进了古代文学中的新品种——戏曲与小说。传统戏曲剧目无酒不成戏，酒往往用作强化戏剧冲突、解决戏剧矛盾、推进戏剧情节发展的一种催化剂，因而构成全剧的主要情节（如《贵妃醉酒》）。借酒来表现人物性格、倾诉人物内心的剧目就更多，几乎没有一出传统戏不用这一传统手法的（如《醉打山门》）。即使是表演艺术，也离不开酒。戏剧中，有关酒的表演动作，被称为"醉科"，元杂剧中有醉步、醉眼、醉打、醉骑、扶醉、饮酒科等近百种表述。戏曲中有关酒的表演角色，最常见的是丑角酒保，戏曲舞台上所用的传统酒器道具，有酒盘、酒壶、酒斗、酒皿、酒坛等，到处都充溢着酒的芳香。

元杂剧中，有一类宴会戏，如关汉卿《刘夫人庆赏五侯宴》《关大王独赴单刀会》，高文秀《好酒赵元遇上皇》《刘玄德独赴襄阳会》，杨梓《功臣宴敬德不服老》，郑德辉《醉思乡王粲登楼》，无名氏《刘玄德醉走黄鹤楼》《苏子瞻醉写赤壁赋》等，明显地可以归纳到宴饮文学中。神仙道化剧如马致远《吕洞宾三醉岳阳楼》、无名氏《瘸李岳诗酒玩江亭》，爱

---

① （清）游戏主人：《笑林广记》（下），京华出版社 2003 年版，第 732 页。

② 贺仁智、万伟成：《全元散曲》中的酒散曲研究，《佛山科学技术学院学报》2007 年第 1 期，第 18 页。

情戏如石君宝《李亚仙花酒曲江池》、张寿卿《谢金莲诗酒红梨花》等，都是以酒宴为内容展开故事情节的，也属于宴饮文学。明清传奇也有许多与酒有关的戏曲，如《酒家佣》《醉乡记》《醉菩提》《琼林宴》《灌将军使酒骂座记》《龙山宴》《酒憨》等，特别是后来的许多剧种，都有酒戏曲或者酒折子戏。水浒戏中有《醉打山门》《生辰纲》《十字坡》《快活林》《鸳鸯楼》《飞云浦》《蟆蛤岭》《浔阳楼》等，薛家戏有《薛刚大闹花灯》《阳和摘印》《法场换子》《铁丘坟》《双狮图》《徐策跑城》《薛刚反唐》等，三国戏有《温酒斩华雄》《草船借箭》《群英会》《龙凤呈祥》等，其他的还有《贵妃醉酒》《太白醉写》《醉皂》《醉度刘伶》《刘伶醉酒》《醉县令》《醉战》《醉公主》等，都是以醉酒为主要内容的剧目。以酒为手段塑造中心人物、表现核心情节的戏曲作品都属于宴饮文学。

（五）酒小说

又称宴饮小说。太平兴国二年（977）开始编纂的《太平广记》对小说的内容和题材进行分类，把小说分作92大类，其中就有"酒"类。根据《中国古代小说总目》所列，有隋刘炫《酒孝经》一卷、宋丘昶《宾朋宴语》三卷、胡节还《醉乡小略》一卷，宋佚名《醉翁滑稽风月笑谈》一卷，明袁宏道《醉叟传》一卷，清张潮《酒律》、于邠《酒话》一卷、魏禧《卖酒者传》、黄体芳《醉乡琐志》一卷、吴光隆《醉乡杂史》一卷等。专门以酒为名的小说在拟话本中常见，但长篇以酒为名的小说如今人莫言的《酒国》，在古代则少见。许多小说集中也有不少写酒和酒人的名篇，如《三言》《两拍》中有《李谪仙醉草吓蛮书》《卢太学诗酒傲公侯》《柳耆卿诗酒玩江楼》《十八兄奇踪村酒肆》《酒下酒赵尼媪迷花》《酒谋财于郊肆恶》《徐茶酒乘闹劫新人》等拟话本酒小说，《聊斋志异》中也有《秦生》《花姑子》《青凤》《酒友》《酒狂》《小二》《狂生》《八大王》《酒虫》《陆判》等酒文言小说，明清小说里有大量的酒令文学，比如《聊斋志异》中的《狐谐》《双灯》《田子成》《鬼令》等，《红楼梦》中的女儿令、花名签令等，这些都构成了"酒小说"的一个组成部分。

《三国演义》《水浒传》《金瓶梅》《红楼梦》等，无论是主题还是题材，都不能归入"酒小说"范畴。但是其中很多回目，以写酒、酒人、酒令等为主，如《曹操煮酒论英雄》《活阎罗倒船偷御酒》《虔婆醉打唐牛儿》《武松醉打蒋门神》《武行者醉打孔亮》《杨雄醉骂潘巧云》《赤发鬼醉卧灵官殿》《醉金刚轻财尚义侠》《应伯爵替花邀酒》《大酒楼刘二撒泼》《刘姥姥醉卧怡红院》《憨湘云醉眠芍药茵》《醉金刚小鳅生大浪》《庆寿辰宁府排家宴》《史太君两宴大观园》《荣国府元宵开夜宴》《寿怡红群芳开夜宴》《开夜宴异兆发悲音》《宴海棠贾母赏花妖》，等等，这些回目及其内容归为"宴饮文学"一类应该没有问题。这些长篇小说中存在着大量饮酒、酒人、酒情节故事的短篇篇目，如温酒斩华雄、蒋干中计、智取生辰冈、宋江醉题反诗等，往往可以单独成篇，这些小说篇章里有关酒的描写占有很大比重，如果去掉对酒的描写，必然逊色不少，所以为了便于研究酒文学，本书将它们纳入小说中的宴饮文学范畴进行论述。

第二节
酒文化、文学主体及其与宴饮文学的关系

要研究中国宴饮文学，不可能绕过酒文化；而要研究酒文化，必先研究它的内涵、形态及其义项界定。酒文化的创造主体是劳动人民，而酒文学创作的主体是文人，那么他们之间是什么关系呢？

一、酒文化的形态及其在文学中的反映

"酒文化"一词由著名经济学家于光远于 1985 年率先提出："广义的文化，包括酒文化的发展，在一定程度上对我国的经济建设以及人民生活有影响。仅以学术方面而言，就有酒化学、酒医学、酒酿造学、酒生理学、酒社会学、酒历史学以及酒经济学等。"[1] 1987 年 1 月，深圳举办了首届中

---

[1] 于光远：《于光远经济论著全集》第 21 卷《我与"酒文化"》，知识产权出版社 2015 年版，第 57 页。

国酒文化研究会，1991年成都举行了首届国际酒文化学术讨论会，"酒文化"一词逐渐走入社会大众视野。

要了解酒文化，必须掌握它的内涵与外延。萧家成认为："它主要是一种液态的物质文化，即酒本身，但同时又是一种固态的物质文化，如酿饮器具；它既是一种技艺文化，如传统酿造术，又是一种习俗文化，不同民族、地区都具有的丰富多彩的酒俗；它既是一种精神文化，如酒传说、酒观念和酒艺文等，还是一种心理行为文化的反映，如酒行为在人们的个性与人格、动机与需要、观念与理想、思维与灵感以及情感与情绪等各种心理活动中所起的作用及其不同的表现形式。"[1] 这种阐释很有代表性。早在1997年台湾出版的《中华酒经》中就归纳出：中华酒文化就是中华民族创造的关于酒的物质、精神、行为、制度等一切形态的文化成果，"（酒文化）内涵就是文化的核心内容，主要体现在构成文化的基本形态上，即：中国人不仅创造了酒文化的物质成果，而且创作了其精神成果、行为规范，以及保证其发展的制度成果，由此形成了酒文化的四个基本形态，即物质型、精神型、行为型和制度型"[2]。该书进一步对四个基本形态的中国酒文化作具体的阐释，这个定义被学术界反复引用甚至几乎是全文引用 [3]，后来的酒文化定义也大致不脱离这个范围。

下文进一步阐述的宴饮文学，就属于酒文化精神形态的一部分。

1. 物质形态的酒文化在文学作品中主要表现在酒（色香味体功德等）和酒器上，出现了大量的评酒品器等评鉴作品、咏酒咏酒器等咏物作品、酿造工艺与酿造大师的类似广告性作品。在酒家的经营形态上，则有大量关于酒家（酒肆）、酒妓、酒旗等宴饮文学作品。

2. 精神形态的酒文化在酒文学中常常通过宴饮的描写传递中华民族有

---

① 萧家成：《传统文化和现代化的新视角：酒文化研究》，《云南社会科学》2000年第5期，第57页。

② 万伟成：《中华酒经·引言》，正中书局1997年版，第3页。

③ 周朝琦、侯龙文、邢红平：《品牌文化——商品文化意蕴、哲学理论与表现》，经济管理出版社2002版，第159—200页；吴慧颖、张秀军、张晓：《对中国酒文化的内涵、形态与特点的探讨》，《学理论》2010年第2期，第54页。

关酒的观念、意识与想象，反映了具有浓郁民族特色的有关酒的信仰崇拜、伦理道德、思维方式、审美情趣、文化性格、文化心理、文化精神等，一句话，酒文化反映了中华民族的文化模式。

3. 行为形态的酒文化在文学作品中，从礼仪行为来说，产生了大量描写酒礼仪、酒行为、酒风俗的作品；从信仰行为来说，产生了大量反映酒文化祭祀、神供、祈禳等行为的文学作品；从社群行为来说，出现了各种以酒为主题或辅助手段的文学作品，诸如私宴（家宴）、公宴、节日宴、文酒会；从娱乐行为来说，出现了酒令、樗蒲、藏钩、斗酒、斗诗，以及各种品评佳酿和酒器、赏花、醉月等赏玩内容的文学作品。

相比较而言，酒文化的三种形态与文学关系最为密切，反映酒文化内容的文学作品多如恒河沙数，酒文化与文学如盐入水，已经融为一体了。

二、文人与酒：文学主体与酒文化

历史上的文人大都与酒结下了不解之缘，流传着很多轶闻趣话。许多文人与酒有关的雅号，有自封的，也有别人称呼的，如蔡邕号"醉龙"、王绩号"五斗先生""斗酒学士"，李白自称"臣是酒中仙"，号"酒仙""酒圣"，元结号"酒民"，白居易自号"醉尹""醉司马""醉傅""醉吟先生"，皮日休也号"醉吟先生""酒民""醉士"，欧阳修自号"醉翁"等，不胜枚举。中国酒文化正是有了文人这一最富才情的特殊群体的参与，才使得酒文学、酒艺术、酒娱乐洋溢着奇光异彩，从而提升了价值与档次。

文酒之会、文社酒社是文人创作酒文学的典型环境。文、酒之联系可以上溯到西周时的宴礼作乐，春秋时的享礼赋诗。但由于当时酒主要是贵族饮料，诗酒关系主要发生在贵族阶层，所以以宴饮文学作品多集中在《雅》《颂》之中。随着春秋时代"士"阶层的崛起，两汉时期酒这种特殊饮料进一步普及化、文人化。随着梁王西园之会、汉武柏梁之会的文酒之会日渐增多，至汉末时，饮酒作诗结社成为文士阶层群体性、普遍性的社会风尚。魏晋南朝时期，诗酒之会成为文士活动开始发达的一个明显标志，这对于文学集团的形成有着至关重要的影响。饮酒活动与文学创作形成直接关系，往往是从诗酒之会开始的，而随着文人饮酒作诗风尚逐渐从礼乐文化的依附中离析出来，并形成具有独立品格、独特内涵的文人酒文化生活模式时，酒与文人的关系更加密切，更加深广。饮酒赋诗不仅形成了诗酒相仍的特定的创作形态，即联体形态（有人说两者不是孪生，而是连体），而且酒的特质、特性、特点、品味、气态等进一步渗透到文学创作中，从而对诗材、诗体、诗思、诗味、句法、章法、意境等产生了广泛而深刻的影响。这个过程始于陶渊明，而由李白发展到了一个高峰。宋之后转化到词曲、戏曲、小说创作中，更是别开生面。

女性作家及其酒作品更是一道奇葩亮景。这可以上溯到春秋女作家宣姜，她的《诗经·柏舟》写道："泛彼柏舟，亦泛其流。耿耿不寐，如有隐忧。微我无酒，以敖以游。"这是最早出现在女性文学作品中的酒意象。此后如卓文君的《白头吟》诗曰"今日斗酒会，明旦沟水头"，表示与纳妾的司马相如断绝的决心，卓文君的形象通过酒展现出异乎寻常的独立、豪爽和洒脱。唐代女作家鱼玄机也在酒中表达着生活的潇洒（如《遣怀》"满杯春酒绿，对月夜窗幽"），对爱情的追求，以及离别的伤感（如《寄子安》"醉别千卮不浣愁，离肠百结解无由"），她在酒中融入了喜怒哀乐的情感，展示了洒脱、活跃的个性，使酒成为女性文学作品中蕴涵丰富的文学意象。宋代则掀起了女性酒文学的高潮：

> 宋代女性作品中有关酒意象的诗词有 110 首，是此前的 5.5 倍，写酒意象的女作家有 35 位，是此前的 4 倍。作者的身份已由唐代的女冠之流，进而扩大到皇宫贵妇、小家碧玉，如李清照、魏玩这样的相门之妇，杨慧淑、连妙淑这样的龙宫皇妃，张玉娘、朱淑真这样的宦门淑女。在宋代，酒像流淌在女作家精神世界的血脉一样，贯串着她们人生丰富多彩的感情浪花，浓缩着她们酸甜苦辣的生命体验，在古代酒文化历史上留下了活脱美丽的形象。①

---

① 舒红霞：《中国古代女性文学与酒文化》，《唐都学刊》2004 年第 3 期，第 82 页。

总之，文人在酒中不仅展示了奇特不凡的个性，洒脱飘逸的才华，而且融入了悲欢离合的情感体验与生命体验。文人与酒关系非常密切，大大促进了中国宴饮文学创作的繁荣。

三、醉态思维与艺术创作：中国文人的特殊创作形态

酒与文学创作的关系涉及创作美学和心理学研究领域，其中心问题是酒后艺术构思问题，为方便论述，姑且称之为"醉态艺术思维"，简称"醉态思维"，而这种境界，与庄子之坐忘、禅宗之观照的体验和境界存在相通之处。醉态思维对文学创作的影响不仅仅限于艺术构思，而是全方位的、立体的渗透。笔者根据现代心理学、创作学，结合古人的描述和个人的饮酒体验，试图描述"醉态思维"与艺术思维最为接近的三个特点。

一是不可喻性与神秘性。适度饮酒，给人带来一种解脱的喜悦，酒后思维的方式与特点确实很难用语言表达。陶渊明《饮酒二十首》之五所谓"此中有真意，欲辨已忘言"，正是指出了醉态快感、喜悦的体验的"不可喻性"。梁宗岱《诗与真·诗与真二集》诠释"醉"的思维特征时说："我们开始放弃了动作，放弃了认识，而渐渐沉入一种恍惚非意识，近于空虚的境界，在那里我们底心灵是这般宁静，连我们自身的存在也不自觉了……我们内在的真与外界的真调协了，混合了。我们消失，但是与万物冥合了。"[1]这是对醉酒状态下的非理性的直觉经验的阐述，是对历来被视为神秘状态所作的理性阐释，与创作思维有共通之处。

二是非理性的直觉体验。适度酒醉常常使人进入到下意识的心理状态中，情绪和思维高度活跃。"醉里不知谁是我"（辛弃疾《念奴娇·赋雨岩》），是忘我也；"身世酒杯中，万事皆空"（《浪淘沙·山寺夜半闻钟》），是无物也。忘我，则抛弃了一切个人内心的认识动机、意志感情；无物，则排除了外界事物的纷扰。当人进入下意识的创作状态时，忘我则表现为"无意识""无意于佳"，抛弃了干扰的逻辑线，排除"理"障；无物则表现为排除

---

① 梁宗岱：《诗与真二集·象征主义》，外国文学出版社 1984 年版，第 76—77 页。

了外界有限的物象次序、形象、时间等限制,排除"事"障。排除了"理"障、"事"障,意味着艺术思维已经突破了语言、概念、逻辑、推理、物象的束缚,艺术家的创造力、想象力因而得以大跨度的跳跃,才能感而遂通,豁然妙悟,脱口而出,自由挥洒。艺术创作往往是在心理的无意识状态中攫取营养的,而醉酒从某种意义上说正为文学艺术创作创造了这种心理条件。

三是瞬间的灵感性。酒后"感而遂通",就是瞬间灵感的来临,也就是刘熙载所谓的"天机之发","文所不能言之意,诗或能言之。大抵文善醒,诗善醉,醉中语亦有醒时道不到者。盖天机之发,不可思议也"①,就指出了醉态思维最适合文学特别是诗歌创作的规律。一旦进入酒的自由、解脱、"我物两忘"的终极境界时,人就超越了一切时空、物我、因果,世界混沌一片,用庄子的话说就是"嗒焉丧我",用禅宗的话说就是"顿悟",这恰恰是创作灵感来临的最佳契机。

生活中的不同事物,对文艺构思的作用是不同的。就是醉态思维与禅宗思维也不尽相同。单从饮料而言,茶的思维更接近于禅,古有禅茶一味说,因此对照一下茶思与酒思的不同,也许可以帮助我们进一步了解醉态思维的特点:酒兴奋是热性的,是动态的,通过加剧血液循环、脉搏加快、体温上升而导致意气情感的摇荡勃发,一切物象都在无序之中,所谓"百川皆乱流",故酒后灵感来得快而"乱",于无序中见有序,于粗服乱头中见天香国色;而茶兴奋是冷性的,是静态的,能让人在神爽之际沉思静虑,安排精密。禅宗思维是在默照、冥想之中获得的,属于冷性而虚静的。而在醉态思维下创作的文学作品才具有神奇效果,这也是酒文学作品较之茶文学作品来说,更加容易受到读者共鸣的原因吧。

除此之外,由于文人的生活方式(饮与不饮、量大与量小、快饮与慢饮等)、个性特征与思维方式(外向与内敛等)、审美情趣、文化模式和采用的文学体裁(诗与文、戏曲与小说等)不同,因此创作出来的酒文学模式不同,表现出的文人强烈的主体色彩也不同。

---

① (清)刘熙载:《艺概》卷二《诗概》,上海古籍出版社1978年版,第80页。

第三节
文化模式与中国宴饮文学

文学史的阐释有多种角度。本书选择从文化模式角度阐释中国宴饮文学史，主要出于三个方面的考虑。一是西方许多文化人类学家、哲学家或美学家，用日神精神与酒神精神解读了人类发展历史的诸多重要文化现象，并已经获得重大成果。二是西学东渐，中国现代学术引入日神精神与酒神精神理论，解读东方历史与文学故事，虽然不可能全面阐释，但也获得一定成功，说明这个理论具有普遍适用的价值。三是日神精神与酒神精神，虽然不能完全概括中国酒文学现象，但也解决了一个发展主线问题。李白与陆游的酒诗、辛弃疾的酒词，以及《水浒传》酒文学中的酒神精神均非常明显，但《诗经》中酒诗的日神精神非常明显，这说明有"酒"的未必都是酒神精神；即使像陶渊明、白居易、苏轼等人的酒文学也往往介于日神、酒神之间，这就是中国独具的酒仙精神，都可以用文化模式进行阐释。至今学术界还没有学者运用文化模式理论从根本上解读中国宴饮文学的发展规律。

文化人类学上的"文化模式"是指在一个部落、一个民族、一个集团、一个社会的不同成员中反复出现的思维模式和行为模式。19世纪末，德国哲学家兼诗人尼采（1844—1900）将日神、酒神引入艺术审美领域，取得了巨大成果，被哲学、美学界奉为圭臬；20世纪上半叶，美国人类学家露丝·本尼迪克特（1887—1948）将日神型、酒神型、妄想狂型引进文化人类学领域，用源于古希腊的神话和成熟于德国的哲学思想解读三个典型的原始部族（普韦布洛人、多布人和克瓦基特尔人）截然不同的文化模式，写成《文化模式》一书，说明日神、酒神的理论与原理具有广泛的普适性。同样地，中国学术界也引用这个理论与原理进行中西方文化的对照，找出其中的同和异，证明这个理论与原理对于中国文化现象的阐释，对于中国宴饮文学的阐释，也同样具有启迪意义。

一、西方的日神精神与酒神精神

日神（太阳神）阿波罗（Apollo）和酒神狄奥尼索斯（Dionysos）是古希腊神话传说中居住在奥林匹斯山上的两位神祇。日神阿波罗是宙斯之子，主管光明、青春、音乐、诗歌、医药、畜牧等。阿波罗的格言是"认识你自己，但不要过度"，因此他既有追求美丽外观的冲动，又倾向于节制、适度、和谐、理性、冷静和安宁。日神拥有仅次于宙斯的显赫地位，如果说至尊无上的宙斯象征着自然宇宙之法则的话，那么阿波罗则象征着公正执法与严明惩处，代表了为理性与法则而生的文化与文明，象征着人的文化属性，是文化意义上的"人"。

狄奥尼索斯，是希腊神话中酿酒和种植葡萄的庇护神，也是酒神精神的神话原型，他是宙斯与人间女子塞墨勒所生之子。Dio的意思是神，Nysos意思是尼索斯山。他本是水果、蔬菜之神，同时是造酒神，兼司歌曲和艺术。古希腊人在祭祀酒神时，常常借助醉酒来表演癫狂的合唱和舞蹈，甚至是"癫狂的性放纵"。酒神的象征意义在于：作为植物的自然之神，象征着旺盛的自然生命力；有关他的生殖崇拜，隐喻了人的本能冲动与生命活力；古希腊人在酒神崇拜仪式上放浪形骸式的狂欢，冲破平时禁忌，在忘我状态中追求精神超越的快乐，象征着人的自然本性和原始生命力，具有更多的非理性、蛮夷的因素，展示了卸去文化面具后人的自然形态和生命本原。

日神精神和酒神精神是由两神的祭祀活动和传说演化而来，经过反复的强化和净化，逐渐内化在人的精神结构之中，成为人的生命意志的两种最本质的冲动。到了尼采时代与本尼迪克特时代，日神、酒神从祭祀、神话的神坛上走了下来，正式成为两种文化模式的代表。尼采的论述主要见于他的《悲剧的诞生》《偶像的黄昏》《作为艺术的强力意志》等著作，本尼迪克特的论述主要见于她的《文化模式》。他们把日神和酒神当成美学及艺术的主神。日神精神的状态是"梦"，它的冲动创造了一个光明灿烂的梦幻世界，带给人们的是安宁、平衡、和谐和对生命个体的肯定。"日神本身应被看作个体化原理的壮丽的神圣形象，他的表情和目光向我们表明了'外观'的全部喜悦、智能及其美丽。"酒神精神的状态，是激情高涨的"醉"："即天性中升起的充满幸福的狂喜……随着这种激情的高涨，主观逐渐化入浑然忘我之境。"① 这时，人与世界、与生命的本体都是同一的。显然，梦与醉之间，醉是更为本质的。所以，尼采往往用酒神精神来指称梦醉交互作用的状态。通过尼采、本尼迪克特对以日神、酒神为代表的两种对立的文化精神、文化模式的理论阐释，我们可以得出以下几个方面的认识。

（一）日神是乐观之神，酒神情绪则是一种形而上的深度的悲剧性情绪

日神精神的潜台词是："就算人生是个梦，我们要有滋有味地做这个梦，不要失掉了梦的情致和乐趣"；而酒神精神的潜台词是："就算人生是幕悲剧，我们要有声有色地演这幕悲剧，不要失掉了悲剧的壮丽和快慰。"这就是尼采所提倡的审美人生的真实含义。尼采用日神、酒神来说明艺术（特别是悲剧）的起源、本质、功用乃至人生的意义，认为人们内心的痛苦和冲突具有悲剧的性质，从而产生日神与酒神的两种艺术冲动。可见，酒神精神与悲剧意识的关系之密切。

（二）日神是德行之神，酒神是非道德之神

"在日神式的希腊人看来，酒神冲动的作用是'泰坦的'和'蛮夷的'。"泰坦诸神（Titans），是希腊神话中天神和地神所生的六儿六女，与宙斯争位失败，"悲剧英雄像泰坦力士那样背负起整个酒神世界，从而卸除了我们的负担"，它们象征大自然的原始暴力。而这种非道德之神是极其富于破坏性的，体现在"酒神状态的迷狂，它对人生日常界限和规则的毁坏"②。

（三）日神是礼仪之神，而酒神不在乎礼仪秩序，甚至会破坏礼仪、秩序，具有抗争精神

本尼迪克特在《文化模式》中谈及的祖尼人，"是重礼仪的民族，一个珍视节制与无害他人为至高无上美德的民族。他们的兴趣集中在他们丰富

---

① ［德］尼采：《悲剧的诞生——尼采美学文选》，周国平译，生活·读书·新知三联书店1986年版，第5页。

② ［德］尼采：《悲剧的诞生——尼采美学文选》，周国平译，生活·读书·新知三联书店1986年版，第28页。

繁杂的礼仪生活之上"，并且把这种礼仪扩大到一切生活领域。而酒神精神是一种特殊的肯定生命的态度。作为个体的生命是不幸的或痛苦的，充满着悲剧性；但这并非仅指生命的苦难与毁灭，而更主要的是人面对不可避免的毁灭时的抗争精神。所以，尼采强调酒神精神的真谛是：一是肯定生命价值，热爱生命本身；二是具有强有力的生存欲望和抗争精神；三是面对苦难与毁灭时具有顽强拼搏、坚韧不拔的崇高精神。

（四）日神是适度之神，而酒神是放纵之神

这是由上一点所决定的。"个体化的神化，作为命令或规范的制定来看，只承认一个法则——个人，即对个人界限的遵守和希腊人所说的适度。作为德行之神，日神要求它的信奉者适度以及——为了做到适度——有自知之明。于是，与美的审美必要性平行，提出了'认识你自己'和'勿过度'的要求；反之，自负和过度则被视为非日神领域的势不两立的恶魔，因而是日神前提坦（引者注：一译作泰坦）时代的特征，以及日神外蛮邦世界的特征。"① 酒神的象征来自希腊酒神之祭，在此种礼仪上，人们打破一切禁忌，狂饮烂醉，放纵性欲，这在尼采看来，就是为了追求一种解除个体化束缚、复归原始自然的体验，从而在个人的解体这个最高的痛苦的基础上获得了与世界本体融合的最高的欢乐，这是一种痛苦与狂喜交织的癫狂状态，即酒神状态。所以，酒神精神的沉醉状态或亢奋状态，其形象体现为古希腊酒神祭祀崇拜的沉醉场面。此时，人超越个体化原则或现象领域达到其深层的基础——世界的生命总体。在这种状态下，理性因素隐退，感性、欲望、本能、冲动获得彻底解放，得以自由发挥，本能的生命力焕发出勃勃生机。人从这一原始充盈的生命力中获得无穷的幸福与快乐。

二、中国宴饮文学中的日神精神与酒神精神

日神精神与酒神精神的概念原型出自于古希腊，但它们经常被文化人

---

① ［德］尼采：《悲剧的诞生——尼采美学文选》，周国平译，生活·读书·新知三联书店 1986 年版，第 15 页。

类学家们用以阐释许多民族的文化现象，并已经成为人类普遍存在的两种文化模式。中国最早接触尼采思想的是清末民初第一批转型学者梁启超、王国维等，以及民国时期茅盾、鲁迅、郭沫若等一批新文化运动者，他们借助酒神精神这一武器"重新估计一切"。1949年后的三十年，两种文化模式学说无人问津，直到改革开放后周国平发表《尼采：在世纪的转折点上》，这两种文化模式概念才又倍受学者青睐。目前学界对中国文化中的日神精神与酒神精神有相当多的论述，既指出了中西文化的共同性，那就是东西方都存在着两种精神、两种文化模式的不同程度的表现；同时也由于中西方文化的民族心理、文化传统、思维模式、社会结构等不同，中西方的日神精神与酒神精神也存在着较大的差距。这些都为我们认识中国酒文化、酒文学提供了重要的借鉴与方法论意义。

根据尼采、本尼迪克特等西方学者对文化模式的阐释，日神精神与酒神精神在中国酒文化中也不同程度地存在着。① 在中国宴饮文学中，处处可见这两种精神的影响。日神精神和酒神精神作为两种相对立的文化精神，在中国传统文化乃至中国宴饮文学中，归纳起来主要有四个方面的差别。

（一）中国宴饮文学中的日神精神是愉悦精神，酒神精神是悲剧精神

中华酒文化的首要原则就是"愉悦"。儒家说："酒食者，所以合欢也。"（《礼记·乐记》），道家也说："饮酒以乐。"（《庄子·渔父》），可见"愉悦"原则是中华酒道普遍遵循的原则。但儒家强调的饮酒快感的欲求，不能完全看成个人的主观行为，"合欢"是和亲族、和天下的社群行为，是在"礼"的约束下获得的，在"礼异"的基础上达到"乐和"，因此具有组织、团结、维护秩序的文化功能。黄周星《酒社刍言》开篇说："古云'酒以成礼'，又云'酒以合欢'。既以礼为名，则必无怆野之礼；以欢为主，则必无愁苦之欢矣。"日神精神主导下的酒道愉悦原则是在保持酒德、维护酒礼的前提下获得的。《诗经》中的宴饮诗体现的正是这种文化模式。

酒神精神的内涵是深度的悲剧精神。奉行酒神酒道的魏晋文士们的饮

---

① 万伟成：《学术视阈下的中华酒道研究》第二、三章，华夏翰林出版社2009年版，第20—82页。

酒狂诞，及其追随者盛唐文士们的飞扬跋扈，甚至包括《水浒传》中梁山好汉的饮酒嗜杀的极端反叛等，无不具有深度的悲剧情结，无不是时代黑暗置他们于濒临毁灭状态下的产物。在他们的悲剧情绪上，有身世之悲、生死之悲、家国之悲等等。他们在畅饮着杯中之物的同时，也在咀嚼着生命的痛苦，在生与死临界点上的潇洒飘逸的背后，蕴藏着深厚的悲剧精神。

（二）中国宴饮文学中的日神精神是德行精神，酒神精神是非道德精神

中国宴饮文学中重"德"的传统，最初来源于西周《酒诰》，强调的正是饮酒道德与天命观念。《诗经》的涉酒诗也频繁提出有酒有德、天命降福的观念。这种日神精神主导了宴饮文学，形成了以德为核心的日神文化模式。非常有意思的是，"酒德"一词出于《尚书》，产生于商周之际，当时就存在着截然不同的两套话语系统：一种是日神式阐释，追求礼仪和"适度"，如《酒诰》所言"德将无醉"，后来形成了儒家的酒德观念，《诗经》宴饮诗中的酒德多来自于这种阐释；另一种是酒神式阐释，最早出于殷纣王，《无逸》引周公曰："若殷王受之迷乱，酗于酒德哉！"《尚书正义》释曰："殷纣藉酒为凶，以酒为德，由是丧亡殷国。"商纣王的"酒德"正是日神酒道所要批判的，但却成了酒神精神的酒德观念的原祖。而刘伶的《酒德颂》遥承商纣的"酒统"，高举"以酒为德"的大旗，对酒德进行了与日神酒道截然不同的解释：一切以"酒"为中心，这种非道德精神在李白酒诗、《水浒传》酒文学描写中被表现得淋漓尽致。

（三）中国宴饮文学中的日神精神是礼仪精神，酒神精神是抗礼精神

在日神法则下，"德"不是抽象的，它外化为"礼"。"饮酒孔嘉，维其令仪"（《诗经·小雅·宾之初筵》），"庶民以为饮，君子以为礼"（邹阳《酒赋》），对于酒，一般人仅仅把它当作饮用的物质对象，而先圣往哲们则利用它构建出高于物质层面的礼乐文明，一种恭揖有道、进退有度的礼仪。契诃夫《萨哈林游记》笔下的中国人饮酒："他们一口一口地喝，每一次都端起酒杯，向同桌邻近的人说一声'请'，然后喝下去，真是怪有理的民族。"在这位看惯了俄罗斯民族暴喝烈性伏特加酒的大作家看来，中国人饮酒如此彬彬有礼，实在足以代表中华文化。酒行为的礼仪用以体现酒行为中的贵贱、尊卑、长幼乃至各种不同场合的礼仪规范，用一句话概括就是以仪式来表现"酒礼"。德与礼，实际上是内与外的关系，是合二为一的。守礼者必修德，修德者也必守礼。酒的道德自律，已经渗透到国家重大酒礼场合、个体日常饮食生活与行为细节之中。这在《诗经》的涉酒诗中都得到了充分的反映。

然而，中国的酒神精神作为辅助精神也进入了中国酒文学作品之中，尤以李白酒诗、梁山酒道表现得最为充分。如果说日神酒道每个环节都贯彻了礼乐文化精神，而酒神酒道却是要突破礼乐文明的束缚，最大限度地张扬自己的个性，通过借酒抗礼来表现对时代黑暗、政治高压的反抗。"礼岂为我设邪"（《晋书·阮籍传》），就是中国酒神的宣言。中国的传统礼教常以伦理道德为其表现形态，纵酒派的言行已经触及这个根本问题。酒、性与暴力，是尼采所谓"酒神精神"中三大重要因子。在中国宴饮文学作品中，酒最能体现对传统礼教的反抗。

（四）中国宴饮文学中的日神精神是适度精神，酒神精神是极乐自由精神

传统道德以"中庸为至德"，而酒神法则则以反中和为至德。酒神的非道德化精神在这里表现得最为彻底，最为极端，最为激烈。

中和精神是日神精神的最高境界。中和，即平和中正，意境高远，亦是酒道之本，饮酒之最高境界。其中"中"相当于古希腊日神法则中的"适度原则"，"和"的概念也与"酒"有关，即最早从饮食生活中产生，并进而推衍到音乐器物、音乐欣赏。①《诗经·小雅·宾之初筵》载"酒既和旨，饮酒孔偕"，"籥舞笙鼓，乐既和奏"，并酒、乐而言"和"，充分体现出饮酒奏乐场合中的礼乐文化精神。如果说日神法则主要集中反映在酒德酒礼上"不要过度"的话，那么，酒神法则典型地反映在对"不要过度"法则的最大突破上。比如酒量上是"三百杯""二千石"，饮酒方式上是像殷人式"牛饮"，魏晋式"猪饮""狗饮"，梁山式"大块吃肉，大碗喝酒"，

---

① 万伟成、丁玉玲：《中华酒经》第五章，百花文艺出版社 2008 年版，第 104—105 页。

甚至是大桶喝酒。如果说刘伶醉酒是"放诞"，肉体的放纵掩盖不了内心的苦痛，解不开的是心的锁链，那么李白醉酒是"狂放"，是肉身的狂舞与心灵的远游，是剑气与侠气的体现；梁山的沉醉，是醉态强力意志的抗争，显示的是超人的胜利与沉沦。他们都是狂奔的野马，无复名缰利锁，一任勇往直前，在极度放纵、快乐的原则下获得身心的解放，达到一种沉醉的自由境界。

三、中国宴饮文学中的酒仙精神

运用日神、酒神的理论与方法可以诠释中国宴饮文学中的许多作家、作品乃至作品中的人物，这是因为他们在悲剧精神与乐观精神、礼乐精神与反抗精神、道德精神与非道德精神、适度精神与过度精神等方面，与日神、酒神中的内在精神有着不谋而合的地方，这是由世界民族文化共性所决定的。但是，由于中西方文化根源、民族文化心理不同，东西方的日神精神、酒神精神也不可能完全相等。此外日神精神、酒神精神也不可能概括中国宴饮文学的一切模式。这是因为每一个具体作家的生活、个性乃至作品风格，都是丰富多彩的，认定他们具有酒神文化精神，只是从主体风格、主体精神而言的。比如《诗经》《水浒传》中的宴饮文学作品，日神精神与酒神精神的区别非常明显，而像庄子的论酒片语，陶渊明、王绩、白居易、苏轼的酒诗，甚至包括元神仙道化剧的酒戏、《红楼梦》中的宴饮文学，虽然都存在着一定程度的悲剧精神，存在着对礼的弱势反抗，存在着对精神自由的追求，它们身上带有酒神文化的某些因子，但是学术界有人就认定庄子、陶渊明、王绩、苏轼的宴饮文学作品是"酒神精神"（详见各相关章节），这是对尼采"酒神精神"的误解。其实它们体现的既非日神，亦非酒神，而是中国特色的酒文化模式。

学术界对这种酒文化模式的概括主要有两种观点。一是"道味型"或"旷达酣适型"说。这种观点认为"渊明诗中的酒味，首先是一种道味"，"一种平淡冲和的酒味"，又将苏轼酒诗概括为"旷达酣适型"酒诗，认为

"苏轼饮酒心理上追求旷达酣适，实际上追求的就是精神的自由解放，正是一种内向反思性的内倾思维，与李白的狂豪的饮酒心态不同"，"主要的是透过饮酒获得旷达酣适的享受，达到'道'的境界"，"在于透过饮酒，忘却现实生活的一切，包括饮酒本身，具有很强的思辨色彩和玄妙色彩"①。二是酒仙精神说。最早提出这一说法的刘耘华认为，中西方饮酒诗的文化精神不同之处在于："在中国，因文人的隐士思想根深蒂固，表现为一种'酒仙'精神，其风格冲淡、平和；在西方，则因诗人具有追求肉体或精神'沉醉'之渊源，表现为一种'酒神'精神，其风格高涨、狂放。"②巩玉丽进一步分析中国的酒仙精神与西方的酒神精神的差别在于："中国酒文化是一种酒仙似的超脱，追求的是一种酒中忘欲的境界，而西方酒文化则是一种酒神似的狂醉，追求的是一种借酒纵欲的境界。"具体来说，体现在"人造与神造""酒仙式的微醺与酒神式的狂醉""诗与乐""忘欲与纵欲"四个方面的差别③。后来有人提出庄子的论酒文字，也是酒仙精神的体现："一是对儒家酒德和酒礼的漠视与超越；二是对饮酒之乐的享受和酒中真性的追求；三是对精神家园的构建和向往。"④尔后，陈卓以酒仙李白、酒神狄俄尼索斯为例，论述中国酒仙精神与西方酒神精神的不同，在于酒仙与诗结合在一起，酒神与神话结合在一起，所以李白是酒仙的，而西方是酒神的。⑤这几篇文章都一致认为，中西方酒文化、酒文学艺术精神的不同在于：中国体现的是酒仙精神，西方体现的是酒神精神。

现在看来，这两种说法其实是殊途同归，"道味""旷达酣适"其实可

---

① 万伟成：《中华酒诗的文化阐释》，中国文联出版社 2002 年版，第 190—191、193、294、296、297 页。

② 刘耘华：《两种艺术品格：中国的"酒仙"与西方的"酒神"》，《湘潭大学学报》1993 年第 1 期，第 82 页。

③ 巩玉丽：《酒仙气质与酒神精神——中西方酒文化比较》，《康定民族师范高等专科学校》2008 年第 2 期，第 42—45 页。

④ 舒宇：《庄子：酒仙精神及其文学投影》，湖南大学优秀硕士学位论文，2013 年，第 2 页。

⑤ 陈卓：《酒仙与酒神》，《语文教学通讯》2016 年第 6 期，第 70—71 页。

以归纳到"酒仙精神"里。而"酒仙"概念来自民间，就像尼采使用的"日神""酒神"来源于家喻户晓的古希腊神话一样，通俗易懂，且易于传播。学术界使用"酒仙精神"概念时有一个误区，即他们认为中国宴饮文学属于酒仙精神，而没有酒神精神和日神精神，即以李白酒诗为例，他们用"冲淡、平和""理性""含蓄的、内敛的"等词语概括李白。而笔者认为李白酒诗实兼酒神、酒仙精神而有之，是以酒神精神为主、酒仙精神为辅的。日神精神、酒神精神不是西方所独有的，我国宴饮文学中也大量存在；而酒仙精神为中国所独有，这是西方所无的。根据往日对"道味型""旷达酣适型"的研究，结合当前学术界对"酒仙精神"概念的阐述，酒仙精神至少体现在五个方面。

（一）酒仙精神是对现实悲剧的"度脱"精神

"酒仙精神"与酒神精神都肯定了人世间的悲剧存在，但对悲剧的态度截然不同。尼采认为，在酒神状态中，一切禁忌都被打破了，人们狂饮烂醉，放纵性欲，都是为了追求一种解除个体化束缚、复归原始自然的体验。对于个体来说，个体的解体是最高的痛苦，然而这种痛苦却铲除了一切痛苦的根源，获得了与世界本体融合的最高的欢乐。也就是说，酒神精神以极端的快乐来化解深度的悲剧。而在酒仙精神里，这种悲剧在或道家、或玄学、或佛教、或道教的消解或"度脱"下，得到化解。所以，酒仙精神虽然也是从悲剧精神出发，但更体现了超越世俗、超越悲剧的解脱精神。

（二）酒仙精神是超越世俗道德而回归自然的精神

酒仙精神一般是在不绝对违背传统道德的前提下的有限度理性精神，在这一点上向理性回归，并具有一些日神文化因子。但由于受中国天人合一的思想影响，酒仙精神更强调与天地合一，返璞归真，回归自然，"将淡泊、清雅的诗心净化于自然之中，以求得形神相亲、天人合一的'真境'，中国文人的这种独特的审美追求在饮酒诗中也常有体现"[1]，这主要是受到了道家、佛教思想的影响。

---

① 刘耘华：《两种艺术品格：中国的"酒仙"与西方的"酒神"》，《湘潭大学学报》1993 年第 1 期，第 83 页。

（三）酒仙精神是遗世独立的自由精神

酒神精神与酒仙精神都看到了造成人间诸种悲剧的世俗原因，但酒神精神不是厌弃生命、逃避痛苦，而是表现出一种永不妥协的抗争精神，包括肉体的或精神的；而酒仙精神虽然也有反礼教精神，像庄子、陶渊明、王绩在饮酒的问题上都以"天真"对抗"人伪"，以自然对抗"礼教"，但酒仙精神充其量只是弱者的抗争，甚至通过道家、玄学或佛教的中国式手段，将悲剧化解、将抗争弱化，用刘耘华的话来说，就是表现出"一种遗世独立的风范与情操""一种无欲无争的清净世界"①。如果说酒神精神体现了一种强者的哲学精神，那么酒仙精神则体现的是弱者的哲学精神。

（四）酒仙精神是适度精神

酒神精神与酒仙精神都强调一种自由精神，但酒神精神是在极端放纵、"过度"的法则上获得一种自由，追求一种解除个体化束缚、复归原始自然的体验。而酒仙精神则回归到"适度的"日神法则，即"酒仙式的微醺"，在半酣哲学的指导下获得精神自由。这一点在白居易、苏轼的宴饮文学中表现得尤其突出。

（五）酒仙精神是一种平和冲淡的美学精神

以上四个方面集中反映在气态上、风格上，酒神精神是"高涨、狂放"的，酒仙精神是"含蓄、内敛"的；反映在审美风尚上，酒神精神是"悲剧的崇高""超人的意志"，而酒仙精神则是"冲淡、平和"。在酒仙精神状态下，感情往往是平淡的，审美是偏于阴柔的，精神是自由解脱的。像这样的宴饮作家、宴饮作品，最具中国特色。

所以，酒仙精神既不是日神精神，也不是酒神精神，而是介于两者之间。它在理性精神与适度精神、冲淡平和的美学追求上与日神精神相通，在"对儒家酒德和酒礼的漠视与超越"上又与酒神精神相通；但它既没有日神精神的积极入世精神，也没有酒神精神的放纵欲望、终极反抗精神与超人崇高的美学精神。庄玄佛道式的解脱精神，是酒仙精神的内核，这也是日神精神、

---

① 刘耘华：《两种艺术品格：中国的"酒仙"与西方的"酒神"》，《湘潭大学学报》1993年第1期，第83页。

酒神精神所缺乏的。中国宴饮文学中，庄子的论酒文字，陶渊明、白居易的酒诗，苏轼的酒文学等，它们所体现出来的内在精神以及外在风貌，都符合上面概括的五个方面，不能一概归为"酒神精神"。

中国宴饮文学中还有一种浅斟低唱模式。由于浅斟低唱文化模式的宴饮文学仅限于酒令、"伶工"酒词与酒散曲，我们将在第四、五、六章中分别论述。它和酒仙文化模式一样，不仅具有酒神、日神的某些特征，比如日神式的道德、礼仪、适度等内容，酒神式的悲剧、抗争，而且它们还具有日神精神所不能概括的弱势反抗精神，具有酒神精神所不能概括的庄禅佛老式、世俗娱乐式的消解，具有酒仙精神所不能概括的女性化审美的美学精神。即使酒仙文化模式、浅斟低唱文化模式之间，也不能互相包括，因为酒仙偏于庄禅佛老式的解脱，而浅斟低唱偏于女性化审美倾向。

另外，中国古代宴饮文学还有一个特别的现象，由于作家的生活方式、文化性格的多样性，作品风格的多样性，作家宴饮文学作品的文化模式也存在着多样性的复杂情况。比如我们说李白、陆游酒诗和辛弃疾酒词主体上是酒神精神的，但他们也有部分作品带有酒仙精神；杜甫酒诗，既有酒神精神的，也有日神精神的；陶渊明、苏轼的宴饮文学主体上是酒仙精神的，但也有极少量带有酒神色彩的作品；酒令文学、早期酒词、元代酒散曲主体上是浅斟低唱的，但也有部分酒神或酒仙式的作品。因此，本书运用现代文化模式理论解读中国古代宴饮文学现象，绝不意味着机械、盲目、简单化地运用，也不是以洋代中，而是注意到中国宴饮文学的文化模式的丰富性与复杂性，是以结合实际为前提的。但尼采、本尼迪克特等的文化模式理论，对于重新评估中国宴饮文学，无疑是非常重要的。

第二章

先秦宴饮文学的
发轫与文化模式

先秦独立成篇的宴饮文学，在诗歌领域有《诗经》中的宴饮诗，在散文领域里有《酒诰》与《大盂鼎》铭文。此外，《左传》、诸子典籍里的酒文学故事、评论片段，属于历史故事与诸子说理的附庸；《楚辞》里的酒段落描写，都没有独立成章，属于广义宴饮文学范畴。先秦宴饮文学成就最高的当推《诗经》中的宴饮诗。《诗经》描绘的时代涵盖了从西周初年到春秋中叶共 500 余年时间。那么从商代晚期到春秋中期，中国酒文化经历了什么样的变化？它又是如何影响文学创作的呢？《诗经》与历史、诸子散文属于哪种文化模式？这些都必须先从酒文化发展背景与模式说起。

第一节
从酒神走向日神：先秦宴饮文学的文化背景

一、商代酒文化的酒神文化模式

根据文献记载与考古印证，商代特别是晚商的酒文化，呈现出以下五个特点。

（一）商代"重酒的组合"

酒在国家大事上具有非常重要的地位。国家大事在三代都被纳入了"礼"的范畴，而行礼少不了"礼器"，礼器包括乐器、食器、农器、兵器、玉器、酒器等多方面器具。要想知道酒在殷人生活中的地位，有一个非常重要的观测点，就是看酒器在所有礼器中的数量与地位。殷商嗜酒成风，酒器成为当时礼器的重心，青铜酒器种类丰富，盛酒器有尊、壶、罍、瓿、瓮、彝、卣、钫等，饮酒器有爵、觚、觯、角、斝、散、觥、杯等，煮酒器有盉、樽、爵、角、斝、镳等，从酒器的品种来看，有爵类、角类、斝类、盉类、镳类、尊类、鸟兽尊类、觚类、方彝类、卣类、罍类、壶类、瓶类、炉类、缶类、罐类、卮类、皿类、觚类、觯类、杯类、勺类、禁类等，品类之多，而且成组成套，可谓举世罕见。最基本的酒器组合是爵与觚、斝，特别是从酒器的数量及其所占的比例来看，"中商时五十六器中，饮器占三十八……晚商时，爵共七十八器，觚共八十器，斝共二十七器，觯八器，角一器……若再加上五十一件盛酒器，共为二百四十五器，几达到全器总量百分之七十弱了。而鼎的总数只四十三，不及酒器的奇零"。正是因为这样，考古学家郭宝钧把商代礼制、青铜器称为"重酒的组合"①，充分说明酒已经从祭祀进入到日常生活、社交活动中，并占有重要地位，发挥重要作用。

（二）商代酒风的持续时间长

一般认为商代纵酒过度是从晚期开始的。此说始见于《酒诰》："自成汤咸至于帝乙，成王畏相，惟御事厥棐有恭，不敢自暇自逸，矧曰其敢崇饮？"但根据考古，无论是商代前期还是后期，都出土了大量的青铜酒器。从商文化早期的郑州二里冈下层、郑州南关外，安阳梅园庄下层、邯郸涧沟下层的考古年代算起，一直延续到商代后期的殷墟时代，积四百余年漫长时间皆有陶、铜酒器的出现。早在武丁时代，曾用一百卣鬯酒以祭神。卣是专门盛鬯酒的容器，一般可容酒 2—3 公斤。由此可见商代纵酒之风，自始至终，"纣心迷政乱，以酗酒为德"（《书·无逸·孔传》），传统道德的颠倒，愈演愈烈，直至灭亡。

（三）商代酒风的全民性

随着农业考古的不断发现，商代的青铜酒器分布地域越来越广，以殷墟为中心，辐射到陕西、河南、山西、河北、山东、辽宁、安徽、湖北，甚至江西等地，覆盖了黄河、长江流域。从饮酒的阶层来看，商代贵族墓葬出土的大量酒器以及酒器的数量、地位，说明酒已经是贵族生活不可缺少的重要组成部分，而且连小型的平民墓葬也少不了酒器陪葬，如 1969—1977 年在安阳殷墟西区发掘中，小型墓 939 座，其中有陶容器随葬的墓达 719 座，而随葬酒器觚、爵的墓就有 508 座②，占总数的 54%，据 1969—1977 年殷墟西区墓地发掘材料，平民墓中最常见的随葬品是陶制酒器觚、爵③，正所

---

① 郭宝钧：《商周青铜器群综合研究》，文物出版社 1981 年版，第 122 页。

② 中国社会科学院考古研究所：《殷墟妇好墓》，文物出版社 1980 年版。

③ 中国社会科学院考古研究所安阳工作队：《1967—1977 年殷墟西区墓葬发掘报告》，《考古学报》1979 年第 1 期。

谓"富者铜觚铜爵,贫者陶觚陶爵"①,说明崇饮亦泛滥到平民阶层。从性别来说,不仅男人饮酒成性,就连妇女也不例外。最著名的殷墟武丁妃子妇好墓中就发掘出中国最多的青铜酒器,在 210 件青铜容器中,酒器就有 155 件,占比达 74%。完全有理由说,商代贵族妇女嗜酒也不让须眉。另外,考古发现了息国、薛国、安阳郭家庄的商代酒液②,也印证了文献记载的真实性,即殷人腼于酒,崇饮风行。根据《尚书·酒诰》记载,殷人"庶群自酒,腥闻在上,故天降丧于殷",表明商代是因此灭亡的。

(四)商代酒风的群体放纵性

《尚书·酒诰》斥殷人"庶群自酒,腥闻在上",指出殷人饮酒的这个特点。征之于文献,如《史记·殷本纪》:"(商纣)以酒为池,悬肉为林,使男女裸相逐其间,为长夜之饮。"《正义》引《太公六韬》:"纣为酒池,回船糟丘而牛饮者三千余人为辈。"《说苑·反质》:"纣为鹿台糟丘酒池肉林",《大戴礼记·少闲》称纣"荒耽于酒,淫泆于乐,德昏政乱"。这里充分体现出商纣饮酒的放纵,性的放纵。

商代发明了人工培植的麴蘗。《商书·说命下》佚文记载晚商武丁之言:"若作酒醴,尔惟麴蘗。"证以"藁城台西商代遗址",这应视为信史。用酒麴发酵成酒,是微生物学上的革命,不但提高了出酒率与原料利用率,而且大大提高了酒的质量,扩大了酒的产量与生产规模。比如鬯的产量,可从商代卜辞中用"百鬯"的数量加以佐证,如郭沫若主编、胡厚宣总编辑《甲骨文集合集》301:"贞昔乙酉葡旋御(于大)丁、大甲、祖乙,百鬯、百羌、三百[牢]。"《甲骨文集合集》32044:"贞王侑百鬯、百牛。""百鬯"即百卣的酒,卣用以计量酒的容量,大者可装数十斤酒,小者可装五六斤酒。有如此大的用量,其生产规模不言而喻,为商代"群体纵酒"提供了技术保障与物质实证。

(五)商代酒风的宗教性

殷人"崇饮""群饮",只有在祭祀的场合才会出现,集中反映殷人的

---

① 郭宝钧:《中国青铜器时代》,生活·读书·新知三联书店1968年版,第115页。
② 孟宪武:《安阳郭家庄的一座殷墓》,《考古》1986年第 8 期,第 715 页。

宗教观念。殷人是一个重祀民族，以酒祭祀，一方面反映了商人用美食享神的虔诚信仰，因为酒食都是迎合"神嗜"的美食代表；另一方面也传递了时人对酒本身的一种文化信仰。酒事信仰导致酒充当沟通人与神的重要媒介，被广泛运用到酌神、享神的祭祀场合。《孝经·士章》"守其祭祀"疏曰，"祀者，似也，谓祀者似将见先人也"，而人们在现实生活中，头脑清醒时是很难达到"似见先人"和人神相接的沟通效果的，而只有酒，才能使人在醉酒状态下置身于人神共处的奇妙氛围。"商人的祭祀是非常繁多、非常复杂的……几乎是每天必祭，每旬必祭，每年必祭"[①]，这是殷人饮酒多而神秘色彩浓的重要原因。商代重祀之风，影响到楚国的重祀之风，这是商代酒文化模式与楚国酒文化模式偏重于酒神文化模式的共同文化背景[②]。

由此可见，商代特别是晚商时期酒的文化模式基本上是酒神的。

二、西周春秋日神文化模式的确立

大约在公元前 1046 年，武王伐纣，周朝取代了商朝。以周公为代表的西周统治者鉴于晚商礼崩乐坏，于是"制礼作乐"，这既是制度建设上的革命，也是文化转型上的革命：从酒神精神走向日神精神。西周酒文化也因此呈现出与晚商文化模式不同的文化精神。

（一）周族酒文化的酒礼建设，强化了等级性与礼仪性，弱化了巅峰的醉的体验

西周建立伊始，鉴于殷商因酒亡国，因此一反殷朝国策，实行酒禁，并在周公"制礼作乐"的政治建设中，规范了饮酒行为，建立了"酒礼"。这些在《周礼》《仪礼》《礼记》中也多有反映，集中体现了礼的基本精神。

周礼最显著的特点就在于它的等级性。从礼器看，青铜酒器被纳入礼器范畴，被赋予了"明贵贱，辨等列"的中国文化内涵。如酒器的形制大小，套数多寡，质量高下，装饰华素，就连摆列方式都体现使用者身份的

---

① 常玉芝：《商代周祭制度》，中国社会科学出版社 1987 年版，第 307 页。

② 万伟成：《中华酒诗的文化阐释》，中国文联出版社 2002 年版，第 66—72 页。

贵贱。孔子说，"器以藏礼"（成公二年），说明礼器（包括酒器）成了礼文化的重要载体。从礼仪看，酒礼上的揖让周旋，不同宴礼参加者的身份不同；即使相同宴礼，参加者的身份也有贵贱差别；此外还有席位、座位，进退、升降，坐兴、俯仰，酬献酬酢、敬赐授受以及各种进食礼仪，都能显示出参加者、举行者的身份尊卑，就是宴席用礼用乐的规格、等级，也随着主人地位的不同而不同，都被纳入了"礼"的范畴。所以周族酒礼的设计，就是消弭酒祸，维护秩序，消解了酒神精神因子的一个重要内容——巅峰的醉的体验，因而日神精神更加明显。"乐"与"礼"并举，是周代社会两大精神支柱，也是当时重要的意识形态，对《诗经》宴饮诗产生了根本影响。

（二）周族酒文化的敬德修身观念，强化了理性原则、礼仪法则与"适度"法则

西周重要酒文献《酒诰》中最大的一个贡献，就是首次提出了重德观念。关于"德"字，《酒诰》中凡八见，是周人集中论述"德"字的篇章文字之一，《酒诰》里的"德"字主要指与政教联系紧密的酒德，"德"义的产生与酒关系密切。它要"破"的，就是殷末"诞惟厥纵淫泆于非彝，用燕丧威仪，民罔不盡伤心。惟荒腆于酒，不惟自息乃逸"等败德丧仪的种种行径；它要"立"的，就是加强道德修养，用道德的力量、适度的法则来约束自己，不要沉醉。这里，《酒诰》把"中""度"的概念引到道德修养上，"克尔观省，作稽中德"，体现在酒德上，就是"饮惟己（祀），德将无醉"，从饮时（祭祀时饮酒）、饮量（不及醉乱）两方面进行把握。与之相适应，宴饮场合中的道德自律要求（即酒德）也应运而生了。酒德是酒礼的内在道德规范，而酒礼则是酒德的外化。

（三）周族酒文化的政治特性，强化了宴以合好的政治功能，弱化了强力意志

中国的礼乐文化不仅强调"异"，而且强调"和"。"和"之中，本身包括了"异"：用以贵族的血缘关系为基础的宗法制度来调节其内部关系，维护内部团结，而不是所有不同阶级、不同阶层、不同宗族的和谐。宴会既

然被纳入"礼乐"范畴,自然而然也被赋予了这一政治使命和文化功能。如《国语·周语》就强调:"饮以显物,宴以合好……饮食可飨,和同可观,财用可嘉,则顺而德建。"饮,古代家庭私宴的名称。韦昭注云,"和同之道行,则德义可观也",就明确了"酒以成礼""宴以合好"的宴饮文化意义。故《乐记》释礼乐云,"乐者为同,礼者为异。同则相亲,异则相敬……礼义立,则贵贱等矣;乐文同,则上下和矣",阐明礼与乐在维持新的社会结构制度方面承担不同的社会功能。而宴饮之礼,则同时体现了这两个社会功能并合二为一,这既是西周宴饮承担的政治使命所在,也是周代"礼以体政"(《左传》桓公二年)、"以乐侑食"(《周礼·天官·膳夫》)的文化内涵、功能所在。必须指出的是,由于西周生产落后,酒的产量较少,酒基本上是上层贵族的奢侈品,下层百姓与之少缘("礼不下庶人"),加上酒事被纳入了"礼""乐""政"的范畴,因而决定了以《诗经》为代表的早期宴饮文学的基本特征:主要集中在《雅》《颂》,性质上属于贵族文学和政治诗歌,体现了上层贵族的饮酒心态和意识形态。

(四)殷周酒事信仰的变化,禁酒限时的政策实施,弱化了饮酒的群体性、放纵性

商、周都存在着酒事信仰,但"殷人尊神,率民以事神,先鬼而后礼……周人尊礼尚施,事鬼敬神而远之"(《礼记·表记》)。"率民以事神"的酒事信仰和祭祀礼上的群体性、放纵性、宗教性加剧了日神法则的崩坏。周人"事鬼敬神而远之",因此祭祀、饮酒比起商代大大减少了,而且理性、礼制性越来越浓了。到了春秋时代,中国文化从以神为本到以人为本的变化导致宗教性的淡薄和礼乐性的强化。但从神本文化走向人本文化是一个漫长的历史过程,一般认为,这一过渡阶段到春秋战国时代才告完成。商代的宗教崇拜是以酒器充斥形成"重酒的组合"的祭祀活动,具有更多的宗教狂热,更近于酒神精神。而周代建立起来的文化,特别是《酒诰》限制群饮、放纵,倡导礼仪、敬德、节制,代表一种礼乐文明与理性精神,特别是到了春秋时代,人本精神取代神本精神,原始巫术文化色彩的消减,都说明周代文化偏重日神文化,"即使不说'礼乐'传统是日神型,但至少它不是酒神型的,它是一种非酒神型的原始文化"①。

从商到周,酒文化模式上的四个变化归结为一句话:弱化了酒神文化因子,强化了日神文化精神,实现了酒文化模式的转型。从这个意义上说,商周之际的战争绝不应仅仅理解为一场政治革命或者一次单纯的改朝换代,还应理解为一场文化模式的转型,即从酒神到日神的转型。最能反映西周酒礼建设的成就、表现西周日神精神的文学作品,除了《酒诰》《大盂鼎》两篇散文外,最大的诗歌创作成果就是《诗经》里的涉酒诗了。这种意识形态领域的重大变化也决定了《诗经》酒诗的内容、文化模式乃至表现方式。

第二节
《诗经》宴饮诗的日神文化模式

据不完全统计,《诗经》中的"酒"字,凡62见:《风》6见,《小雅》39见,《大雅》11见,《颂》6见。《诗经》直接涉及酒事、酒、醉的诗歌共有58篇,除了《国风》11篇外,大部分集中在《雅》《颂》两个部分,有47篇,其中《小雅》26篇,《大雅》13篇,《颂》8篇。②这47篇中,以描写酒宴为中心并单独成篇的则有17篇,它们是:《小雅·鹿鸣》《伐木》《鱼丽》《南有嘉鱼》《湛露》《彤弓》《桑扈》《頍弁》《车舝》《宾之初筵》《鱼藻》《瓠叶》《大雅·行苇》《既醉》《凫鹥》《周颂·丝衣》《鲁颂·有駜》,可称为纯粹意义上的"酒文学",其他则是涉酒文学。《雅》《颂》酒诗是西周至春秋时代意识形态的反映,也与《诗经》酒诗属于贵族文学有关。"《诗经》作为当时社会生活的反映,记载了当时社会的神话传说、祭神祭礼、爱情婚姻、农牧渔猎、风俗燕飨,而在这些

---

① 李泽厚:《华夏美学》,香港三联书店1988年版,第20页。
② 万伟成:《中华酒诗的文化阐释》,中国文联出版社2002年版,第1页。

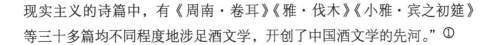

现实主义的诗篇中，有《周南·卷耳》《雅·伐木》《小雅·宾之初筵》等三十多篇均不同程度地涉足酒文学，开创了中国酒文学的先河。"①

一、学术界对《诗经》宴饮诗的研究综述

《诗经》作为中国文学史辉煌的开篇，其中58篇宴饮诗以最大化视角展现了辉煌的周代酒文化，因此受到学术界的重视。历代《诗经》学，对《诗经》中的酒、酒德、酒礼都做过大量的考证，为后人研究《诗经》宴饮诗奠定了基础。据中国知网、万方数据等的统计，目前学术界对《诗经》宴饮诗的研究文章多达80多篇，其中硕士、博士学位论文就有10余篇，主要集中在以下三个方面。

（一）《诗经》宴饮文化的研究

这方面论文约有30余篇，其中直接揭示主题的有孟庆茹、索艳华《〈诗经〉与酒文化》（2002），樊树云《〈诗经〉与酒文化》（2004）等，后面同题的论文还有10篇之多，如邱爱辉《从〈诗经〉中的酒看周礼文化》（2007），王忠琴《试析〈诗经〉中的酒文化》（2018），边风《〈诗经〉酒文化研究》（2010），冯常荣与孙维国《〈诗经〉与先秦酒文化》（2011），王浩《〈诗经〉中酒文化研究》（2019），潘城《〈诗经〉中的酒文化现象论析》（2020）等，从标题到分析，大同小异。此外如萧东海《"春酒"辨析》（1990），樊树云《从所用酒器探讨〈卷耳〉等诗的创作年代》（2004）、张连举《论〈诗经〉中的酒器描写》（2009），杨雅君《〈诗经〉名物的情感表现功能——以乐、酒为中心》（2014）等，从酒名、酒器名物入手，分析《诗经》中的宴饮文化。赵东玉《从〈诗经〉看周代祭祀时的饮酒者》（1994），沈伟东《浅论〈诗经〉有关酒习俗的描写》（1996），武卓斐《〈雅〉诗与酒习俗》（2010），邓庆红《〈诗经〉宴饮诗中的民俗文化》（2014）等文章，从民俗入手研究《诗经》中的宴饮文化，其中万伟成《论周族酒信

---

① 陈达能：《中国酒文学的开篇》，《贵州师范大学学报》1991年第1期，第84页。

与〈诗经〉酒诗》（2001），对《诗经》酒俗的信仰问题进行了开拓性研究，王志芳《〈诗经〉中生活习俗研究——文献记载与考古发现的综合考察分析》（2007），在研究方法上进行了创新。陈鹏程《从〈诗经〉酒诗看酒在周人社会生活中的功能》（2008），刘国芳《从〈诗经〉宴饮诗探周人的治国之道》（2009），万志祎、王金香《〈诗经〉酒诗的文化功用考察》（2017），王云云《〈诗经〉饮食之象文化功能研究》（河北大学硕士学位论文，2018）等文章，从文化功能方面入手研究《诗经》中的宴饮文化。此外，陈鹏与马兰兰《从〈诗经〉探究先秦酒文化的特色》（2014），叶萌《论〈诗经〉酒文化的地域性》（2017）等，对《诗经》中的宴饮文化的时代性与地域性进行了研究。可见，《诗经》中的宴饮文化研究在不断深入。

（二）《诗经》宴饮诗的研究

这方面的研究论文也有10余篇之多。其中有用传统方法分析思想内容与艺术特色的，如张雁影《祭祀和宴饮：先秦酒诗的主旋律》（2004），杨蕊《谈〈诗经〉饮酒诗的思想内涵及变迁》（2007）等；也有进行文化阐释的，如李华《〈诗经〉宴饮诗的文化阐释》（2011），周子靖《由〈诗经〉中的酒描写探析先秦君子观》（2019），从文化学、社会伦理学角度进行阐释，打破了过去纯粹用政治观点阐释的窠臼。马海敏《〈诗经〉燕飨诗考论》（2007），对宴饮文学类型进行了详尽的考证；李中生《〈诗〉"既醉以酒"辨正》（1994），对相关词语作了详尽的辨析；陈达能《中国酒文学的开篇》（1991），则肯定了《诗经》宴饮文学的历史地位。至于《诗经》中的具体宴饮诗作品，学术界关注度较高的主要有两篇——《鹿鸣》和《宾之初筵》，其余大部分属于赏析文章，兹不一一介绍。

（三）《诗经》宴饮诗的礼乐文化精神研究

周蒙与冯宇《从〈诗经〉看商周酒文化现象及其精神》（1993），由表及里，研究《诗经》宴饮诗的文化精神。但从《诗经》宴饮诗的主题和文化精神研究的结果来看，学术界普遍接受了礼乐文化精神观点，这方面的论文较多。赵沛霖《〈诗经〉宴饮诗与礼乐文化精神》（1989），《诗经研究反思》（1989）第二章《关于宴饮诗》，较早提出礼乐文化精神这一观点，并作了较为深入的认证与分析。后来的论文在分析《诗经》宴饮诗时，离不开礼乐文化，如刘冬颖与殷锐《"燕礼"的还原与〈诗经〉中的宴饮诗》（2003），刘国芳《〈诗经〉宴饮诗与周代礼乐文化》（2007），袁玥《〈诗经〉中的宴饮诗及其背后的礼乐文化》（2015），陈薇《乡饮酒礼与〈诗经〉宴饮诗研究》（2017），彭宇星《〈诗经〉燕飨诗与宗周礼制》（2019）等，皆其余绪。有的从单篇宴饮诗进行分析，如马兆婷《〈宾之初筵〉的主题和酒文化阐释》（2008），肯定了这是"讽刺滥饮失礼和劝诫饮酒宜有节制，是一首变雅性质的诗歌作品"；此外，如张思齐《〈宾之初筵〉的神性可比素与〈诗经〉的史诗基本格》（2011），张开翔《论〈小雅·鹿鸣〉的文化意蕴》（2011），朱熠《〈小雅·宾之初筵〉主旨探微与周人的饮酒观念》（2015），王国凤《〈诗经·小雅〉燕飨诗的礼乐精神研究》（2021）等，都以小见大，从专篇文章分析出文化意蕴、礼乐精神之深厚。不但如此，刘国芳《〈诗经〉宴饮诗中的"燕仪"仪节探析》（2007），岳玲《〈诗经〉中玉、车马、酒所反映的周代礼制内涵研究》（2013），杨晓丽《〈诗经〉中的饮至礼》（2017）等文章，进一步分析《诗经》中的饮酒礼仪，万伟成《西周、春秋酒礼与〈诗经〉酒诗的创作与流播》（2005），孔德凌《〈诗经〉宴饮诗与周代礼乐文化的变迁》（2009）等文章进一步分析《诗经》饮酒礼与宴饮诗的嬗变，都对这一领域研究有所拓展。

礼乐文化与道德建设是外与内的关系，所以学术界对《诗经》宴饮诗的道德建构及其理性精神也作了延伸研究，如杨恋恋《解构〈诗经〉酒诗的道德倾向》（2005），崔金静《简论〈诗经〉酒诗的理性精神》（2013），王少良《从〈诗经〉饮酒诗看周代的酒礼及酒德》（2014）等文章。至于陈斯怀《酒与〈诗经〉的游之精神》（2013）将《诗经》中的宴饮文学分为"节制与放纵"两种形态，等量齐观，则陷入了二元论。

《诗经》宴饮诗的饮酒行为与观念、酒礼与酒德的研究成果，虽然没有直接进行文化模式上的研究，但为我们研究它的文化模式提供了有益的启示。

二、《诗经》宴饮诗的日神精神

关于《诗经》宴饮诗的文化模式问题，上述研究《诗经》宴饮诗的礼乐精神、道德建构、理性精神的论文，都涉及它的文化模式问题，但未展开和深入；此前的 2002 年万伟成研究过《诗经》宴饮诗中的理性精神、礼乐精神和美学精神①，这些都涉及文化模式问题，但没有明确指出它的日神精神与日神文化模式。《诗经》传递的西周酒文化信息量大，以至于有专家说："从整体上说，《诗经》恰似'酒经'。"②这种酒文化信息，不仅仅体现在上述酒、酒性、酒肴、酒器、礼乐、酒功上，更体现在比这些更丰富的酒的精神文化层面，其中最核心的就是丰厚的日神精神与典型的日神文化模式，表现在以下四个方面。

（一）和乐精神

《诗经》宴饮诗首先充满着一种祥和安乐的气氛。《有駜》写鲁僖公君臣祈年后宴饮，"醉言舞，于胥乐兮""醉言归，于胥乐兮"，反复歌咏饮酒娱乐的宗旨。此外，如《小雅·蓼萧》"既见君子，孔燕岂弟"，《小雅·鱼藻》"王在在镐，岂乐饮酒""王在在镐，饮酒乐岂"，《頍弁》"乐酒今夕，君子维宴"，《鹿鸣》"我有旨酒，以燕乐嘉宾之心"，《南有嘉鱼》"君子有酒，嘉宾式燕以乐""君子有酒，嘉宾式燕以衎""君子有酒，嘉宾式燕绥之"，《常棣》"傧尔笾豆，饮酒之饫。兄弟既具，和乐且孺"等。可见，先秦饮酒，用于宴客娱宾、敦亲睦邻、及时行乐，是一个普遍的主题。《唐风·山有枢》"子有酒食，何不日鼓瑟？且以喜乐，且以永日"，《周南·卷耳》"我姑酌彼兕觥，维以不永伤"，为后来曹操写《短歌行》"对酒当歌，人生几何"所本。但若《大雅·抑》所谓的"颠覆厥德，荒湛于酒。女虽湛乐从，弗念厥绍"，通过丧德、失礼所获得的饮酒快乐是酒神精神所推崇的非道德精神与败坏

---

① 万伟成：《中华酒诗的文化阐释》第一章《诗经礼酌》，中国文联出版社 2002 年版，第 31—45 页。

② 周蒙、冯宇：《从〈诗经〉看商周酒文化现象及其精神》，《社会科学战线》1993 年第 5 期，第 107 页。

礼仪行为，而这却恰恰是《诗经》要批判的。

《诗经》宴饮诗的"和乐精神"，与宴饮场合使用音乐也分不开，这是"礼乐文化"的一个重要环节。以《鹿鸣》为例，《诗序》释云，"燕群臣嘉宾也"。从"鼓瑟""吹笙""鼓簧""鼓琴"看，也属于"燕主于欢"①的燕礼，这种乐器鸣奏出来的旋律音乐，与"主于欢"的燕礼气氛若契一致，贵族酒场合下的琴瑟合奏、钟鼓和鸣，展现了周人追求家国天下、和谐社会的乐教精神，代表了一种新的"宴以合好"的礼乐文化精神。

《诗经》宴饮诗突出的愉悦精神、快乐原则，是建立在"和"的基础上的。中国古代"和"的概念，既发轫于饮食（"和酒"），延伸至音乐、国家之"和"，反过来又对宴饮的文化功能产生影响，表现在"礼异"的基础上实现"乐和"，即在"饮酒以乐"的基础上，实现社会关系的整体和谐。商周人从一个宗族发展到征服异族、建立王朝，宴饮之礼也相应地经历了一个由"和"宗族为主到"和"宗族与"和"天下并行不悖的历史内涵性演变②；因此中国文化自春秋时代开始，经历一个以"神道""天道"为主到以"人道"为主的转型，宴饮之礼也相应地经历了一个从"和神灵"到"和人伦"的转变，这些在《诗经》里都得到了反映。如果说"中"体现在礼对宴饮的各种规范与限制的话，那么"和"则体现在宴饮对社会组织及其人群的和谐与团结上。西周礼乐文化的精神就是要把人们从争夺相杀（谓之"人患"）引导到讲信修睦（谓之"人利"）上来，从这个意义上来说，以宴礼为主取代战争为主，以团结为主取代征伐为主，体现了人类以文明取代野蛮的社会发展趋势，具有进步意义。这就是周族统治长久的根本原因。我们从《诗经》宴饮诗中也无不感受到了强烈的"礼异乐和"的文化精神。

（二）礼制精神

"夫礼之初，始诸饮食"（《礼记·礼运》），当然与酒也有关系。礼的要

---

① （清）胡培翬：《仪礼正义》卷十一，引诸寅亮语，四部备要。

② 万伟成：《礼酌：〈诗经〉宴饮诗的文化解读》，载《中山人文学术论丛》，台湾复文出版社 2000 年版，第 4 页。

素包括"礼治""礼制""礼仪""礼器"等。《诗经》宴饮诗与一般宴饮诗不同,它实际上成为礼的载体,正所谓"为酒为醴,烝畀祖妣,以洽百礼"(《周颂·载芟》),"烝衎烈祖,以洽百礼"(《小雅·宾之初筵》),正体现了"非专为饮食也,为行礼也"(《礼记·乡饮酒义》)之义。所以,《诗经》宴饮诗大部分都有礼仪性质,如《郑风·女曰鸡鸣》"宜言饮酒,与子偕老",所谓明夫妇之礼;《小雅·常棣》"傧尔笾豆,饮酒之饫。兄弟既具,和乐且孺",所谓明兄弟之礼;涉及君臣天下伦理和谐关系的也往往以兄弟、父舅、主宾关系出现,以友道为规范,所谓明君臣之礼。"这正反映了周代早期农业社会宗法制度以及建立在这种制度基础上的'家国同构'的政治伦理社会特点,体现了宴饮之礼在周代的教化、组织、治理等功能"①,酒以载礼,义在其中矣。

《诗经》宴饮诗中的"和乐精神",是在"礼异"的前提下获得的一个方面,它不强调平等,而是强调等级差异。比如《诗经》中的酒器:饮酒器有爵、角、觚、觥、斝等,盛酒器有尊、卣、壶、彝等,贮酒器有罍、瓶等,醙酒器有筐等,舀酒器有斗、瓒等,不一而足。由于《诗经》中的酒诗多产生于大型典礼的酒场,在酒礼上也往往呈现出"立礼成乐"的贵族气派。玉质酒器是天子特供,青铜酒器是礼器至尊,尊、彝、卣、献、爵等都是贵族特供,体现出"上、中、下"的等级序列,显现出森严的等级秩序,折射出周族人伦尊卑的文化内涵。另一方面,美酒与音乐的搭配,是商周时期"乐以侑食"的一个重要环节,也是《诗经》宴饮诗中常见的一道亮丽风景线,如"子有酒食,何不日鼓瑟"(《唐风·山有枢》),"我有嘉宾,中心喜之。钟鼓既设,一朝右之"(《小雅·鹿鸣》),"我有嘉宾,鼓瑟鼓琴。鼓瑟鼓琴,和乐且湛。我有旨酒,以燕乐嘉宾之心"(《小雅·常棣》),"宜言饮酒,与子偕老。琴瑟在御,莫不静好"(《女曰鸡鸣》),美酒、佳肴和美妙的音乐,往往突出主人公高尚的品格。商周时期礼乐不分,而这一切都离不开酒作为载体,所以酒文化也成为礼乐文明的组成部分。不同阶层使用不同的礼乐,其中不但包括了酒、酒器(礼器)使用、乐器使

---

① 万伟成:《中华酒诗的文化阐释》,中国文联出版社 2002 年版,第 16 页。

用的差异,更包括了礼仪的差异。

日神文化模式的一个重要特征就是对礼仪的尊崇与讲究。最能体现中华文化内涵的酒礼就是乡饮酒礼、燕礼、飨礼,反映出从"礼之初"到礼乐之盛时代的发展轨迹。后来的宴饮之礼,序长幼贵贱,明君臣伦理,酒以成礼,宴以合欢,享以主敬,莫不源于此。《诗经》宴饮诗对于饮酒礼仪显示出了特别浓厚的兴趣,不但从酒礼、酒器、酒德上强调它的重要性、规范性,而且反复歌咏酒礼的仪式性,这方面表现突出的诗歌有《宾之初筵》《行苇》《小雅·瓠叶》《小雅·彤弓》等。

《宾之初筵》第一章,首八句写饮酒之礼,礼中有酒肴、有乐器,后六句写射礼;第二章前八句写酒乐祭祖,佑及子孙,后六句由射礼过渡到燕飨礼;第三、四、五章集中写燕飨礼,先陈古义,见出古之饮酒必须射、祭大礼而后饮,饮酒有序,笙鼓和奏,乐而有节,以洽百礼,礼乐文化在此得到充分展示。

乡饮酒礼与燕飨礼不同。乡饮酒礼是周代流行的宴饮风俗,主要目的是为了向国家推荐贤者,由乡大夫做主人设宴。燕飨礼是君臣之礼,起初是周天子与诸侯、诸侯与卿大夫之间的燕饮之礼。由于宴会主体、宴饮对象不同,各个环节的内涵也不相同。这种酒礼仪上的差别,在《小雅·瓠叶》与《小雅·彤弓》篇中得到了艺术的反映。

《小雅·瓠叶》所歌咏的乡饮酒的献宾之礼是:

> 幡幡瓠叶,采之亨之。君子有酒,酌言尝之。
> 有兔斯首,炮之燔之。君子有酒,酌言献之。
> 有兔斯首,燔之炙之。君子有酒,酌言酢之。
> 有兔斯首,燔之炮之。君子有酒,酌言酬之。

而《小雅·彤弓》歌咏的燕礼的献宾之礼是:

> 彤弓弨兮,受言藏之。我有嘉宾,中心贶之。钟鼓既设,一朝飨之。

彤弓弨兮，受言载之。我有嘉宾，中心喜之。钟鼓既设，一朝右之。

彤弓弨兮，受言櫜之。我有嘉宾，中心好之。钟鼓既设，一朝酬之。

《瓠叶》中虽然主宾、少长、尊卑没有失去各自的差别，但是通过烹兔动作炮之、燔之、灸之的反复咏叹和一献之礼尝之、献之、酢之、酬之的反复歌唱，宾主的欢洽和谐，溢于言表。而燕礼则同中有异，据孙诒让《诗彤弓篇义》释曰"首章飨之，即献；次章右之，即酢；合之三章云酬之，正是献、酢、酬之礼"①，形式上与乡饮酒礼一样，只是名称含义稍有不同：一是献礼上，君为主，但由于君臣地位不同，故君"使宰夫为献主，臣莫敢与君亢礼也"（《燕义》）；二是酢礼上，臣是宾，必须奉君命后再酢，如《左传》庄公十八年记载"虢公、晋侯朝王，王飨礼，命之宥"。之所以有这些不同，是因为君臣身份地位不同，体现了"明君臣之义"。《彤弓》是一首"天子锡有功诸侯"（《毛序》）的诗，周王对有功诸侯（即嘉宾）不仅"锡之弓矢以正诸夏，此王室所以尊也"（《诗经原始》注引范氏），而且以最高的燕礼——飨礼待遇之，既以三献之礼礼之，又以天子之乐（钟鼓）乐之，既重其典，又隆其礼，把宴饮尚和、征伐尚功的精神糅合在一起，反映了周初对待异姓诸侯的基本国策，以及周人原始的尚武精神被带入文明社会。尽管乡饮酒礼、飨礼各有不同，但都反复歌咏献宾之礼的仪式，佐之以音乐，体现了礼与情、感性与理性的融合境界，都是日神精神的典型表现。

《诗经》宴饮诗所渲染的饮酒快乐原则，不是酒神精神所推崇的绝对自由、放纵原则，而是在礼的规范下取得的日神规则。这样使得"和乐精神"与"礼制精神"紧密联系了起来。

（三）德行精神

日神精神在德国美学家尼采处，本身就是崇尚道德的一种美学精神。同样，《诗经》宴饮诗属于日神精神，也获得了道德审美上的意义。歌颂令德，抨击败德，是《诗经》宴饮诗中一个重要的政治倾向，充分体现出中国饮酒道德审美观念。这种道德审美原则，与尼采说的日神是"德行之神"

---

① （清）孙诒让：《籀庼述林》卷二，中华书局 2010 年版，第 69 页。

的精神相一致，这正是日神精神的最核心内容。

《诗经》宴饮诗非常强调和突出"德"，反复塑造君子饮酒道德的典范。如《湛露》前两章写"厌厌夜饮"，后两章颂醉不失仪，所谓"显允君子，莫不令德""岂弟君子，莫不令仪"，充满了对君子令德（品德涵养）、令仪（容止风度）之赞美，体现了内（德）与外（仪）的统一。又如《蓼萧》第二章"既见君子，为龙为光，其德不爽，寿考不忘"，也是对君子令德的赞美。因之，以酒观人，所谓"醉之以酒而观其则"（《庄子·列御寇》），"醉中可以观德，尤足以知蕴蓄之有素"（《诗经原始》），也成为考验是否为君子的重要标准。具言之，主要有三个观测点：一是把握适度原则，二是维护威仪、容止，三是保持温克风度。

《礼记·表记》云："君子之德，见于仪表者也。"因此，对饮酒君子威仪的赞美亦是颂德的重要内容。《诗经》宴饮诗中提到"仪"的，主要有威仪、礼仪、令仪，只有严守所谓"礼仪三百，威仪三千"，才能保持美好的风仪（即"令仪"）。《诗经》也十分强调饮酒者保持美好风范的重要性："显允君子，莫不令德。……岂弟君子，莫不令仪。"（《湛露》）"饮酒孔嘉，维其令仪。"（《小雅·宾之初筵》）令德与令仪，体现了饮酒内与外的高度统一。酒德是令仪的内在道德规范，而令仪则是酒德的外化风度表现。对一个人在宴饮场合的道德修养要求，如遵守各种宴饮秩序，保持良好的风度等，最能体现出礼乐文化背景下的饮酒道德审美观念。

《诗经》宴饮诗也有一些醉酒场面的艺术描写，塑造了一些"酒鬼"形象：

> 湛湛露斯，匪阳不晞，厌厌夜饮，不醉无归。（《湛露》）

> 其未醉止，威仪反反。曰既醉止，威仪幡幡。舍其坐迁，屡舞仙仙。其未醉止，威仪抑抑。曰既醉止，威仪怭怭。是曰既醉，不知其秩。宾既醉止，载号载呶。乱我笾豆，屡舞僛僛。是曰既醉，不知其邮。侧弁之俄，屡舞傞傞。既醉而出，并受其福；醉而不出，是谓伐德。（《小雅·宾之初筵》）

这些诗句写出了种种醉态，生动传神。这是中国宴饮文学中最早描写醉态而且是最有文学色彩的片段之一，但我们并不能因为这些醉态描写，就遽定它们是酒神精神的文学反映，因为它们只是树立一个个反面形象，其立足点就是批判、讽刺宴饮场合中违礼、丧德的现象。又如"贤者自箴"之诗《小雅·小宛》，就慨叹世多嗜酒失仪，"彼昏不知，壹醉日富，各敬尔仪，天命不又"，《原始》分析说，"特提'饮酒'为戒，则必因过量无德，恐致于祸，乃为此以自警"，所谓"规小过而全大德"；再如"卫武公自儆"之诗《大雅·抑》，也可见当时酒德败坏的情形："其在于今，兴迷乱于政；颠覆厥德，荒湛于酒。"故而引出后面危言自警之章，愈见修省之切。因此这是通过抨击失德来突出酒德正能量的主题，强化酒的道德自律精神，归结为一句话：不是颂扬酒神精神，而是强化日神精神。

（四）适度精神

在尼采的日神哲学中，非常强调"适度"原则。我国宴饮文化中的"中和"正是日神"适度"原则的典型体现。具体来说，表现在旨酒的味觉审美和饮酒的节制原则上。

《诗经》宴饮诗反映了饮酒重厚、重甘、重和、重柔、重香的味觉审美倾向，重厚者如"曾孙维主，酒醴维醹"（《大雅·行苇》），醹就是醇厚之酒；重甘者最多，如"尔酒既旨，尔肴既嘉"（《小雅·頍弁》）、"虽无旨酒，式饮庶几"（《车辖》）、"君子有酒，旨且多"（《鱼丽》）、"我有旨酒，以燕乐嘉宾之心"（《鹿鸣》）、"彼有旨酒，又有嘉肴"（《正月》）、"旨酒欣欣，燔炙芬芬"（《大雅·凫鹥》）、"既饮旨酒，永锡难老"（《鲁颂·泮水》）等。按《说文解字》，"旨，美也""美，甘也""甘，美也""甜，美也"，这些解释符合先秦味觉审美实际和酿造实际的情况。重柔而和者如"旨酒思柔"（《小雅·桑扈》）、"酒既和旨，饮酒孔偕"（《小雅·宾之初筵》），反映了对中和酒味的一种审美追求，这种追求就是要求柔和，排除刺激，饮用起来也让人心平气和，从生理到心理、从味觉审美升华到文艺审美情趣，坚持的是味觉审美上的"适度"原则。

饮酒可以养生，也可以丧生，因此掌握适度的原则十分必要。适度就是要求以醉为度，醉而不乱，才能达到养身归性，酒德饱满，否则就是濡首丧德，败身丧生。尤其值得注意的是，与一般解释"酗酒"为醉不同，《诗经》却以"适度"原则释"醉"：

> 既醉以酒，既饱以德。君子万年，介尔景福。（《大雅·既醉》）
>
> 既醉而出，并受其福。醉而不出，是谓伐德。（《小雅·宾之初筵》）

这里对"醉"的把握体现了"中和"精神：一方面主张"醉酒"，饮酒足量，则道德饱满，醉、德双馨，则致福、养体、归性、合情，即后世所谓的"醉酒饱德"；另一方面反对过度，过度不但不能致福，反而丧德。这种观念在古人造字上也反映出来，如《说文解字》："醉，卒也，卒其度量，不至于乱也"，《正字通》："醉必伐德丧仪，醉之从卒。卒，终也，与酒俱卒，危辞也，所以寓戒意也。"这些都将"醉"赋予了适度精神。

从审美角度来看，适度原则表现在：从审美客体（即酒）来说，降低美的感性强度与数量，减弱审美对象所引发的强烈的生理效果，和味调口，三爵而退，正是关键；从审美主体来说，就是要节制欲求，控制审美行为。这些不仅是先秦养生审美观念的表现，而且是"中和"原则的具体运用，是礼乐精神的反映。音乐之美与饮食之味所产生的强大魅力，并不在于音乐和饮食表现力的充分展示，而恰恰相反，是节制人们情欲的膨胀，使之保持在一种中正平和的状态，这就是一种道德境界。宴饮诗所歌颂和表现的酒德正是这种"人道之正"，即从单纯的生理满足升华为贵族所追求的人伦正道和道德精神。

总体来说，《诗经》中四个方面的日神精神最突出地体现在《雅》《颂》上，它抒发的感情也基本上是"社会我"的贵族精神，代表了那个时代的主流精神。当然，《诗经》借酒抒发的也有"个体我"的精神，比如《周南·卷耳》之"我姑酌彼金罍，维以不永怀""我姑酌彼兕觥，维以不永伤"，《邶风·柏舟》"泛彼柏舟，亦泛其流。耿耿不寐，如有隐忧。微我无酒，以敖以游"等，借酒表达对故乡、亲人的思念，抒发怀才不遇的愤懑，等等，这些感情是不属于"社会我"的。可惜这类酒诗篇数少,主要集中在《风》上,虽然反映的是早期酒诗的特色,但对后世成熟酒诗题材的开创意义和深远影响,则远远大于《雅》《颂》酒诗中的日神精神。

第三节
先秦散文与《楚辞》中的宴饮文学

综观先秦文学史,《诗经》产生了成熟的第一批专篇酒诗与涉酒诗,既反映了酒文化题材的广泛性,主题的深刻性,饮酒情态、饮酒程序描写的生动性,也代表了先秦酒文学的最高成就,可以纳入纯宴饮文学的范畴。《酒诰》《大盂鼎铭文》,是中国文学史上最早的酒散文文献,属于应用文字,文学色彩不强,勉强归为宴饮文学。此外,《左传》《国语》等历史文献,《孟子》《韩非子》等诸子散文,以及楚歌楚辞,虽然其中也有饮酒故事、饮酒情态的描写,却往往是片段式的,够不上真正的完整的宴饮文学。但是,它们在描写酒的过程中所流露甚至创建的文化模式,对后世宴饮文学影响深远,值得专辟一节探讨。

一、从历史散文到诸子散文:北方宴饮散文中的日神文化模式

(一)先秦酒散文的文学成就概况

同《诗经》中的酒诗一样,春秋以前的涉酒散文也多出于贵族之手,都是很典雅的文章。酒散文最早的文体,除了甲骨文外,最严格而又成熟的当系"诰"了。周成王时代的《酒诰》和周康王时代的《大盂鼎铭文》是中国文学史上最早的酒散文。

诰,是古代统治者一种训诫文告,或任命或封赠的文字。当周公封胞弟康叔于卫(地名)时,令其驻守故商墟,特意令康叔向全体臣民颁布禁

酒之令。因此《酒诰》是周公借鉴殷商亡国的历史教训，防止重蹈殷商覆辙而发出的戒酒政令，是我国第一部禁酒令。禁酒的动因来源于对"殷鉴不远"的反思：

> 我闻亦惟曰："在今后嗣王酣身，厥命罔显于民，祗保越怨不易。诞惟厥纵淫泆于非彝，用燕丧威仪，民罔不衋伤心。惟荒腆于酒，不惟自息乃逸。厥心疾很，不克畏死。辜在商邑，越殷国灭无罹。弗惟德馨香，祀登闻于天，诞惟民怨。庶群自酒，腥闻在上，故天降丧于殷，罔爱于殷，惟逸。天非虐，惟民自速辜。"

"后嗣王"指纣王。殷纣王凿酒池，建肉林，日夜与女子裸逐群饮其间，结果身败名裂，覆国灭宗，成为"越大邦用丧，亦罔非酒惟辜"的典型。在周公数落纣王失败的罪行中，沉湎酒色是关键点：诰词的第一段明确强调"祀兹酒"，只有在祭祀的时候才能用酒；第二段明确用道德来约束，不许经常饮酒（无彝酒），所谓"越庶国，饮惟祀，德将无醉"；第三段明确民众尽职于王事，种好庄稼，孝敬父母，在保障生活的前提下可以饮酒。最关键的戒酒、禁酒环节，仅靠说服教导是不够的，还必须辅以相关的行政手段与惩罚措施："厥或诰曰：群饮，汝勿佚，尽执拘以归于周，予其杀。又惟殷之迪诸臣惟工，乃湎于酒，勿庸杀之，姑惟教之。有斯明享，乃不用我教辞，惟我一人弗恤弗蠲，乃事时同于杀。"

从整篇文献来看，周公禁酒对于巩固新生政权至关重要，制定了一系列禁酒条例；同时又意识到酒在人类情感世界中不可或缺的地位，进而肯定了酒作为祭祀、孝亲、进献必备之物的丰富内涵。周公果断而严厉地禁酒，又做到有理有节，赋予了"酒"以道德、礼制、适度的含义，充满人文理性精神，不但给西周初期带来了政治清明，而且促进了中国酒文化从酒神模式到日神模式的文化转型。

大盂鼎是西周康王时期的著名青铜器，内壁有铭文，故称"大盂鼎铭文"。《大盂鼎铭文》长达291字，为西周青铜器中所少有。其内容是：周康王告诫盂（人名），殷代以酗酒而亡，周代则禁酒而兴，命盂一定要尽力地辅佐他，敬承文王、武王的德政。《大盂鼎铭文》与《酒诰》时代相近，文体、思想主旨接近，可以参照来读。这两篇文献都属于惩戒性质的，对东汉崔骃的《酒箴》、李尤的《丰侯铭》等影响深远。

先秦历史散文中，《左传》中的"酒"字凡 66 见，《国语》凡 17 见。《左传》中有许多酒故事片段，主要集中在宴礼赋诗、以酒祭祀与借酒谋略、因酒亡国等方面，诸如晋灵公借酒谋杀赵盾，齐庆丰"易内而饮酒"，郑伯有窟室夜饮丧国、晋侯齐侯饮酒投壶等酒文学故事，都写得惊心动魄，跌宕有致，不但成功地塑造了一系列正面或反面的酒人形象，而且有时辅之以简短的评论，凸显了礼乐文化的主题，举一例说明如下：

> 饮桓公酒，乐。公曰："以火继之。"辞曰："臣卜其昼，未卜其夜，不敢。"君子曰："酒以成礼，不继以淫，义也。以君成礼，弗纳于淫，仁也。"（《左传·庄公二十二年》）

通过齐桓公与陈敬仲的对话，塑造了荒淫纵酒、守礼持重的两个对立人物的形象，末以"君子曰"点明了主题，阐释了日神精神的文化内涵，体现出《左传》记言的艺术成就。当然，《左传》的记事艺术成就更高，如：

> 齐庄封好田而耆（嗜）酒，与庆舍政。则以其内实迁于卢蒲弊氏，易内而饮酒。数日，国迁朝焉。（《左传·襄公二十八年》）

上一则记言，下一则记事，寥寥数语，就像微小说，将庄封嗜酒亡国的故事完整地讲述了出来，末四字冷隽，尤其耐人寻味。

《左传》不仅从正反两个方面强调酒礼之于国家成败的重要性，而且"对飨礼、燕礼、乡饮酒礼三类不同等级的宴饮分别进行了充分的分析，更深刻地理解了春秋时期的等级制度以及礼节仪式"[1]。它的日神文化模式非

---

[1] 陈美彤：《宴饮礼仪与春秋贵族的社会生活·摘要》，哈尔滨师范大学硕士学位论文，2021 年，第 1 页。

常典型。

与历史散文相比，先秦诸子百家典籍涉及"酒"的文字不多，除了道家（见下节）外，《论语》中"酒"字凡5见，《孟子》中凡9见，《荀子》中凡11见，《墨子》中凡41见，《韩非子》中凡39见。诸子散文的宴饮文学主要是论说，即便其中有寓言故事、历史故事的酒片段描写，也是说理的附庸。值得一提的是《孟子》与《韩非子》：

> 齐人有一妻一妾而处室者，其良人出，则必餍酒肉而后反。其妻问所与饮食者，则尽富贵也。其妻告其妾曰："良人出，则必餍酒肉而后反；问其与饮食者，尽富贵也，而未尝有显者来，吾将瞷良人之所之也。"蚤起，施从良人之所之，遍国中无与立谈者。卒之东郭墦间，之祭者，乞其余；不足，又顾而之他。此其为餍足之道也。其妻归，告其妾，曰："良人者，所仰望而终身也，今若此！"与其妾讪其良人，而相泣于中庭，而良人未之知也，施施从外来，骄其妻妾。由君子观之，则人之所以求富贵利达者，其妻妾不羞也，而不相泣者，几希矣！（《孟子·离娄下》）

> 荆恭王与晋厉公战于鄢陵，荆师败，共王伤。酣战，而司马子反渴而求饮，其友竖谷阳奉卮酒而进之。子反曰："去之，此酒也。"竖谷阳曰："非也。"子反受而饮之。子反之为人者（嗜）酒，甘之，不能绝之于口。醉而卧，恭王欲复战而谋事，令人召子反，子反辞以心疾。恭王驾而往视之，入幄中，闻酒臭而还，曰："今日之战，寡人目亲伤，所恃者司马，司马又醉如此，是亡荆国之社稷而不恤吾众也！寡人无与复战矣。"罢师而去之，斩子反以为大戮。（《韩非子·饰邪》）

> 宋人有酤酒者，升概甚平，遇客甚谨，为酒甚美，悬帜甚高，著然不售，酒酸。怪其故，问其所知长者杨倩。倩曰："汝狗猛耶？"曰："狗猛，则酒何故而不售？"曰："人畏焉。或令孺子怀钱，挈壶瓮而往酤，而狗迓而龁之，此酒所以酸而不售也。"（《韩非子·外储说右上》）

《齐人有一妻一妾》是一篇精彩的讽刺小品，诙谐幽默，耐人寻味。文章通过一个生动的寓言故事，塑造了一个内心卑劣下贱、外表却趾高气扬、虚荣心极强的人物形象，辛辣地讽刺了那种不顾礼义廉耻，以卑鄙的手段追求富贵利达的人。这篇文章先是交代了背景，引出了人物，接着写齐人行踪诡秘和向妻妾的夸耀，通过妻子的怀疑和妻妾商议的情节，迎来了故事的高潮，就是齐人暴露"餍酒肉"的真相，点出了妻妾的羞惭愤恨和齐人恬不知耻的丑态。第二段是晋楚鄢陵之战中的酒文学片段，楚国司马子反将军经不住部下的怂恿，以酒解渴，结果贻误战机而被处死，说明"行小忠，则大忠之贼也"的主题。第三段是最早的酒家文学，"升概甚平，遇客甚谨，为酒甚美，悬帜甚高"提到的斤两公平、服务周到、质量保证与酒旗广告，成为传统中国酒家特有的经营方式，这也是对我国酒家挑旗的最早记载。当然最后经营失败的原因归罪于"狗"，旨在阐明清君侧小人的主题。这三段故事中，前后两段是寓言，中间一段是历史故事，在整个作品中，都是酒文学片段，是为说理服务的。

（二）儒家、墨家、法家论酒：对传统日神精神的弘扬光大

先秦诸子的酒文字不在于他们的文学成就有多高，而在于他们以儒家为首，在酒散文领域树立了一种独特的文化模式。儒家经籍中虽然不多见"酒"，但他们把"酒"纳入礼乐文明、伦理道德体系中，日神精神的主线非常明显；而《墨子》《韩非子》在"酒"的问题上基本与先秦正统意识形态保持一致，也属于日神文化模式的范畴。

孔子的一言一行，包括谈酒、饮酒，都对后世影响很大。甚至有后世好酒文人拈出"孔子百觚"酒量的传说（旧题孔鲋《孔丛子》、王充《论衡·语增篇》），将孔子奉为饮宗觞祖（袁宏道《觞政·八之祭》），为其个性张本。孔子是如何论酒的呢？其中蕴含着哪些酒的文化精神？并从而对宴饮文学产生影响的呢？

以礼论酒，将饮酒纳入礼乐文化体系中，是儒家论酒的出发点与核心内容。孔子认为，从"夫礼之初，始诸饮食"的礼文化起源时"污尊而抔饮，蒉桴而土鼓，犹若可以致其敬于鬼神"（《礼记·礼运》），到"器以藏礼"（《左传》成公二年），酒与礼就结下了不解之缘。他特别反感礼崩乐坏对酒礼的颠覆，诸如"觚不觚？觚哉！觚哉！"（《论语·雍也》）、"邦君为两君之好，有反坫（宴后放回酒器的崇坫），管氏亦有反坫"（《论语·八佾》）、"盏斝及尸君，非礼也，是谓僭君"（《礼记·礼运》）。反坫、盏斝等只有周天子才有，现在诸侯、大臣（如管仲）都在僭越，违反了礼制，所以遭到孔子的抨击。"乡人饮酒，杖者出，斯出矣。"（《论语·乡党》）可见孔子是非常重视饮酒礼的长幼、尊卑秩序以及繁文缛节的仪式的。这种思想在《荀子》里得到发扬光大，书中反复说"飨，尚玄尊而用酒醴"（《荀子·礼论》）、"一命齿于乡，再命齿于族，三命，族人虽七十不敢先。上大夫，中大夫，下大夫"（《荀子·大略》），津津乐道酒礼的秩序与仪式，可谓得孔子之真传。

中国"礼"的另一个重要特征就是特别强调"节"字，既肯定"饮食男女，人之大欲存焉"（《礼记·礼运》），又强调"礼以节人"（《史记·滑稽列传》）。孔子论饮酒就坚持了"以礼制欲"的观念。他说："唯酒无量，不及乱。沽酒、市脯，不食。"（《论语·乡党》）"出则事公卿，入则事父兄，丧事不敢不勉，不为酒困，何有于我哉？"（《论语·子罕》）虽然酒不限量，但不得醉酒乱性，不为酒困，就可一生顺利平安；《荀子·乐论》也说："饮酒之节，朝不废朝，莫不废夕。宾出，主人拜送，节文终遂焉，知其能安燕而不乱也。"进一步申明了孔子论酒有节的宗旨，体现了儒家"中和"的饮食观，以及适度原则。

与酒礼相应的就是酒德，这也是儒家十分珍视的。而德以"孝"为先，其中就有关于酒的规定内容，如《论语·为政第二》载："子夏问孝，子曰：色难，有事，弟子服其劳；有酒食，先生馔，曾是以为孝乎？"后来《孟子·离娄章句上》载"曾子养曾晳，必有酒肉……曾元养曾子，必有酒肉"，进一步强化了酒文化的伦理道德思想。当然酒德中最核心的观念就是对饮酒的态度，适量饮酒，保持风度，必须加强修养。孔子说"君子有三戒"（《季氏篇》），提到色、气、得（财），而不及酒。孟子则把"博弈好饮酒"当作"五不孝"之一（《孟子·离娄下》），这个"好"字，恐怕是贪多务得、饮酒及乱的意思。从国君来说，"禹恶旨酒，而好善言"（《孟子·离娄下》），"乐酒无厌谓之亡"

（《孟子·梁惠王下》），一正一反，说明凡是极端、偏激的，儒家都要反对。然而,酒德论走向极端就陷入原罪论了,这方面的表现尤以《墨子》《韩非子》为甚：

> 于《武观》曰："启乃淫溢康乐,野于饮食,将将铭苋磬以力。湛浊于酒,渝食于野，万舞翼翼，章闻于天，天用弗式。"……是故子墨子曰：今天下士君子，请将欲求兴天下之利，除天下之害，当在乐之为物，将不可不禁而止也。(《墨子·非乐上》)

> 夫香美脆味，厚酒肥肉，甘口而疾形；曼理皓齿，说情而损精。故去甚去泰，身乃无害。(《韩非子·扬榷》)

> 彘酒者,常酒也。常酒者,天子失天下,匹夫失其身。(《韩非子·说林上》)

他们把饮酒、赏乐同好色、亡国亡身等同起来，主张一律禁止，因而走向绝对化与极端化。

西周酒政策以及礼乐意识形态产生的影响，春秋时代《诗经》《左传》的酒文化体系，都为孔子等人所继承和借鉴，进而总结出酒道的和乐、礼制、德行、适度精神，用现代学术话语来说就是总结、建立和倡导日神文化原则与模式，代表了中国传统文化的正统。

二、从庄子到楚辞：南方宴饮文学中的酒仙、酒神文化模式

与以儒家、墨家、法家等为代表的中原文化圈突出宴饮文学的日神文化模式不同，以道家为代表的南方文化圈却显现出另一种迥异的文化精神与文化模式。

（一）《庄子》涉酒文字的酒神精神与酒仙精神

《老子》中不见论酒文字。《庄子》中的"酒"字也只有14处，"醉"

字 3 见。① 虽是只言片语，但"饮酒"在《庄子》里却是道家体道的一部分，因此相比于中原文化来说自成体系，其中有几点值得注意。

首先，体现了高举"天真"大旗下的抗礼精神。庄子是以"天""真"对抗"人""礼"，有意识地与儒家的日神精神划清界限：

> 孔子愀然曰："请问何谓真？"客曰："真者，精诚之至也。不精不诚，不能动人……其用于人理也，事亲则慈孝，事君则忠贞，饮酒则欢乐，处丧则悲哀。忠贞以功为主，饮酒以乐为主，处丧以哀为主，事亲以适为主。功成之美，无一其迹矣；事亲以适，不论所以矣；饮酒以乐，不选其具矣；处丧以哀，无问其礼矣。礼者，世俗之所为也；真者，所以受于天也，自然不可易也。故圣人法天贵真，不拘于俗；愚者反此。"（《庄子·渔父》）

这里的孔子是儒家代言人；"客"则是道家代言人。虽然儒家讲"酒以合欢"，道家讲"饮酒以乐"，但儒家的饮酒快乐是建立在"礼"的基础上的，所以儒家对礼制、礼仪、礼器、威仪等非常重视，显然偏于日神精神。在庄子这里却遭到"客"的嘲弄，"客"把儒家的礼制斥为"人伪""礼俗"；道家的"饮酒以乐"是建立在"天真"的基础上的，以"天真"对抗"人伪"。在"天真"的状态下，饮酒不受礼的约束，抛弃"器以藏礼"的秩序等级观念，主张"饮酒以乐，不选其具；处丧以哀，不问其礼"，即强调饮酒不必拘泥于礼制、礼器。道家主张的"愉悦"原则就是抛弃礼，甚至是在不讲究酒器的前提下获得的，这与道家的本体思想有关。道家认为"礼者，世俗之所为也"，所以礼的前提与原则道家是不承认的。《至乐》还针对当时礼乐被套用于禽鸟的传说故事，对中原文化以酒礼杀人灭性的现象

---

① 《庄子》论酒文字，在内篇中，有《齐物论》："梦饮酒者，旦而哭泣；梦哭泣者，旦而田猎。方其梦也，不知其梦也。"《人间世》："以礼饮酒者，始乎治，常卒乎乱，泰至则多奇乐。"在外篇中，有《至乐》"觞之于庙""不敢饮一杯"，《达生》："夫醉者之坠车，虽疾不死。骨节与人同，而犯害与人异，其神全也。"《山木》："小人之交甘若醴。"在杂篇中，有《渔父》："饮酒则欢乐""饮酒以乐为主"，《列御寇》："醉之以酒而观其则。"

进行了嘲弄："昔者海鸟止于鲁郊，鲁侯御而觞之于庙，奏九韶以为乐，具太牢以为膳，鸟乃眩视忧悲，不敢食一脔，不敢饮一杯，三日而死。"鲁侯以宴礼圣乐养鸟是违背天性的蠢事；最好的办法是自然无为，以遂物性，任鸟飞回大自然。这实际上是庄子关于天（真）与人（伪礼）对立的又一说法。况且制作酒礼限制饮酒本来的目的是维护秩序，但结果往往走向反面："以礼饮酒者，始乎治，卒乎乱，泰至则多奇乐"（《人间世》）。所以他的结论就是无为，饮酒也一样，排除人伪，摒弃礼制，崇尚天真，接近尼采的酒神精神。

其次，体现了高举"神全"旗帜下的放浪形骸的沉醉精神。除了打破饮酒的礼制因素外，《庄子》与北方文化还有一个不同：北方文化圈无论是儒家还是墨家、法家，对于"醉酒"都是贬斥的，认为"醉酒"既违反"不及乱"的原则，又与亡国亡身联系在一起，所以墨、法主张禁绝醉酒；但在南方文化圈里，在《庄子》的话语体系之中，"醉酒"不但不受谴责，反而被视为褒义、一种正能量，与道家的"道"的体验一致：

　　壹其性，养其气，合其德，以通乎物之所造。夫若是者，其天守全，其神无郤（通隙），物奚自入焉？夫醉者之坠车，虽疾不死，骨节与人同，而犯害与人异，其神全也。乘亦不知也，坠亦不知也，死生惊惧不入乎其胸中，是故遻（同忤——引者注）物而不慑。彼得全于酒而犹若是，而况得全于天乎？圣人藏于天，故莫之能伤也。

神全的境界与形全是对立的。儒家讲究饮酒威仪、风范，是"形全"；庄子描述醉酒后精神越发高涨，思路更加狂放，以至于死生、是非、物我等一概抛弃，进入到"神全"境界，且高于"形全"。这是庄子为生命个体设置的一种摆脱一切束缚、乘道德而浮游的超脱式心灵自由之境，与尼采设置的自我放纵式的酒神狂欢之境①，在本质上是相通的。从这个意义上来

---

① ［德］尼采：《悲剧的诞生——尼采美学文选》，周国平译，生活·读书·新知三联书店1986年版，第108页。

说，庄子思想成了中国酒神精神的源头，他强调个体、个性，反对以人灭天。神全就是沉醉的境界，是酒神精神因子的体现，是忘却自我，将生命融入宇宙的绝对自由境界。

总之，如果说北方文化圈里主要是以实用、宗教崇拜的观念来对待酒，以伦理、道德的善来比附饮酒，把饮酒审美纳入礼仪、政治操作规程，体现了重礼乐、重政教、重道德、重群体、重功利等特征，基本上属于日神精神，那么，以《庄子》学派为代表的南方文化精神中的饮酒审美观念，则体现出重天真与轻礼乐、重个性个体与轻群体、重审美与轻政教等特征。后者的文化意义在于：以追求天真、放弃礼制为内涵，开拓了纯粹意义上的饮酒审美领域，建立起迥异于北方礼乐文化精神的新的酒神精神。这种饮酒审美观念，加上《庄子》本身所具有的浪漫主义破坏和否定一切的酒神精神因子，对魏晋时代文人饮酒问题上的人性觉醒，对于后世文人饮酒求真、反对伪礼的文化精神都具有深远的影响。

儒家与道家都讲自由精神，但儒家自由精神的前提是十分讲究道德与礼乐的日神规则，而道家自由精神则来自庄子的逍遥、天真观念，来自对日神法则的打破。道家的逍遥、天真都有自由之义。《庄子·马蹄》提出"天放"，"天"是天性，是受命于天的自然天性，是不受礼乐控制的自然天性，是人的本性的开放；"放"是放下生命形体与心灵沉重的包袱，放下文明的、理性的、伦理的等一切文化负担。这实际上是一种生命情绪的放纵与挥洒，是一种自由精神，就像天马行空、独来独往，任情性挥洒、心灵飞扬。

从以上方面来说，庄子论酒的文字与酒神精神有很多类似的地方，所以有学者认为庄子的论酒文字代表着中国特色的酒神精神①。其实，《庄子》的思想与西方"酒神精神"的内涵与外延不完全相同。西方的酒神精神，除了具有反对"礼仪"、适度法则、秩序法则、破坏性强等特征外，更多地表

---

① 陈乔生：《诗酒风流》第八篇《庄子〈逍遥游〉：酒神精神即自由精神》，华文出版社 1997 年版，第 244—251 页。胡普信：《醉者神全——酒神精神的创始人庄子》，《中国酒》2007 年第 7 期。李重明：《逍遥无待与酒神狂欢：庄子与尼采生命自由思想探析》，《南华大学学报》2008 年第 5 期，第 17 页。

现为"醉态强力意志",一种情绪放纵了的激烈亢奋状态,特别是生命力的充溢与旺盛及对现实的强烈对抗,深度的悲剧情绪以及由此带来的阳刚美或崇高美,这恰恰是《庄子》所缺乏的。所以,"酒神精神"不能代表《庄子》的全部。相反,现实中的痛苦,在《庄子》里反而通过"坐忘""心斋"等的作用得到消解,最后达到精神的自由。一句话,"酒"被庄子置入"道"的体验之中,体现的是"弱者的哲学"而非"超人的精神",体现的是仙式的解脱而非强烈的抗争,它具有酒仙精神里的五大条件(详见第一章)。所以,当代一些学者用"酒仙精神"来概括庄子论酒文字所体现出来的文化精神是比较恰当的。

《庄子》论酒片言中的酒神精神因子,对魏晋风度中的酒神精神具有相当大的影响。而他的酒仙精神与酒仙文化模式对东晋陶渊明,唐代王绩、孟浩然、白居易,宋代苏轼等作家的宴饮文学影响深远。

(二)屈原与《楚辞》:醉态狂欢的酒文学描写

翻开楚文化的典册,崇巫、淫祀、尚鬼之风夹带着沉醉的酒香扑鼻而来,"周礼既废,巫风大兴;楚越之间,其风尤盛"(王国维《宋元戏曲考》),这一切带来的楚国饮酒之风,于列国为最盛,因此楚国酒文化的宗教性色彩非常浓厚。虽然楚在春秋中期开始制作礼乐,但楚国的礼乐伦理观念仍然淡薄,内涵也与中原不同,具有强烈的楚国特色。随着战国时代中原地区"礼崩乐坏"的到来,楚国的礼教乐化、伦理观念的破坏与淡薄越发不可收拾:

> 楚庄王赐其群臣酒,日暮酒酣,左右皆醉。殿上烛灭,有牵王后衣者。后扢冠缨而绝之,言于王曰:"今烛灭,有牵妾衣者,妾扢其缨而绝之。愿趣火视绝缨者。"王曰:"止!"立出令曰:"与寡人饮,不绝缨者,不为乐也。"于是冠缨无完者,不知王后所绝冠缨者谁。于是王遂与群臣欢饮,乃罢。(韩婴《韩诗外传》卷七)

如果将楚庄王反对"赐人以酒,责人以礼"放在楚国礼意识淡薄这一大背景下观察，不难发现，这绝不是楚王的个人酒德问题，而是代表了楚国社会酣适不拘礼节之风，也就是楚国的自由开放之风。这种观念不但对楚国开放社会起了促进作用，而且对后来的魏晋名士饮酒也颇有影响。从魏晋人提出的"饮人狂药（酒），责人正礼，不亦乖乎"（《晋书·裴楷传》）观念中可见楚庄王的影响。

处在沉醉楚国这种开放社会之下，以屈原、宋玉及其后学为代表的作品集《楚辞》——中国第二部诗歌总集中，"酒"字见于《东皇太一》《东君》《招魂》《大招》《渔父》等5篇作品中。其中提到酒的词有桂酒、桂浆、椒浆、瑶浆、蜜勺、酎、华酌、琼浆、吴醴、白糵、楚沥、糟醨等14处，酒味有蜜、清凉、孰（熟）、不涩嗌只、清馨等5处，酒器有斗、勺、羽觞等，考古发掘出的楚人青铜酒器类计有壶、尊缶、鉴缶、盘尊、盉以及承方壶之禁、滤酒器、舀酒之勺等①，涵盖了温酒器、盛酒器、饮酒器、挹酒器等四大类，可以佐证楚国酒文化之发达。此外，《楚辞》反映的饮酒方法有"餔""歠""挫糟""冻饮"和"沥"等处，耽饮有"美人既醉，朱颜酡些""娱酒不废，沉日夜些""酎饮尽欢，乐先故些""众人皆醉"等处，这些关于酒的描写与《诗经》中的酒诗相比，其风格、风味与表达方式截然不同，呈现出以下三个特点。

1. 狂热的宗教性

楚国饮酒成风，与崇巫、淫祀、尚鬼之风密切相关。先秦巫觋的职司活动中，医药、祈禳、祓禊等与酒结下不解之缘，成为后世药酒、酒祈、酒禳、禊酒风俗的一个部分。但是最具楚国特色的就是降神、招魂与酒的关系。巫在祭祀活动中的一个重要角色就是沟通人神。楚巫的降神方法主要有歌舞、糈椒、设帐、奠酒。酒是沟通人神的主要媒介，《楚辞·九歌》作为祭歌，自然也反映了酒肴享神之风，其中《东皇太一》载"蕙肴蒸兮兰藉，奠桂酒兮椒浆"，东皇太一就是上皇，即上帝，由此可见楚人对于上帝和酒的原始信仰。如果联系到与楚文化关系密切的汉代《郊祀歌·练时日》中的"尊桂酒，宾八乡，灵安留，吟青黄……侠嘉夜，茝兰芳，澹容与，献嘉觞"，

---

① 刘彬徽：《楚系青铜器研究》，湖北教育出版社1995年版，第171页。

不难得知，桂酒、椒浆不见于周朝及其他列国，而仅见于楚国，应是楚国特色的祭祀用酒。

楚地"尚鬼"之风、招魂的程序在《楚辞》两《招》中也有反映。《招魂》为天上、幽都、东、西、南、北六方下招，《大招》为东、西、南、北四方下招。根据所招对象不同，规模也不同，但都以饮食为关键，正符合先人"神嗜饮食"的神秘观念。《招魂》叙巫阳之招魂词，向六方招毕，归结到楚都故居，然后以王者宫室、女色、宫苑游观、饮食、歌舞、文娱活动以招之，中述饮食之盛云：

> 室家遂宗，食多方些。稻粢穱麦，挐黄粱些。大苦醎酸，辛甘行些。肥牛之腱，臑若芳些。和酸若苦，陈吴羹些。腼鳖炮羔，有柘浆些。鹄酸臇凫，煎鸿鸧些。露鸡臛蠵，厉而不爽些。粔籹蜜饵，有餦餭些。瑶浆蜜勺，实羽觞些。挫糟冻饮，酎清凉些。华酌既陈，有琼浆些。归来反故室，敬而无妨些。

《大招》也有一段大致相类的文字：

> 五谷六仞，设菰粱只。鼎臑盈望，和致芳只。内鸧鸽鹄，味豺羹只。魂乎归来！恣所尝只！鲜蠵甘鸡，和楚酪只。醢豚苦狗，脍苴蓴只。吴酸蒿蒌，不沾薄只。魂兮归来！恣所择只！炙鸹烝凫，煔鹑敶只。煎鰿臛雀，遽爽存只。魂乎归来！丽以先只！四酎并孰，不涩嗌只。清馨冻饮，不歠役只。吴醴白蘖，和楚沥只。魂乎归来！不遽惕只！

从巫阳的招魂词中可见楚人饮食之盛，非王者莫办。这两段文字互为补充，被视为我国第一份反映筵席整体风貌的酒食单，可以作为楚国饮食文化来解读。招魂仪式与其他祭祀仪式相同，不仅是酒食享神、招魂，而且也有醊歌恒舞的内容。从巫阳的招魂词中也可以看出当年楚国宗教信仰活动的一些特点。巫，就是一种信仰，一种宗教活动。人神合一就是通过巫来沟通的。

楚国巫风的盛行，不仅带来了楚族饮酒狂放之风，而且对楚文学创作影响很大。一方面，作为原始宗教仪式，它诱发了大量原始宗教艺术——神话、歌舞和巫官文化的产生，而在这种文化背景下产生的文学作品，"《楚辞》是巫官文化的最高表现"①。另一方面它营造了一种特别浓厚的艺术环境和氛围，提供了大量的题材和交错的系列化意象，形成了浪漫主义文学特征。就连不饮酒的屈原写起诗来也离不开酒。这本身就说明巫风的影响无所不在。

2. 群体的放纵性

这是与狂热的宗教性相关联的。因为巫以饮食享神，常常代神饮酒；醉后进入"似见先人"的状态，然后伴以群体歌舞娱神，故曰：大凡巫者，必恒歌酣舞。如《招魂》在饮食之后，继以酣歌醉舞和文娱活动：

> 肴羞未通，女乐罗些。陈钟按鼓，造新歌些。《涉江》《采菱》，发《阳阿》些。美人既醉，朱颜酡些。娭光眇视，目曾波些。被文服纤，丽而不奇些。长发曼鬋，艳陆离些。二八齐容，起郑舞些。衽若交竿，抚案下些。竽瑟狂会，搷鸣鼓些。宫廷震惊，发《激楚》些。吴歈蔡讴，奏大吕些。士女杂坐，乱而不分些。放陈组缨，班其相纷些。郑卫妖玩，来杂陈些。《激楚》之结，独秀先些。菎蔽象棋，有六簙些。分曹并进，道相迫些。成枭而牟，呼五白些。晋制犀比，费白日些。铿钟摇簴，揳梓瑟些。娱酒不废，沉日夜些。兰膏明烛，华灯错些。结撰至思，兰芳假些。人有所极，同心赋些。酣饮尽欢，乐先故些。魂兮归来！反故居些！

美食的铺陈罗列、美人歌舞的细致描画、色调明丽而不俗艳，通过文学上对声色之娱的审美性张扬，彰显楚人的酒神文化精神。值得注意的是，上引招魂仪式中，有酒有乐。但酒与乐的特点与中原迥然不同：中原的酒乐是以中和为美的，这里却是自由的、沉醉的、狂放的乃至荒淫的。如"美人既醉，朱颜酡些"，酣歌醉舞，"沉日夜些"，充分体现出巫的放纵性、自由

---

① 范文澜：《中国通史简编》第一编，人民出版社 1955 年版，第 287—288 页。

性与民众性，但它们又是音乐的、舞蹈的、唯美的、浪漫的和自由的。酒与性的结合正是酒神精神的高度表现，与尼采《悲剧的诞生》所描绘的古希腊祭祀酒神狄奥尼索斯的酒神祭礼十分相近。

3. 非酒礼的破坏性

刘勰《文心雕龙·辨骚篇》首先对《招魂》的内涵意义作出批评："士女杂坐，乱而不分，指以为乐；娱酒不废，沉湎日夜，举以为欢，荒淫之意也"。从这种荒淫之意的渊源来看，近源是齐国滑稽大师淳于髡先生的高论（《史记·滑稽列传》），但淳于髡高论之末，复归礼义；两《招》则无复礼义，这正是北（齐）南（楚）之异的关键所在，即酒与礼的分与合上。

楚国酒文化与《楚辞》酒文学的酒神精神，从文化渊源上讲来自殷商的酒神文化模式。丁迪豪认为，楚、殷都是东夷，楚国是殷族的支裔①。楚文化与殷文化在酒风、巫风的问题上，在宗教狂热性、群体放纵性以及破坏性上，即在酒神精神上存在相通之处。如果说酒神精神代表着本能、破坏和放纵，是与所有的束缚人们思想行为的精神枷锁相对立的，那么楚人的嗜酒实为楚人酒神精神的一种显现；楚族的好斗、好乐，对于欲望的强烈追求、放纵不拘，对礼教观念的淡薄，以及强烈的独立意识和自我意识等，都是楚人酒神精神的表现，以致酝酿出先秦最伟大的浪漫主义与酒神精神结合的文学作品——《庄子》《楚辞》，成为后来诗与酒的文化精神的另一个重要源头，对中国宴饮文学的发展影响深远。

---

① 郝志达、王锡三：《东方诗魂》，东方出版社 1993 年版，第 182 页。

第三章

两汉魏晋南北朝宴饮文学的
拓展与文化模式

两汉魏晋南北朝的宴饮文学，承先秦而有新发展。虽然依旧以散文、诗歌为主要体裁，但这两种体裁的宴饮文学走的发展路子不尽相同。在酒散文领域，以邹阳《酒赋》、崔骃《酒箴》与蔡邕《酒樽铭》为代表，表现以酒行礼的主题；而以酒抗礼的主题则以西汉末年扬雄《酒箴》为开端，至东汉末孔融时逐渐成为时代主流。随着魏晋文士饮酒走向个性张扬和文化自觉时代的来临，刘伶《酒德颂》、陈暄《与兄子秀书》，以及反映魏晋文士饮酒生活与心态的《世说新语》诸作中酒神精神越来越突出。而在酒诗歌领域，汉末酒乐府、魏晋公宴诗普遍盛行一种生命意识觉醒，以及由此呈现的深度悲剧性情结，但酒诗歌最终没有发展到酒神精神一路，而是确立了以陶渊明酒诗为代表的酒仙文化模式，虽然其中也有酒神精神的元素，但由于受到道家、玄学的影响，悲剧精神大大得到了化解。陶渊明酒诗与《世说新语》中的酒文学作品，是这一时期最大的宴饮文学成果。南北朝宴饮文学则是魏晋到盛唐发展过程中的低谷，酝酿着新一轮创作高潮的到来。

第一节
承前启后的两汉宴饮文学

一、两汉酒礼意识形态的发展与宴饮赋文的日神文化模式

两汉酒文化在物质形态、精神形态、制度形态、行为形态及文化功能等诸多方面都有新的拓展，为汉代宴饮文学的发展提供了广阔的社会文化背景。汉代制麹制酒技术的发展大大提高了酿酒技术，丰富了酒的品种。特别是从散麹发展到饼麹、丸麹，标志着制麹技术发展到一个新的阶段。汉酒的品种与质量大大提高，酒的物质作用也大大丰富了，除了日常饮用外，药用价值、养生价值也逐渐为人所认识，如《汉书·食货志》王莽诏曰："酒，

百药之长，嘉会之好。"汉代官营、民营酒业的空前繁荣，酒税上升成为国家财政的重要来源之一。酒的物质形态和经济形态决定了汉酒从先秦的贵族享受物品走向了民间下层，为民间乐府诗、文人诗中较前代大量出现酒的内容提供了坚实的物质基础。

《汉书·食货志》云，"酒者，天之美禄，帝王所以颐养天下，享祀祈福，扶衰养疾，百礼社会，非酒不行"，反映了汉代主要的饮酒观念。其中对宴饮文学影响最大的制度形态酒文化突出表现是酒礼制度的进一步总结与完善。根据《史记·刘敬叔孙通列传》，汉初文化承楚，酒礼不行，"安事诗书"的刘邦"马上得天下"后，群臣当面饮酒争功，拔剑击柱；刘邦不得不让儒生叔孙通制定"法酒之礼"，通过胪定等级，构建了以酒礼调和人伦的新秩序格局，标志着汉代酒礼制建设的起步。汉家至此，始开文治气象。尔后随着儒家的逐渐独尊，尤其是汉儒在先秦儒家学说基础上编定《仪礼》《礼记》，解说《诗经》，对礼文化理论、制度进行了新的、更深入而系统的总结、发挥与重构，对酒礼的总结和发展也实现规范化和具体化，对《诗经》宴饮诗的阐释也逐渐礼乐化、伦理化，建立了自春秋战国以来被"礼崩乐坏"所破坏的新的统治秩序。如《士冠礼》《士昏礼》《士相见礼》《乡饮酒礼》《乡射礼》《燕礼》《大射仪》《聘礼》《公食大夫礼》《士丧礼》《既夕礼》《士虞礼》《特牲馈食礼》《少牢馈食礼》《有司彻》中都记载了大量典礼场合下具体的酒事礼仪规范，是汉代酒礼建设的新成果。朝廷正旦酒会、赐酺、养老、郡县乡饮等礼仪进一步规范化、制度化，民间的"宾昏酒食，接连成因"①，汉代"酒食之会，所以行礼乐也"②的文化功能越来越得到强化，这些都与中国礼制文化在汉代健全和完善是一致的。

受汉代政治和意识形态的影响，两汉酒散文有一条主线，即围绕着阐述儒家酒礼展开。汉代酒散文的文体主要有二：一是体物赋，一是记叙体。在这种背景下产生的酒散文或涉酒散文，充满着中国特色的礼乐文化精神。

---

① （西汉）桓宽：《盐铁论校注·散不足》，王利器校注，中华书局1992年版，第351页。

② （东汉）班固：《汉书》卷八《宣帝本纪》，中华书局1962年版，第265页。

汉赋中的酒文学主要有两类：一类是直接以酒、酒器、酒宴等为主要书写对象的作品，这类酒赋不多，有 3 篇，分别为邹阳、扬雄、王粲所作；另一类是以酒、酒器、酒宴等为次要书写对象的作品，如枚乘《七发》中的兰英酒，扬雄《甘泉赋》中的美酒，张衡《西京赋》中的羽觞等，这种涉酒赋大概 32 篇。汉代大赋在继承《楚辞》的基础上，都有大段关于宴会的艺术描写，极尽渲染、夸饰之能事，但与《楚辞》不同的是，它们往往都归结到刺奢戒酒，复归礼义。如"久耽安乐，日夜无极"（枚乘《七发》），"酒中乐酣……此大奢侈"（司马相如《上林赋》），"收尊俎，彻鼓盘"（边让《章台赋》），班固的《东都赋》写宫廷饮宴，扬雄的《长杨赋》"陈钟鼓之乐"，也都是礼乐融融的气象，都典型地彰显了汉代宴饮文学的日神精神。但这些都不是独立成篇的酒文学。单篇酒赋主要是咏物（酒）小赋，代表作有托名邹阳、扬雄的《酒赋》，至于袁安《夜酣赋》、杜笃《祓禊赋》均已残缺不全。

（一）邹阳《酒赋》

邹阳的《酒赋》见于《西京杂记》，是现存最早的以"酒"为题的赋作。邹阳（公元前 206？—公元前 129），齐人，初与严忌、枚乘等俱仕吴王，皆以文辩著名。吴王将叛，邹阳作书以谏，不见用，乃去而之梁，从孝王游。其《酒赋》云：

> 清者为酒，浊者为醴。清者圣明，浊者顽骏。皆麹涅丘之麦，酿野田之米。仓风莫预，方金未启。嗟同物而异味，叹殊才而共侍。流光醉醉，甘滋泥泥。醪酿既成，绿瓷既启。且筐且漉，载茜载齐。庶民以为欢，君子以为礼。其品类则沙洛渌郫，程乡若下，高公之清，关中白薄，清渚萦停。凝醇醇酎，千日一醒。哲王临国，绅矢多暇。召蟠蟠之臣，聚肃肃之宾。安广坐，列雕屏。绡绮为席，犀璩为镇。曳长裾，飞广袖，奋长缨。英伟之士，莞尔而即之。君王凭玉几，倚玉屏。举手一劳，四座之士，皆若哺粱肉焉。乃纵酒作倡，倾盌覆觞。右曰宫中，旁以微扬。乐只之深，不吴不狂。于是锡名饵，祛夕醉，遣朝醒。吾君寿亿万岁，常与日月争光。

文章先是写酒，"清者为酒，浊者为醴。清者圣明，浊者顽骏"，将不同的酒与道德的圣明与否相结合，体现了传统的比德思维；"庶民以为欢，君子以为礼"，从儒家的观念出发阐说酒的功能：合乎"礼"，就是酒道的基本原则。其中虽写了西汉盛期梁孝王与群下饮宴欢乐的场面："哲王临国，绰矣多暇。召蟠蟠之臣，聚肃肃之宾。"接下来纵酒作倡："右曰宫申，旁以徵扬。乐只之深，不吴不狂。"末尾归结到节之以礼，达到了汉赋"曲终奏雅""劝百讽一"的效果。

汉代酒赋之所以出现这种情况，与当时酒文化背景以及作者的俳优身份有关。西汉初期，酒虽然随着经济发展、技术进步、品种多样而从贵族向士庶百姓普及，但由于文人地位较低，统治者"以俳优蓄之"，酒在社会生活中的地位和作用除了祭祀、礼仪之外，仍然有限，两汉醉歌虽然以酒催诗，却基本上仍然诗自诗、酒自酒，也以贵族文学为主；酒赋中虽有文人作品，"劝百讽一"，不离俳优身份（如邹阳），文人饮酒尚未形成风气和特色，只能成为当时意识形态的附庸。

（二）扬雄《酒箴》：对抗酒礼的先声

扬雄（公元前53—公元18），蜀郡郫县（今四川成都）人，以赋著称，其京殿苑猎郊祀赋多写于前期，述志抒情赋多写于后期。他的酒散文《酒箴》则属于后类，虽不以赋名，而实为赋体。据《汉书·游侠传》，扬雄"作《酒箴》以讽谏成帝，其文以酒客难法度士，譬之于物"。其文曰：

> 子犹瓶矣，观瓶之居，居井之湄。处高临深，动常近危。酒醪不入口，臧水满怀。不得左右，牵于缧徽。一旦登礑，为罃所轠，身提黄泉，骨肉为泥。自用如此，不如鸱夷。鸱夷滑稽，腹大如壶。尽日盛酒，人复借酤。常为国器，托于属车。出入两宫，经营公家。繇是言之，酒何过乎？

《酒箴》设立客主问答，是赋家的共同特点。客主论难赋，又叫"对问体赋"，往往先假设一个"误题"，经过争辩之后，获得"正题"。此类争胜文字，属于滑稽、诙谐文体一类，语言通俗，辞甚瑰玮，风格诙谐，但戏则戏矣，却反映了严肃的主题。此篇借鸱夷、水瓶之争，表现"酒客难法度士"的内容。通篇比喻，将水瓶比喻成纯洁高尚的正人君子，将酒壶比喻成贪荣好利的小人。所谓"其文为酒客难法度士"，即设为"瓶"（汲水用）与"鸱夷"（盛酒用）相争，亦即酒客（饮酒之人）对法度士（主张节酒之人）的论难，法度士指责酒客为"鸱夷"，酒客则为酒辩过，主张饮酒作乐，把历来对酒与礼分离的思考提高到一个新的高度。这些不仅对孔融、刘伶以自然对抗名教产生了积极的影响，而且从某种意义上说，可视为魏晋时代饮酒文化自觉的前奏先声。但《陈遵传》所引仅为扬文一段，难见全貌。扬雄写作的目的是"讽谏成帝"，而《汉书·成帝纪》说成帝"湛于酒色"，《五行志》记汉成帝沉湎酒色，引起日食星阴，引发谷永进谏。从全面的角度分析，扬雄之赋恐亦与谷永的谏文同理，即借酒客驳辩，最后亦复归酒礼。

（三）王粲《酒赋》

《艺文类聚》七十二、《北堂书钞》一百四十八均录有王粲（177—217）《酒赋》云：

> 帝女仪狄，旨酒是献。苾芬享祀，人神式宴。鞠蘖必时，良工从试。辩其五齐，节其三事。醴沉盎泛，清浊各异。章文德于庙堂，协武义于三军。致子弟之孝养，纠骨肉之睦亲。成朋友之欢好，赞交往之主宾。既无礼而不入，又何事而不因？贼功业而败事，毁名行以取诬。遗大耻于载籍，满简帛而见书。孰不饮而罹兹，罔非酒而惟事。昔在公旦，极兹话言，濡首屡舞，谈易作难。大禹所忌，文王是艰。暨我中叶，酒流犹多。群庶崇饮，日富月奢。

此赋先写酒的起源、酿酒方式和酒的种类，继而正面叙述了酒的功能，彰显礼乐教化，协调三军，严守少长之礼，尊老养亲，和谐处理宗亲、朋友、主宾间的关系，这是全诗主旨，就在于恪守礼仪精神；然后由"既无礼而不入，又何事而不因"过渡到叙述酒的各种危害，最后抬出往圣先王，从反面说明"酒以成礼"的必要。

两汉以酒、酒器为铭、箴的散文，也多凸显出一种礼乐精神。《文心雕龙·铭篇》释云："铭者，名也，观器必也正名，审用贵乎盛德。"这类文章内容多以明德载道、遵礼警戒为主，如东汉崔骃《酒箴》："丰侯沉酒，荷瓮负缶。自戮于世，图形戒后。"李尤《盂铭》："饮无求辞，才以相娱。荒沉过差，可不慎与！"蔡邕《酒樽铭》："酒以成礼，弗愆以淫；德将无醉，过则荒沉。盈而不冲，古人所箴。尚鉴兹器，茂勖厥心。"[①] 这些也不过重申《左传》《诗经》之陈说，至于冯衍的《席前右铭》："修尔容貌，饰尔衣服。文之以辞，实之以德。"《席后右铭》："冠带之张，从容有常。威仪之华，惟德之英。"皆偏重于饮酒者的威仪、容止，称颂酒德，都是从儒家酒德观出发，对饮酒无度、秽形毁仪所提出的箴规，丰富了汉代宴饮散文的日神精神，具有一定的认识意义。但受文体影响，文学性不高。

（四）《史记》宴饮文学的日神精神与艺术成就

这一时期历史散文成就最高的，就是司马迁的《史记》，其中的宴饮文学描写也值得关注。虽然它不是专门的宴饮文学，但其对酒情节、酒人物的描写，在中国宴饮文学史上取得了巨大的文学成就。

《史记》塑造了一系列有血有肉的酒人形象，最突出的就是项羽、刘邦与"高阳酒徒"郦食其。仅以秦汉易代之际的主角之一项羽来说，巨鹿之战、鸿门宴、垓下之死，基本显示出项羽事业的盛衰过程和项羽的完整形象，而这三个情节都离不开酒。巨鹿之战是项羽与秦军主力的决战，奠定了项羽在反秦联军中的地位、威望。而这一重要诱因，则是上将军宋义裹足不前，饮酒高会，而不恤士卒冻饥，项羽借机斩之，一跃而为联军首领。垓下突围及乌江自刎，是项羽事业的终结，而其中项羽与美人虞姬饮酒唱和一节，并非闲笔，它加重了作品的悲剧气氛，更突出了末路英雄的铁骨柔情。当然酒情节写得最精彩的当属《鸿门宴》了。

《鸿门宴》是项羽兵临咸阳时与刘邦的初次较量宴席，也是《史记》最成功的宴饮文学描写之一。它把刘项集团面对面的斗争，从发端、发展、高

---

① （东汉）蔡邕：《酒樽铭》，载《艺文类聚》卷七十三，景印文渊阁四库全书子部第 887—888 册。

潮到结尾，写得波澜起伏，高潮迭起，引人入胜。雄主刘邦与项羽、谋士张良与范增、内奸项伯与曹无伤、部将项庄与樊哙等人物形象被塑造得栩栩如生。值得一提的是，《鸿门宴》中的宴会排座次描写，既体现了中国酒礼的一个重要问题，即旨在区分尊卑少长，这正是礼的核心，又带有楚国酒文化的特色：

> 项王即日因留沛公与饮。项王、项伯东向坐，亚父南向坐。亚父者，范增也。沛公北向坐，张良西向侍。范增数目项王，举所佩玉玦以示之者三，项王默然不应。

这种宴席座次排列，既体现了楚文化的特色，更与宴席人物、情节分不开。首先，它客观上反映了诸人在楚军中的地位与处境。从当时的情况来看，项羽已是楚军统帅，抗秦联军领袖；而项伯官居左尹，从官职排列看，两人相当，又是项羽之叔，鸿门宴上地位最尊，故东向坐。范增为抗秦联军的次将，又尊称亚父，故居其次，为南向坐。刘邦只是一部分楚军的统帅，而且此行是"谢罪"，故又居其次，为北向坐。张良又居其下，为西向侍。汉代饮酒的礼仪特征，是从汉高祖时期叔孙通制定下来的。在进出次序、座位方向、膳馐种类、摆宴方法等方面都有严格的规定，体现尊卑、长幼不同。鸿门宴座次也被汉代酒礼所继承。其次，《鸿门宴》的描写也反映了项羽思想感情的变化。项羽出身于楚国贵族，平素颇注重礼仪，《史记·淮阴侯列传》说他"见人恭敬慈爱"，刘邦安于北向坐，表现出来的谦卑与服从无疑在一定程度上平息了项羽的愤怒与疑虑，故而诚心设宴相请。项羽怕软不怕硬，当别人表现出柔顺驯服时，他往往过度显示出宽容与仁慈；刘邦的柔顺屈服、甘居卑位，也触动了项羽性格中"仁而爱人""温柔慈祥"的一面。所以当范增制造一幕幕波澜时，他要么"默然不应"，要么"未有以应"，以致放虎归山。

刘邦作为酒人被蒙上了一层神秘的外衣，比如醉卧显龙、醉斩道蛇，但依然掩饰不住泼皮无赖的特征，所谓"廷中吏无所不狎侮，好酒及色"，不事产业。除"骑周昌项""溺儒家冠"外，竟在宴席上好侮及乃父了："始大人常以臣无赖，不能治产业，不如仲力。今某之业所就孰与仲多？"活剥出一副流氓酒人的无赖嘴脸。当然刘邦还有豪爽率真的一面，如"赊酒""醉卧"，可以说伴随着他的青少年时期。最富有传奇色彩的就是"酒筵带得美人归"一段的描写，借着酒疯以"狎侮诸客"，就连吕媪都嫌他无赖，但吕公偏能从刘邦的无赖背后识出他的雄才大略来，故而妻之以女。如果说刘邦的醉卧尚限于一般性概括的话，那么"醉后斩蛇起义"的描写，却于刘邦率真任性的背后显露其雄才大略的一面，酒在他手上被运用得出神入化。除了斩蛇起义外，还在登基后一反过去讨厌礼仪、轻侮儒生之态，请叔孙通制订一套"法酒之礼"，并演习一番：

> 汉七年，长乐宫成，诸侯群臣皆朝十月。仪：先平明，谒者治礼，引以次入殿门，廷中陈车骑步卒卫宫，设兵张旗志。传言"趋"。殿下郎中侠陛，陛数百人。功臣列侯诸将军军吏以次陈西方，东乡；文官丞相以下陈东方，西乡。大行设九宾，胪传。于是皇帝辇出房，百官执职传警，引诸侯王以下至吏六百石以次奉贺。自诸侯王以下莫不振恐肃敬。至礼毕，复置法酒。诸侍坐殿上皆伏抑首，以尊卑次起上寿。觞九行，谒者言"罢酒"。御史执法举不如仪者辄引去。竟朝置酒，无敢欢哗失礼者。于是高帝曰："吾乃今日知为皇帝之贵也。"乃拜叔孙通为太常，赐金五百斤。（《史记·叔孙通传》）

这里，参加宴会的座次、饮酒方式、数量、时间等都有具体细致的规定，而且建立了严明的监察制度，确立了新的封建统治秩序，为西汉江山的稳固打下了基础。《史记》记载的西汉开国前后的酒礼制建设非常值得注意。从此以后，文学中写酒则基本上表现的是儒家"饮酒有礼"的酒德观。而刘邦一时高兴，竟情不自禁地说出一句"吾今日乃知皇帝之贵也"的话，一副高高在上、洋洋得意的满足与快感之相，借着酒劲又率真地显现了出来。酒人刘邦，本是一个不学无术、不事产业的乡里无赖之徒，竟然利用龙颜隆准的吉人天相和豪爽宽大的黄汤爱好，折免酒债，获娶美人，结交豪士，斩蛇起义，借酒韬光，醉吟《大风歌》以抒发豪情，一跃而为万乘之尊，制礼而为万世之业，可谓善使酒德者矣！

总之，汉代酒散文中，体物赋体酒散文基本上阐述儒家酒礼，箴、铭亦是庄严有余而文学性不足。而以《史记》为代表的记叙体酒散文，以跌宕起伏的故事情节与惟妙惟肖的人物塑造获得了很大的艺术效果。

二、汉代宴饮诗的悲凉情绪与行乐心态

酒与生命关系密切。在礼乐文化极盛的西周时代，人们生活的一切领域（包括饮酒）都被纳入"礼以体政"的政治体系中，因之反映"酒以成礼""宴以合好"的酒诗占据着主导地位；虽有《周南·卷耳》《唐风·山有枢》等以酒解忧的作品，但反映个体饮酒生命的酒诗非常少，说明个体意识在当时是受到压制的。随着春秋中叶后的礼崩乐坏，个体饮酒享乐之风盛行，而个体生命意识的逐渐抬头，更加剧了这种风气。到了汉代，酒诗歌取得了新的进展。

首先，从秦末汉初项羽、刘邦起，迄东汉末少帝刘辩止，汉代皇帝与大臣酒后即兴作歌，有史明载的就有约 17 首之多。从体裁上看，除了刘章《耕田歌》，汉武帝君臣柏梁台联句，东方朔、商丘成、杨恽《拊缶歌》及东汉刘圣公宾客等酒后创作的诗歌外，其余都是骚体短歌。从感情基调来看，像项羽《垓下歌》、刘邦《大风歌》等酒歌，表现了政治沉浮中的英雄情怀；刘邦《鸿鹄歌》、刘彻《秋风辞》、刘旦《歌》、刘胥《瑟歌》、刘辩《醉歌》、唐姬《舞歌》等酒歌，表现了权斗背景下的宴饮悲歌；而苏武《别歌》、东方朔《据地歌》、杨恽《拊缶歌》等，表现了文人及时行乐、乐极生悲的情怀。尽管这里的酒歌内容与酒无关，可以不把它们当作纯宴饮文学看待，但他们在主题内容上表现了饮酒生命意识的觉醒，体式上以楚骚为主，更加重了慷慨悲凉的基调。① 后来借酒消忧、及时行乐的心态却大量存在于汉乐府与《古诗十九首》的宴饮文学中：

---

① 万伟成：《中华酒诗的文化阐释》，中国文联出版社 2002 年版，第 95—109 页。

欢日尚少，戚日苦多。何以忘忧？弹筝酒歌。(《乐府古辞·瑟调曲·善哉行》五解)

出西门，步念之。今日不作乐，当待何时？夫为乐，当及时，何能愁怫郁？当复待来兹。酿美酒，炙肥牛，请呼心所欢，可用解忧愁。(《乐府古辞·瑟调曲·西门行》)

饮酒歌舞，不乐何须？(《乐府古辞·大曲·满歌行》)

将进酒，乘大白。(《鼓吹曲辞·将进酒》)

第一首四言诗歌，从用字到用意，为曹操《短歌行》"对酒当歌，人生几何？譬如朝露，去日苦多"所本。至于《将进酒》，郭茂倩于《乐府诗集》中的《鼓吹曲·汉铙歌》下解题曰："古词曰：将进酒，乘大白。大略以饮酒放歌为言。"这对后来李白、李贺相同题材，甚至相同题目的酒诗影响深远。

如果说《诗经》宴饮诗里，酒与音乐的结合，酒以郁醴五齐为主，是淡甜的，乐以钟鼓琴瑟为主，是和平的，饮酒奏乐是仪礼化的，一切围绕着礼乐而来，那么汉末宴饮诗中，酒与音乐是以消忧来乐为目的，酒的浓度日趋于厚，乐的情绪也日趋于悲，一反日神模式下的性情"中和"之正，而追求刺激。这种趋势虽说在春秋、战国礼崩乐坏之时已经出现，汉代酒歌也开了慷慨悲歌之风，但是大量反映到文人拟乐府及其他诗歌里来的，还是东汉后期的事情：

今日乐上乐，相从步云衢。天公出美酒，河伯出鲤鱼。青龙前铺席，白虎持榼壶。南斗工鼓瑟，北斗吹笙竽。(《乐府古辞·杂曲歌辞·艳歌》)

今日良宴会，欢乐难具陈。弹筝奋逸响，新声妙入神。(《古诗十九首》之四)

　　主人前进酒，弹瑟为清商。投壶对弹棋，博弈并复行。朱火飑烟雾，博山吐微香。清樽发朱颜，四座乐且康。今日乐相乐，延年寿千霜。(《古歌》)

　　失意文人特别强调饮酒赏乐的情感色彩：超越寻常的奔放声音("逸响")，与饮酒放歌的情感色彩相谐调。汉乐府已经具有哀美特征，如崔琦《七蠲》言"时吟齐讴，穷乐极欢""再奏致哀风"，文人也纷纷掀起了冲破传统中和之美的审美思潮，追求凄美，如《古诗十九首》："一弹再三叹，慷慨有余哀""音响一何悲，弦急如柱促"，《古诗·寂寂君子坐》："悲意何慷慨，清歌正激扬"，此外如"(祢)衡方为《渔阳参挝》，蹀躞而前，容态有异，声节悲壮，听者莫不慷慨"(《后汉书·祢衡传》)，可见东汉时代普遍追求悲歌慷慨之风，为后来建安宴饮文学张本。由于人们的生命意识开始走向自觉，人们在饮酒行乐时越能感到生命的短暂与可贵，就越增强对生命长久的渴望。东汉末年由于战乱、瘟疫等种种原因，人的寿命比起前人来说趋于短暂，因而宴饮诗中对生命的渴望更为强烈：

　　驱车上东门，遥望郭北墓。白杨何萧萧，松柏夹广路。下有陈死人，杳杳即长暮。潜寐黄泉下，千载永不寤。浩浩阴阳移，年命如朝露。人生忽如寄，寿无金石固。万岁更相送，圣贤莫能度。服食求神仙，多为药所误。不如饮美酒，被服纨与素。(《古诗十九首》其十三)

　　青青陵上陌，磊磊涧中石。人生天地间，忽如远行客。斗酒相娱乐，聊厚不为薄。驱车策驽马，游戏宛与洛……极宴娱心意，戚戚何所迫。(《古诗十九首》其三)

　　而要达到延年目的，一是饮酒，一是服药，饮酒派与服药派在东汉末年就已经产生了。不过，经验告诉他们，以服药追求延长生命的长度，倒不如当下饮酒以增加生命的密度。生命意识的觉醒，促使东汉末年在文人中间逐渐形成饮酒挽歌的现象，从而引起酒后诗情的进一步变化。

根据《后汉书·周举传》，汉顺帝永和六年（141），梁商宴宾客于洛水，"酒阑唱罢，继以《薤露》之歌，座中闻者，皆为掩涕"。但这种酒后挽歌在当时尚属个别情况，到东汉末年就蔚然成风了。应劭《风俗通义》载："时京师宾（殡）婚嘉会，皆作《槐檽》。酒酣之后，继以《挽歌》。《槐檽》，丧家之乐。《挽歌》，执绋相偶和之者。"① 饮酒为乐时却唱着丧歌，说明时人挣扎在生与死的临界线上。一觞一咏，承载着人生的苦涩与死亡的虚空，狂歌着死亡的豪迈和人生的沉重。这些都决定了当时饮酒诗充满了"感伤主义"色彩，呈现出一种"以哀为美"的与日神精神渐行渐远的艺术情感特征和美学特征。如汉代乐府《将进酒》《艳歌》《古歌》，《古诗十九首》中如《今日良宴会》，三曹、七子诗歌如《短歌行》《大墙上蒿行》《七哀诗》等以酒为题材的诗，普遍存在生命短暂、及时行乐的情结，存在着欢宴中抒发悲情的现象，与饮酒挽歌的精神是一致的。如果说《古诗十九首》中的《今日良宴会》的忧生主要是个人的羁旅愁怀，那么建安文人的忧生却增加了深沉阔大的时代和社会的心理内容，有慷慨悲凉之风，标志着汉末饮酒生命意识开始走向自觉。宴饮文学中的感情由以中和为美转到以慷慨悲凉为美的变化，从文化模式角度来说，是对《诗经》宴饮诗日神精神的突破，是迈向酒神精神的第一步。

第二节
自觉时代的魏晋宴饮文学

一、汉末魏晋的以酒抗礼与宴饮赋文的酒神文化模式

酒性与礼性的合与分是中国酒文化的重要主题，也是中国酒神精神与

---

① （南朝宋）范晔撰，（唐）李贤等注：《后汉书》志第十三《五行志一》注引，中华书局 1965 年版，第 3273 页。

日神精神的分水岭。先秦两汉时期酒与礼基本上是处在"合"的状态，但也有"分"的一些迹象，比如许多君主、王公贵族出于本能的感官享受和本性的荒淫腐朽，在宴饮时不断发生不循礼制的现象，成为败国或亡身的政治原因。这些都将对酒与礼的结合造成一定程度上的冲击。而最具代表性的就是被视为"蛮夷之邦"的楚国饮酒狂放之风，以及礼教乐化、伦理观念的淡薄，形成了以庄、骚为代表的南方强烈的酒神文化色彩。特别是《庄子》把饮酒作为天道（天真），是与人道（礼乐）对立的观念，富有叛逆精神，为饮酒与礼乐的分离，同时又是与天真的结合迈出了坚实的一步。西汉末期扬雄作《酒箴》，公开以鸱夷（喻酒客）、瓶（喻法度之士）的对立，为酒辩过，主张饮酒作乐，把历来对酒与礼分离的思考提高到一个新的高度。这些对孔融《难曹公表制酒禁书》、刘伶《酒德颂》以自然对抗名教、以天真对抗礼制产生了积极的影响，可视之为魏晋时代饮酒文化自觉的前奏先声也不为过。

（一）曹植《酒赋》

汉末魏晋时代的酒赋文特别多。游宴赋，以曹植《节游赋》为代表；咏酒器赋，同题《车渠碗赋》者就有 7 篇之多；酒戏赋，以邯郸淳《投壶赋》为代表，其文曰"古者诸侯间于天子之事，则相朝也。以正班爵，讲礼献功。于是乃崇其威仪，恪其容貌。繁登降之节，盛揖拜之数"，不过是重弹古代将游戏纳入礼义的老调。酒与礼的分合、情欲与礼的关系，仍是时代的主题。如曹丕《酒诲》，王粲、曹植的同题《酒赋》，无一不是聚焦在酒与礼的分与合上，清晰地反映出魏晋文人新的时代精神：从日神精神走向酒神精神。

曹植（192—232），字子建，建安时期著名的文学家。他创作了 9 篇关于酒的赋文，是建安酒赋文创作数量最多的作家。作为建安之杰，其作品所蕴含的情感丰富而复杂，既具有时人的共性，又有独特的个性，描写内容更为丰富细腻，可补同期宴饮诗内容之不足，丰富了建安宴饮文学的情感世界。曹植不治威仪，任性而行，不自雕励，饮酒不节。他在《与吴质书》中毫不掩饰自己的嗜好："愿举泰山以为肉，倾东海以为酒，伐云梦之竹以为笛，斩泗滨之梓以为筝，食若填巨壑，饮若灌漏卮，其乐固难量，岂非大丈夫之乐哉？"像曹植这样以丰富的想象、得体的夸张、排比的气势来描述饮酒之乐在酒文学史上尚属首次。他还著有《酒赋》，前半云：

> 嘉仪氏之造思，亮兹美之独珍。仰酒旗之景曜，协嘉号于天辰。穆生以醴而辞楚，侯嬴感爵而轻身……其味有……宜成醪醴，苍梧缥清，或秋藏冬发，或春酝夏成，或云拂川涌，或素蚁浮萍。尔乃王孙公子，游侠翱翔，将承欢以接意，会凌云之朱堂。献酬交错，宴笑无方，于是饮者并醉，纵横喧哗，或扬袂屡舞，或扣剑清歌，或喷噉辞觞，或奋爵横飞，或叹骊驹既驾，或称朝露未晞。于斯时也，质者或文，刚者或仁，卑者忘贱，窭者忘贫。

这一段大颂酒德、酒功，写出了酒的移人功能（质者或文，刚者或仁）和醉酒的种种行为与心态。但限于环境与身份，他不能像孔融那样敢明目张胆地为饮酒辩护，所以末尾还是来个"曲终奏雅"，拈出"矫俗先生，君子所斥"的说教，回归儒家的酒德观，充分表现出他的双重人格和言行矛盾。以三曹、七子为代表的建安文人，由于双重身份，既是"办事人"，又是"旁观者"①，决定了他们双重人格和言行矛盾：既要饮酒作乐，脱略名教，又要强调伦理道德，归之于礼。曹植的《酒赋》是其中典型者。像王粲作为文士可以附庸"邺下之饮"，作《酒赋》强调酒的功能，但他也是一个"办事人"，又必须重申酒以成礼，回归正统的酒德观，骂酒"贼功业而败事，毁名行以取诟"。作为文人，曹丕可以饮酒赋诗，下诏颂酒；但同时他也是办事人，重申"酒以成礼，过则败德，而流俗荒沉，作《酒诲》"。从酒与礼的对立与统一的态势看，这是扬雄《酒箴》的延续，为魏晋彻底实现酒与礼的分离张本开路。

（二）孔融酒书

与汉末以后礼崩乐坏的发展趋势相适应，真正表现时代酒礼相分、以酒抗礼精神的就是以气运文的《难曹公表制酒禁书》和《酒德颂》。

---

① 鲁迅：《魏晋风度及文章与药及酒之关系》，载《鲁迅全集》第三卷，人民文学出版社1981年版，第505页。

孔融（153—208），继蔡邕之后成为文章宗师，居建安七子之首。东汉末，年饥兵兴，民生凋敝，故而曹操在北方实施了酒禁。孔融挺身而出，修书一封，单颂饮酒对于国家政治的功德，云：

> 公初当来，邦人咸抃舞踊跃，以望我后，亦既至止，酒禁施行。夫酒之为德久矣！古先哲王，类帝禋宗，和神定人，以济万国，非酒莫以也。故天垂酒星之耀，地列酒泉之郡，人著旨酒之德。尧不千钟，无以建太平；孔非百觚，无以堪上圣。樊哙解厄鸿门，非豕肩钟酒无以奋其怒；赵之厮养，东迎其王，非引卮酒无以激其气；高祖非醉斩白蛇，无以畅其灵；景帝非醉幸唐姬，无以开中兴；袁盎非醇醪之力，无以脱其命；定国不酣饮一斛，无以决其法。故郦生以高阳酒徒，著功于汉；屈原不餔糟歠醨，取困于楚。由是观之，酒何负于治者哉！

该信列举了一大堆历史上因酒成功的例子，为酒辩诬，可谓义正词严，痛快淋漓。曹操复信驳议，列举一大堆相反的例子，无非夏商因酒灭亡，不少政事和当政者败在酒上，主张必须禁酒。针对酒的负面效应这一点立论，孔融又写了一封信反驳道：

> 昨承训答，陈二代之祸，及众人之败，以酒亡者，实如来诲。虽然，徐偃王行仁义而亡，今令不绝仁义；燕哙以让失社稷，今令不禁谦退；鲁因儒而损，今令不弃文学；夏商亦以妇人失天下，今令不断婚姻。而将酒独急者，疑但惜谷耳，非以亡王为戒也。

第二封更是极尽讽刺揶揄之能事，曹操说酒色亡国，非禁不可，孔融反唇相讥道：也有因妇人失天下的，何以不禁婚姻？前半略嫌诡辩，强词夺理，然其锋难当；末尾一语中的，指出曹操禁酒的真实原因，在于"惜谷"，推翻了酒能亡国的陈词滥调，为酒有力翻案。曹丕在《典论·论文》中说："孔融体气高妙，有过人者；然不能持论，理不胜辞，至于杂以嘲戏。及其所善，扬、班俦也。"正可移评孔融的这两篇文章，文如其人，以才气取胜，以文笔的犀利诙谐见长，具有强烈的讽刺性。

孔融的两封《难曹公表制酒禁书》是"灵帝之末，礼乐崩坏"①之风的继续，是整个时代传统道德失控、思想解放的一个反映。两书借题发挥，站在酒人、饮酒的立场上全新审视圣人、历史，虽然难免有歪曲、偏激之嫌，但主要是透过历史人物因酒成就的事迹来歌颂酒德酒功，反对强行命令、群体规范对个体自由、个性张扬的压抑，为魏晋文士以个人、个性（因为酒与个性有关）走上社会舞台张目张本。

（三）刘伶《酒德颂》

如果说孔融的两封书信是借酒打破旧礼教的框框的话，那么刘伶的《酒德颂》则在"破"的基础上彰显了酒人对新型酒德的重构。

刘伶（221—300）以饮酒著称于世，而流传后世的诗文较少。他的狂饮的行为艺术，以饮酒之真对抗礼制之伪，具有文化解放的意义。他的《酒德颂》借两种对立的势力来为酒德作颂：

> 有大人先生，以天地为一朝，万期为须臾，日月为扃牖，八荒为庭衢，行无辙迹，居无室庐，幕天席地，纵意所如。止则操卮执觚，动则挈榼提壶，唯酒是务，焉知其余？有贵介公子，缙绅处士，闻吾风声，议其所以。乃奋袂攘襟，怒目切齿，陈说礼法，是非锋起，先生于是方捧罂承槽，衔杯漱醪，奋髯箕踞，枕麹藉糟，无思无虑，其乐陶陶。兀然而醉，怳尔而醒，俯观万物，扰扰焉若江海之载浮萍，二豪侍侧焉，如螺蠃之与螟蛉。

此篇在思想、语言方面都近乎嵇康，表面上颂酒功、酒德，骨子里是反抗司马氏的。贵介公子、缙绅处士代表着礼俗势力；大人先生是饮酒派代表，其实也就是刘伶的化身。他"唯酒为务"，醉起酒来就没有什么空间和时间概念，以天为幕，以地为席，日月作门窗，八方作庭院，因此用不着

---

① （东汉）应劭：《续汉书·五行志》注，载《全上古三秦汉三国六朝文》第2册，河北教育出版社1997年版，第392页。

羁束自己。这一切，包括他的裸饮都富有象征意义。刘伶《酒德颂》中的大人先生与贵介公子、缙绅处士的对峙，阮籍《大人先生传》中的大人先生与世之君子的对峙，嵇康《与山巨源绝交书》中简与礼的对峙，其实都是"自然与名教"之争的态势，即刘、阮、嵇为代表的"自然派"以真诚、任达、超迈的自然之性对抗司马氏集团为代表的"名教派"的虚伪、刻板、残酷的名教之性。刘伶纵酒是对礼制的否定和叛逆，这种行为，归根结底就是对司马氏的一种消极反抗。

关于这篇酒文的文化模式，学术界有一篇文章将刘伶《酒德颂》与尼采的酒神精神作了一个对比，认为两者相似之处有二：一是"'狄奥尼索斯'与'大人先生'的形象塑造"，二是"强有力的生命意识"。①《酒德颂》基本上体现了酒神文化模式的特点。如果将刘伶的"裸饮"行为艺术（见下文）结合起来，这种与礼法、生命抗争的酒神精神则更为明显。当然，此文虽然具有某种程度上的酒神精神（酒神的反抗在中国来说具有标志性的作用），但整体上说并没有西方酒神反抗有力。

这篇文章虽是酒神的颂体，体制则颇似辞赋，又受谐谑酒令的影响，风格与阮籍《大人先生传》颇为接近。他以自己生活为蓝本，用简练的语言塑造了一个悖礼不羁、唯酒是务的"大人先生"的自我形象，这是文学史上第一个与酒礼对抗的人物形象。赋作中对比手法的运用是最鲜明的特点，将"大人先生"的纵酒放浪、其乐陶陶，与"贵介公子、缙绅处士"的道貌岸然、怒目切齿作比，恰到好处地勾画出两种不同形象的本质特征。

作为自传体，后来酒散文如陶渊明《五柳先生传》、王绩《五斗先生传》与《自撰墓志文》、白居易《醉吟先生传》等，都可以看到刘伶的影子；作为歌功颂德体，自此文问世后，散文界出现了许多对酒德、酒功赞颂的文章，如戴逵《酒赞》、袁山松《酒赋》、刘恢《酒箴》等，至白居易《酒功赞》时，就把酒和玄学、佛学融为一体了。不过，在这些酒文学作品里，刘伶身上深度的悲剧意识、强烈的抗争精神都找不到了，代之而起的是或庄玄或佛

---

① 李昕芮：《尼采酒神精神与刘伶"唯酒是务"的比较》，《大众文艺》2020年11月15日，第163—164页。

禅式的消解，酒仙精神越来越突出。尽管这样，正如苏轼《崔文学甲携文见过萧然有出尘之姿》所说，"为文不在多，一颂了伯伦"，高度评价了刘伶孤篇压倒魏晋酒散文的历史地位和深远影响。

二、建安公宴诗的悲愤格与行乐心态

魏晋饮酒文化精神的发展与整个时代文化自觉是同步的，那么，从建安到陶渊明，中国酒诗是如何从开始自觉走向成熟的呢？

建安文学的代表作家主要是三曹、七子。除了孔融外，其余诸子基本上形成了具有共同创作倾向的诗酒集团，所谓"行则连舆，止则接席，何曾须臾相失？每至觞酌流行，丝竹并奏，酒酣耳热，仰而赋诗，当此之时，忽然不自知乐也"（曹丕《又与吴质书》）。这就是建安诸子宴饮文学创作的典型环境。真正开后世文人诗酒之会风气之先者，应该是建安时期邺下、许昌诗酒之会，产生了一批公宴作品。由于当时曹丕身为公子，召集诸子侍宴赋诗，故名"公宴诗""游宴诗"。王粲、应玚、阮瑀、陈琳、刘桢、曹植等皆有作品问世，以宴饮、游玩等为题材，表现"怜风月，狎池苑，述恩荣，叙酣宴"（《文心雕龙·明诗》）等内容，构成了建安文学的重要组成部分，对后世游宴文学产生了深远影响。

建安公宴诗对游宴场景的描绘大多并没有因出于应酬而趋向雷同，而是充溢着强烈的生命力和诗人自我的情感色彩。其中一类像曹植、王粲、应玚等的《公宴诗》，刘桢《赠五官中郎将四首》等，始写欢娱之景，恩荣之隆，继而述宴饮之好，开后世酒场应酬风气之先。惟应玚《侍五官中郎将建章台集诗》，叙述四处羁孤之苦以及初遇恩荣之乐，不脱时习；但全篇代雁为词，音调悲切，结尾含蓄有余，立言得体，"魏人公宴诗皆累幅颂扬，开后来应酬恶派，独存此作，未坠古音"（张玉谷《古诗赏析》卷十）。另一类是以欢娱之景反衬慷慨悲凉之情的酒诗，往往"乐极哀情来"，抒情意味成为诗作的焦点，以欢衬哀，哀情更加深沉，诗人的个性色彩更为浓烈。

东汉末盛行的酒后挽歌，到了建安作品中大量出现。人们在饮酒为乐时，常常想到死亡、坟墓，因而渴望解脱。如阮瑀《七哀诗》："丁年难再遇，富贵不重来。良时忽一过，身体为土灰……嘉肴设不御，旨酒盈觞杯。出圹望故乡，但见蒿与莱。"曹丕《大墙上蒿行》："人生居天壤间，忽如飞鸟栖枯枝。我今隐约欲何为？适君身体所服，何不恣君口腹所尝？……前奉玉卮，为我行觞。今日乐，不可忘，乐未央。为乐常苦迟，岁月逝，忽若飞。何为自苦，使我心悲。"应璩《百一诗》："年命在桑榆，东岳与我期。长短有常会，迟速不得辞。斗酒当为乐，无为待来兹。"以上的种种心态情感与汉末以来盛行酒后挽歌的文化现象一样，反映出当时生命意识的觉醒：

> 朝日乐相乐，酣饮不知醉。悲弦激新声，长笛吐清气。（曹丕《善哉行》）

> 初岁元祚，吉日惟良，乃为嘉会，宴此高堂……笙磬既设，筝瑟俱张。悲歌厉响，咀嚼清商。（曹植《正会诗》）

> 高会君子堂，并坐荫华榱。嘉肴充圆方，旨酒盈金罍。管弦发徽音，曲度清且悲。（王粲《公宴诗》）

> 高会时不娱，羁客难为心。殷怀从中发，悲感激清音。投觞罢欢坐，逍遥步长林。（陈琳《诗》）

饮酒行乐，却欣赏哀情，与当时酒后挽歌所表现出来的饮酒审美情趣是一致的。这个哀，一方面来自对人生短暂和死亡来临的无奈，另一方面来自对人生坎坷、壮志不酬的悲伤。两个方面渗入到当时人们饮酒赏乐活动中，配上哀感音乐的特殊感染力，加上酒精的刺激，激发作家强烈的情感冲动和灵感，所谓"慷慨有悲心，兴文自成篇"（曹植《赠徐幹诗》），形之歌诗，发而为慷慨之音。其中最有代表性的当推曹操《短歌行》：

> 对酒当歌，人生几何？譬如朝露，去日苦多。

慨当以慷，忧思难忘。何以解忧？唯有杜康。

青青子衿，悠悠我心。但为君故，沉吟至今。

呦呦鹿鸣，食野之苹。我有嘉宾，鼓瑟吹笙。

明明如月，何时可掇？忧从中来，不可断绝。

越陌度阡，枉用相存。契阔谈宴，心念旧恩。

月明星稀，乌鹊南飞，绕树三匝，何枝可依？

山不厌高，水不厌深，周公吐哺，天下归心。

吴兢《乐府古题要解》卷上评："右魏武帝'对酒当歌，人生几何'，晋陆士衡'置酒高堂，悲歌临觞'，皆言当及时为乐，又旧说《长歌》《短歌》，大率言人寿命长短分定，不可妄求也。"这段评论把握到了这类酒后挽歌作品的共性与继承性，点出了当时饮酒行乐的一种普遍心态和悲剧意识。但也必须看到，曹操此诗在借用挽歌形式表达及时行乐的同时，也把作者原有的英雄色彩融入其中，从而使得全诗在感伤中有振奋，感性中有理性，更富有慷慨、跌宕精神，这是一种新的时代精神，这就是曹操此诗的时代性与独创性。

这一时期的酒诗仍以曹植成就最高。他早年的《名都篇》直接将酒与狩猎联系起来，所谓"名都多妖女，京洛出少年……左挽因右发，一纵两禽连。余巧未及展，仰手接飞鸢。观者咸称善，众工归我妍。归来宴平乐，美酒斗十千。脍鲤臇胎鰕，炮鳖炙熊蹯。鸣俦啸匹侣，列坐竟长筵"。王尧衢评："此言游玩之乐，骑射之巧也。子建怅功业之未建，故以驰逐燕饮为乐。"（《古唐诗合解》卷三）以酒逞胆尚武，不失游侠本色；而壮志未酬，大有荆轲、高渐离酒后悲歌之遗意。英雄主义与享乐主义并存，当作于曹植早年，建功立业之心溢于言表，对后来张华、左思、鲍照、李白的饮酒游侠诗具有深远影响。但晚年的曹植处境艰难，备遭猜忌，因而岁月如流、有志不酬之叹比常人更深一层。他的《野田黄雀行》（一作《箜篌引》）云：

置酒高殿上，亲友从我游。中厨办丰膳，烹羊宰肥牛。秦筝何慷慨，齐瑟和且柔。阳阿奏奇舞，京洛出名讴。乐饮过三爵，缓带倾庶羞。主称千金寿，宾寿万年酬。久要不可忘，薄终义所尤，谦谦君子德，磬折欲何求？惊风飘白日，光景驰西流。盛时不可再，百年忽我遒。生存华屋处，零落归山丘。先民谁不死，知命复何忧？

吴兢评此诗"始言丰膳乐饮，盛宾主之献酬，中言欢乐极而悲，嗟盛时不再，终归于知命而不复忧焉"（《乐府古题要解》卷上），当系韬晦免祸之作，具有强烈的壮志不酬的感慨和忧患意识。

建安宴饮诗无论在情感内涵还是语言风格上，都已具备"风骨"兼美的素质。刘勰在以"风骨"的审美理想称颂建安文学时是涵盖公宴诗内容的，用"慷慨"二字评价建安诗歌，如《明诗》"慷慨以任气"，《时序》"观其时文，雅好慷慨，良由世积乱离，风衰俗怨，并志深而笔长，故梗概多气也"，指出了建安诗歌的主要特征、时代爱好及其成因。由此可见，作为我国诗歌史上诗酒结合的第一个高潮时期的游宴诗歌，在建安文学中具有突出地位和时代特色。建安时代饮酒赏乐及其酒诗创作所体现出来的慷慨悲歌之美，是世积乱离、风衰俗怨、审美积淀、壮士不平等多种历史的、现实的因素结合的产物，上承战国、两汉，下开正始、晋宋、盛唐，对中国宴饮文学产生积极而深远的影响。

三、从西晋到东晋宴饮文学：忧愤格向平淡格的过渡

反映西晋到东晋酒诗风气变化的，是华林公宴诗歌与两次文人酒会的诗歌。虽然这个时期酒文学创作的主体仍是贵族、文士，或者说贵族身份的文士，反映的情感内容却有所不同。

华林园是曹魏、西晋时期的皇家园林，以西晋君臣两度宴集而闻名，一次是泰始四年（268）二月，一次是太康元年（280），即平吴后三月三日，由晋武帝在华林园两次宴集文学侍臣之士，产生了一批公宴诗，皆皇家侍宴、赐宴、应诏受命之作，反映了西晋初期庙堂诗风。其内容无非感恩颂美，

并且形成套化创作倾向：一般是敷陈藻彩，从叙天文、述地理到赞人伦德行，从太古写到今上，从君主时政之美写到宴集礼仪之美。傅玄、荀勖、成公绥留传下来的西晋"燕射歌辞"15首、70余章，大部分都是从情调、语言到风格模仿《诗经》雅颂体的宴饮礼诗，作为行礼燕饮、复古合古、配合金石乐器演奏的产物，体现了礼乐精神的回归，也是日神精神的回归。而且雅颂体适合于庄重场合，故宴饮、朝会等重要场合多用四言。由于其思想内容贫乏、形式走向僵化，在五言盛行的文学向前发展时期是一种复古倒退；尽管如此，它对于后来如谢灵运、颜延之、王俭、萧子良、谢朓、阮彦、王思远、王僧令、袁浮丘、江淹、任昉、丘迟、沈约、王僧孺之辈创作的侍宴、应诏、释奠之类的四言酒诗仍具有一定程度的影响。

两晋酒文学的另一个变化，就是从汉魏以来忧愤格（悲歌慷慨）向平淡格的变化。曹魏之末，竹林七贤掀起新一轮饮酒高潮，诗歌也颇能继承建安风骨，形成正始诗风。但酒诗数量少，分量小，与纵饮之风不称，或是"纵饮酒，慎言语"的反映。不过，仅存的几首酒诗，也不乏慷慨悲怆之音。如阮籍《咏怀》六十四："临觞多哀楚，思我故时人。对酒不能言，凄怆怀酸辛。"《咏怀十三首》之三："清风肃肃，修夜漫漫。啸歌伤怀，独寐寤言。临觞拊膺，对食忘餐。世无萱草，令我哀叹。"这些都是一代饮酒心态的写照，特别是《咏怀》六十七（洪生资制度），前半写当世鸿儒"尊卑设次序，事物齐纪纲。容饰整颜色，磬折执圭璋。堂上置玄酒，室中盛稻粱"，仿佛真是礼的捍卫者，但"外厉贞素谈，户内灭芬芳"一语则揭露出他们伪礼的丑恶面目，体现了阮籍愤世嫉俗的个性。但这种忧愤抗礼的涉酒诗在西晋的金谷之会、东晋的兰亭之会上，发生了由忧愤格向平淡格的转变。

两会都有酒、诗、序的内容，金谷之会参加者有30人，诗文之作大多散佚，仅存潘岳《金谷集作诗》、石崇《金谷诗序》；兰亭之会有26人的诗作大多留传下来，共计37首诗，以及王羲之《兰亭集序》。潘岳《金谷集作诗》不过是效建安公宴诗，徒作泛语，景不关情，故无风致，可以推知流风如此。至兰亭之会上的一觞一咏，谢安、袁峤之、王玄之、孙统诸作，或全说理，或全写景，大部分理中见景，景中杂理，常常可以见到一个"散"字将情、理联系起来。如"寄散""消散""散怀""散豁""神散"等，既有景致又有玄思，既有消解又有重构，将山水玄远与生死焦虑联系了起来，自然山水与玄远情趣融为一体。他们往往是东晋玄言诗作者，如孙绰等酒诗作品中，一洗建安、西晋的慷慨悲凉之美，将山水、觞咏与玄思联系了起来，从忧愤走向平淡，既含有理致，又富于景致，创造了一种新的诗歌境界与精神境界，为富有酒仙精神的陶渊明酒诗走上历史舞台开了先路。

两晋酒散文，有颂、表、铭、赋等体，以明德载道为主，多无可观。如傅玄《辟雍乡饮酒赋》、王沈《正会赋》等，均描述天子之礼而明王道正统；张协《洛禊赋》、袁宏《夜酣赋》等，描写宴集盛景，表现出对宴饮娱乐的陶醉。两晋酒散文成就最突出的当推宴饮诗序。两晋宴饮诗序独立为文，如孙绰《三月三日兰亭诗序》、陶渊明《饮酒诗序》《游斜川序》等，书写性情怀抱，丰富了宴饮文学的创作体式。其中最有名的当数石崇《金谷诗序》、王羲之《兰亭集序》，充分代表两晋酒散文的不同：金谷之宴，参与者皆为奔竞名禄之徒，故其宴序、其诗均带有鲜明的世俗功利性；而兰亭宴没有金石的喧嚣、物欲的追逐，"无丝竹管弦之盛，一觞一咏，亦足以畅叙幽情"，这些都足以被江左名士用以消释包括"生死之大痛"在内的现实焦虑，寄托了文人士大夫寄怀山水、倾悟玄理之趣。王序所谓"固知一死生为虚诞，齐彭殇为妄作"，不仅否定了张华《游猎篇》"至人同祸福，达人等生死"的《庄子》式的齐同生死的解脱方式，而且与金谷之诗及序忽略山水的消释作用也不相同。这正反映了西晋、东晋饮酒生命意识的不同，而陶渊明的宴饮文学沿着东晋的路子发展成了自己独特的文化模式。

第三节
陶渊明宴饮文学的酒仙文化模式

陶渊明（365—427），字元亮，一作潜，字渊明，浔阳柴桑（今江西九江西南）人。沈约《宋书》、萧统《陶渊明传》、房玄龄等《晋书》多载其酒事。在他身上，真可谓诗中有酒，酒中有诗，那酒及其相关的音乐、诗歌、漉巾都被赋予了真率任真的文化内涵，树立了一种文人典型，已经上升成为独特的士人文化精神，给后人留下了一笔巨大的文化遗产。陶渊明已经成为一个时代的符号，中国文士的符号。

一、陶渊明的宴饮文学创作与学术研究综述

陶渊明的酒文学作品，有酒散文，也有酒诗，都写得很好。陶渊明的酒散文最有名的就是他仿刘伶《酒德颂》而创作的《五柳先生传》，形似而神异。这也是一篇酒人自传性的散文，然而已经没有刘伶的激愤与抗争精神了。文中塑造了一个爱好读书、不慕荣利、安贫乐道、忘怀得失的饮酒士人形象，真是"潇潇澹逸，一片神行之文"（吴楚材选《古文观止》卷七）。简约隽永正是本文的一大特点。虽说此文与刘伶《酒德颂》一样，写出了对流俗的抗争，但由于时代不同，刘伶时染曹魏清峻、通脱、师心、使气之风，而陶渊明则当清淡之玄风，所以刘伶文章尚存怨怼，此文则平淡得看不见文字了。这说明汉末魏晋以来酒文学中的酒神色彩到陶渊明时已经大大"淡化"了。与这种风格一致的，更有他的已经"淡化"了的酒诗。

陶渊明的酒诗在中国宴饮文学史上具有划时代的意义。据逯钦立统计，"陶渊明现存诗文142篇，凡说到饮酒的有56篇，占其全部作品的40%"[1]，是魏晋六朝创作酒诗最多的诗人。昭明太子《陶渊明集序》说："有疑陶渊明诗篇篇有酒，吾观其意不在酒，亦寄酒为迹者也。"进而言之，他的诗集中，"酒"字33处，"饮"字13处，"醉"字9处，"杯"字5处，"觞"字13处，"壶"字8处，称得上独立成篇的酒诗就有《饮酒二十首》《乞食》《述酒》《连雨独饮》《止酒》等24首，数量之多，频率之高，前所罕见。

学界对陶渊明酒诗的研究，至今仍然是宴饮文学研究领域中的热门。从论著来说，有袁行霈的《陶渊明研究》，仅涉及陶诗中的酒意象研究。《叶嘉莹说陶渊明饮酒及拟古诗》（2007）、鲁克兵《执着与逍遥——陶渊明饮酒

---

[1] 逯钦立校：《陶渊明集》，中华书局1979年版，第5页。

诗文的审美观照》（2009）从陶渊明酒诗的研究进而拓展到其人生观、价值观、美学成就等，颇有见地。研究论文涉及面更广，据笔者在万方数据和中国知网上的统计，截至 2022 年 9 月止，直接论述陶渊明宴饮文学的学术论文有 200 多篇，而近十年的论文至少在 1/3 以上，反映陶渊明宴饮文学的研究至今方兴未艾。学术界的研究文章主要集中在以下四个方面。

（一）陶渊明饮酒、陶诗与酒的关系的研究

高建新《从陶诗看陶渊明与酒之关系》（2003）、李文《陶渊明的诗与酒——兼论中国文人与酒的关系》（2006）、徐定辉《陶渊明与酒解异——兼论陶诗与酒》（1994）、付纳《"知止"与"止止"：从〈止酒〉诗看陶渊明的人生态度》（2016）、赵文涛《陶渊明的〈饮酒〉和诗酒人生》（2022）等，其中孙晓梅《关于陶渊明无弦琴与酒适的文化解读》（2014），认为这其中蕴含了道家"有生于无""大音希声""有无相生"的哲学本体理论，表现了玄学化的人生观和审美方式；万伟成《悠悠迷所留，酒中有深味——陶渊明诗化了的酒及其酒化了的诗》（2007），提出了陶渊明诗中有酒、酒中有诗的观点，并对陶的诗酒及其诗风的关系作了较为深入的分析，值得注意。

（二）陶渊明酒诗的意象研究

洪林钟《鸟·菊·酒——略论陶渊明诗歌意象建构及其人格突现》（2003）、李晓黎《试谈陶诗中的酒意象》（2005）、宋瑞芳《田园、酒和鸟——陶渊明自然观之再探析》（2012）、蔡欣兰《从酒意象中审视陶渊明与李白的思想内涵之不同》（2016）、郭婉蕴《论李清照与陶渊明诗词中酒的意象》（2016）、郑美香《韩国古代文人对陶渊明诗文酒意象的接受》（2017）、刘禧韵《试论陶渊明〈饮酒〉二十首的意象书写范式》（2022）等，涉及酒意象的哲学思想、书写范式、比较研究与后人接受等方面。

（三）陶渊明酒诗具体篇章的研究

关注较多的是《饮酒》组诗，不过多是名作欣赏一类，但如邓安生《陶渊明〈饮酒〉诗作年考辨》（1981）、韩文奇《论陶渊明〈饮酒〉的美学风貌》（1996）、孙绿江《陶渊明〈饮酒〉二十首结构探微》（1996）、徐慧珍等《"沉醉"与"心远"：陶渊明〈饮酒〉诗的哲学解读》（2002）、方宏龙《陶渊明

〈饮酒〉（其五）文化意蕴剖析》（2005）、孔德明《陶渊明〈饮酒〉诗系年考辨》（2006）、李展《〈饮酒〉组诗、玄风与艺术人生——兼论陶渊明的人格探索及诗风特征》（2006）、邓小军《陶渊明〈饮酒〉诗作年考——兼论"亭亭复一纪"之年代问题》（2007）、张苧《陶渊明〈饮酒〉诗写作时间考》（2013）、边利丰《陶渊明〈饮酒其五〉的学术公案及其理论思考》（2013）、王臣有《浅谈对陶渊明〈饮酒〉的审美感受》（2019）、王君妍《陶渊明〈饮酒〉诗及其独特的酒隐思想》（2019）、边国强《陶渊明〈饮酒〉对话形式初探》（2020）、刘媛《陶渊明〈饮酒〉诗的意境与审美特色》（2021）等，甚至产生了专著《叶嘉莹说陶渊明饮酒及拟古诗》（中华书局2007）。这些成果涉及陶渊明《饮酒》的文化意蕴、人格与思想、审美意境、诗歌风格、文体结构、系年考证等，其学术价值非一般的赏析文章可比。对陶渊明《述酒》《止酒》诗的主旨、文体、文献研究，也为学术界所关注，如袁达《陶渊明〈述酒〉新解》（1996）、范子烨《潇洒的庄严与幽默的崇高——"〈止酒〉体"及其思想意旨》（2014）、张德恒《陶渊明〈饮酒〉诗二十首发覆——兼论〈停云〉诗的作年与主旨》（2017）、顾农《从陶渊明〈述酒〉诗说到他的政治态度》（2017）、苏悟森《陶渊明〈述酒〉诗文献辑校汇评》（2019）、范子烨《〈述酒〉之谜与诗学文献》（2019）和《陶渊明〈述酒〉诗文献辑考——以历代相关诗歌为中心》（2020）、储皖峰《陶渊明〈述酒〉诗补注》（2021）、李寅捷《陶渊明〈止酒〉诗文本谱系及其接受历程》（2022）等，都各有学术价值。

（四）陶渊明酒诗的哲学、美学与文化精神研究

叶亦竹《酒与陶诗的中和之美》（1994）、王炎《菊花与美酒：略谈陶渊明的道教观》（1994）、刘晨鸣《酒与诗之精神通缀——读陶渊明》（1995）、韩文奇《论陶渊明〈饮酒〉的美学风貌》（1996）、周静佳《酣觞赋诗——论陶诗的饮酒主题》（2003）、李展《〈饮酒〉组诗、玄风与艺术人生——兼论陶渊明的人格探索及诗风特征》（2006）、李小荣《陶渊明与道教灵宝派关系之检讨——以涉酒诗文为中心》（2010）、臧要科《酒、诗、思——对陶渊明〈饮酒〉诗的哲学诠释》（2015）、王君妍《陶渊明〈饮酒〉诗及其独特

的酒隐思想》（2019）、霍建波与常智慧《从饮酒诗透视陶渊明的侠客精神》（2022）等，虽然研究陶渊明酒诗的哲学、美学与文化精神，但对陶渊明酒诗的文化模式研究也有启发。

关于陶渊明宴饮文学中的文化模式，学术界有两种观点，一种观点认为属于酒神文化模式：所谓"第一个充分表现了酒神精神的诗人，是陶渊明"①，理由是"不但达到了一种忘忧的境地，而且达到了一种酒神精神的醉境。在这种醉境里，陶渊明解除了外在和个体的束缚，摆脱了此在生命的沉沦状态，进而与天地万物融合，获得了生命最高之欢乐"②。另一种观点认为："陶渊明的酒诗属于'旷达酣适'模式"③，但"旷达酣适"究竟属于哪种文化模式？它不是日神文化模式，与西方的酒神文化模式也是"貌合神离"，应该是典型的中国文化模式，既带有酒神精神的一定因子，更有一种中国式的解脱精神，这就是酒仙精神。

二、陶渊明宴饮文学与酒神精神貌合神离

汉末魏晋以来，酒与礼、真与伪由合走向分，具有一定的酒神精神色彩。同庄子一样，陶渊明对酒的歌咏也是放在酒与俗的对立、天真与人伪的对立、自然与名教的对立下进行的，《感士不遇赋》云"自真风告逝，大伪斯兴"，"伪"表现为礼教加在人身上的各种巧饰、虚伪和名利观念的束缚，也就是陶渊明"少无适俗韵"中的"俗韵"：

> 道丧向千载，人人惜其情。有酒不肯饮，但顾世间名。所以贵我身，岂不在一生？一生复能几？倏如流电惊。鼎鼎百年内，持此欲何成？（《饮酒》之三）

---

① 王守国：《艺术精神与酒文化精神的密切契合》，《中州学刊》1994 年第 5 期。

② 刘伟安：《生命的沉醉：论陶渊明诗歌中的酒神精神》，《九江学院学报》2008 年第 5 期，第 1 页。

③ 万伟成：《从建安、正始到东晋的酒诗演进——陶渊明范式的建立及其意义》，《江西社会科学》2006 年第 11 期，第 239 页。

　　　　有客常同止，取舍邈异境。一士常独醉，一夫终年醒。醒醉还相笑，发
　　言各不领。规规一何愚，兀傲差若颖。寄言酣中客，日没烛当秉。(《饮酒》
　　之十三)

　　这两首饮酒诗都表现了天真与人伪的对立、自然与名教的对立。所谓
"醒者"，就是"有酒不肯饮，但顾世间名"的世之君子，是"伪"的代表；
而"醉者"却是"真"的化身。

　　魏晋饮酒的"真"的追求，从竹林至陶渊明是有一个变化的。竹林诸
贤的狂饮烂醉是有精神追求的，归结到当时玄学思想上就是"越名教而任
自然"在饮酒上的反映。竹林而下，元康名士之饮，则将竹林的裸饮一节
发展到极致。"裸"字在《庄子》哲学中本来具有"归真"的含义，如"解
衣盘礴"(《田子方》)、主张无葬(《列御寇》)，所以汉杨王孙说："吾欲裸
葬，以反吾真。"(《汉书》本传)而元康的裸饮，只能说是返回到了肉体的
"真"，得其形迹；用肉体的"真"反抗名教的"伪"，只能说陷入了以一种
矫情来对抗另一种矫情的境地，不仅否定了虚伪的名教，甚至连个体本身
也否定了。而陶渊明的饮酒中对"道味"的追求，则真正将肉体上的"真"
上升到精神上的"真"，从肉体上赤条条的裸性上升为精神上的赤条条的裸
性。在他的一系列的饮酒生活细节中，诸如为酒出仕交友，有钱悉送酒家，
摘葛巾漉酒，有酒待客真率，酒后弹无弦之琴，无酒九日空杯，或者出门乞讨，
都看不到勉强造作、阿世媚俗，看不到遮盖掩饰、虚浮礼节，有的只是从
内到外的晶莹澄澈，正是这种精神之真的自然裸露。他在诗歌中表现的饮
酒生活及其美学追求，也是这种精神之真的自然裸露。真，成为陶渊明生
活艺术化的核心；酒，则是他生活艺术化的媒介。以天真对抗礼伪，溯其渊源，
就是《庄子》饮酒"法天贵真""饮酒以乐"的观念所蕴含着的南方酒神文
化精神。从这个角度来说，陶渊明酒诗确实存在着一种酒神色彩，但绝不
属于真正意义上的酒神文化模式。李白酒诗的主体精神才属于真正意义上
的酒神文化模式。为了说明这一点，不妨将陶渊明酒诗与李白酒诗作一对比。

　　陶渊明酒诗和李白酒诗一样，都体现了一种自由，一种超越，即感性

对理性的超越，精神对物质的超越，个体对群体的超越，自然对社会的超越，理想对现实的超越，但不能据此认定陶渊明的酒诗反映了酒神精神。李白的酒诗，虽也有酒仙精神的，但主体上属于酒神精神，特别是在情感内容上主要体现深度的悲剧精神、非道德精神、强烈的抗争精神、极乐放纵精神与自由精神，醉态强力意志等（详见第四章第二节），这些都是陶渊明酒诗所缺乏的。即使陶的酒诗也表现出一种沉醉的美，但它绝非以酒来麻木自己，使理性而健全的人变为麻木的人，亦非以西方非理性的"迷狂"或宗教意义上的"沉迷"来达到自我的丧失，从而进入一种超然、解脱的"彼岸世界"。陶的酒诗也没有西方酒神精神的崇高或阳刚之美或力量的充溢，有的只是平淡的、中和的美学精神，因此，陶渊明酒诗不属于酒神精神模式，而应该属于另外一种类型——酒仙精神。在他的酒诗中，看不到他的先辈如阮籍、刘伶、张翰、顾荣辈的烦躁、焦虑、荒放和任诞，而是平和、真率、节制和寄远的；也看不到后来李白身上的"会须一饮三百杯"的气象和李白酒后作诗具有奇特的想象力、夸张的手法和奔腾的气势。陶的酒诗，虽然有酒神性的淡淡的抗争，但更有日神式的消解，道家和玄学的稀释，都把酒神性的淡淡抗争涤荡殆尽，陶渊明是带着消解痛苦和矛盾之后所获得的一种平淡冲和、闲远自得的心态，有节制地去喝一杯令人酣适任真、心平气和的酒，然后再搦笔写下我国第一批平淡冲和且超远飘逸的饮酒诗歌。所以我们认定他的酒诗是属于酒仙文化模式的。

三、陶渊明宴饮文学的酒仙精神

陶渊明酒诗属于酒仙文化模式，主要基于以下理由。

（一）对现实悲剧的"消解"，体现了现世解脱精神

陶渊明的一生充满了矛盾、痛苦，如才拙喜静与报国立功之冲突，带来了抱负不遂、猛志成空之苦；为贫出仕与不肯折腰之矛盾，带来了折腰损性、志意所耻之苦；禀气寡谐与渴望知音之矛盾，带来了生活孤独、心灵寂寞之苦；躬耕南亩与现实生活之矛盾，带来了厚颜乞食、老病侵身之苦。此外，还有魏晋人特别丰富的生命意识，即生命短暂与生命永恒之矛盾，带来了面

临死亡之忧。对于现实悲剧，陶渊明也有反抗，鲁迅就说陶诗"除论客所佩服的'悠然见南山'之外，也还有'精卫衔微木，将以填沧海，刑天舞干戚，猛志固常在'之类的'金刚怒目'式"①，他的酒诗也有这种倾向，"渊明《述酒》诗以酒为名，而实则悼晋祚之式微，愤刘裕之盗篡也"②。但这不是主要的，占主导地位的是：尽管现实存在许多"残缺与不足"，但在陶渊明身上都被一一转化成"自足、自乐、自欣"③。这种转化与当时"游心于淡"的玄学思潮和他的饮酒自适的结合分不开。换句话说，从以酒消解悲剧意识的出发点来说，他的酒诗与酒神精神一致；但是，陶渊明既借助于酒的物质消解，更辅之以庄、玄哲学的心理调适，从而使得愁思得到化解，悲剧意识得到稀释，进而达到无愁可解、更勿复饮的化境，通过这种中国式的消解，达到快乐的境界，甚至是无乐为乐的境界，体现了酒这种特殊物质与中国特色文化的结合。所以我们不能由此认定他的酒诗就是酒神文化模式的，因为其酒诗并没有将"天真"与"人伪"的对立推到极端极致的程度，相反，他的生命痛苦与悲剧意识已经在"酒"这种特殊物质饮料和庄、玄这两种特殊哲学的作用下得到了消解。这些消解大大弱化了他酒诗中的悲剧意识、反抗意识，感情趋于平和，与魏晋先辈们的哀怨的饮酒心态具有根本的不同。

以生命悲剧为例，看看陶渊明是如何消解的。陶渊明的大多数饮酒诗关涉到生命和死亡。如《九日闲居》所谓"酒能祛百虑，菊解制颓龄"，陶渊明最集中表达自己的生死立场的诗就是《形影神》，这组诗分三部分构成，分别代表三种观点。《形赠影》借"形"发表自然饮酒派之言，盖长生既不可得，只有以酒愉悦人生，增加生命的密度，所谓"愿君取吾言，得酒莫苟辞"，此正阮籍、刘伶、张翰、毕卓之义。《影答形》则如陈寅恪《陶渊明之思想与清谈之关系》分析的："托（影）为主张名教者之言，盖长生既

---

① 鲁迅：《且介亭杂文二集·"题未定"草（六—七）》，《鲁迅全集》第六卷，人民文学出版社 1981 年版，第 422 页。

② 储皖峰：《陶渊明〈述酒〉诗补注》，《铜仁学院学报》2021 年第 5 期，第 15 页。

③ 陈怡良：《陶渊明文学成就所以独超众类之探讨》，载台湾成功大学中文系编《魏晋南北朝文学与思想学术研讨会论文集》，文史出版社 1991 年版，第 219—224 页。

不可得，则唯有立名即立善可以不朽，所以期精神上之长生。此正周孔名教之义，与道家自然之旨迥殊。"① 而"神"则主张破除形、影之执，在《神释》中既反对求仙，也反对饮酒："日醉或能忘，将非促龄具！"回应了"形"；又反对立善求名，回应了"影"。在此基础上提出了自己的正面主张，即"其念伤吾生，正宜委运去。纵浪大化中，不喜亦不惧"，一切顺应自然，返璞归真，与庄玄时风一致。然而，综合来看，陶渊明同东晋其他饮酒派如王佛大、王光禄、王卫军一样，是主张形神相亲的。他的生命死亡观念与"影"不同，实际上是兼"形""神"的。比如他虽然知道酒是"促龄具"，也曾写过《止酒》一诗，但并不排斥他嗜酒旷达，消解人生的忧虑，增加生命的密度。陶渊明的三首连章体《拟挽歌辞》设想人死之后，出殡、送殡、下葬、荒坟，亲戚朋友哀毕复乐的情景，但作者并没有沉溺于感伤，而是将这种感伤消释于酒与自然之中，"死去何所道，托体同山阿"正是"神"的化解之道；"但恨在世时，饮酒不得足"，又是"形"的旷达。合形神于一身的基础就是"真"，形的"饮酒求真"，与神的"纵浪大化"一样，在他身上都是融进自然，也都是同归于真的。这种饮酒观点，将魏晋文士生死的痛苦大大淡化、稀释了。陶渊明的这种人生观念中的情感色彩，对于他的饮酒诗的情感色彩乃至于平淡风格会产生一定的影响。

（二）对形而上的"深味"追求，体现了个体自由精神

陶渊明《饮酒》之十四：

> 故人赏我趣，挈壶相与至。班荆坐松下，数斟已复醉。父老杂乱言，觞酌失行次。不觉知有我，安知物为贵？悠悠迷所留，酒中有深味。

陶渊明是我国用诗歌来探讨酒味的第一人。他对酒中的"深味"是有独到体验的。"父老杂乱言"，可见酒后言谈的自由放旷；"觞酌失行次"，可见酒中行为的不羁礼法，这些都是获得深味的先决前提。深味，其实就是

---

① 陈寅恪：《金明馆丛稿初编》，生活·读书·新知三联书店 2001 年版，第222—223 页。

"不觉知有我，安知物为贵"的天人合一、物我两忘的境界，就是《饮酒》之七所言"汎此忘忧物，远我遗世情"的功利超越、个体自由的境界。

陶渊明诗中的酒味，首先是一种道味，具有形而上的意义。无论从其"散忧驱烦"式的消极反抗现实法则来说，还是从个体自由式的复归自然的审美境界来说，都散发出浓烈的道味，也是真味。这种道味，是整个魏晋时期文士饮酒味觉审美的一种抽象升华。它首先更多地来自《庄子》，但又带有魏晋的时代特色，特别是东晋玄学出现儒道兼综化的趋势，对东晋特别是陶渊明酒中的道味影响很大，同时与他接受外祖孟嘉"酒中趣""渐近自然"有关。比如儒家的"吾与点也""颜回之乐"与其追求天真自然就不相悖。就是与酒关系密切的理想社会"桃花源"，既来自《庄子》对上古真淳社会的阐释，也与儒家经典《礼记·礼运》所虚构的"大同"世界不无干系。受到陶渊明深刻影响的王绩在《醉乡记》中就干脆用"大同"来描述"醉乡"，从而把这一关系明朗化了。可见，在陶渊明的崇尚自然的美学追求和"独善其身"的人生追求中，儒道不是对立的，而是统一的，统一的基础是"真"。这也是东晋玄学出现儒道兼综化在宴饮文学创作中的时代反映。陶渊明创作的"道味"酒诗，第一次以诗歌的形式赋予了这个主题以哲学上的意义，也赋予了诗人主体上的意义。酒在表现个性、道味之中也获得了独特的象征意义。

（三）对淡而真的"道味"追求，体现了平淡冲和的美学精神

陶渊明诗中的酒味、醉境，是冲和、平淡的。这一方面由于在他的饮酒生活中，"一觞虽独进，杯尽壶自倾"，"但恐多谬误，君当恕醉人"，与竹林昏饮不同，倒有孟嘉"好酣饮，愈多不乱，至于任怀自得，融然远寄，旁若无人"的"一门酣法"（陶渊明《晋故征西大将军长史孟府君传》）；另一方面也来自庄玄之学，他饮酒之"真"来自庄玄，前述甚详，就是酒味之冲和、平淡，莫不有关。《老子》第二章之"不言之教"，第二十五章之"道法自然"，第十九章之"见素抱朴"，第四十一章之"大音希声，大象无形"，《庄子·应帝王》之"游心于淡，合气于漠，顺物自然而无容私焉，而天下治矣"，玄学之言意之辨，等等，都是至高之境。这也与东晋社会发展特点相关，陶渊明处在和嵇康、阮籍相同的易代时期，但经过"乱也看惯了，篡也看惯了"阶段，特别是从西晋金谷之会到兰亭之会的过渡，态度就和平得多了。这也是决定陶渊明化解悲剧意识、酒诗从忧愤格到平淡格发展的社会基础。所以，陶渊明常常将酒与乐、诗、菊、松、山水结合起来，贯穿到他的整个田园生活和田园诗歌中，并且无不在表现这种至高之境。如《饮酒》之五：

结庐在人境，而无车马喧。问君何能尔，心远地自偏。采菊东篱下，悠然见南山。山气日夕佳，飞鸟相与还。此中有真意，欲辨已忘言。

全篇无一"酒"字，但结合题目《饮酒》与诗意的表现看，却处处有酒。而且"采菊"正为酿酒耳，"酒"在其中矣！《东坡题跋》云"因采菊而见山，境与意会，此句最有妙处"，可谓点睛之评。细看那庐、那山、那鸟、那菊，一切都那么和谐自然、闲远自得，无一不是为了写足题意，写足道味。而这种和谐自然、悠远自得，依然与他的生活情趣和创作心态有关，也都与酒有关。东晋王蕴说过"酒正使人自远"，可见陶渊明"心远地自偏"的那种心灵内部距离的产生也离不开酒。"象以存意""得象忘言"，作者已经进入了一种物我无滞、物我一体的道境、玄境，也是酒味、醉境。这种境界与他酒后抚弄无弦之琴所体现出来的"大音希声"一样，都是冲淡的；他的酒、菊、乐、诗乃至山水、田园，都是在这种冲淡的醉境之中体现道境，品尝道味。但这种味、境不是枯槁死寂的，而是生机勃勃的。这种境界是作者运用中国文化所赋予的诸种消解物象，经过消散过程，最终使自己从矛盾与痛苦中解脱出来，化悲苦为欢愉，化矛盾为圆融，从而达到旷世超远与朴素淳真兼有的一种审美境界。这里，从陶渊明饮酒心态和审美追求上也可以看出我国诗学自屈宋以来形成幽怨的单一抒情格调一变而为平淡的根本原因。

陶渊明在创造中国文人特有的生活模式的同时，也在酒诗上空前充分地展示了诗人的个性，塑造了平淡冲和的美学精神。这种精神既不同于"对酒不能言，凄怆怀酸辛"的竹林诸贤所塑造的忧愤格模式，也不同于李白"兴酣落笔摇五岳，诗成笑傲凌沧州"所塑造的豪放格或者说放射格模式。但其中几种模式之间的承传、递变的痕迹是十分明显的。从整个魏晋时期酒诗发展来看，一变于汉末、建安、正始酒诗抒发"个性我"与"忧愤格"的建立，二变于东晋"平淡格"取代了"忧愤格"。正如鲁迅所言："到东晋，风气变了。社会思想平静得多，各处都夹杂了佛教的思想。再至晋末，乱也看惯了，篡也看惯了，文章便更和平。代表和平文章的人有陶潜。他的态度是随便饮酒、乞食，高兴的时候就谈论和作文章，无忧无怨……是个非常和平的田园诗人。"① 这是对陶渊明的诗风和酒风的透彻剖析，因此陶渊明酒仙模式的特点从某种意义上说是时代的反映。但陶渊明的酒味也好，诗味也好，并不是淡而无味的，而是在平淡冲和之中富有超远飘逸之致。酒并不是产生陶诗淡远风格的唯一原因，酒味对他诗味的影响往往是由酒、玄、乐、菊等诸种消释物统一在共同的文化心态层面上时才发生的。

从整个酒诗发展史来说，陶渊明诗酒文学具有崇高的历史地位。陶渊明把历史上的酒诗推向成熟阶段，真正从礼乐文化为核心的政治功利中解放出来，走向具有独立地位、独立人格、独立个性、独立发展的道路，这是中国饮酒诗歌成熟的重要标志。从他开始，酒就成为诗歌中一个重要符号，一个重要的表现对象，一个重要的题材内容。陶渊明的酒诗在中国宴饮文学史上具有划时代意义。他的酒诗，不仅在酒诗题材、组诗形式上进行了大胆的开拓，如《饮酒二十首》，如《止酒》，如《乞食》写乞酒，更重要的是陶渊明酒诗建立起一种崭新的文化模式——中国特色的酒文化模式，即酒仙文化模式。

陶渊明的诗酒人生模式、诗酒文学模式对后世的影响非常深远。唐人关注最多的也就是他的诗酒人生、诗酒文学，甚至超过了他的田园诗歌。比如初唐王绩和盛唐孟浩然，从生活模式到田园、饮酒诗歌创作都在极力慕陶，庶几仿佛。白居易晚年特别欣赏陶渊明的酒诗，说"先生去已久，纸墨有遗文，篇篇劝我饮，此外无所云"，也企慕他的诗酒人生模式和审美追求："吾

---

① 鲁迅:《鲁迅全集》第三卷，人民文学出版社 1981 年版，第 515 页。

闻浔阳郡,昔有陶徵君。爱酒不爱名,忧醒不忧贫。归来五柳下,还以酒养真。人间荣与利,摆落如泥尘……我从老大来,窃慕其为人。其他不可及,且倣醉昏昏。"(《效陶潜体诗》)陶渊明的组诗《饮酒》被历代视为传唱经典,不断追和。白居易现存2892首诗词中,明显有陶渊明印记的至少有150首,可谓唐人之最。梅尧臣的《拟陶潜止酒》亦是模拟之作,至苏轼晚年有《和陶饮酒二十首》《和止酒》《和连雨独饮》等,开辟了"追和"一径,于是有晁补之《饮酒二十首同苏翰林先生次韵追和陶渊明》、陈与义《诸公和渊明止酒诗因同赋》、陈造《和陶渊明饮酒》二十首、于石《和渊明诗》、方回《和陶渊明饮酒二十首》、安熙《和渊明饮酒》、刘因《和饮酒》二十首、明魏学洢《和陶渊明饮酒》二十首、吴俨《国贤示和陶止酒诗因次其韵》、黎民表《和陶渊明饮酒》二十首、李贤《和陶饮酒诗》二十首、祝允明《和陶饮酒诗廿首》、施闰章《客中独酌偶和陶公饮酒》二十首等,以至陈献章、方以智辈,甚至日本汉学家藤泽南岳、韩国文人赵昱等,皆有和作,可谓不绝如缕。这些都反映出陶渊明酒诗沾溉后人,即使是袁枚《陶渊明有饮酒二十首,余天性不饮,故反之作不饮酒二十首》,也从另一个侧面凸显出陶渊明酒诗的历史影响。

第四节
《世说新语》与南北朝宴饮文学

一、《世说新语》等叙事宴饮文学作品中的酒神精神

魏晋时期是中国知识分子阶层("名士")成长、成熟的重要阶段,鲁迅把具有魏晋风度的文士分成饮酒派与服药派。《世说新语·任诞》引王孝伯言:"名士不必须奇才,但使常得无事,痛饮酒,熟读《离骚》,便可称名士。"可见酒在魏晋风度中的地位与作用。从来没有一个时代像魏晋这样将注意

力聚焦在酒上。而反映魏晋名士的许多酒故事片段构成这一时期叙事酒文学作品，其中最著名的就是《世说新语》，此外还散见于《后汉书》《三国志》《晋书》《南史》《宋书》《梁书》等史传，以及成书于晋的《列子》等子书上。另外，东晋处士裴启，以一部《语林》蜚声文坛。然《语林》记载的魏晋酒事酒言也往往为《世说新语》所载入。

《世说新语》是我国南朝宋时临川王刘义庆（403—444）集结门客编撰的，大部分篇幅是描写"魏晋风度"，展示了当时名士特立独行的精神风貌。《世说新语》中"酒"字凡103见，"饮"字71见，"醉"字22见，与酒有关的故事竟占了近1/10。其中描写酒事最多的是《任诞第二十三》，多达30余条，说明酒在魏晋士人奇特不凡的表现中扮演了重要角色。

目前学术界对《世说新语》中的酒文学研究主要有程光胜《〈世说新语〉中的酒文化》（2006）、米礼宾《〈世说新语〉之酒中的名士风流》、樊露露与刘砚群《论〈世说新语〉中的酒场社交》（2012）、马小琪《论〈世说新语〉中魏晋酒士的尚情特质》（2020）、乔孝冬《〈世说新语〉与酒令文化》（2017），这些论文对书中的酒文化（含酒令）与名士风流作了一定的分析。但要进一步问：究竟是什么原因，将日常生活中微不足道的点缀赋予它如此丰厚的内涵，使它蒸蒸膨胀成漫天的文化酒味呢？在《世说新语》诸书中所反映出来的大量酒文学故事是如何反映中国文士饮酒生活走向人格独立、文化自觉的呢？在魏晋文士与酒的身上体现出一种什么文化精神？这种文化精神对魏晋宴饮文学产生了什么影响？这些都涉及文化精神与文化模式的问题。

（一）悲剧精神：魏晋文人饮酒的时代意识

《世说新语》《晋书》等叙事性文学作品中，通过文士饮酒塑造了一系列悲剧酒人形象，举两例如下：

> 顾荣，字彦先，吴国吴人也……恒纵酒酣畅，谓友人张翰曰："惟酒可以忘忧，但无如作病何耳。"……齐王同召为大司马主簿。同擅权骄恣，荣惧及祸，终日昏酣，不综府事……（后）转为中书侍郎……在职不复饮酒。

人或问之曰:"何前醉而后醒邪?"荣惧罪,乃复更饮。与州里杨彦明书曰:"吾为齐王主簿,恒虑祸及,见刀与绳,每欲自杀,但人不知耳。"(《晋书·顾荣传》)

（阮）籍本有济世志,属魏晋之际,天下多故,名士少有全者,籍由是不与世事,遂酣饮为常。文帝初,欲为武帝求婚于籍,籍醉六十日,不得言而止。钟会数以事问之,欲因其可否而致之罪,皆以酣醉获免。(《晋书·阮籍传》)

这两则故事,通过顾荣、阮籍在狂放纵酒与明哲保身之间的挣扎,典型而直接地道出了名士饮酒的谨饬畏慎心态,以及当时对名士饮酒的监督、考验无所不至,悲剧无所不在。而"乃复更饮""每欲自杀",更说明悲剧之深,这种例子在《世说》诸书中屡见不鲜。如大将军王敦专权跋扈,阮裕乃终日酣畅,以酒废职免官;羊曼也"终日酣醉讽议而已";王澄虽为荆州刺史,也日夜纵酒,不亲庶事;山简"优游卒岁,唯酒是耽";杨淮"纵酒不以官事规意"。当时文士中普遍具有一种深度的悲剧精神,这种悲剧意识来自时代的悲剧。魏晋南北朝是最混乱的时代,曹氏与东汉献帝之争、司马氏与曹魏之争、八王之乱、五胡乱华及南北大分裂,一场接一场的社会大动乱酿成了一出又一出的社会大悲剧。这个政治环境险恶的重要标志就是封锡禅让,篡乱相继,大批文士由于持"异见"而惨遭戕害,宦官、董卓、曹操、司马父子都是先后相继的屠夫,时有"名士减半"之语,文士们内心充满了孤独、矛盾、迷茫和苦痛。时代的苦痛酿造出心灵的痛苦,然而,存身待时之道,高风亮节之风,导致他们努力探索既能明哲保身又不同流合污的"中间路线",于是从精神上找到了庄子、玄学,从物质上找到了饮酒韬晦。傅咸《答杨济书》:"卫公云:酒色之杀人,此甚于作直。坐酒色死,人不为悔,逆畏以直致祸。此由心不直正,欲以苟且为明哲耳。"酒能保身,也能丧生,所以畏人祸而不畏酒祸者,实有不得已的苦衷,益显现出士人遭受悲剧之深重。

魏晋时期是一个悲剧时代，名士都带有不可避免的悲剧性。名士人性的觉醒和社会对人的"异化"构成了一对悲剧性冲突。从实质上讲，这一悲剧是魏晋名士的觉醒思想与客观现实之间深刻矛盾的产物，是丰满理想与骨感现实之矛盾的产物。饮酒、挽歌承载了他们人生的各种价值被摧残、扭曲、异化的情形，展现了他们在悲剧冲突中所承受的精神痛楚和精神抗争，因而成为这一时期悲剧精神的外化形式。这就是魏晋风度悲剧精神的实质，而正是这种悲剧精神成就了当时名士那种后人无法企及的人格魅力。

（二）非道德精神：魏晋文人饮酒的行为艺术

魏晋文人饮酒的非道德精神表现在饮酒审美意识的觉醒上，这就是对政教审美、道德审美与中和审美的突破与重构。魏晋以前的文学作品中，往往把醉态视为贬义、嘲弄的对象，甚至赋予它原罪性质；而汉末魏晋时代的文学作品里，却常常把醉态作为审美对象。《世说新语》中酒事文学的一个特征就是醉酒行为审美化、艺术化。《任诞第二十三》二则："王卫军云：'酒正引人着胜地。'王佛大叹言：'三日不饮酒，觉形神不复相亲。'"说明当时饮酒生活在审美上是追求形与神的统一的。人们的醉态往往被流俗视为不雅，视为丑秽。然而在《世说新语》这里，醉人被塑造成正面形象，反映了醉人品藻的唯美主义倾向。像何次道之饮酒，山季伦之酣畅，温峤、卫永二人箕踞相对饮酒，蔡邕醉卧道上，人称"醉龙"；山公谓嵇康"其醉也，傀俄若玉山之将崩"；这种对酒人的品藻风气已经摆脱了礼教功利的束缚，进入纯粹的审美境地，对后世酒品、酒人之赏、酒器之玩等产生深远影响。这是非道德审美精神的流露。

"非道德"化的饮酒与艺术化饮酒的结合是魏晋风度中"酒"的内容，也是《世说新语》酒文化的精髓。《世说新语》虽也有《石崇每要客燕集》（《汰侈第三十》），通过对石崇宴席的客观描述，王导、王敦兄弟不同态度的对比，表现了对富豪吃人筵席的深度批判，但更多的是对饮酒非道德精神的一种欣赏。这种非道德精神，以竹林七贤的"得意忘形"为代表。像阮籍"嗜酒能啸，善弹琴。当其得意，忽忘形骸。时人多谓之痴"（《晋书·阮籍传》），竟被沈约《七贤论》斥为"毁形废礼，以秽其德"。当时服药派、纵酒派对于"形"的态度不同：一重形，一"慢"形；一存形，一忘形，形成了不同的风度审美观念。最能体现饮酒审美上的"得意忘形"并将其发展到极致的就是裸饮风潮，成为一代"毁形废礼，以秽其德"的行为艺术：

> （阮籍）嗜酒荒放，露头散发，裸袒箕踞。（《世说新语·德行》刘孝标注引王隐《晋书》）

> 刘伶恒纵酒放达，或脱衣裸形在屋中。人见讥之，伶曰："我以天地为栋宇，屋室为裈衣，诸君何为入我裈中！"（《世说新语·任诞》）

> 晋惠帝元康中，贵游子弟相与为散发裸身之饮，对弄婢妾，逆之者伤好，非之者负讥。（《宋书·五行志一》）

> （王忱）性任达不拘，末年尤嗜酒，一饮连月不醒，或裸体而游。每叹三日不饮，便觉形神不相亲。妇父常有惨，忱乘醉吊之，妇父恸哭，忱与宾客十许人，连臂被发裸身而入，绕之三匝而出，其所行多此类。（《晋书·王忱传》）

刘义庆《世说新语·德行》刘孝标注引王隐《晋书》云："其后贵游子弟阮瞻、王澄、谢鲲、胡毋辅之之徒，皆祖述于（阮）籍，谓得大道之本，故去巾帻，脱衣服，露丑恶，同禽兽。甚者名之为通，次者名之为达也。"李延寿《南史·颜延之传》云："文帝尝召延之，传诏频不见。常日但酒店裸袒挽歌，了不应对。"更有"八达"所谓的"狗饮"（《晋书》列传第十九），有诸阮所谓的"猪饮"（《世说新语·任诞》），皆毁形秽德之徒。纵酒派的"得意忘形"的行为与观念，导致以士人为代表的"魏晋风度"在风度审美观念上取代了前朝以官吏为代表的"汉官威仪"之美，这种转变代表了一种文化精神的转变，即由封闭、肃穆走向开放、自由，表明魏晋文士不再像两汉那样追求外在的功业、名节、学问，而是追求人的内在精神的超脱和人格上潇洒、飘逸的体味，也反映了整个思潮心态、价值观念由外到内、由群体到个人、由形质到精神的变化。基于此，刘伶《酒德颂》对酒德进行了与传统日神精神截然不同的诠释，体现了强烈的非道德精神。他们通过对现实悲剧的情感思索而肯定个体生命的本体价值意义，并追求着"以丑为美"的生存方式，而不是道德化的生存方式。在这个意义上讲，"魏晋风度"的内核与"酒神精神"的旨归是相同的。

（三）抗礼精神：魏晋文人与酒的抗争精神

同以前酒散文所涉及的主题一样，《世说新语》中酒事主题也是从酒与礼的合与分开始的。《言语第二》云：

> 孔文举有二子，大者六岁，小者五岁。昼日父眠，小者床头盗酒饮之。大儿谓曰："何以不拜？"答曰："偷，那得行礼！"

> 钟毓兄弟小时，值父昼寝，因共偷服药酒。其父时觉，且托寐以观之。毓拜而后饮，会饮而不拜。既而问毓何以拜，毓曰："酒以成礼，不敢不拜。"又问会何以不拜，会曰："偷本非礼，所以不拜。"

"君子曰：酒以成礼，不继以淫，义也。"（《左传·庄公二十二年》）在礼制中国，几乎成了天经地义的事情，但在汉末三国时期受到严重质疑，这正是酒从与礼之合走向与礼之分的开端，也是从礼制的束缚下走向个性张扬的前提：

> 刘公荣与人饮酒，杂秽非类。人或讥之，答曰："胜公荣者，不可不与饮；不如公荣者，亦不可不与饮；是公荣辈者，又不可不与饮。"故终日共饮而醉。（《世说新语·任诞》）

古代酒礼非常强调等级身份，燕礼为君王的宴饮礼，乡饮酒礼为士大夫的宴饮礼，因此在席位座次、献礼数量、音乐规格等都有详细的规定。而作为士大夫的刘公荣与不同身份等级的人宴饮，显然是不合礼制的；当然人猪共饮，与礼更远，像"诸阮皆能饮酒，仲容至宗人间共集，不复用常杯斟酌，以大瓮盛酒，围坐，相向大酌。时有群猪来饮，直接去上，便共饮之"（《世说新语·任诞》），那简直是对礼的极端践踏。《世说新语·任诞》有数段阮籍以酒抗礼的文学描写：

> 阮籍嫂尝还家，籍见与别。或讥之，籍曰："礼岂为我辈设也？"

> 阮公邻家妇，有美色，当垆酤酒。阮与王安丰常从妇饮酒。阮醉，便眠其妇侧。夫始殊疑之，伺察，终无他意。

> 阮步兵丧母，裴令公往吊之。阮方醉，散发坐床，箕踞不哭。裴至，下席于地，哭，吊唁毕便去。或问裴："凡吊，主人哭，客乃为礼。阮既不哭，君何为哭？"裴曰："阮方外之人，故不崇礼制。我辈俗中人，故以仪轨自居。"时人叹为两得其中。

中国的封建礼教常以伦理道德为其表现形态，阮籍的饮酒言行已经触及这个根本问题。他在晋文王司马昭的宴席上，多次借饮酒箕踞表示对传统上下级关系的悖礼；在母终与居丧期间饮酒食肉，表现出对正统孝道的不恭；醉卧当垆女侧，也可视为他针对男女关系的名言"礼岂为我辈设也"的实践。阮籍之前，汉末魏时酒礼体制已经遭到严重的破坏，如孔融对抗曹操的禁酒令，以破坏传统酒德精神为名士纵酒张本；曹丕则男女杂坐，或者与人醉后以蔗相击，无复男女、君臣之礼；阮籍之后，元康名士多是市朝显达，如当时"八伯""八达"领袖之一的胡毋辅之父子纵酒傲纵，不成父子之礼；"（谢）奕每因酒，无复朝廷礼。"当时对违反酒礼普遍宽容，如晋帝赦免庾纯之醉言，"为将来之醉戒耳"；阮孚"纵日酣饮，恒为有司所按，帝每优容之"；裴楷作书谴责石崇："足下饮人狂药，责人正礼，不亦乖乎？"（《晋书》本传）

魏晋名士以自然派对抗名教派，其实与《庄子》以天真对抗礼伪的精神是一致的，都表现出酒道中强烈的非礼精神。礼是德的外现，毁礼必然秽德，所以《晋书·戴逵传》戴评曰："竹林之为放，有疾而为颦者也；元康之为放，无德而折巾者也。"元康文士饮酒，完全呈现出强烈的非道德倾向，酒、礼亦由此走向彻底的分离，因而带有极强的破坏性，这一点对于打破禁锢人性的"礼"来说，与"蛮夷性"的"酒神精神"是相通的。

（四）自由精神：魏晋文人饮酒的"任自然"追求

中国文人从先秦两汉时期的依附地位到汉末建安时代的群体独立的变化，本身就是抗争意识不断增长的产物。中国知识分子的独立人格、文化性格与抗争意识在春秋战国时代初步形成，在魏晋时代走向成熟和自觉。魏晋名士饮酒面对着深度的悲剧情绪而纵酒抗争，通过毁形秽德、裸形纵饮，表现非道德精神与非礼仪精神，最终使饮酒文化精神从礼制、道德的束缚中解脱出来，获得精神上的自由。这是文人饮酒求得个性解放的根本前提。魏晋人饮酒的自由精神反映在推崇自然、追求精神自由这两个方面，对自然的推崇表现在"越名教而任自然"和人性的返璞归真、去伪存真上，对精神的自由则表现在一切唯求真、任其性、适其情、尽其兴上，也表现在渴求拥有主体选择性，从而获得绝对的精神自由上。然而，在这种自然、自由的表象下，魏晋士人的内心矛盾也不容掩饰：外表轻视世务，潇洒超脱，而内心却十分痛苦，执着于人生。自由精神与悲剧精神是合为一体的。

魏晋名士饮酒所表现出来的悲剧精神、非道德精神、抗礼精神与自由精神在《世说新语》中得到充分的艺术展示。这四个精神方面的中心问题在于酒与礼的"分"上。尼采与魏晋士人，虽处异代异地，但尼采的"酒神精神"的旨向与"魏晋风度"的内核有着异曲同工之妙。所以现代很多学者认为，魏晋风度体现出来的就是酒神精神，然而，由于东西方文化的差异，魏晋酒神精神并不完全等于西方文化中的酒神精神概念。魏晋名士的反抗也是有限的，魏晋文人与酒虽然在对抗以"礼制"维护秩序为代表的日神精神方面与酒神精神相通，但魏晋文人更多是借助抗礼来表示对当局（如孔融对抗曹操集团、嵇阮对抗司马氏集团）的不满，这并不代表他们对礼制本身的不满，相反"外坦荡而内淳至"（《晋书·阮籍传》）表明，抗礼与"复归于礼"是统一的，统一的基础是"真"。此外，魏晋酒神精神中也缺乏西方的强力意志、崇高美学与超人精神，但他们在悲剧精神、非道德精神、抗礼精神与自由精神方面，与酒神精神相通，称之为"中国特色的酒神精神"也并不为过。

《世说新语》艺术造诣非常高，鲁迅曾概括其为"记言则玄远冷隽，记行则高简瑰奇"①，正如明人所评"读其语言，晋人面目气韵，恍惚生动，而简约玄澹，真致不穷"②，所以在中国宴饮文学史上《世说新语》享有崇高的历史地位。

二、南北朝宴饮文学的总体评价

南朝（420—589），历经170年，经宋、齐、梁、陈四朝更迭，宴饮文学承前而有发展，亦以酒诗、酒文为主。

南朝酒诗之多，超过前代。但其中多数是公宴诗，数量上远超两汉魏晋，其中又以宫体酒诗居多，语言方面则表现出唯美化的形式追求。南朝君臣宴饮唱和，内容无非感恩颂美，还体现了以下两个新的时代特征。

一是士族文学特征。东晋是门阀士族政治统治时期，虽经东晋禅让到南朝，士族仍把持着南朝文坛。从参与君臣诗酒赏会的创作队伍来看，仍以士族为主。一方面，以文学相尚，成为士族绍兴家业、保固皇宠的重要手段。比如谢家兄弟乌衣诗酒赏会，萧氏兄弟诗酒赏会，为时人激赏。士族进入仕途后，多居清显之职，无须料理庶务，可以腾出更多的闲暇时间参与君臣宴饮、诗歌唱酬活动，倘若表现突出，可以邀赏受宠，擢升高位。参与诗酒赏会，甚至成为士族子弟入仕的必修功课之一。另一方面，南朝寒族多以军功起家，鄙薄文事，少有以诗名世者，甚至被排除在诗酒赏会之外。

① 鲁迅：《中国小说史略》第七篇，载《鲁迅全集》第九卷，人民文学出版社2005年版，第63页。

② （明）胡应麟：《少室山房笔丛》卷十三，景印文渊阁四库全书子部第886册，第308页。

　　二是宫廷文学特征。南朝特别是梁陈，君臣宴饮唱和主要在宫中进行，成为宫廷生活的一部分，因而创作出来的文学作品成为宫廷文学的一个组成部分，与宫体诗合流，同步发展，具有宫廷文学的轻浮绮靡的特征。如萧纲文学集团的大部分宫体诗是在宫中宴会上创作的作品。陈后主也养了一批"狎客"文学集团，"唯寄情于文酒；昵近群小，皆委之以衡轴"①，诗歌成为他游宴酣饮的娱乐工具。宴饮文学被纳入了宫体文学范畴，宴饮诗与宫体诗的结合，酒与色的联姻，非但没有丈夫气，没有带来本应具有的酒神精神，反而增添不少脂粉气、闺阁气，带来浓厚的荒淫堕落特征，因而被视为亡国之兆。

　　南朝酒诗有丈夫气且能脱离时习最有成就者当推鲍照。鲍照以寒族起家，备受压抑，因此他的涉酒诗中常有一股梗概不平之气，流露出对其现实不遇的无奈与悲慨，如《拟行路难》其一："奉君金卮之美酒，玳瑁玉匣之雕琴。七彩芙蓉之羽帐，九华葡萄之锦衾。红颜零落岁将暮，寒光宛转时欲沉。愿君裁悲且减思，听我抵节行路吟。不见柏梁铜雀上，宁闻古时清吹音！"鲍照的宴饮诗，多选取乐府题材，善于铺陈，借酒杯以浇块垒，故语言壮丽豪放，酣畅淋漓，若决江河，色彩浓烈，读来令人血脉贲张，与南朝公宴诗的典雅、宫体酒诗的绮靡形成鲜明的对比，标志着建安、正始的忧愤格的回归。虽然鲍照多涉酒之诗，单篇的酒诗很少，但他的涉酒文学中酒神因子丰富，为李白酒诗走向舞台中央发出先声。

　　南朝酒文，无论从数量或质量上来看都不如酒诗。形式上有颂、铭、篇、启、移、序、书、说、论诸体，内容上多颂德称美、禁断酒肉、宴饮娱情、滑稽俳谐之类，多人同题分作现象非常普遍，诸如颜延之、简文帝萧纲、王融等都分别创作了同题文《三月三日曲水诗序》，难免流于千篇一律。南朝酒文成就最高的，除了《世说新语》外，就是陈暄《与兄子秀书》一文了。陈暄，南朝梁陈时代的著名酒徒。他学不师授，文才俊逸，特别嗜酒，不讲节操，经常奔走王公豪门，放纵过度。他的侄子陈秀担心他的身体，就专门请人规劝其戒酒。陈暄不但不听，反而修书一封给侄子。这封信妙语、

────────────

　①（唐）姚思廉：《陈书·后主纪》，中华书局1972年版，第309页。

韵语连珠，是一篇绝妙散文，堪称酒人的宣言书。这封信自始至终都是以酒抗俗：俗人以饮酒为非，他却以不饮为过；俗人以"酒徒"为恶谥，他则以"不饮"为恶客；俗人以节饮有度为养生，他则以速营糟丘酒池以送老……总之，此信处处都表现出对流俗的抗争意识。另外，这封信的艺术特点也非常明显。因为是写给侄子的信，所以写起来如话家常，前面五处用"汝"，写得看似非常委婉，实则斩钉截铁，最后用"尔无多言，非尔所及"以明志，非常醒目。以长辈身份，不失居高临下之势。此信采用了重言的手法，即引用"昔吴国张长公""昔阮咸阮籍""昔周伯仁"等人的言论来增加说服力，借古人以自辩，又引江谘议之言，娓娓道来，用典自如。这封信还使用了比喻、排比等修辞方法，妙语连珠，大大增强了文学色彩。由于这封信的文学性强，所以被《南史》全文转载，历来被酒人引以为范本。元曹绍《安雅堂觥律》就据此信编制了两张酒牌，一为《陈暄糟丘二十五》，另一为《江公酒兵第三十一》，反映了此信的影响力。

北朝（386—581）是与南朝同一时期北方所经历的少数民族统治的诸朝代，包括北魏、东魏、西魏、北齐、北周等。相较于同时期南朝宴饮文学各体文学的繁盛，北朝的宴饮文学却相对寂寥，酒诗数量大减，像《悬瓠方丈竹堂飨侍臣联句诗》《幸华林园宴群臣于都亭曲水赋七言诗》《释奠诗》《三日华林园公宴诗》之类的君臣宴诗，多以明德载道、赞礼颂圣为主。而且在限量的酒诗中也多是由南入北的作家创作的，其中以庾信居多。北朝酒文，如高允《酒训》，质朴不尚文采；庾信《自古圣帝名贤画赞》，写"汉高祖置酒沛宫""樊哙见项王""秦穆公饮盗骏"，以四言为主，虽则简短，但对仗工整，有如诗歌。从总体上说，北朝酒文学基本上是南朝酒文学的附庸，其中尚质崇武精神自成特色，但整体成就不高。

第四章

唐代宴饮文学的
繁荣与文化模式

唐代文学是中国文学史上诗歌、散文发展的黄金时期。如果我们从酒文化角度上观照唐代文学，毫无疑问，酒诗是唐代宴饮文学的中心和重点。据蔡镇楚《唐宋诗词文化解读》统计："《全唐诗》中有'酒'字者共计5113个，而唐诗之咏酒及与酒有关者，多至万首。5首以上的诗人中，太宗6首，玄宗9首，德宗6首，王绩22首，卢照邻13首，杨炯9首，宋之问9首，王勃10首，李峤18首，杜审言10首，骆宾王17首，陈子昂11首，张说48首，沈佺期22首，李颀29首，王昌龄19首，刘长卿45首，孟浩然49首，李白250首，杜甫208首，等等。"《全唐诗》涉酒诗约6000首，占总数的20%。唐代诗人不仅有许多酒号，而且出现了诗酒活动与创作团体（如饮中八仙、竹溪六逸），这些都为唐代宴饮文学的繁荣提供了组织准备与社会条件。

第一节
从魏晋走向盛唐：从酒仙文化模式到酒神文化模式

中国酒诗自陶渊明后进入成熟阶段，经过南北朝到初盛唐，出现了第一个创作高峰。初盛唐酒诗直接继承魏晋南朝而来，形成三大派系：一是宫廷派，以唐太宗、上官仪、许敬宗、李峤、沈佺期、宋之问、张说等宫廷宴饮诗人为代表；一是自然派，以王绩、孟浩然为代表；三是狂放派，以吴越诗人、山东诗人为代表。其中，宫廷派应制酒诗是魏晋南朝君臣公宴诗的延伸，追求藻饰、缛丽之美，从文化模式角度看，没有多大研究价值，故忽略不论。自然派酒诗是陶渊明酒仙文化精神的余绪，而狂放派酒诗则是魏晋酒神文化精神的继承和发展。李白酒诗以酒神为主，酒仙为辅，在集前人之大成的基础上代表了初盛唐酒诗文学的最高成就。

一、王绩、孟浩然：初盛唐宴饮诗的酒仙精神

陶渊明开创的自然范型酒诗，酒仙色彩明显，在南北朝时期几成绝响，在唐代则备受推崇，自初唐王绩开始，历经盛唐孟浩然、王维，中唐韦应物、白居易，至晚唐赵嘏、唐彦谦等，莫不重视他的诗酒人生。其中，真正在酒诗创作方面继承陶渊明的以初唐王绩、盛唐孟浩然为突出。

王绩（约589—644）的宴饮文学作品中，散文有《五斗先生传》《醉乡记》，以仿陶渊明《五柳先生传》《桃花源记》及刘伶《酒德颂》，寄托了回归道家"自然"的旨趣。在119首诗歌中，酒诗有22首，占比达18%。王绩从生活到酒散文、酒诗歌的创作，都是有意学习陶渊明的①，可以说是唐代第一个学陶并得其仿佛的人。关于王绩酒诗的研究，张锡厚认为，他的酒诗不仅在于宣扬"酒德"，而且醉酒之余还在"寄情""抒怀"②，这正是对陶渊明"寄酒为迹焉"的继承。关于王绩宴饮文学的文化模式，学者很少研究。2011年有学者从"魏晋追寻、傲世情怀、酒德续篇"三个方面得出结论说："王绩发现了七贤，发现了'酒圣'刘伶，并且第一个将'酒神精神'引入了唐诗。"③此说值得商榷。

诚然，王绩的宴饮文学作品中确实存在酒神精神的某些因子，主要表现在：王绩把酒对世俗的礼乐文明对立起来，用醉酒解释"酒德"，这与儒家的日神精神是相违背的。他的《醉乡记》模仿了陶渊明的《桃花源记》，带有浓厚的乌托邦的味道，突出了"酒"的中心，诠释了与世俗对立的酒德概念：如果世俗是醒乡，即"禹汤立法，礼繁乐杂，数十代与醉乡隔"，那么醉乡就是与"礼繁乐杂"无缘，是"何其淳寂也如是"的淳朴安宁的世界，是"阮嗣宗、陶渊明等十数人并游于醉乡，没身不返，死葬其壤，中

---

① 万伟成：《中华酒诗的文化阐释》，中国文联出版社2002年版，第211页。

② 张锡厚：《论王绩的诗文及其文学成就》，《文学遗产》1984年第2期，第119页。

③ 刘小兵：《"酒神精神"的传承：王绩对刘伶及其〈酒德颂〉的接受》，《文艺评论》2011年第2期，第112页。

国以为酒仙云"的理想社会。他的自传体《五斗先生传》，自称"以酒德游于人间"，在这个沉醉的世界里，"不知天下之有仁义厚薄也"，所以他高举"酒德"大旗，对抗"仁义""礼乐"，《赠程处士》诗甚至说"礼乐囚姬旦，诗书缚孔丘。不如高枕卧，时取醉消愁"，也反映了他的这一价值观念，从这个角度来说，王绩的酒诗确实有着某种类似酒神愤世嫉俗的抗争精神。

此外，王绩的酒诗也大力宣扬沉醉，如：

> 我家沧海白云边，还将别业对林泉。不用功名喧一世，直取烟霞送百年。彭泽有田惟种黍，步兵从宦岂论钱？但使百年相续醉，何辞夜夜瓮间眠？（《解六合丞还》）

> 或问游人道，那能独步忧？饮时含救药，醉罢不能愁。
> 此日长昏饮，非关养性灵。眼看人尽醉，何忍独为醒？（《题酒店楼壁绝句八首》之五、六）

这实际上是王绩对"酒德"的进一步诗性阐释。不过，这还不足以说明王绩的宴饮文学里充溢着酒神精神。因为与酒神精神相比，他还缺乏深度的悲剧情绪，与其说他是与世抗争，毋宁说是避世解脱。他在《祭杜康新庙文》中说得明白："眷兹酒德，可以全身。杜明塞智，蒙垢受尘。阮籍遂性，刘伶保真。以此避世，于今几人？"他是以《庄子》的无为、无功（他自号"无功"）、天真等精神力量和隐逸生活、避世的态度来消解，而不是强烈的悲愤与抗争，所以是弱者的行为，与酒神的"强力意志""悲剧的崇高""超人"等概念相差甚远。

王绩不仅在田园诗、饮酒诗的创作上极力拟陶，而且在天真自然的心态、风味上也极力摹陶，如《醉后口号》《春夜过翟处士正师饮酒醉后自问答二首》《题酒店壁》《田家三首》《独坐》等，所以明黄汝亨的《东皋子集序》谓之"其酒德诗妙，魏晋以来，罕有俦匹。行藏生死之际，澹远真素，绝类陶征君"，何良俊《四友斋丛说》卷二十五中，把他学陶似陶的诗歌风格同他的饮酒生活结合起来，说："当武德之初，犹有陈隋之遗习，而无功能尽洗铅华，独存体质。且嗜酒诞放，脱落世事，故于性情最近。今观其诗，近而不浅，质而不俗，殊有魏晋之风。"当然，正如王绩《自撰墓志铭》序里所言："历数职而进一阶，才高位下，免责而已。天子不知，公卿不识，四十五十而无闻焉。于是退归，以酒德游于乡里。"他的隐于酒德，实在有不得已的苦衷。他多次干谒和三次出仕本身就说明他心中的济世情怀没有完全泯灭；他的三次退隐，是因为进阶太慢、屈居下僚必然带来许多愤懑和遗恨，反映到他的饮酒诗中，并不能真正做到陶渊明的"澹远真素"，而是不时地露出怨怼情绪：

落花随处下，春鸟自须吟。兀然成一醉，谁知怀抱深？（《春晚园林》）

因此，王绩的饮酒诗总体上属于酒仙文化模式，他学陶得其率真自然，但字里行间却流露出忧愤的味道。而学陶达到真正平淡境界的则是孟浩然。

孟浩然（689—740）亦嗜饮酒，他的诗集中含有"酒"字 23 处，"醉"字 17 处，"杯"字 14 处，"饮"字 8 处，其他与酒有关的"酌""觞""饯""醒"等也很多，总的占比在全集中也有 40% 多。孟诗常以魏晋名士饮酒自比，如《听郑五愔弹琴》："阮籍推名饮，清风满竹林。"他尤其推崇与荆州、襄阳有关的魏晋饮酒名士，如《九日怀襄阳》："谁采篱下菊，应闲池上楼。宜城多美酒，归与葛强游。"《高阳池送朱二》："当昔襄阳雄盛时，山公常醉习家池。"闻一多称"孟浩然可以说是能在生活与诗两方面足以与魏晋人抗衡的唯一的人。他的成分是《世说新语》式的人格加上盛唐诗人的风度"[1]。说"唯一"倒还可以商榷，说"他的成分"，洵是确论。

孟浩然的饮酒同他由求仕到归隐一样，经历了从忧愤到宣泄，最后归于平淡的过程。他早年求仕，《望洞庭湖赠张丞相》中就有羡鱼之叹和求人援引之意，《岁暮归南山》也曾发出"不才明主弃，多病故人疏"之幽怨，《留别王维》也曾表达"当路谁相假，知音世所稀"的失落。反映到饮酒上，

---

[1] 闻一多：《唐诗杂论》附录二《闻一多先生说唐诗》，安徽人民出版社 2013 年版，第 235 页。

他既有"酒酣白日暮，走马入红尘"（《同储十二洛阳道中》）的意气风发，也有"且乐杯中酒，谁论世上名"（《自洛之越》）的愤懑不平，表面上追摹魏晋，实则借张翰酒杯，浇胸中块垒。后来孟浩然接受了道家自然思想的感染，心态渐次趋于平静舒坦，他的饮酒诗也渐趋于平淡了。如《永嘉上浦馆逢张八子容》云"众山遥对酒，孤屿共题诗"，与陶渊明《饮酒》诗中"采菊东篱下，悠然见南山"同一化境；《过故人庄》云"故人具鸡黍，邀我至田家。绿树村边合，青山郭外斜。开轩面场圃，把酒话桑麻。待到重阳日，还来就菊花"，与陶渊明《归园田居》之二"白日掩荆扉，对酒绝尘想……相见无杂言，但道桑麻长"同一化境。饮酒至此，心境也平静下来了，淡味也品赏出来了，作诗也淡了，诚如闻一多所评："淡到看不见诗了，才是真正的孟浩然的诗。"①所以有人认为孟诗体现了日神精神与酒神精神的统一②，实在是差之千里。

从王绩到孟浩然，酒仙文化模式的酒诗实现了从忧愤格到平淡格的转变，对白居易酒诗范式实现从盛唐到中唐的转变起了先声作用。

二、吴越诗派、高岑诗派：盛唐宴饮诗的酒神精神

从初唐四杰开始，一批新兴的庶族士人以"儒道自任"，表现出强烈的建功立业意识，在生活个性上，如王勃之"恃才傲物"，杨炯之"恃才简傲"，卢照邻之"放旷诗酒"，骆宾王之"落魄无行"，杜审言之"恃才謇傲"，都取于魏晋者甚多。初唐后期，陈子昂出，从生活到创作，无不体现忠义豪侠、建功立业之精神，上承鲍照，下启盛唐，对李白影响尤大。进入盛唐，一个太平盛世之下既自由狂放又清雅脱俗的醉态盛唐脱颖而出。首开盛唐狂歌精神风气之先的，是以贺知章、张旭等为代表的吴越诗人群体。他们追慕魏晋风流，在朝中兴起饮酒狂放之风，塑造了放旷、狂逸、萧散、纵诞的

---

① 闻一多：《唐诗杂论·孟浩然》，安徽人民出版社 2013 年版，第 26 页。
② 杨瑞：《花开并蒂各表一枝：论孟浩然诗歌中日神精神与酒神精神的统一》，《青年文学家》2014 年第 9 期，第 7—9 页。

新一代文士风格,直接促进了魏晋风流向盛唐风流的转变。继吴越诗人之后,高适、岑参、杜甫等山东诗人、关陇诗人共同掀起了盛唐的醉狂诗歌高潮。这一派精神主体是儒家思想,多有建功立业、"致君尧舜"的抱负,但同时也受到道家、纵横之术的一些影响,追慕魏晋风流,因而也具有放诞简任的一些特点。"狂"字本身就有二义:一是儒者所谓"狂者进取"之狂,他们的建功立业的思想心态多偏于这个含义;二是狂诞之狂,他们的潇洒散诞的个性特征多来自魏晋。这两个方面的结合决定了他们的醉狂既学习魏晋,又有"少年盛唐"的时代特色。

少年,给人的印象是朝气蓬勃,最富有生气和活力。初盛唐时期,国力向上,犹如少年,富有朝气,普遍盛行饮酒游侠之风。初唐如陈子昂,"驰侠使气,至年十七八未知书"(卢藏用《陈氏别传》);盛唐如哥舒翰"少补效毂府果毅,家富于财,任侠重然诺,纵蒱酒长安市"(《新唐书》本传),王翰"日与才士豪侠饮乐游畋,伐鼓穷欢"(《新唐书》本传),王之涣"少有侠气,所从游皆五陵少年,击剑悲歌,从禽纵酒"(《唐才子传》),这里,既有英雄主义、浪漫主义,又有享乐主义成分。盛唐许多诗人如孟浩然、王维、高适、岑参、崔颢、李颀、李白、杜甫等人的诗作中都反映了饮酒任侠生活及其文化精神,可见这是一个时代普遍的精神,是时代的主旋律。

从诗歌题目、题材来分析,饮酒任侠诗歌可以追溯到建安时代的曹植,他写了一首《结客少年场》,此后形成了专门的一类乐府诗,题目中大都有"少年"二字。唐代写作这类诗歌蔚然成风,题目最常见的有《少年行》,此外还有《结客少年行》《汉宫少年行》《长安少年行》《长乐少年行》《渭城少年行》《邯郸少年行》《少年子》《少年乐》《轻薄行》《游侠篇》《游侠行》《侠客行》等,属于乐府诗中的"杂曲歌辞"。

首先,最能体现时代精神的就是赴人急难的侠义精神与建功立业的英雄主义精神的结合。举例如下:

> 走马远相寻,西楼下夕阴。结交期一剑,留意赠千金。高阁歌声远,重门柳色深。夜阑须尽醉,莫负百年心。(王昌龄《少年行二首》之二)

秋风鸣桑条，草白狐兔骄。邯郸饮来酒未消，城北原平掣皂雕。射杀空营两腾虎，回身却月佩弓弰。（王昌龄《城傍曲》）

这种英雄之气，除了边塞派诗人外，即使是山水田园派诗人如孟浩然、王维等人的诗歌中，也时而流露出纵酒任侠的生活情感，如：

新丰美酒斗十千，咸阳游侠多少年。相逢意气为君饮，系马高楼垂柳边。（王维《少年行四首》其一）

珠弹繁华子，金羁游侠人。酒酣白日暮，走马入红尘。（孟浩然《同储十二洛阳道中》）

这些借助于酒来表现的胸臆语、英雄气，读之令人感慨，是盛唐"狂者进取"的巅峰表现，反映了处于历史又一个繁荣时期的文士阶层精力充沛和充满自信的精神风貌。

酒本来就能使人的情绪进入一种极其亢奋的超常规状态之中，而侠性作为一种以正义冲动为核心的热烈、饱满的情绪，与酒自然是血脉相连的，两者在狂放精神上存在着更多的内在联系。酒诗中，通过饮酒行侠表达建功立业诉求的，可以上溯到曹植的酒诗，酒不仅扮演了激发侠性气的角色，而且也成为增强凝聚力的一种重要饮料了。不妨借用《孟子·公孙丑上》强调的"浩然之气"必须配以"道"与"义"的精神来理解饮酒行侠这一重要的文学题材。盛唐的少年饮酒行侠象征了处在上升时期的李唐王朝的朝气，象征了李唐充满青春活力、赫赫武力的国势。

英雄主义不足以概括盛唐气象的全貌。事实上，初盛唐时期的英雄主义往往与享乐主义并存。反映享乐主义的"少年"诗，也占相当大的比例，如崔颢《渭城少年行》："渭城垆头酒新熟，金鞍白马谁家宿？可怜锦瑟筝琵琶，玉台新酒就君家。小妇春来不解羞，娇歌一曲《杨柳花》。"高适《邯郸少年行》："邯郸城南游侠子，自矜生长邯郸里。千场纵博家仍富，几度报仇身不死……且与少年饮美酒，往来射猎西山头。"少年回来后与旧友斗鸡走马、饮酒冶游的骄奢生活是当时少年生活的一个缩影。任侠少年大有为知己者死的报恩观念，可是生平未遇其人，只好落得饮酒豪赌的地步。这首诗交代了少年饮酒享乐的社会背景，具有一定的典型意义。而盛唐的英雄主义、浪漫主义与享乐主义的时代精神在李白宴饮诗中得到了最完美、最典型的艺术呈现。

第二节
李白宴饮诗的酒神文化模式

李白（701—762），字太白，号青莲居士，祖籍陇西成纪（今甘肃秦安东），是盛唐时代伟大的文学家。他的潇洒风度与豪放诗篇都是用酒作为酵母酝酿、催化而成的。郭沫若最早对李白、杜甫的酒诗作了统计："我曾经就杜甫现存的诗和文一千四百多首中作了一个初步统计，凡说到饮酒的共有三百首，为百分之二十一强。作为一个对照，我也把李白的诗和一千五十首作了初步统计，说到饮酒的有一百七十首，为百分之十六强。"[1] 后人统计又得出新结论，"饮酒诗在他（李白）诗中的比例，还要再高些，要占百分之三十八"[2]。当然我们重视李白的酒诗，最重要的原因是李白的酒诗已经上升为一种文化精神的典型，更充分地凸显了一种文化模式。

一、李白宴饮诗研究综述

学术界对李白及其宴饮诗的研究，在中国宴饮文学中最为热门，仅中国知网、万方数据等出现的论文（截止到 2022 年 9 月）就有 180 多篇，其中不乏相互抄袭、学术性不高的文章。在研究性论著方面，无论是郭沫若的

---

[1] 郭沫若：《李白与杜甫》，人民文学出版社 1971 年版，第 196 页。
[2] 葛景春：《李白与唐代文化》，安徽大学出版社 2009 年版，第 231 页。

《李白与杜甫》、周勋初的《李白研究》、日本学者松浦友久的《李白——诗歌及其内在心像》、杨义《李杜诗学》、葛景春《李白与唐代文化》、傅绍良《盛唐文化精神与诗人人格》等，还是最近出版的编辑唐代酒诗的专著如李金慧、刘艳娟《唐诗酒趣》，肖文苑《唐诗与酒》，仁君《一杯醉酒尽盛唐》，葛景春、张忠纲《诗酒风流赋华章——唐诗与酒》，刘美燕《诗歌中国：唐诗与酒》等，都不可避免地涉及李白的酒诗，更不用说像邢万军主编《李白：诗中日月酒中仙》，谢楚发《李白的人生哲学：诗酒人生》，廖小勤、冉华森《李白斗酒诗百篇》，上官紫微《酒入愁肠，酿成了月光——李白的诗与情》，王国璎《诗酒风流话太白——李白诗歌探胜》等专门性著作了。可以说，学术界对李白酒诗的研究俨然成为中国宴饮文学研究领域里的"显学"了，其研究主要集中在以下几个话题。

（一）关于李白与酒关系的研究

关于李白饮酒的话题，有泛言李白与酒的，如杨海峥《李白与酒》（1990）。稍有一点深度的，或者研究李白饮酒原因的，如韩涛《李白饮酒诗论析——兼谈李白饮酒的原因》（1990）、黄天禄《诗酒一体相得益彰：论李白与酒诗和爱酒的理由》（2008）；或者考证李白喝的酒种、酒量的，如黄天禄《李白诗歌之酒与酒类略考》（2006）、郭灿金《李白"斗酒之量"的数据换算》（2012）；或者研究李白的饮酒个性的，如吴贺良《李白饮酒诗中个性意识的袒露》（2008），或者研究酒对于李白的意义的，如王礼亮《酒之于李白：思想环境与文化符号》（2011）。这些对于李白的认识都具有一定的价值。

（二）关于李白酒诗中的酒文化研究

黄永健《从李白的觞咏看唐代的酒文化》（2002）、詹颖《李白诗歌中的酒文化》、武小靖《浅谈酒文化对李白诗歌的影响》（2011）、赵杨《李白诗中的酒名与酒器》（2012）等文章，罗列了李白诗中酒文化信息内容：李白喝的酒类有白酒、清酒、绿酒、渌酒、醴酒、葡萄酒、鲁酒、桂酒、菊花酒、郁金香酒等；产地命名的酒有新丰酒、金陵春、兰陵郁金香等；提到的酒名有老春、大春等；酒器常见的是杯、尊，其次有壶、碗、觞、罍、杓、铛、斛等，酒器前往往加上材质修辞词，如玉碗、金尊等，以夸示财富和地位。李白的酒诗还反映了唐代酿酒风俗、消费风气与饮酒风俗，如记载了纪叟、汪伦两个酿酒师傅。诗中反映酒消费方面的酤酒、换酒、典酒等都反映了唐代文人酒消费观念。此外还有大量反映唐代酒肆文化、异域酒文化的篇章，作为唐代社会开放风气的时代反映，具有相当的认识价值。

（三）关于李白宴饮诗内容与艺术的研究

有研究李白酒诗内容的，如尹意贞《李白饮酒诗内容研究》（硕士学位论文，2017）；有研究李白酒意象的，如崔际银《两极意象，合塑真身：浅议李白诗中酒月之功用》（1993）、刘洁《李白诗中酒意象与其风格之间的关系》（2014）等，中国台湾学者林梧卫甚至"考察酒入诗人腹中所引发的种种化学变化，及其诗人因酒精成分的浸染所成就的精神境界"，在此基础上对酒意象进行分类，分析李白醉态诗学的思维模式、艺术特色及修辞技巧等①，方法上颇有创新。至于周唯一《李白诗酒融合艺术》（1993）、李锦《琥珀光中看李白：论李白酒诗中的缺失性心理体验》（2001）、梁丽超《以酒论诗对李白诗风的解析》（2004）、徐祝林《李白诗中之酒情感表达》（2005）、申明秀《三杯通大道，一斗合自然：李白诗歌创作心理论》（2008）、郭宝《以酒论诗简谈李白的饮酒诗》（2009）、王礼亮《酒对李白诗歌创作的影响探析》（2011）、廖小勤《李白饮酒诗的文化史意义》（2015）、王禹然《李白诗词中酒元素的艺术赏析》（2020）等，涉及李白酒诗的思想价值、艺术价值、心理体验及历史意义等方面。国外相关研究如日本学者松浦久友"饮酒—豪饮之歌"②，探讨李白的酒对于酒诗创作的影响，特别是对李白独酌与对酌酒诗的创作心理研究，颇有新意。

（四）关于李白宴饮诗的比较研究

这方面的论文至少也有40多篇，主要集中在李白与陶渊明的酒诗比较（10多篇），李白与杜甫酒诗的比较（10多篇），以及李白与阮籍、嵇康、白居易、苏轼、陆游、辛弃疾、乔吉等其他作家的比较（10多篇）。既有文化类型、文化精神上的比较，如何念龙《诗酒风流各不同——陶渊明、李

---

① 林梧卫：《李白诗歌酒意象之研究》，台湾玄奘人文社会学院中国语文研究所硕士学位论文，2004年，第2页。

②［日］松浦友久：《李白——诗歌及其内在心象》，陕西人民出版社1983年版，第102页。

白文化类型多维比较》（2005）、肖业初《试论李白与辛弃疾诗酒精神的相同》（2010）、洪玉凤《酒与诗：陶渊明与李白精神内涵之异同》（2011）等，也有酒意象比较，如孙淑华与廖志炎《试论李白和苏轼的月与酒意象的异同》（2009）、张美乐《陶渊明与李白诗歌酒意象之比较》、刘崇来与马艳芳《论李白和陆游诗中"酒"意象的差异》（2012）、蔡欣兰《从酒意象中审视陶渊明与李白的思想内涵之不同》（2016）等；既有不同文体的比较，如沈艾娥《诗酒乐天真：李白与乔吉之比较研究》（2011），着眼于酒诗与酒散曲的比较研究，更有从跨文化角度将李白酒诗与国外作家酒诗进行比较的，如张广兴《酒里人生——李白饮酒诗与欧玛尔·海亚姆饮酒诗比较》（2011）、师存勋《李白与李奎报酒诗同异试论》（2012）、徐臻《大伴旅人〈赞酒歌〉的文化解读——兼与李白酒诗的比较》（2016）、侯延爽与于桂丽《李白与哈菲兹"酒诗艺术"之比较研究》（2017）等，这些都为李白酒诗研究提供了新的视角。

（五）关于李白宴饮诗文化精神的研究

这是李白酒诗研究最核心的内容之一，相关论文有30多篇，许多专著也都涉及这个问题，而文化模式问题又是中心议题，这也是本书重点讨论的内容。

早在20世纪90年代就有学者指出李白的酒神精神命题，后来有10多篇论文都认可李白酒诗的酒神精神，这方面的论文、论著在阐释上有一个不断深化的过程。关于李白酒神精神的内涵，罗田概括为"聪明的醉态与酣畅的抒情""酒神精神与'力'的旋律美""酒神光照下的自由意志""灌注芳醇的生命美"[1]；刘士林的概括是"借酒力是要冲决社会束缚和生命本身的束缚"，冲决"个体化束缚（各种文化—生理规范）"[2]；陈桥生概括为"它在艺术上留给后代的是浪漫主义，它在生命中留给个人的是青春期的骚动不安，这两点都在李白身上溶合到一起，使酒神精神通过李白在人间得以完整的显现"[3]。杨义先生对李白诗歌创作中的一种思维方式进行了全方位研

---

[1] 罗田：《酒神精神与诗仙李白》，《云梦学刊》1991年第1期，第63—66页。

[2] 刘士林：《中国诗哲论》第五章，济南出版社1992年版，第150页。

[3] 陈桥生：《诗酒风流》，华文出版社1997年版，第156页。

究，并基于此而提出了"醉态诗学"概念："醉态诗学的起点，是在酒力的刺激下使情绪逐渐达到巅峰状态"，"它通过对生命潜能的激发、宣泄、激变、升华和幻化，于醉心腾跃和醉眼朦胧中，体临着生命的种种临界状态，看取了生命的内在秘密"①，实际上已经与"酒神精神"概念有某些相通的了。这些新概念被多人接受，对研究李白酒诗影响很大。

此外，刘峰、肖国栋把李白酒神精神的内涵概括为"它们既是极端的自我表现，又是极本质的生命图景的展示。二者通过日常的醉态，通过酒神式的中介世界混融在一起"②。此后的学术界对李白酒诗的酒神精神的概括越来越迈向全面。这方面的代表，就是万伟成将李白酒诗的酒神精神概括为"飞扬跋扈的建功意识和迷狂精神""伴狂堪哀的生命意识和悲剧精神""啸傲任诞的批判意识和叛逆精神"，以及与之相应的相关艺术手段如气势充沛、力度雄厚、夸张想象、意象跳跃、不拘格律，以及狂幻惝悦的审美精神③。这是 2002 年前后学术界对"酒神精神"较为全面的概括，甚至到了 2017 年还被学者全盘采纳④。当然，还有学者不断进行增益，如葛景春将"李白与酒神精神"概括为："强烈的批判意识和叛逆精神""狂热精神和享乐意识""忧患意识、自由意识和深邃的宇宙意识"⑤，董萍萍概括为"具体表现是不断超越的酒神思想、以自我为中心的酒神价值、非现实的酒神艺术性"⑥，但基本上不出 2002 年的研究范畴。此外，李建松《醉与幻中的悲剧美——〈将进酒〉中的酒神》（2012）、李新凤《痛饮杯中物，狂歌意气雄：〈将进酒〉中李白形象初探》（2013）、顾岚岚《千杯酒中的李白与酒神精神：〈将进酒〉教学内容的确定》（2014），均结合李白的具体作品《将进酒》，阐释李白酒

---

① 杨义：《李杜诗学》，北京出版社 2001 年版，第 97、105 页。

② 刘峰、肖国栋：《李白饮酒诗与酒神精神》，《佳木斯大学学报》2000 年第 3 期，第 31 页。

③ 万伟成：《中华酒诗的文化阐释》，中国文联出版社 2002 年版，第 246—278 页。

④ 高宏涛：《论李白饮酒诗的酒神精神》，《鸡西大学学报》2017 年第 1 期，第 99—103 页。

⑤ 葛景春：《李白与唐代文化》，安徽大学出版社 2009 年版，第 240—246 页。

⑥ 董萍萍：《酒神精神在李白诗歌中的体现》，《文学教育》2018 年第 2 期，第 30 页。

诗的酒神精神。万诚毅认为，李白富有酒神精神的酒诗，"主导风格是悲怆"，而不是"豪放飘逸"①，也主要着眼于他的悲剧精神来认证的。

李白酒诗的酒神精神观点多为学术界所接受，但也有个别异议。如有学者认为：李白酒诗体现出来的是"诗酒精神"，而"酒神精神"是西方概念，"其文化根源、主要内涵及醉所表现的精神实质都不同"，"不能简单地以西方的'酒神精神'理论套用在对李白饮酒诗的阐释和研究上"②。甚至有学者认为李白酒诗是酒仙精神，不是酒神精神，因为"李白在诗中所描绘的是在入世的基础上追求不受世俗污浊束缚的自由，是饱含理性要求的一种自由。这种自由不是放浪形骸，不是恣意妄为，不是奔放的、疯狂的，而是含蓄的、内敛的。而狄俄尼索斯身上所体现的是个性解放和个体自由，富于感性的释放，甚至是掺杂肉欲的一种自然的、原始的自由，它是回归到本体与自然最初的状态，抛却理性束缚的一种自由"③。

学术研究需要有怀疑精神。确实，学术界存在着用西方概念生搬硬套中国古代文学作品的情况，在李白酒诗的研究上也存在着这种现象。如有学者认为："与狄俄尼索斯更有相似性的不是杜康，而是李白。他们二人一个被称为酒仙，一个是酒神，分别代表了东西方酒文化的特色。"④杜康与李白，从宴饮文学上说，放不到一个层面上；而说杜康代表东方，李白代表"西方"，已属不伦。再有学者用尼采的"日神精神""酒神精神"说分析李白诗歌，认为凡是"梦"意象的就认定是日神精神，凡是"酒"意象的就认定是酒神精神，结论是"李白的诗歌交织着日神精神的'梦'与酒神精神的'醉'，有着永恒的魅力"⑤，这种说法就更属不类了。究竟是日神的还是酒神的？我们就不能拘泥于尼采所说的"梦"与"醉"，那是形迹；我们重

---

① 万诚毅：《在"酒神"的狂舞中解读李白》，《云南财贸学院学报》2005年第2期。

② 伍宝娟、冯源：《"酒神精神"以有效阐释李白咏酒诗探析》，《绵阳师范学院学报》2009年第1期，第18—21页。

③ 陈卓：《酒仙与酒神》，《语文教学通讯》2016年第6期，第71页。

④ 陈卓：《酒仙与酒神》，《语文教学通讯》2016年第6期，第70页。

⑤ 梁丽婷：《"梦"与"醉"的交织：从尼采的"日神精神""酒神精神"说看李白的诗歌》，《文教资料》2011年12月号下旬刊，第82页。

视的是它的内在精神，比如《诗经》宴饮诗，虽然有"酒"，但它是日神的而非酒神的。同样地，关于李白的酒诗，我们也不能执着于形迹，而要取其精神。在分析李白酒诗的悲剧精神、抗争精神、非礼乐精神与自由精神上，我们认为与尼采论述"酒神精神"在内在精神上是一致的，更何况在酒与暴力、酒与性、蛮夷的"胡气"等方面，也同样契合着尼采所说的"酒神精神"元素。李白酒诗的内在精神与外在元素在陶渊明、白居易、苏轼酒诗中见不到，也不是用"诗酒精神"四个字就能精准概括的。

二、李白宴饮诗的四大酒神精神内容

李白酒诗在内在精神上与尼采等的"酒神精神"论述是不谋而合的。

（一）深度的悲剧精神

李白的饮酒生活和酒诗创作中常常在狂热迷乱的同时蕴含着巨大的悲剧性，既有后人无法想象的潇洒和狂热，又有一般当时人无法理解的痛苦和煎熬。这种痛苦（"哀"）与狂喜交织（"狂"）的癫狂状态正是酒神状态。李白诗歌中可以常见恋爱悲剧、游子悲剧、君弃之怨、世弃之怨、盛世之怨、生死悲剧等，而政治悲剧是李白悲剧意识的核心，展现了出与处、志与才、群体与个体、理想与现实之间的矛盾。他诗才横溢，傲骨太硬，但政治才能平平，玄宗说他没有"廊庙具"，他也自知"吾非济代人"，为人方面过分强调以自我为中心，缺乏政治智慧。盛世时代的不幸和个人政治素质的"缺陷"酿成他的政治悲剧；而既要保持个性，冲决束缚，又要执着生活，实现抱负，因而冲突中表现悲剧的力量也就愈发宏大。

酒是李白用来对抗龌龊现实、消解悲剧意识的重要手段。他的功名意识愈强烈，这种失落的悲剧意识愈强烈，一次鲸吞海吸并不能帮他解脱痛苦、忘却现实，必须用"百年三万六千日""会须一饮三百杯"，甚至是"二千石"的酒来解愁。一切的痛苦，包括政治悲剧、生活悲剧、生死观念，他都渴望超越。正如尼采所谓"把个体化状态看作一切痛苦的根源和始因，看作本应鄙弃的事情"①,是一种企图超越个体痛苦的酒神气质。一旦清醒,回到现实,各种悲剧常常使得也跌入大悲大痛的九渊之下,就会更加深他的愁苦,倍增他的愤慨;而令人狂放的美酒,往往把他从九渊之下,簸扬到大狂大喜的九霄之上,反而加重了他的痛苦,所谓"举杯消愁愁更愁"。悲剧与美酒,使得李白常常在大醉与大醒、大苦与大乐、大痛与大快的情绪交织之中显现出一种跌宕起伏、跳跃很大的生命信息,这种生命信息就是酒神精神。他的许多酒诗如《行路难》《将进酒》《答王十二寒夜独酌有怀》等,读者都可以从中感受到诗人脉搏的激烈跳动和心灵的激烈共振,感觉到诗人在悲壮愤怒之中仍然跳跃着乐观的音符。举《玉壶吟》说明如下:

> 烈士击玉壶,壮心惜暮年。三杯拂剑舞秋月,忽然高咏涕泗涟。凤凰初下紫泥诏,谒帝称觞登御筵。揄扬九重万乘主,谑浪赤墀青琐贤。朝天数换飞龙马,敕赐珊瑚白玉鞭。世人不识东方朔,大隐金门是谪仙。西施宜笑复宜颦,丑女效之徒累身。君王虽爱蛾眉好,无奈宫中妒杀人!

该诗大约作于天宝三载（744）李白供奉翰林的后期,赐金还山的前夕。诗人预感到一场悲剧将要发生,故而首四句借王敦酒后咏诗、击碎唾壶的故事联系到自己的身世,用来宣泄积压在心头的强烈的悲剧意识,情绪在醉后高咏之中跌入到涕泗涟涟的大悲愤之中;下六句笔锋一转,极力渲染当时供奉受宠、诗酒狂傲的往事,进入到一种大得意的状态,其实正是故作跌宕之势,借以反衬出当前的冷落堪悲;再以下借东方朔、西施自喻,点出悲剧原因,从而给自己的悲剧赋予了沉甸甸的历史重负感。有非常之才,非常之志,非常之经历（谒帝称觞,揄扬万乘）,加上非常之遭遇,非常之饮料（酒）,才激发出诗人非同寻常的巅峰感受,这就是酒神体验。

（二）反传统的非道德精神

李白接受了从《庄子》到魏晋以来的饮酒文化价值观念,不仅以酒消

---

① ［德］尼采:《悲剧的诞生——尼采美学文选》,周国平译,生活·读书·新知三联书店1986年版,第41页。

愁，借助酒力超越生命本身的痛苦，而且以酒抗世，借助酒力冲决社会本身的束缚，包括传统价值观念的和社会政治秩序的。

李白常常一切以饮酒为中心，以酒来观照和评判现实与历史。他可以表现对千古圣贤的极不恭敬和对功名利禄的极其鄙夷，如《山人劝酒》："归来商山下，泛若云天情。举觞酹巢由，洗耳何独清。"《笑歌行》："巢由洗耳有何益？夷齐饿死终无成！君爱身后名，我爱眼前酒。"《梁园吟》："持盐把酒但饮之，莫学夷齐事高洁。"甚至站在纵酒游侠的立场上对儒家进行否定，如《行行且游猎篇》："儒生不及游侠人，白首下帷复何益。"《白马篇》："归来使酒气，未肯拜萧曹。羞入原宪室，荒径隐蓬蒿。"《月下独酌四首》之四："辞粟卧首阳，屡空饥颜回。当代不乐饮，虚名安用哉？"《庐山谣寄卢侍御虚舟》："我本楚狂人，凤歌笑孔丘。"甚至接受孔融的影响，用酒来重新审视历史，得出"古来圣贤皆寂寞，唯有饮者留其名"（《将进酒》）的惊世骇俗之论，夸大了酒人的历史作用和因酒成功的作用，如《梁甫吟》云"君不见高阳酒徒起草中，长揖山东隆准公！入门不拜骋雄辩，两女辍洗来趋风。东下齐城七十二，指挥楚汉如转蓬"，似乎整个历史要由酒人谱写，这些都寄托了李白的个人理想，也可以视为对传统价值观念的叛逆，对黑暗现实的不满，对人生大悲大苦的超越，也为他的诗歌境界平添了几分"神奇"的色彩。

李白的酒诗所体现出来的非道德精神在与杜甫比较中也显现出来。"杜甫主要是一个道德范型的人，而李白则主要是一个自然范型的人，一为儒，一为道。"①

（三）强烈的抗争精神

最能体现李白叛逆精神和自我意识的是他继承了魏晋以来以酒抗礼的传统，借酒来表达对现有伦理秩序的一种反叛。封建社会最高权威是皇帝，最重要的伦理关系是君臣关系，但在酒面前却是那么卑微与不屑，杜甫《饮中八仙歌》中有一段，为李白传神写照："李白一斗诗百篇，长安市上酒家眠，

---

① 罗宗强：《自然范型：李白的人格特征》，《唐代文学研究》第六辑，广西师范大学出版社 1996 年版，第 302 页。

天子呼来不上船，自称臣是酒中仙。"凸显了李白的傲岸性格与君臣平等意识。证之李白作品，如《赠孟浩然诗》赞赏孟"醉月频中圣，迷花不事君"，其实是夫子自道；如"揄扬九重万乘主，谑浪赤墀青琐贤"（《玉壶吟》），"严陵高揖汉天子，何必长剑拄颐事玉阶"（《答王十二寒夜独酌有怀》），"安能摧眉折腰事权贵，使我不得开心颜"（《梦游天姥吟留别》），"出则以平交王侯，遁则以俯视巢许"（《冬夜于随州紫阳先生餐霞楼送烟子元演隐仙城山序》），都体现出李白的平等意识乃至睥睨俯视的心态。证之史载，如李阳冰《草堂集序》："天宝中，皇祖下诏，征就金马，降辇步迎，如见绮皓。以七宝床赐食，御手调羹以饭之。"同样的文字又见于范传正《唐左拾遗翰林学士李公新墓碑》和《新唐书·文苑传》，甚至还记载了"力士脱靴"，可见李白的揄扬万乘、平交王侯并非完全没有一定的现实基础。这些实际上是李白酒神精神的一个反映。纵酒本身可以冲破礼制、等级的限制，通过精神上"忘"的作用达到某种平等，所谓"卑者忘贱，窭者忘贫"（曹植《酒赋》）；酒气侠情的结合，也为酒场平添了几分平等精神。李白的这种精神，经过历代民间创造和重塑，诸如"御手调羹""龙巾拭吐""贵妃捧砚""国忠磨墨""力士脱靴"，以及宋苏东坡《李太白碑阴记》说他"戏万乘如僚友，视俦列如草芥"，都在用放大镜观察李白的傲岸，李白上升为中国傲视权贵的文化符号。所以，李白饮酒所体现出来的是对传统道德、礼制的背叛，追求非道德、非礼化人生；对社会现有秩序的背叛，追求非秩序化。这与《庄子·胠箧》"绝圣弃知""攘弃仁义"一样具有破坏意义。

（四）"过度"快乐原则与自由精神

李白坚持酒神精神的自由精神与"过度"快乐原则，对日神的"适度"、道德法则表现了极大的叛逆。

李白酒道的准则是对感性的快乐的"过度"体验，把"适度"的日神法则抛之云外。这是一种极端的反中和的审美体验。第一，酒味要追求"致味"，一种极端刺激的味觉审美。素以薄味著称的鲁酒，产生于儒家礼乐氛围最浓的鲁国，是完全按礼乐标准酿制出来的"模范酒"，所谓"大飨之礼尚玄酒而俎腥鱼，大羹不和，有遗味者矣。是故先王之制礼乐也，非以极口腹耳目之欲也，将以教民平好恶，而反人道之正也"（《礼记·乐记》）。鲁酒以德为主旨，以人道为正，以礼乐为极则，就必然放弃对"致味"的追求，这绝对不符合李白的追求，所以他说"鲁酒不可醉，齐歌空复情"（《沙丘城下寄杜甫》）。第二，酒量上追求"无量"，以极端快乐为原则，而不是以"不及乱"为原则。李白喝起酒来往往"烹羊宰牛且为乐，会须一饮三百杯"（《将进酒》），"百年三万六千日，一日须倾三百杯"（《襄阳歌》）。诗中数字虽有夸张，但李白绝不是传统礼制规定的"三爵而退"的人，而是以极乐为原则的。酒与淫乐，酒与性，酒与暴力，都是饮酒非道德精神的几种极端体现，也是传统道德引以为极端恶谥的，李白都要统揽过来，强化饮酒的快乐体验。

在极乐原则下，李白接受了庄子的逍遥、天放的观念，追求一种对日神法则的破坏。《庄子·马蹄第九》提出的"天放"就是一种自由精神，是一种生命情绪的放纵，生命情性的挥洒。"天"是天性，是受命于天的自然天性，是不受礼乐控制的自然天性，是人的本性的开放。"放"是放下生命形体的沉重，放下心灵的沉重的负荷，放下文明的、理性的、伦理的等一切文化负担。这种自由精神对文士酒道的影响是全方位的。刘伶醉酒是"放诞"，肉体的放纵掩盖不了内心的苦痛；李白醉酒是"狂放"，是肉身的狂舞与心灵的远游，是剑气与侠气。

三、李白宴饮诗的三大酒神精神元素

李白的酒诗不仅在内在精神上，而且在外在元素上都与尼采论述的"酒神精神"相符。

（一）酒与性：醉态强力意志之一

酒与性，被尼采奉为酒神精神的两大文化因子。尼采的强力意志说认为，生命的意义不在于活得长久，而在于活得伟大，活得高贵，活得有气魄。生命的肯定不是消极地祈求生命的保存，而是积极从事创造，成为精神的强者："最好的事属于我和我的同类。倘若人们不给我们，我们就夺取最好的食物、最纯净的天空、最强劲的思想、最标致的女人！"① 唐朝是一个礼制淡薄、开

---

① ［德］尼采：《查拉图斯特拉如是说》，黄明嘉译，漓江出版社2000年版，第263页。

放自由的时代，酒色风行，且很少受到批判，李白的饮酒狎妓作为一种文化现象，正是这个时代的产物。

李白经历了多次由希望到失望再到绝望的人生反差，甚至发展到"世人皆欲杀"（杜甫《不见》）的地步，因此本来风流倜傥的他与醇酒、妇人结下了不解之缘。如"自有两少妾，双骑骏马行。东山春酒绿，归隐谢浮名"（《留别西河刘少府》），"歌妓燕赵儿，魏姝弄鸣丝。粉色艳日彩，舞袖拂花枝。把酒顾美人，请歌邯郸词"（《邯郸南亭观妓》），"千金骏马换小妾，笑坐雕鞍歌《落梅》，车旁侧挂一壶酒，凤笙龙管行相催"（《襄阳歌》），"春风东来忽相过，金樽渌酒生微波。落花纷纷稍觉多，美人欲醉朱颜酡"（《前有樽酒行二首》之一），"木兰之枻沙棠舟，玉箫金管坐两头。美酒樽中置千斛，载妓随波任去留"（《江上吟》），"兴来携妓恣经过，其若杨花似雪何！红妆欲醉宜斜日，百尺清潭写翠娥"（《忆旧游》）……他对这种饮酒狎妓的生活洋洋得意，溢于言表。此外，他的美女当垆沽酒诗，如"正见当垆女，红妆正二八"（《江夏行》），"白门柳花满店香，吴姬压酒唤客尝"（《金陵酒肆留别》），"葡萄酒，金叵罗，吴姬十五细马驮。青黛画眉红锦靴，道字不正娇唱歌。玳瑁筵中怀里醉，芙蓉帐里奈君何"（《对酒》），特别是大量出现"胡姬当垆"，到处洋溢着盛唐时代特有的酒色情趣。

可见，李白的酒色诗同他的酒侠诗一样，具有强烈的享乐主义意识和英雄主义色彩，这两大主题正是盛唐时代两大主旋律。如果联系到醇酒妇人，从魏无忌产生之日起，就有英雄失路的传统文化精神在内，那么李白的"醇酒妇人"未必不是他的深刻的悲剧意识、叛逆意识的反映。这就接近尼采所谓的酒神精神，因而一直受到富有日神精神的传统势力的批判，尤其是在理学盛行的宋代，这种批判最为激烈。如批评李白诗"十首九说妇人与酒"（王安石语）[1]，"作为歌诗，不过豪侠使气，狂醉于花月之间耳"（罗大经语）[2]，"语用兵，则先登陷阵，不以为难；语游侠，则白昼杀人，不以为非"

---

[1]（南宋）胡仔：《苕溪渔隐丛话》前集卷6，廖德明校点，人民文学出版社1962年版，第37页。

[2]（南宋）罗大经：《鹤林玉露》卷之六丙编"李杜"条，中华书局1983年版，第341页。

（苏辙《诗病五事》），从反面说明李白的诗是与日神法则格格不入的。

（二）力量的充溢：醉态强力意志之二

除了酒与性外，酒与力的结合也是一种酒神精神状态的表现。从某种意义上说，酒神是"泰坦的"和"蛮夷的"神，"酒神冲动的作用也是'泰坦的'和'蛮夷的'"①。在希腊神话中，泰坦诸神是天神和地神所生的六儿六女，与宙斯争位失败，"悲剧英雄像泰坦力士那样背负起整个酒神世界，从而卸除了我们的负担"②，它们象征大自然的原始暴力。尼采的酒神精神是和他的强力意志联系在一起的。"尼采哲学的主要命题，包括强力意志、超人和一切价值的重估，事实上都脱胎于酒神精神：强力意志是酒神精神形而上学的别名，超人的原型是酒神艺术家，而重估一切价值就是用贯穿着酒神精神的审美评价取代基督教的伦理评价。"③尼采特别强调酒神精神所包含的"力"的含义，所谓"醉的本质是力的提高和充溢之感"④；"那种人称之为醉的快乐状态，不折不扣是一种高度的强力感……"⑤。尼采的酒神精神充盈着一种昂扬的力量之美，一种奋发有为的积极人生态度。他特别强调欲望的放纵与力量的充溢，魏晋风度虽有前者，却乏后者，若李白则兼而有之，充分展示出中国魅力的酒神精神。

李白在酒诗里多次提到要捣碎黄鹤楼台，踢翻鹦鹉洲，伴随着打砸的暴力倾向。如《醉后答丁十八以诗讥余捶碎黄鹤楼》："黄鹤高楼已捶碎，黄鹤仙人无所依。"《江夏赠韦南陵冰》云"我且为君槌碎黄鹤楼，君亦为吾倒却鹦鹉洲。赤壁争雄如梦里，且须歌舞宽离忧"，这种原始暴力体现的

---

① ［德］尼采：《悲剧的诞生——尼采美学文选》，周国平译，生活·读书·新知三联书店1986年版，第15页。

② ［德］尼采：《悲剧的诞生——尼采美学文选》，周国平译，生活·读书·新知三联书店1986年版，第91页。

③ 周国平：《在世纪的转折点上》，上海人民出版社1986年版，第86页。

④ ［德］尼采：《悲剧的诞生——尼采美学文选》，生活·读书·新知三联书店1986年版，第319页。

⑤ ［德］尼采：《悲剧的诞生——尼采美学文选》，生活·读书·新知三联书店1986年版，第350页。

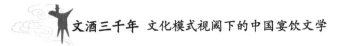

正是泰坦神的冲动。

李白的饮酒行侠活动及其酒侠诗最充分地体现出力量之美、阳刚之美。他生活在唐代任侠氛围中，"五岁诵六甲，十岁观百家"（《上安州裴长史书》），"少年好剑术，凌轹白猿公"（《结客少年场行》）。从小就跟随父亲学过剑术，后拜山东著名剑客裴旻为师，可见其剑术必精。二十五岁"仗剑去国，辞亲远游"，所到之处，"尚意气，重然诺，轻财好施"（《与韩荆州书》），仅在扬州不到一年时间，就"散金三十余万，有落魄公子，悉皆济之"（《上安州裴长史书》）。李白很早就留下了许多饮酒行侠杀人的诗篇，所谓"十步杀一人，千里不留行。事了拂衣去，深藏身与名"（《侠客行》），"托交从剧孟，买醉入新丰。笑尽一杯酒，杀人都市中"（《结客少年场行》），"酒后竞风采，三杯弄宝刀。杀人如剪草，剧孟同游遨"（《白马篇》），他反复歌颂饮酒杀人的游侠行为。魏颢《李翰林集序》记其"少任侠，手刃数人……亡友糜溃，白收其骨，江路而舟"。可见他的饮酒行侠、仗义杀人是有现实依据的。这类酒诗，上可溯到鲍照《结客少年场行》："失意杯酒间，白刃起相仇。追兵一旦至，负剑远行游。"李白的酒诗继承了这种精神。他反复歌咏饮酒、任侠、杀人，富有浓郁的血腥味和迷狂性：既有英雄色彩、建功立业的一面，与初盛唐建立边功、鄙视文士生涯的精神非常合拍，也有纵酒狂放、因酒使气、享乐主义的一面，是极其富有象征意义的。从酒神文化模式看，李白对日神秩序的叛逆精神，与老庄崇尚以柔克刚不同，与魏晋文人单纯追求庄玄式的消解也不同，而是崇武尚力的阳刚之美，并且这种"力"是在酒的巅峰体验中获得的，从而使得酒神精神显得更加强烈。

（三）胡气氛氲——酒神精神与"蛮夷的"文化因子

隋唐皇室以胡汉混血奄有天下，决定了朝廷最高统治者对胡汉交流的政策走向。由于盛唐文化开放，中原与西域交流频繁，西域的商贾、饮食、音乐、宗教络绎不绝地输入长安。饮食方面除了胡饭、胡饼、胡麻、胡羹、胡羊肉、胡瓜、胡豆、胡蒜、胡荽、胡萝卜、胡桃等以外，在酒文化上，胡酒、酒胡劝酒、胡姬当垆、胡歌舞佐酒等也随之而至。李肇《唐国史补》卷下中的河北之乾和葡萄、京城之西市腔、三勒浆（庵摩勒、毗黎勒、诃黎勒），皆是胡酒。1970 年 10 月，在西安南郊何家村发掘的窖藏中，发现有许多波斯风格的餐具，其中的环柄八曲杯、高足杯、舞马衔杯壶、环柄八棱杯、提梁罐、提梁壶、桃形盘都是在中亚与西亚流行的餐具样式，这说明胡酒、胡器已经深入达官贵人家中，形成了奇异的胡化风气。

胡酒，以葡萄酒为最著。初盛唐葡萄产自西域高昌，所以初盛唐的 30 多首葡萄酒诗，多半也洋溢着浓厚的"胡气"，像凉州的葡萄酒、夜光杯、胡人琵琶是出了名的酒、酒器与音乐的组合，所以王翰《凉州词》云"葡萄美酒夜光杯，欲饮琵琶马上催"，至于唐诗中常见的葡萄酒、胡姬、胡器、胡乐、胡舞、胡地的组合，最终创设出一种豪迈、苍凉、悲壮等多种感情交织混合的艺术特质，显示出一种开放浪漫的文化风气和文化性格。反映这种风气的，以李白酒诗最具代表性：不仅有"葡萄酒，金叵罗"（《对酒》）等胡酒、胡器的描写，更有大量胡姬当垆的描写：

五陵少年金市东，银鞍白马度春风，落花踏尽游何处？笑入胡姬酒肆中。（《少年行二首》之二）

琴奏龙门之绿桐，玉壶美酒清若空。催弦拂柱与君饮，看朱成碧颜始红。胡姬貌如花，当垆笑春风。笑春风，舞罗衣，君今不醉将安归？（《前有樽酒行二首》之二）

细雨春风花落时，挥鞭直就胡姬饮。（《白鼻䯄》）

胡姬招素手，延客醉金樽。（《送裴十八图南归嵩山二首》之一）

双歌二胡姬，更奏远清朝。举酒挑朔雪，从君不相饶。（《醉后赠王历阳》）

胡姬当垆同葡萄酒一样，与汉武帝沟通西域有关，所谓"昔有霍家奴，姓冯名子都。依倚将军势,调笑酒家胡"(辛延年《羽林郎》)。唐代长安城里,从西市、城东至曲江一带都有胡人开的酒店。胡姬或歌舞娱宾,或当垆沽酒,吸引了很多游客,成为唐诗描绘的盛景,引起学术界的重视 ①,平添一种异国情调。最引人注目的还有:大量的胡人音乐歌舞介入酒筵,不仅大大丰富了汉人的酒文化生活,而且对汉族的音乐歌舞的发展产生了强烈的影响。李白酒诗中有不少醉歌狂舞的描写,相应地被赋予了狂纵凌乱的色彩,如《东山吟》:"白鸡梦后三百岁,洒酒浇君同所欢。酣来自作青海舞,秋风吹落紫绮冠。"《月下独酌》:"我歌月徘徊,我舞影凌乱,醒时同交欢,醉后各分散。"但如果进一步分析的话,不难看出李白的醉舞明显具有狂纵的、蛮夷的特征:

> 梧桐杨柳拂金井,来醉扶风豪士家。扶风豪士天下奇,意气相倾山可移……清水白石何离离!脱吾帽,向君笑;饮君酒,为君吟。张良未逐赤松去,桥边黄石知我心。(《扶风豪士歌》)

清桂馥《札记》卷六:"李太白诗:脱君帽,向君笑。初不解其义。《通鉴》元魏城阳王微脱尔朱荣帽欢舞盘旋,注引李诗为证云:脱帽欢舞,盖夷礼也。"其实上文"酣来自作青海舞"中的青海舞,又称青海波舞,同胡腾舞、胡旋舞、浑脱舞一样,都是来自西域的胡舞,多是节奏疾快、旋转如丸、跳跃如飞的健舞。酒后跳起蛮夷的、狂野的舞蹈,践行"夷礼",也显现太白强烈的酒神精神。

凡是酒神精神表现强烈的文化现象或文化人物,身上都遗存着或多或少的"蛮夷的"文化因子。周礼建立时,以庄子、屈原为代表的南方楚国进入文明社会较晚,一直被视为"蛮夷之国",其中一个重要表现就是礼乐意识相当淡薄,纵情酒色。同样地,"庄屈实二,不可以并;并之以为心,自白始"(龚自珍《最录李白集》)的李白,接受了楚国酒神精神和浪漫主义精神。他身上的"蛮夷的"文化因子,除了传统的道家、纵横家外,更多

---

① 邹淑琴:《唐诗中的胡姬形象及其文化意义》,国家图书馆出版社 2016 年版。

地来自西域。陈寅恪《李太白氏族之疑问》疑其为"西域胡人",俞平伯《李白的姓氏籍贯种族的问题》中说李白讳言西域出身。虽然我们无法断定他是否"胡人",但他的"文化血液"里既有汉族的,更有"蛮夷"的。史载他的先世数代居住在西域,入乡随俗,必受熏染;况且他又能"醉挥蛮书"①,醉跳胡舞,相貌也有"类胡"之处②,故而他身上确实带有蛮夷的文化因子,而这种文化因子同汉族文化中的异端文化因子相结合,与酒神精神最为契合。他的血液里,涌动着胡腾胡旋的歌舞、玫瑰色的幻思与琥珀般的酒色,涌动着中世纪西域文化的热烈、激情、豪放及其神秘的瑰丽。

胡汉融合的文化效应表现为胡族游牧文化特有的豪强侠爽之气,在汉族农业文化躯体上注入了一针强心剂。胡文化不仅在表层次上对唐文化起到了影响,比如服饰、饮食、歌舞等,而且在深层次上对唐文化产生了重大作用,比如文化性格上由内向转向外向,在诗歌表现上洋溢着一股英雄刚健之气。这种精神在李白身上体现得最为典型,堪为中华民族主体精神的一种补充。

四、李白宴饮诗酒神精神的美学呈现

一定的文化模式、文化精神的宴饮文学,往往与相应的艺术手段和审美形态相联系,像《诗经》中富于日神精神的酒诗,在情感表达上往往乐而不淫、哀而不伤,喜而不狂,怨而不怒;语言表现上也是均齐平衡,一切都以中和为美作为依归,这些在本书第二章都作了分析。那么,极富酒神精神的李白酒诗却与此迥然不同。

(一)超人的自我形象

尼采酒神精神与他的超人哲学是密切相关的。他认为:"上帝死了,要对一切传统道德文化进行重估",因此超人应运而生。尼采所说的"超人"

---

① 乐史《李翰林别集序》言李白"草和蕃书,思若悬河,帝嘉之",刘全白《唐故翰林学士李君碣记》:"天宝初,玄宗辟翰林待诏,因为和蕃书,并上《宣唐鸿猷》一篇,上重之。"范传正《唐左拾遗翰林学士李公新墓碑并序》:"论当世务,草答蕃书,辩如悬河,笔不停辍。"

② 詹锳:《詹锳全集》,河北教育出版社2016年版,第250—251页。

并不在于体格上的强健，而是在于生命意志的强大：他不依赖他人活着，而是自己主宰自己的命运；他拒绝卑微琐碎、软弱无力，追求充实、丰富、伟大而完全。他是不同于传统的和流行的道德的一种全新的道德，是最能体现生命意志的人，是最具有旺盛创造力的人，是生活中的强者。李白的酒诗就塑造了这样一个"超人"的自我形象。他的建功意识和迷狂精神、生命意识和悲剧精神、批判意识和抗争精神、自由精神与"过度"快乐原则，无一不是在"对一切传统道德文化进行重估"的同时，塑造一种新的价值观。李白的平交王侯、享受生活、嗜酒行侠杀人、追求自由与极乐的现实主义生活态度，是和当时儒家思想中的价值观念格格不入的。"我本楚狂人，凤歌笑孔丘"（《庐山谣寄卢侍御虚舟》），可见李白对儒家的蔑视、反抗、讥讽，和尼采对上帝的否定、对超人的肯定如出一辙。而这种超人形象，外化为醉态强力意志、阳刚美与崇高美，不但鲜活体现在他的人格魅力上，而且深度融合在他的酒诗艺术魅力中。

（二）醉态艺术强力意志

李白酒诗艺术生命力的最重要的标志之一就是气势充沛，力度雄厚。这是醉态强力意志在李白酒诗艺术上的体现。从醉态思维角度来看，李白身上体现出的作家之气，是酒气影响诗气的重要的中间媒介，他的酒诗在思想内容所表现出的对个性自由、政治理想的执着追求及其意气凌云、目空古今的开放性精神体系；艺术形式上所表现出的想象丰富、夸张得体、高大意象、直抒胸臆、长短句式及篇章结构上的大开大合、跌宕跳跃，都是李白诗歌神旺气足的体现。

与"气"关系密切的就是"力度"的显现，也是由于主体意识的渗入而产生的雄健深沉的力度的显现。李白饮酒诗"力"的来源渠道很多，其中一条就是尼采论述酒神精神时所常用的"强力意志"，在饮酒上就是"醉态强力"。尼采认为"酒神状态是一种痛苦与狂喜交织的颠狂状态。醉是日常生活中的酒神状态"[1]，"醉：高度的力感，一种通过事物来反映自身的充实

---

[1] ［德］尼采：《悲剧的诞生——尼采美学文选》，周国平译，生活·读书·新知三联书店1986年版，第3页。

和完满的内在冲动"①,"醉感——它实际上同力的过剩相应"②。尼采把这种酒神状态下的"力"同艺术联系起来,认为:"日神状态、酒神状态。艺术本身就像一种自然的强力一样,借这两种状态表现在人身上支配着他,不管他是否愿意;或作为驱向幻觉之迫力,或作为驱向放纵之迫力。"③李白的悲剧意识、英雄意识,正是产生这种内在冲动的颠狂状态的前提;他的诗歌中的"力度"正来自于与命运的抗争,来自大醉与大醒、大喜与大悲、出与处、生与死之间相互推挽而形成的激烈张力,是"醉"的悲剧精神的穿透纸背、直撼人心式的爆发。在强烈的生命体验中,他的一生是悲剧的;但由于他的个性极强、主观性极强、自信心极强,以"强有我"——强大的生命力迎接来自社会、政治各方面的挑战,他的诗中悲愤中有豪放,悲剧精神中充满着英雄气概。这种由酒神精神带来的人生和诗歌的生命力度,在《将进酒》《行路难》等诗篇中表现得最为集中、典型。

（三）悲剧的崇高

尼采认为,酒神情绪是一种形而上的深度悲剧性情绪。人生始于痛苦,而解决世界痛苦的药方是酒神精神:若踏上酒神之路,最终会觅得欢乐。可见酒神精神与悲剧意识的关系之密切。康德把崇高分为两类:一类是"数学的崇高",另一类是"力学的崇高"。康德在其《判断力批判》"崇高的分析"中论述"数学的崇高"时认为:"我们把那无限大的东西称之为崇高……崇高是与之相比一切别的东西都是小的那个东西。""崇高是那种哪怕只能思维地、表明内心有一种超出任何感官尺度的能力的东西。""自然界当它在审美判断中被看作强力,而对我们没有强制力时,就是力学的崇高。"④前者以数量压倒一切而作为美的艺术特征在李白诗中有同样的体现,这种艺

---

① ［德］尼采:《悲剧的诞生——尼采美学文选》,周国平译,生活·读书·新知三联书店1986年版,第358页。

② ［德］尼采:《尼采谈自由与偏见》,天津社会科学院出版社2011年版,第339页。

③ ［德］尼采:《悲剧的诞生——尼采美学文选》,周国平译,上海人民出版社2009年版,第438页。

④ ［德］康德:《判断力批判》,北京出版社2008年版,第64—67页。

术特征是用形式离奇而体积庞大的东西（如蜀道、黄河、大鹏、天姥山），或者用天文数字（如三百杯、二千石、三万六千场、四万八千岁等），来象征一个民族的某些抽象的理想，显现悲剧的崇高与深邃，由此所产生的印象往往不是内容与形式和谐的美，而是巨量物质压倒心灵的那种崇高风格。这种客观对象数学上的超大感，表现为主体内心对更神圣事物的热烈追求，如果主体具有崇高的思想感情，追求伟大事物的人生目标，那么他的想象力就会突破其周遭的环境，甚至超越宇宙空间。李白酒诗的这两种崇高，体现在醉态艺术上，就是极度夸张与奇特想象的成功运用。

李白诗歌极度的夸张与想象，与醉态思维具有极其密切的关系，醉态思维的非理性化、非逻辑化、想象力超脱时空的特点，不仅形成了诗歌意象的激烈跳跃，而且决定了诗歌形式上的一些特点：比如酒诗体裁上，以歌行、乐府为主，这是最适应李白醉后抒发个性的体式，"自不屑束缚于格律对偶，与雕绘者争长"①，酒诗的句式上，参差不齐，长短不拘，甚至间以赋句、散文句，随情任性，自由驱使，这些都体现了艺术的自由精神；酒诗章法上，往往无首无尾，无复次第，出没变化，"神龙见首不见尾"，实际上却是峰断云连，文断脉连，"不齐之齐"。而从数字到意象的夸张运用，既逼肖醉后的"胡言乱语"和符合自我膨胀的巅峰体验，起到夸张的强烈效果，又无不在浇胸中之块垒，抒心中之不平，强化了诗歌生命中的醉态强力。至此，李白的夸张、想象实际上不仅仅是一种修辞手法，更是一种醉态生命体验，是一种文化精神。尼采《偶像的黄昏》解释"醉态"时说："在这种状态中，人出于他自身的丰盈而使万物充实：他之所见所愿，在他眼中都膨胀，受压，强大，负荷着过重的力。处于这种状态的人改变事物，直到它们反映了他的强力，直到它们成为他的完满之反映。这种变得完满的需要就是——艺术。"②李白的饮酒诗的夸张得体、想象丰富，与这种醉态强力——自我膨胀、跌宕自喜有关。这不仅强化了他作品中的浪漫主义，也强化了他的酒神精神。

---

① （清）赵翼：《瓯北诗话》卷一，人民文学出版社1981年版，第4页。
② ［德］尼采：《悲剧的诞生——尼采美学文选》，周国平译，生活·读书·新知三联书店1986年版，第319页。

当然，作为诗歌大家，李白的饮酒生活、诗歌风格、审美追求、艺术个性都是丰富多彩的，所以"酒神精神"不能概括李白所有的酒诗，也没有任何一种理念可以概括他所有的酒诗。李白有一部分酒诗从陶渊明处继承下来，对白居易、苏轼也有影响，这是最能体现中国特色的"酒仙文化模式"的酒诗，比如《月下独酌四首》之二云："三杯通大道，一斗合自然。但得酒中趣，勿为醒者传。"《山中与幽人对酌》："两人对酌山花开，一杯一杯复一杯。我醉欲眠卿且去，明朝有意抱琴来。"《下终南山过斛斯山人宿置酒》："绿竹入幽径，青萝拂行衣。欢颜得所憩，美酒聊共挥。"《春日独酌》之一："彼物皆有托，吾生独无依。对此石上月，长醉歌芳菲。"《春日醉起言志》："处世若大梦，胡为劳其生？所以终日醉，颓然卧前楹。"这些酒诗，追求自然之美，天真之趣，以及超尘脱俗的仙姿，逼真陶渊明遗响，平和冲淡之中又带有仙气飘逸之致，摹陶之中又有自身本色。特别是李白晚年的饮酒诗宛有陶、孟之致，比如《游谢氏山亭》："田家有美酒，落日与之倾。醉里弄归月，遥欣稚子迎。"《陪侍郎叔游洞庭醉后》之二："船上齐桡乐，湖心泛月归。白鸥闲不去，争拂酒筵飞。"《自遣》："对酒不觉暝，落花盈我衣。醉起步溪月，鸟还人亦稀。"《九日龙山饮》："九日龙山饮，黄花笑逐臣。醉看风落帽，舞爱月留人。"这些酒诗标志着在李白身上从忧愤格到平淡格的创作转变。李白的这种酒诗"自觉地融入了庄子的遗情和外物思想，并把它生动地表现在诗的境界中，这使他对醉态的描写超越了对酒的物质的感官的享受，上升到了审美的态度，形象地描绘出精神出离世外的自由与自在，表现出了一种心灵无拘无束、陶然忘机的境界"①。这代表了"酒仙文化模式"与上述酒神文化模式的酒诗无论在思想感情、艺术表现还是审美风格方面都不相同。

总之，李白酒诗的文化模式可以说兼酒神模式、酒仙模式而有之，笼统地称之为"诗酒精神"是不够准确的。但这两者之中，也不是等量齐观的，前者为主，后者为辅，最具代表性的、成就最高的还是酒神精神，是体现

---

① 詹福瑞：《生命意识与李白之纵酒及饮酒诗》，《文艺研究》2020年第8期，第49页。

了酒神文化模式的酒诗。

从整个中国宴饮文学史来看，李白酒诗是表现酒神精神最为充分的宴饮文学之一，与之相匹的是《水浒传》中的酒神精神，而差可比拟的是陆游酒诗、辛弃疾酒词中的酒神精神。李白的酒诗的情感内容、艺术创造及其美学风格，无不体现了一种极其自由浪漫、高度个性化的酒神精神，对后人酒诗创作、酒后作诗影响深远。在宋代苏东坡的部分酒诗、陆游酒诗、辛弃疾酒词所表现出来的"酒圣诗豪"风格中，除了具有浓郁的时代特征和鲜明的个人特征外，都可以看出李白酒诗的积极影响。

第三节
转型中的杜甫、白居易与中晚唐宴饮诗

在谈到盛唐、中唐酒诗新风时，杜甫、白居易是不可忽略的。从数量上来说，现存的李白诗有关饮酒的作品只有 170 首，杜甫诗中有关饮酒的有 300 首，甚至"（白居易）诗二千八百，言饮者九百首"①。以清代仇兆鳌《杜诗详注》为底本进行统计，杜诗中有"酒"字 189 处，"杯"字 56 处，"尊"字 35 处，"饮"字 37 处，"醉"字 81 处等。但后人还是视李白为"酒仙""醉圣"，而不是杜甫或白居易。杜甫、白居易的酒诗实际上代表了盛唐到中唐的一种文化转型，也是一种文学转型。

一、承盛唐、启中唐的杜甫宴饮诗

杜甫（717—770），字子美，唐代与李白齐名的大诗人。学术界关于杜甫酒诗的研究虽不如李白酒诗"热"，但也有 50 多篇论文，主要集中在以下方面。一是诗人与酒、杜诗中的酒文化研究，像张志烈《浊醒有妙理——

---

① （北宋）方勺：《泊宅编》卷上，景印文渊阁四库全书子部第 1037 册，第 512 页。

论杜甫与中国酒文化》（1995）、张小璐《把酒宜深酌，重与细论文：杜甫诗歌中酒的文化解析》（2016）、姜玉芳《愁与醉无醒：杜甫与唐代酒文化》（2005）、石婉祥《杜甫与酒漫谈》（1995）、张宗福《论杜甫诗歌的酒文化内涵》（2007）等。二是杜甫酒诗的思想情感、艺术特色的研究，像李芹《杜甫诗歌中的自我形象》①就有《清醒的饮者》一节，吴萍《论杜甫饮酒诗中的愁苦与伟大》（2014），赵会娴的硕士学位论文②，都分析了"杜甫酒诗的内容""杜甫酒诗中的人物形象""杜甫酒诗中的思想意识""杜诗中酒的精神文化内涵"等内容，虽然研究深度不够，但拓展了研究范围。三是在对比李杜酒诗的基础上，分析杜甫酒诗的文化精神。胡革把李杜的差别归结为"达与雅，个体气质精神存在歧异""道与儒，主体无意识的存在""醉与醒，一任真情流露"等三个方面，而终归到"酒神精神"与"日神精神"的差别③。朱俊俊也认为："从'酒'所寄托情感指向看，李白的饮酒诗主要是抒发个人情感，杜甫之酒更多抒发家国情怀；从饮酒诗所表现的主体精神状态看，李白是'醉'的，杜甫是'醒'的；从饮酒诗所表现的主体形象看，李白是'狂'者形象，杜甫是'不狂'者形象。"④宋洁鑫的硕士学位论文，在李杜酒诗统计基础上比较研究李杜的独酌诗、对饮及宴饮诗、送别思念饮酒诗、艺术特色，结论是"李白创造出比魏晋士人更加浪漫恣肆的狂幻型的酒文化形态，杜甫则树立起一个典型的清醒穷愁的饮者形象"⑤。

如果根据"达与雅""道与儒""醉与醒"三个方面遽定杜甫是"东方日神精神"代表，那么结论将有失简单化。李白生活在盛唐，而杜甫生活在盛唐后期、中唐前期，因此杜甫的酒诗在时代转型上特色非常明显。

在一般人看来，"诗圣"杜甫的一生好像只有忧国忧民，与酒无缘；只

---

① 李芹：《杜甫诗歌中的自我形象》，西南大学硕士学位论文，2014 年。

② 赵会娴：《杜诗与酒》，河北大学硕士学位论文，2008 年。

③ 胡革：《东方酒神精神与日神精神：李白、杜甫咏酒诗比较》，《辽宁师专学报》2003 年第 1 期。

④ 朱俊俊：《李白与杜甫饮酒诗差异》，《淮南师范学院》2015 年第 6 期，第 80 页。

⑤ 宋洁鑫：《李杜饮酒诗之比较》，西北师范大学硕士学位论文，2017 年。

有愁苦相，没有潇洒风度。其实不然，他一生与酒结缘深厚。这与魏晋风流的延展和盛唐的醉狂风气分不开。因此，杜甫也有纵酒啸咏、放旷不检、傲诞狎荡、鄙夷俗物的个性，在酒趣之中寄寓了一种摆脱拘束、舒展个性、追求自由、回归真璞的审美情操，表现出对传统饮酒审美情趣的认同。如《寄题江外草堂》："我生性放诞，雅欲逃自然，嗜酒爱风竹，卜居必林泉。"《陪章留后侍御宴南楼》："寇盗狂歌外，形骸痛饮中"，"此身醉复醒，不拟哭途穷"。《醉时歌》："得钱即相觅，沽酒不复疑。忘形到尔汝，痛饮真吾师。"《今夕行》："凭陵大叫呼五白，袒跣不肯成枭卢。"《壮游》："性豪业嗜酒，嫉恶怀刚肠"，"饮酣视八极，俗物多茫茫"。这些诗豪气凌云，不同流俗，自是盛唐狂态。

　　杜甫作为批判现实主义的诗人代表，他的宴饮诗也表现了深度的批判意识，甚至批评最高统治者当局的吃人宴席，比如"朱门酒肉臭，路有冻死骨"（《自京赴奉先县咏怀五百字》），"惜哉瑶池饮，日晏昆仑丘"（《同诸公登慈恩寺塔》），"高马达官厌酒肉，此辈杼轴茅茨空"（《岁晏行》），揭露出社会分配的严重不公与阶级对立的本质，令人震撼。杜甫醉起酒来，也可以把他一生服膺的儒术置诸脑后，"儒术于我何有哉？孔丘盗跖俱尘埃，不须闻此意惨怆，生前相遇且衔杯"（《醉时歌》），这主要是因为他的"致君尧舜上"的儒家政治理想被残酷的现实击得粉碎，求仕无门、怀才不遇所导致的。"残杯与冷炙，到处潜悲辛"的落魄让他在醉酒之中重新评估现实与传统价值，以致产生"儒冠多误身"（《奉赠韦左丞丈二十二韵》）的愤懑和浓郁的悲剧意识。杜甫借着纵酒，表达对现实和传统价值观念的强烈不满，因此他的酒诗呈现出来的抗争精神也非常强烈。他还精心勾勒出八位醉狂盛唐的代表群像：

　　　　知章骑马似乘船，眼花落井水底眠。汝阳二斗始朝天，道逢曲车口流涎，恨不移封向酒泉。左相日兴费万钱，饮如长鲸吸百川，衔杯乐圣称避贤。宗之潇洒美少年，举觞白眼望青天，皎如玉树临风前。苏晋长斋绣佛前，醉中往往爱逃禅。李白一斗诗百篇，长安市上酒家眠，天子呼来不上

船，自称臣是酒中仙。张旭三杯草圣传，脱帽露顶王公前，挥毫落纸如云烟。焦遂五斗方卓然，高谈雄辩惊四筵。(《饮中八仙歌》)

八人饮酒，醉态不同，俱带仙气，宜乎其称为"饮中八仙"也！特别是对李白的四句描写，尤其表现了不受世俗约束、自由洒脱的精神风貌。八仙堪称盛唐饮酒文化的典型，这首诗也堪称盛唐酒神精神的艺术反映，其实也是杜甫一代心态的反映。酒在他身上体现出来的"狂"趣，除了残酷的现实因素外，也与醉狂盛唐的时代有关。这主要反映在他早年与李白共游齐赵，一起"痛饮狂歌"(《赠李白》)，甚至"醉眠秋共被"(《与李十二白同寻范十隐居》)；与李白、高适同游宋中，"论交入酒垆"(《遣怀》)，诗酒唱和，杜甫加入了盛唐的"醉狂"大合唱，是盛唐酒神精神的大汇流。

杜甫早期的酒诗中富有十分强烈的酒神精神色彩。因此仅用日神精神概括杜甫酒诗的全部，只得其皮毛，未能得其精髓。但我们也不能用酒神精神概括杜甫酒诗的全部，他在以下方面，特别是他后期的酒诗创作，在文化模式上开启了中唐诗风。

一是在酒与礼的关系上，他是回归"礼"的，是"礼"战胜了"酒"和"狂"。杜甫后期的饮酒生活和诗歌表现更多的是儒家本色，是"社会我"，既与伦理秩序相联系，又合于"发乎情，止乎礼义"的标准，他的批判抗争意识，其实都是在儒家思想范围内的反映；即使有酒狂之作，也往往为"一饭不忘君"的儒家道义所掩盖。如《遭田父泥饮美严中丞》："叫妇开大瓶，盆中为我取。感此气扬扬，须知风化首。"本来与农民泥饮，"指挥过无礼，未觉村野丑"，何等洒脱！颇有酒性意味，然而却终归于风化，纳入了儒家道统。何况真正能体现中国酒神精神的，是酒与道家、纵横家的联姻，而非儒家。所以，杜甫的"狂"，充其量是"儒者之狂"，未能脱离儒家范畴。如果说李白的酒诗更能体现出酒神精神，那么杜甫的酒诗则具有忠君爱国的象征意义。

二是杜甫由盛唐的浪漫主义转向现实主义的诗风，使得他的酒诗更多地流露出一种理性精神。根据杨义先生的观点，盛唐文化是理想型的文化，文人们关注的是个体思维、情感的表达，这一时期的醉态思维是主动性的，生命个体达到一个兴奋点，酒是一种见证，一种辅助。这与李白的"醉态诗学"不谋而合，是以文人为中心，激发生命最昂扬、最激情的内在部分。杜甫早期酒诗与李白相近，也有沉醉的追求，如"谁能更拘束，烂醉是生涯"（《杜位宅守岁》），"狂歌过于胜，得醉即为家"（《陪王侍御宴通泉东山野亭》）。但到了中唐，安史之乱的爆发导致唐由盛转衰，社会的转型带动了思想文化的转型，现实主义占据上风，诗学中个性主体向群体转化，这一切都是从杜甫开始的。所以到了后期，杜甫越来越表现出一个"清醒的饮者"形象，他的酒诗开始摒弃盛唐的非理性精神，逐渐转向理性的冷静，转向现实主义的生命关怀，他的忧患意识和责任意识越来越让他保持清醒，降低了年轻时期的醉酒"狂度"，"常恐性坦率，失身为杯酒。近辞痛饮徒，折节万夫后"（《将适吴楚留别章使君留后兼幕府诸公得柳字》），"却忆年年人醉时，只今未醉已先悲"（《乐游园歌》），可谓后期饮酒心态的写照。如果说李白代表了盛唐酒神精神的最高峰，那么杜甫代表了由盛唐到中唐的转型时期的理性精神。

三是杜甫始终以儒学为本，时而有庄老思想介入，他常以魏晋名士饮酒自许或许人，如《章梓州水亭》："近属淮王至，高门蓟子过。荆州爱山简，吾醉亦长歌。"《可惜》："宽心应是酒，遣兴莫过诗。此意陶潜解，吾生后汝期。"《寄题江外草堂》："我生性放诞，雅欲逃自然。嗜酒爱风竹，卜居必林泉。"从以庄子、玄学为核心的魏晋人物陶渊明处，获取了"宽心遣兴"、消解悲剧之方，"焉得思如陶谢手，令渠述作与同游"（《江上值水如海势聊短述》）。杜甫从陶渊明这里找到了慰藉。这种转变，正是向酒仙精神的回归。

综观杜甫宴饮诗歌，三种文化模式均有。大体来说，早期受盛唐时代影响，酒神精神多一点；盛唐而入中唐，国力由盛而衰，日神精神与酒仙精神抬头，所以在酒诗创作的文化模式的转型上，杜甫代表了一个时代的变化。

二、承陶渊明、启苏轼的白居易宴饮诗

白居易（772—846），字乐天，太原人，中唐著名的文学家。他前半生兼济天下，中年以后遭遇党争，"所蕴不能施，乃放意文酒"（《新唐书》本传）。于是任河南尹时号"醉尹"，贬江州司马号"醉司马"，当太子傅时号"醉傅"，又号"醉吟先生"。晚年归洛，蓄有家妓，所谓"樱桃樊素口，杨柳小蛮腰"，"无琴酒不能娱也"（《池上篇》），过着典型的浅斟低唱式士大夫生活。他创作宏富，"诗二千八百，言饮者九百首"①，诗的数量和饮酒诗的数量之多，在唐朝诗人中首屈一指。

白居易的酒诗题材十分丰富，前期有讽喻酒诗、感伤酒诗，与他和元稹倡导的新乐府运动大体一致，表现"志在兼济"的情怀，在讽刺贵族、边将宴饮的酒诗中，如《轻肥》"食饱心自若，酒酣气益振"，《歌舞》"欢酣促密坐，醉暖脱重裘"，《西凉伎》"贞元边将爱此曲，醉坐笑看看不足"等，酒在这里都被赋予了原罪性质。

关于白居易宴饮文学的研究，学术界也有近30篇研究文章，主要集中在对白居易诗酒人生、白居易宴饮诗中的酒文化研究、思想内容与艺术特色等方面。涉及文化模式的研究的，有学者认为白居易"继承并发扬了以刘伶为代表的中国文学之'酒神精神'，续写了大量的'酒德续篇'"②。这是很值得商榷的。姑且不论白居易宴饮诗多以庄陶玄禅化解了他身上本来不太深重的悲剧意识，也不论这里缺乏抗争精神、非道德精神与极度自由精神、崇高美与超人意志，总之与酒神精神全然无关涉。他学习刘伶，纯是貌合神离；而他学习陶渊明，则形神毕肖。特别是他中后期的宴饮诗至少在以下三个方面真正代表了中国宴饮文学发展的新方向，代表了盛唐到隆宋的转变关捩，具有文化里程碑意义。

---

① （北宋）方勺：《泊宅编》，景印文渊阁四库全书子部第 1037 册，第 512 页。

② 刘小兵、刘雅尚：《论白居易对刘伶及其〈酒德颂〉的接受》，《焦作师范高等专科学校学报》2015 年第 4 期，第 10 页。

（一）白居易宴饮诗中的应歌化倾向

白居易善歌，精通音乐，他的酒诗创作已呈应歌化倾向。他不像李白狂饮，也不像杜甫醉饮，而更冷静，以浅斟低唱来品味人生。白居易酒诗中多用一杯、两杯、三杯、一盏、数盏、一觞、一酌等表示饮酒的数量，如"铛脚三州何处会，瓷头一盏几时同"（《钱湖州以箬下酒，李苏州以五酘酒，相次寄到》），"晚凉思饮两三杯，召得江头酒客来"（《木芙蓉花下招客饮》），"未裹头前倾一盏，何如冲雪趁朝人"（《日高卧》），这表明他虽常饮酒，但饮量很少，气态勿逮李白远矣。虽然他也写过高歌狂歌，但绝没有李白那种狂呼嚷叫，也没有杜甫的"纵酒啸咏"（《旧唐书·杜甫传》），而是多了一份浅斟低唱。中唐文士多蓄养妓女，她们能歌善舞，识音奏乐，而白居易蓄养了十多个家妓，宴饮诗多反映歌舞助兴场面，在中唐最为典型，例如：

> 池上有小舟，舟中有胡床。床前有新酒，独酌还独尝……岸曲舟行迟，一曲进一觞。未知几曲醉，醉入无何乡。（《咏兴五首》之三）

> 高调管色吹银字，慢拽歌词唱《渭城》。不饮一杯听一曲，将何安慰老心情？（《南园试小乐》）

> 闲留宾客尝新酒，醉领笙歌上小舟。舞袖飘飘棹容与，忽疑身是梦中游。（《府中夜赏》）

诗人在家中悠闲自在，饮酒听歌赏舞，有时自唱自饮，有时教小妓们学歌跳舞。当有宾朋来时，就开宴招待，歌妓助兴，好不快活悠闲。即使独自出游或与宾朋出游，也要带上几个家妓，边游山玩水边饮酒赏歌，别时还要诗酒唱和，如《送吕漳州》："行客饮数杯，主人歌一曲。端居惜风景，屡出劳童仆。独醉似无名，借君作题目。"一壶一曲，送别友人，胜过千言万语。由此可见，白居易酒诗歌表现出浓郁的应歌化倾向，反映出他外表闲适、内心孤独的情感状态。

（二）白居易宴饮诗中的庄禅化倾向

白居易反对初盛唐的狂醉烂饮，将庄子的"适"引入饮酒生活和创作中。此前引"适"入酒的有陶渊明《归园田居·蜡日》"我唱尔言得，酒中适何多"，以及受其影响的江淹《杂体诗·陶征君潜田居》"虽有荷锄倦，浊酒聊自适"等。而大量用"适"来描述饮酒之妙的，还是从白居易开始的：

> 朝亦独醉歌，暮亦独醉睡；未尽一壶酒，已成三独醉。勿嫌饮太少，且喜欢易致。一杯复两杯，多不过三四；便得心中适，尽忘身外事。更复强一杯，陶然遗万累。一饮一石者，徒以多为贵，及其酩酊时，与我亦无异。笑谢多饮者，酒钱徒自费。（《效陶潜体》之五）

> 朝睡足始起，夜酌醉即休。人心不过适，适外复何求？（《适意》之一）

> 空阔远江山，晴明好天气。外有适意物，中无系心事。数篇对竹吟，一杯望云醉。（《郡中即事》）

白居易所谓的"适"，包括生理的、精神的，"先是身安闲，次要心安适"（《咏怀》），这里全无一点酒神精神，相反倒是对饮酒适度法则的强调，透过感官的、身体的"适"达到精神上的"适"，境界是物我两忘的"酣适之乐"。所以他主张少饮为贵，多饮为累，反对狂醉烂饮。陈寅恪云："乐天之思想，一言以蔽之曰知足。知足之旨，由老子'知足不辱'而来。"[1] 从中也可见他的酒诗与道家之间关系密切。他还经常以禅喻酒：

> 因君知非问，诠较天下事。第一莫若禅，第二无如醉。禅能泯人我，醉可忘荣悴。与君次第言，为我少留意。儒教重礼法，道家养神气。重礼足滋彰，养神多避忌。不如学禅定，中有甚深味。旷廓了如空，澄凝胜于睡。

---

[1] 陈寅恪：《元白诗笺证稿》，生活·读书·新知三联书店 2001 年版，第 337 页。

屏除默默念，销尽悠悠思。春无伤春心，秋无感秋泪。坐成真谛乐，如受空王赐。既得脱尘劳，兼应离惭愧。除禅其次醉，此说非无谓。一酌机即忘，三杯性感遂。逐臣去室妇，降虏败军帅。思苦膏火煎，忧深扃锁秘。须凭百杯沃，莫惜千金费。便以罍中鱼，脱飞生两翅。劝君虽老大，逢酒莫回避。不然即学禅，两途同一致。（《和〈知非〉》）

这种对饮酒美妙境界的一个完整阐述代表了白居易对饮酒醉境的崭新解读。白居易"久参佛光，得心法"（《景德传灯录》卷第十），晚年弥笃，"性嗜酒、耽琴、淫诗。凡酒徒、琴侣、诗友多与之游，游之外，栖心释氏"（白居易《醉吟先生传》），饮酒与参禅，在白居易身上获得了高度统一，既享受佛禅的清雅，又不废世俗的享乐，是典型的文人士大夫的生活模式，所以才能将饮酒与参禅这两样看起来根本不相融的东西融合了起来，《酒功赞》："百虑齐息，时乃之德；万缘皆空，时乃之功。"身外功名利禄，皆如梦幻，只有禅境与醉境，通过修心，才能回归到全无是非、全无机心的自然状态。这就是饮酒的最高境界，也是参禅的最高境界。这只有既参禅又饮酒的文人士大夫才能把两者结合起来，这一点对苏轼影响最大。

（三）白居易宴饮诗中的内敛化倾向

同许多文士一样，早年的白居易身为谏官，敢于在朝廷上直面现实，揭露黑暗，抨击时弊，因此备受嫉妒和痛恨，直到被贬至江州，其思想开始转变，由积极进取变得消极退懦，由外向转为内敛，沉溺于酒色，过着浅斟低唱的生活，写下了大量的闲适酒诗。直至暮年，反复强调的只有酒这一消愁物，才能冲淡内心，学习陶渊明，所谓"樽中不乏酒，篱下仍多菊。是物皆有馀，非心无所欲"，到头还是"自问此时心，不足何时足？"（《知足吟》）其实，白居易酒诗的浅斟低唱的应歌化、庄禅化倾向，都显示出开放、外向的盛唐酒诗气象向内向、收敛的中晚唐与北宋酒诗气象的初步转变。

白居易是我国继李白、杜甫后又一位伟大的诗人。他的宴饮诗歌以讽喻酒诗的思想价值最高，践行他早年以儒家用世为价值取向的主张；而闲适酒诗既反映了诗人闲适的生活，又表达了诗人的饮酒心态和饮酒情趣，在酒品人生的高雅情调里，渗透了诗人道家与佛家的出世思想，甚至带有及时行乐的消极思想和颓废色彩，因此酒仙文化模式非常突出。他的酒诗以冲淡平和的心态和浅斟低唱的生活方式来对待人生和饮酒，上承陶渊明，下开晚唐北宋。北宋"沿袭五代之余，士大夫皆宗白乐天"①，白居易作为中唐士人的一面旗帜，他的饮酒、参禅与享受妓乐的生活方式，知足达观的人生态度，散发出来的酒仙精神，都随着"白体"诗歌在晚唐、五代、北宋时取得的尊崇地位而产生广泛而深刻的影响，对宋代文豪苏轼富有酒仙精神的宴饮文学的影响，更加直接。

三、晚唐宴饮诗创作的浅斟低唱化倾向

如果说杜甫酒诗承盛启中，尚存进取之心，犹有酒神精神色彩的话，那么白居易晚年的酒诗，应歌化、庄禅化、内敛化倾向则非常明显，犹然保留了人间的闲适安乐，承渊明而启晚唐、五代与北宋。到了晚唐，随着国运日衰，以李商隐、杜牧为代表的一批诗人创作的唐代最后一批酒诗，既无复盛唐的锐意进取与酒神精神，也无复中唐的闲适安乐，在继续着中唐酒诗内敛化、世俗化的路子上，多了一份避世、忧患，打上了国运文运的烙印。而韩愈、李贺一派，在艺术上争奇斗巧，正如王夫之评中晚唐北宋诗时说："若韩退之以险韵、奇字、古句、方言，矜其饾辏之巧，巧诚巧矣，而于心情兴会，一无所涉，适可为酒令而已。黄鲁直、米元章益堕此障中。"②可见，中晚唐韩愈、李贺一派，包括晚唐、北宋学韩的诗，在逞才斗巧、没有寄托方面具有酒令的性质，与酒令接近。

李商隐和杜牧，号称"小李杜"，他们是"夕阳无限好，只是近黄昏"（李商隐《登乐游原》）的晚唐诗坛天空上最为璀璨的两朵晚霞。两人与酒结缘深厚，在《李义山诗集》收集的近600首诗歌中，涉酒诗有105首，占比

---

① （南宋）胡仔：《苕溪渔隐丛话》（卷22），人民文学出版社1962年版，第144页。

② 丁福保：《清诗话》（上册），中华书局1963年版，第14页。

17.5%；《樊川诗集》收录的 258 首诗，涉酒诗篇有 63 首，占比 24.4%。两人的酒诗题材广泛，从宴饮诗、娱乐诗、酒谊诗到酒情诗、咏史诗、乡愁诗，无不具足宴饮文学之义。两人起初都有志于济世，也不乏借酒感慨时事、抒写怀抱之作，如李商隐的《龙池》用"夜半宴归宫漏永，薛王沉醉寿王醒"一句，讽谕时事，力透纸背；杜牧的《郡斋独酌》借酒感叹世事不平。但是两人同处于晚唐党争之世而有志不售，纸醉金迷的社会风气，纵酒狎妓的末路轻狂，衰败落寞的时代烙印，在他们的酒诗中得到了反映，代表了晚唐酒诗创作的新趋向。

（一）晚唐宴饮诗的趋词化创作倾向

晚唐酒诗多是在浅斟低唱的环境下完成的，诗人都有深厚的歌妓情结。如李商隐《无题》中"隔坐送钩春酒暖，分曹射覆蜡灯红"，反映了当时才子佳人宴席行令的生活场景。"恃才喜酒色"的杜牧，《遣怀》自道："落魄江南载酒行，楚腰纤细掌中轻。十年一觉扬州梦，赢得青楼薄幸名。"在歌儿酒妓中讨生活，已经成为他们生活的常态。再如《泊秦淮》："烟笼寒水月笼沙，夜泊秦淮近酒家。商女不知亡国恨，隔江犹唱《后庭花》。"《赠别》："多情却似总无情，唯觉樽前笑不成。蜡烛有心还惜别，替人垂泪到天明。"诗中反映出一个时代在醉酒状态下对晚唐的衰败没有任何知觉，沉浸在歌儿舞女、男欢女爱、相思离别中，从题材到意境、情调，浅斟低唱的文化意味越来越浓烈，是一个时代酒诗的代表。李商隐、杜牧酒诗之中经常出现柳、花、江、月、风、雨等细小而又纤柔的事物，而意象趋于纤柔是从诗到词的一个显著标志，这对宋词意象选取产生一定的影响。如秦观《满庭芳》"漫赢得青楼，薄幸名存"，王安石《桂枝香》"至今商女，时时犹唱，《后庭》遗曲"，晏几道《蝶恋花》"红烛自怜无好计，夜寒空替人垂泪"，都能说明晚唐酒诗对词体的影响。

（二）盛唐"胡气氛氲"的消退

富于酒神色彩的"蛮夷的"文化因子，自中唐开始到晚唐，逐渐减弱，最明显的就是"胡气"减弱。以中晚唐的葡萄酒诗为例，粗略统计也有 30 多首，有的专注葡萄的外形描写上，如"筐封紫葡萄，筒卷白茸毛"（姚合《谢汾州田大夫寄茸毡葡萄》)、"野田生葡萄,缠绕一枝高"(刘禹锡《葡萄歌》),有的渲染浅斟低唱式的中晚唐享受,如"细酌蒲桃酒,娇歌玉树花"(刘复《春游曲》)、"莲唱葡萄熟,人烟橘柚香"(武元衡《送寇侍御司马之明州》)、"金谷风露凉,绿珠醉初醒"(唐彦谦《葡萄》),流露出一种含蓄内敛、柔美淡雅的审美风尚,无复盛唐葡萄酒诗"葡萄美酒夜光杯,欲饮琵琶马上催。醉卧沙场君莫笑,古来征战几人回"(王翰《凉州词》)那种开放、浪漫、恣肆之风。相反,开放、浪漫、恣肆之风是中晚唐诗人要批判的,如元稹《西凉伎》:"葡萄酒熟恣行乐,红艳青旗朱粉楼"、曹松《白角簟》"蒲桃锦是潇湘底,曾得王孙价倍酬",这与当时新乐府运动的价值取向是一致的。之所以出现这种情况,一方面是国力的衰落,自不待言;一方面是中晚唐掀起的"夷夏之辨"①,儒家复古势力的抬头与当时的古文运动有关。当然,中晚唐时期汉地也盛产葡萄酒,葡萄酒的多渠道来源也与初盛时期的单一渠道不同,这也说明汉胡交流不如初盛唐密切。盛唐"胡气氛氲"的消退,标志着中晚唐宴饮文学的文化心理由外铄型向内敛型的转化。

(三)中晚唐内敛型化的最后形成

在晚唐词的创作环境中创作酒诗,必然会导致酒诗词化的创作趋向,这不仅是题材上的纤细,情感上的细腻,美学上的纤小,更标志一代饮酒心理由盛唐的外铄型向中晚唐的内敛型的完全形成:这里找不到初盛唐酒诗中建功立业的进取精神,也没有动人酣畅的醉态美、动感美,加上中晚唐国势衰微,盛唐文化的酒神精神已经消失殆尽,豪放之情也荡然无存。由于政治斗争险恶,文人对政治失去了信心,"永忆江湖归白发,欲回天地入扁舟"(李商隐《安定城楼》),他们的迟暮心理产生了自外而内的变化,他们害怕政治,逃避现实,躲进了品茗、饮酒与吟咏的"壶中小天地"里,沿着白居易酒诗的创作道路,在"壶中天地"里追求一种"酣适"的饮酒哲

---

① 李建华:《中唐文坛的夷夏之辨》,《云南民族大学学报(哲学社会科学版)》2011年第1期;蒋寅:《由古典文学看历史上的夷夏之辨与文化认同》,《华南师范大学学报(社会科学版)》2011年第6期;韦兵:《夷夏之辨与雅俗之分:唐宋变革》,《学术月刊》2009年第6期。

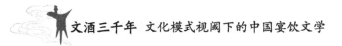

学，如李商隐《秋日晚思》：“取适琴将酒，忘名牧与樵。”《春宵自遣》：“陶然恃琴酒，忘却在山家。”杜牧《雨中作》：“酣酣天地宽，恍恍嵇刘伍。但为适性情，岂是藏鳞羽。”在饮酒的世俗化、内敛化发展趋势下，表现了共同的价值取向。

（四）孤独、忧患：诗酒点缀的“夕阳”情怀

小李杜的酒诗，早年有从天下、国家和人民的前途命运出发的忧世之思的大忧患，中晚期遭受挫折之后，更多地从自我出发，生发对岁月流逝的无奈焦灼感和功名未就的忧生之嗟的小忧患，酒诗呈现出孤独和哀伤的时代风貌。他们的宴饮诗，让人窥见一个晚唐社会中文人志士的心态，一个在风流韵事、豆蔻相思的外表下，有着强烈的关心国事的文人形象。尽管杜牧在《九日齐山登高》中故作豪宕之言，“但将酩酊酬佳节，不用登临叹落晖”，说“但将酩酊”，其实并不愿“酩酊”；说不叹落晖，却正叹落晖，正话反说，恰恰是无可奈何。这种夕阳情结，在晚唐诗人中普遍存在，在李商隐的酒诗中也反复出现，如《自云夫旧居》：“平生误识白云夫，再到仙檐忆酒垆。墙外万株人绝迹，夕阳惟照欲栖乌。”《闲游》：“数日同携酒，平明不在家……强下西楼去，西楼倚暮霞。”《花下醉》：“寻芳不觉醉流霞，倚树沉眠日已斜。”《离席》：“出宿金尊掩，从公玉帐新。依依向馀照，远远隔芳尘。”把酒与夕阳结合起来，借酒怡情养性，表达避世隐居的情怀。在这里，完全见不到魏晋时期文人饮酒的个体精神价值观，也没有初唐时期饮酒的乐观与豁达的心态，有的只是代表了晚唐孤独和哀伤的时代风貌。如罗隐《自遣》所云“今朝有酒今朝醉，明日愁来明日愁”，流露出人生苦短，及时行乐的思想，这就会促使诗人纵情于酒，用酒精来麻醉自己，让自己在亦醉亦醒的梦幻之中逃避尘世间的世俗烦恼，这些都是一个时代的真实写照。文坛上李唐一代的酒诗逐渐让位给晚唐五代的酒词了。

第五章

宋代宴饮文学的
转型与文化模式

中国宴饮文学从唐到宋，无论是文学体裁、创作趋势，还是文化精神、文化模式，都有一个巨大的转变。在这种转变历程中，杜甫、白居易是一代重要的转型人物。以前的宴饮文学以雅为主，以后以俗为主；以前的宴饮文学在日神精神、酒神精神模式上，以《诗经》酒诗、李白酒诗等为代表各臻顶峰；以后的宴饮文学偏重在陶渊明所开辟的酒仙文化模式，经白居易到苏东坡，将酒仙精神这种新的最富中国特色的文化模式发挥到了极致；以前的宴饮文学以诗文体式为主，以后在诗文方面逐渐走下坡，而词曲小说逐渐走上历史舞台，发挥了主导作用。

从文化模式与类型而言，有宋一代宴饮文学的创作兼酒神、酒仙、浅斟低唱三种模式而有之。像宋词中的婉约派、清雅派多属于浅斟低唱模式，它们从酒令文学中演变发展而来，具有独特的文化模式。就传统诗词而言，以苏轼为代表的酒仙精神，以陆游酒诗、辛弃疾酒词为代表的酒神精神，构成了宋代宴饮文学的重点。

第一节
唐宋转型期宴饮词的文化模式

两宋宴饮文学的文学样式，以酒诗、酒词为主，酒赋文数量虽多，但总体成就赶不上酒诗与酒词。《全宋诗》现有 3785 卷，收了近万人的诗作，27 万余首，"涉酒诗"达 1.7 万余首。其中"酒"字有 26506 处，"醉"字有 15207 处。《全宋词》涉酒词也占总数的 1/3 以上，其中"酒"字有 622 处，"醉"字有 570 处。然而，仔细考察晚唐北宋时期的酒文学，浅斟低唱型与酒仙精神成为一代酒文学的代表和新的发展趋势。其中，浅斟低唱型是以晚唐五代北宋酒词为代表，放在这一节来分析；而酒仙文化模式以苏轼的宴饮文学（酒诗、酒词、酒赋文）为代表，酒神文化模式则以陆游酒诗、辛弃疾酒词为代表，分别在第二、三节分析。

一、酒令文学与词体文学的产生

"酒令，是古人饮宴时根据一定规则以罚代劝的一种侑觞佐酒形式，是中国特有的重要酒文化娱乐活动。"①它最早起源于"成周戒群饮，作《酒诰》。卫武公立监佐史，皆循令也"（周长森《酒令丛钞》序），窦革《酒谱》载："《诗·雅》云：'人之齐圣，饮酒温恭。'又云：'既立之监，或佐之史。'然则饮之立监、史也，所以已乱而备酒祸也。后世因之有酒令焉。"可见酒令文学起源于《尚书》与《诗经》，至战国时期演变为"觞政"，如"魏文侯与大夫饮酒，使公乘不仁为觞政，曰：'饮不釂者，浮以大白。'文侯引而不尽釂，公乘不仁举白浮君"②。这里的令官职责，已经从原来的监督节制饮酒转变为以罚代劝，接近后来"令官"层面上的意义了，所以《酒谱》评价说："魏文侯饮酒，使公乘不仁为觞政，其酒令之渐乎！"

作为宴饮文学视阈下的酒令文学，首先是一种文体。《后汉书·贾逵传》载，贾逵著有"诗、颂、诔、书、连珠、酒令"，此"酒令"是与"诗、颂、诔、书、连珠"并列的一种文体。而酒令被引进文学创作最早始于《左传·昭公十二年》：

> 晋侯以齐侯宴，中行穆子相。投壶，晋侯先。穆子曰："有酒如淮，有肉如坻。寡君中此，为诸侯师。"中之。齐侯举矢，曰："有酒如渑，有肉如陵。寡人中此，与君代兴。"亦中之。

两篇《投壶辞》，以比试投技、文技的规则决定胜负，纳入了酒令规则之中，这就是最早的酒令文学作品，为四言诗体，是典型的《诗经》时代的流行文体。后来演变成酒场斗诗，不成则罚酒的酒令规矩。到了两晋的

---

① 万伟成：《中华酒经》，正中书局 1997 年版，第 494 页。

② （西汉）刘向：《说苑》卷十一《善说》，景印文渊阁四库全书子部第 696 册，第 99 页。

金谷诗会、兰亭诗会上，"如诗不成，罚酒三斗"，是为"金谷酒数""曲水流觞"，后悉为酒令用语。两次酒会产生了大批的五言酒诗，因为它们按酒令规则判决胜负，开启后世斗诗之风，属于酒令文学范畴。后来酒场斗诗的规矩、限制也越来越繁杂，发展到限定时间、限定字数、限定韵部，甚至是依乐曲填词。一方面由于为文造情而导致宴饮诗歌越来越走向形式化，发生了从重言情述志到重应酬娱情的转变，所以酒令文学题材内容大多应制唱和，甚至有嘲弄讥诮的内容，无关宏旨。另一方面又由于争奇斗胜、呈才斗巧而有利于中国诗歌技巧在魏晋南朝时期的提高与发展，总的来说，从形式、技巧到情感上对后世酒令文学的创作都产生了深远的影响。

到了唐代，酒令的音乐性、文学性更加成熟。从音乐来说，燕乐融入了酒令歌舞艺术，产生了大量专用于酒筵行令表演的酒令曲目。王昆吾考察了 54 支酒令著辞曲调，其中"兼具教坊曲身份的著辞曲，有 40 曲"①。从文学来说，唐代酒令著辞，即雅令（一种酒令）必须依乐曲填词。王昆吾总结说："依曲拍拟订令格，依令格写作著辞，然后进入著辞的演唱。令格在这里是一个联系曲调与歌辞的过渡形式，有它自己的独立性。"② 于是产生了唐代著辞。从文体来说，这些著辞具有同一曲牌下"令征前事为"的创作特征、同一曲牌下的联章体特征。③ 而这种依据燕乐曲调而填写的酒令词（即著辞），使得唐代酒令文学带有鲜明的词的特征，并由此产生了新的文学样式——词。

以《调笑令》的来源为例。调笑令，"一名《宫中调笑》，一名《转应曲》，一名《三台令》"④（《全唐诗》卷 890 韦应物《调笑令》题下注）。调笑，指的是游戏特点；"转应"指的是一种文字组合格式，如"路迷"转"迷路"，"别离"转"离别"，具有递转命题的行令方式、修辞格式；

---

① 王昆吾:《唐代酒令艺术》,知识出版社 1995 年版,第 76—82、268—317 页。
② 王昆吾:《唐代酒令艺术》,知识出版社 1995 年版,第 121 页。
③ 沈松勤:《唐宋词社会文化学研究》,浙江大学出版社 2000 年版,第 76—98 页。
④《全唐诗》卷 890 韦应物《调笑令》题下注,景印文渊阁四库全书集部第 1431 册,第 613 页。

《三台令》指的是曲调类型，是抛打令歌舞融合了著辞令歌舞后的一种新型酒令曲。而《三台令》本来是初盛唐时期与《回波乐》《倾杯乐》相同的曲调类型，初为六言四句诗①，中唐王建的《宫中三台》两首、《江南三台》仍是六言四句。但后来随着行令格式的要求不同，句法也在发生着变化，如晚唐方干行的以嘲谑为内容的改令著辞：

> 方干姿态山野，且更兔缺，然性好凌侮人。有龙丘李主簿者，不知何许人，偶于知闻处见（方）干，而与之传杯酌。龙丘目有翳，（方干）改令以讥之曰："干改令，诸人象令主：'措大吃酒能盐，军将吃酒能酱，只见门外著篱，未见眼中安障。'"龙丘答曰："措大吃酒点盐，下人吃酒点酢。只见半臂著襕，不见口唇开袴（裤）。"一座大笑。（五代王定保《唐摭言》卷十三）

> 方干貌陋唇缺，味嗜鱼鲊，性多讥戏。萧中丞典杭，军卒吴杰患眸子赤。会宴于城楼饮，促召杰，杰至，目为风掠，不堪其苦……（方）干时在席，因为戏杰曰："一盏酒，一捻盐。止见门前悬箔，何处眼上垂帘？"（吴）杰还之曰："一盏酒，一脔鲊。止见半臂著襕，何处口唇开袴？"一席绝倒。（北宋王谠《唐语林》卷七）。

上一则方干与龙丘的改令著辞格式仍为六言四句；下一则方干与吴杰的改令著辞格式则为"三、三、六、六"，到冯延巳《三台令》、戴叔伦《调笑令》时，句式皆为"二、二、六、六、六、二、二、六"，即杂言八句体：

> 春色，春色，依旧青门紫陌。日斜柳暗花嫣，醉卧春色少年。年少，年少，行乐直须及早。（冯延巳《三台令》之一）

> 边草，边草，边草尽来兵老。山南山北雪晴，千里万里月明。明月，明月，

---

① 《全唐文》卷152许敬宗《上恩光曲歌词启》："窃寻乐府雅歌，多皆不用六字，近代有《三台》《倾杯乐》等艳曲之例，始用六言。"中华书局1983年版。

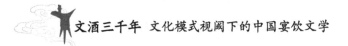

胡笳一声愁绝。(戴叔伦《调笑令》)

从酒令场合斗诗,看《三台令》《调笑令》句式由齐言到长短句的变化,可知酒令演变成词的轨迹。而唐代酒令艺术中的这种改令著辞,是酒令演变成词的重要推手。

关于酒令与词的关系,夏承焘先生就在《词学季刊》1936 年第三卷第二号发表了《令词出于酒令考》一文。虽然论述的是令词,但在唐代词的起源阶段,小令是词的主要形式,慢词仅存十调,所以夏文可说是研究整个酒令与词的起源关系方面的论文。然而,这还只是对酒令与词的起源的一种直觉性的把握,到了 1996 年王昆吾先生出版的《唐代酒令艺术》,对唐代酒令艺术作了钩沉稽考,词是从酒令艺术处发展而来的新型体裁,至此证据就更加深入而确凿了。

通过以上分析,我们可以得出两点认识。其一,词的产生必须具有两个条件:一是配燕乐而填词,二是所填之词是有韵律的长短句。从唐代酒令艺术的词化特征、早期词的酒令性质两方面看,以及从词的产生必须具有的这两个方面条件来看,词都与唐代酒令有着密切的关系。从某种意义上说唐代酒令就是词的雏形或初级阶段,绝不为过。其二,词是从著辞酒令中发展变化而来的,早期词在创作方式、音乐特征、思想内容、艺术形式及创作主体、文化功能等诸多方面也必然带有更多的酒令色彩。或者说,酒令文化的发展导致词从文化生成之初就具有浅斟低唱的文化内蕴与审美风格。

二、唐五代及北宋早期词:浅斟低唱的文化模式及其特征

从唐代酒令文学的演变可以看出,酒令文学是从诗化到中晚唐而后演变成具有词化特质的一种文学形式;反过来,我们从唐五代、北宋的酒词中也可以看出它的酒令特质,这与酒令演变成令词的历史进程是一致的:既然燕乐歌舞已融入酒令,并因此产生了大量的专用于酒筵行令表演的酒令辞

（著辞）、酒令曲（音乐）与酒令舞，那么中唐以后文人花间尊前所创作的早期词则必然带有浓厚的酒令特质。这些都是浅斟低唱模式下的宴饮文学。现存的唐五代文人词、敦煌曲子词中仍然保存 100 首以上具有著辞酒令性质或内容的词作品。曲子辞以《云谣集》为代表，饮妓歌舞辞以《尊前集》为代表，文人著辞以《花间集》为代表。它们是晚唐五代中国最早的一批词选集，皆用于酒筵歌舞，它们之间的层次递进，即从民间曲子辞到饮妓歌舞辞，最后到了晚唐、五代、北宋的文人手上，已经形成成熟的酒词文学，他们的词里酒令的痕迹依然明显①，这就是词的起源与形成的历史。根据粗略统计，《全唐五代词》中"酒"字 146 处，"尊"字 25 处，"醉"字 150 多处，涉及酒、酒器的涉酒词至少在 240 多首以上；唐圭璋编纂，王仲闻参订、孔凡礼补辑的《全宋词》中涉及酒、酒器字样的词多达 7000 余首。这是我国词文学中的特殊现象。

酒令文学也好，早期酒词文学也好，后者从前者演变而来，共同形成了浅斟低唱的文化模式与价值取向。这种文化模式具有如下特点。

（一）浓郁的娱乐色彩与淡淡的悲剧化解

浅斟低唱式酒词中，生离死别是这类酒词最常见的一种悲剧形式。他们很少关注社会的深度悲剧，只是把自己局限在歌舞宴饮的个人生活天地，以及围绕这种生活而产生的思想情感。酒词的题材比较单一，情感内容比较狭隘，这与酒令、酒词产生的共同社会文化背景相关，所以多侑酒、应歌、应社之作。早期酒词多是进酒、劝酒时所唱的送酒、劝酒词，具有催酒劝酒成分、娱乐游戏色彩，保存了酒令艺伎痕迹，因此具有浓郁的酒令特质。如果说初盛唐是以侑酒为中心，那么晚唐五代随着南方民间新声的大量引入，逐渐发展到应歌为主，出现应歌之词，用于筵前歌唱，至北宋而极盛。而在亲朋同僚聚首时用于佐欢寄情的应社词，也悄然兴起，并随之盛行，也包括了大量的应歌、应社酒词。这种文化环境、题材内容，决定了它的

---

① 姚逸超：《从酒令之"令"到音律之"令"——论唐宋令词内涵之衍变》，《浙江学刊》2016 年第 2 期；翟慧贤：《从韦庄词看唐代酒令词的创作》，《青年文学家》2019 年第 18 期。

文化功能，就是娱宾遣兴、侑酒佐欢，即通过世俗性娱乐方式，化解单一的生离死别的悲剧形式。现存较早的文人词如韦应物、戴叔伦、王建的《调笑令》，刘禹锡、白居易的《忆江南》，系依令曲翻新著辞无疑；后来发现的结集于唐代的最早的民歌性词集《云谣集》，其实也是供歌馆酒楼的歌妓在酒筵上歌唱的底本。现存最早的文人词选集《尊前集》，以及第二部文人词集《花间集》，还有早已佚传的《家宴集》，顾名思义，也系酒令侑酒歌舞无疑。明毛晋云："雍熙间（984—987），有集唐末、五代诸家词，命名《家宴》，为其可以侑觞也。又有名《尊前集》者，殆亦类此，惜其本皆不传。"①甚至今人还认为《金奁集》是《尊前集》之续，也是侑觞的歌本②。这种娱乐性文化功能的确立与词起源于酒令这一事实是分不开的。其实用于歌舞佐酒、娱宾遣兴一直是词的主要创作状态与衍生形态。酒词的娱乐性主要通过三个渠道实现。

一是文学上的逞才斗巧、游戏为文，旨在娱宾遣兴。中唐一批咏物词作，如元稹、李绅、范尧佐等人的《一七令》，分别赋竹、赋书、赋茶、赋月，而用拆字、双关、谐音等表现手法，多方形容，以示风雅多趣，都明显具有酒令性质。与托物言志的咏物词旨趣不同，它们主要不是言志或言情，而只是罗列与物体有关的情事、典故，通过表现作者巧妙构思，钉饺成篇，达到佐欢助兴的目的。而王建、戴叔伦、韦庄等人的《调笑令》《三台令》等咏物之作，原初写作的旨趣也是谐谑、斗巧，今人不察，以为他们写胡马、写团扇、写边草，皆寄寓了作者的情思感慨；其实不过深文周纳，其语句或重复，或颠倒，在一种类似绕口令的句式中施展才情，以达到艺术奇效。文人们还只停留在词的"佐欢助兴"作用层面，而没有产生以词言志抒情的尊体意识。换句话说，酒令文学的逞才斗巧、游戏为文，是酒令、早期词不为正统评论所许可的原因。

二是民间俗乐的运用与歌以侑酒的表演。早期词的创作方式，沿袭着

---

① （明）毛晋：《尊前集》，金启华《唐宋词集序跋汇编》，江苏教育出版社1990年版，第350页。

② 沈松勤：《唐宋词社会文化学研究》，浙江大学出版社2000年版，第114页。

酒令的劝酒、送酒的唱和模式，非常明显。有的是众人依次唱和，也有由一人创作同一曲调下的数首，交付歌妓唱以侑酒，非仅秦楼楚馆如此，文士家宴亦每如此。如冯延巳"或当燕集，多运藻思，为乐府新词，俾歌者倚丝竹而歌之，所以娱宾而遣兴也"（陈世修《阳春集序》）。到北宋更是蔚然成风，如欧阳修《采桑子》十首序中所说："写以新声之调，敢陈薄伎，聊佐清欢。"晏几道《小山词自序》："始时沈十二廉叔，陈十君宠家，家有莲、鸿、萍、云，品清讴娱客，每得一解，即以草授诸儿，吾三人持酒听之，为一笑乐而已。"至南宋时代，仍然如此，如"大宴合乐，酒酣，（张）于湖赋词，命妓合唱甚欢"[①]；"稼轩以词名，每燕必命侍妓歌其所作"[②]；"（乔）梦符置酒于野堂，出家妓歌自制词以侑觞"[③]。酒半醺的状态，色艺双全的歌妓，与软美柔润的音乐、字正腔圆的歌声，和谐地统一在一个画面上，反映了文人的一种生活方式，而这正是浅斟低唱模式下的生存环境、文化土壤。

三是舞蹈动作的表演。这也与词来源于酒令有关。唐代酒令是一种集歌舞性、文字性与娱乐性于一体的综合艺术。与之相应，令舞、歌令等概念相应而生。陈元靓《事林广记》癸集卷十二所载打令卜算子、浪淘沙令、调笑令、花酒令诸令词均有舞蹈动作之说明，举打令舞《浪淘沙令》为例：

> 今日玳筵中（指席上），酒侣相逢（指同饮人），大家满满泛金钟（指众宾，指酒盖）。自起自斟还自饮（自起，自斟酒，举盖），一笑春风（一笑）。传与主人翁（执盖向主人），权且饶侬（指主人，指自身），侬今沉醉眼朦胧（指自身，复拭目）。此酒可怜无伴饮（指酒），付与诸公（指酒，付邻座）。

据此可见，歌舞令中的"舞"是被符号化了的舞蹈动作。说它是舞蹈，因它具备舞蹈的特征：首先是具有被修饰过的造型化的动作、姿态；其次是合着令词的音韵、音乐节拍而舞；再次是要求情绪、令词、动作相一致，一

---

① （南宋）周密：《癸辛杂识》续集下，上海古籍出版社2012年版，第119页。
② （南宋）岳珂：《桯史》卷三，中华书局1981年版，第38页。
③ （南宋）郭应详：《鹧鸪天》词序，载《全宋词》，中华书局1965年版，第2221页。

板一眼，不可随意发挥，错了就要罚酒。

总之，浅斟低唱模式下，酒词的消解悲剧的形式，既没有酒神式的冲动，也没有酒仙式的"度脱"，而是世俗性娱乐或享乐，体现了这种文化模式的特殊性。

（二）酒与性的酒神文化色彩：对传统道德价值观念的破坏

浅斟低唱型酒词的一大内容就是酒与性，主要表现色情性感的沉醉，这种沉醉构成了对中国道德价值特别是"男女之防"的破坏。早期词的思想内容，偏重于在酒筵中表现女性生活，大量写男欢女爱，甚至是两性生活，大胆地坦露出色情内容、淫靡情思与享乐意识，后世词也承袭了早期词好写女人与酒的特点，在表现酒与性上越走越远。这种词最受市民欢迎，影响最大，流传最快，最能宣泄人们内心深处受到的礼制的压抑，表现出对传统的反叛。这方面以"浪子词人"柳永最为突出。

北宋著名浪子文人柳永（约984—约1053），几乎在醇酒妇人中度过了一辈子。屡试不捷的科场失望给他带来了有志不聘的政治悲剧，于是产生对"不才明主弃"的逆反心理，让他用酒色自娱其实也是自残的方式对抗世俗。"长是因酒沉迷，被花萦绊"，酒色为重，功名为轻。他与歌舞令妓之间，既有"雨意云情，酒心花态"（《倾杯乐》），"无限狂心乘酒兴"（《昼夜乐》）式的床笫之欢，又有"且相将，共乐平生，未肯轻分连理"（《尉迟杯·双调》）的山盟海誓；既有"绮席阑珊，凤灯明灭，谁是意中人"（《少年游》其六）的调笑追逐，又有"酒容红嫩，歌喉清丽，百媚坐中生"（《少年游》其三）、"世间尤物意中人。轻细好腰身。香帏睡起，发妆酒酽，红脸杏花春"（《少年游》其四）式的色艺描写与女色品评，更有"衣带渐宽终不悔，为伊消得人憔悴"（《蝶恋花》）的人间真情。柳永公开以代表中国酒与性的"偎红倚翠""浅斟低唱"，来抵抗传统的功名利禄观念，展现出酒词中最富有酒神性的一面，最著名的就是"浅斟低唱"概念的提出：

黄金榜上，偶失龙头望。明代暂遗贤，如何向？未遂风云便，争不恣狂荡？何须论得丧？才子词人，自是白衣卿相。

烟花巷陌，依约丹青屏障。幸有意中人，堪寻访。且恁偎红翠，风流事、平生畅。青春都一饷。忍把浮名，换了浅斟低唱？（《鹤冲天》）

围绕着这首叛逆词，还有两则词话故事：一是宋仁宗看了，相当不快，道"且去浅斟低唱，何要浮名？"于是让他落榜；一是柳永索性自称"奉圣旨填词柳三变"，日与狷子纵游娼馆酒楼间，无复检约。① 由此，我们就会理解他的"忍把浮名，换了浅斟低唱"这句话，对封建功名思想和科举制度的公然挑衅的力度与分量了。这种思想代表了整个浅斟低唱型酒词的普遍性的一种价值追求。

（三）情欲萌发与理性制约的对立统一：对传统礼乐价值观念的有限度破坏

浅斟低唱型酒词对传统礼乐文化也构成了一定程度的破坏，因此也具有有限的酒神文化因子。胡寅《题酒边词》曰："词曲者，古乐府之末造也。古乐府者，诗之傍行也。诗出于《离骚》《楚辞》，而《离骚》者，变风变雅之怨而迫、哀而伤者也；其发乎情则同，而止乎礼义则异。名之曰曲者，以其曲尽人情耳。"也就是说，诗词的出发点相同，皆由情而生起，所谓"发乎情"；而归宿点不同，诗要"止乎礼义"，体现的是日神精神。而词则在音乐、文学两方面不受礼义节制，可以自由而且充分地抒发诗所难以表达的内在深情。比如浅斟低唱型酒词在音乐上对传统乐教的叛逆是有目共睹的。

浅斟低唱型的词在燕乐的乐器、乐曲与演奏上，以"繁声淫奏"为特点，比起传统音乐来说，更多体现了唯美求新的追求。它与儒家推崇的雅颂音乐的根本不同在于：雅颂音乐是"礼乐"的附庸，只强调政治伦理功能而忽视音乐的娱乐功能；而燕乐是以胡乐为基础的，强调娱乐功能而轻视政治功能，因而叛逆的、蛮夷的文化因子更多（燕乐也多来自胡乐）。进入到理性宋代，词乐越来越受到来自正统观点的批评。如周敦颐《通书·乐上·第十七》推崇雅颂古乐的"淡且和"是治平音乐，批评新声是"妖淫愁怨，

---

① （北宋）胡仔：《苕溪渔隐丛话》后集卷三十九引《艺苑雌黄》，人民文学出版社1962年版，第319页。

导欲增悲，不能自止"；王安石对晏殊用新乐填新词，极不以为然，曰："为政必先放郑声，况自为之乎？"①从宋代正统文人的批判中，可见浅斟低唱模式下宴饮文学在音乐上的革命色彩了。

虽然浅斟低唱型酒词存在着对中国传统礼乐文化价值的叛逆，但我们依然不能就此认定它是酒神的。它的叛逆性是非常有限的，因此它的酒神性是非常有限的。事实上，词发展到封建伦理空前强化的宋代，统治者强调宗法社会的道德精神和儒家的伦理道德规范，这样文人醉则与之同醉，表现出一定程度的叛逆精神；而醒则正襟危坐，照常恪守着封建道德规范。一醉一醒，使得宋朝文士的人格发生裂变，并影响到他们的文学创作。比如"晏同叔（殊）赋性刚峻，而词语婉丽"（况周颐《蕙风词话》卷一），"陈后山为人极清苦，诗文皆高古，而词特纤艳"（杨慎《词品》卷之三），特别是"欧公一代儒宗，风流自命，词章窈眇，世所矜式。当时小人，或作艳曲，谬为公词"（曾慥《乐府雅词》）。其实，这种心理矛盾和性格分裂，早在魏晋时代的士人中就已经产生了，如阮、嵇、刘之辈既以酒抗礼，又不时地流露出对礼的维护。不同的是，宋代士人与朝廷的矛盾、与传统礼乐的矛盾不像魏晋那样尖锐对立，所以解脱的方式也用不着狂饮猛啜，只需浅斟低唱即可。"浅斟低唱"四个字本身就传递了回归理性、保守"适度"的含义："浅斟"，从量上看饮酒不多，从饮酒方式上看是慢慢饮酒；"低唱"，指歌妓或指听歌者的低声歌唱。这与盛唐诗人酒神式的醉歌狂舞、"贪狂嗜怪"大异其趣。

（四）女性化、世俗化：浅斟低唱的美学形态

虽然酒词文学的浅斟低唱与盛唐酒诗的醉歌狂舞、"贪狂嗜怪"大异其趣，但并不妨碍酒词仍然标榜"酒"与"狂"。浅斟低唱型的酒词作家及其作品，也以酒、狂相标榜，甚至使用频率还非常高。如晏殊词中，"酒"字55处，"醉"字25处，"狂"字2处；欧阳修词"酒"字74处，"醉"字39处，"狂"字10处；柳永词"酒"字67处，"醉"字40处，"狂"字39处；张先词"酒"字35处，"醉"字28处，"狂"字2处；晏几道词"酒"字55

---

① （北宋）魏泰：《东轩笔录》，中华书局1983年版，第52页。

处,"醉"字 48 处,"狂"字 9 处;秦观词"酒"字 33 处,"醉"字 22 处,"狂"字 6 处。他们词中也表现出"狂歌""醉舞"之美,甚至出现"狂歌醉舞"字眼,如晏殊《相思儿令》"醉来拟恣狂歌",晏几道《蝶恋花》"醉舞春风谁可共",柳永《戚氏》"狂朋怪侣,遇当歌,对酒竞流连",《凤栖梧》"拟把疏狂图一醉",《河传》"座中醉客风流惯,尊前见,特地惊狂眼"等,多是"用来表现自己在狂歌醉舞中的放纵情怀,这正是从杜甫开始的用法"①。在表现爱情、声色、自由、率真、理想方面,都能表现出"狂歌醉舞"的情怀。尽管这样,我们还是把它们定义为"浅斟低唱"模式,而不是酒神文化模式。它们虽然对传统礼乐文化价值观念有一定程度的破坏,也存在着一定程度的酒与性的文化因子,但它们身上的酒神精神非常之弱,它们更多强调的还是"浅斟低唱",用"适度"法则、用轻歌曼舞、用阴柔之美等弱化非理性精神与崇高美学精神,情欲萌发与理性制约在这里走向了统一。这就决定了浅斟低唱文化模式下的美学精神体现了一种狂放之美与阴柔之美的结合,而以阴柔之美为主。

女性化、世俗化,让浅斟低唱文化模式下的主导性美学偏于阴柔之美。中唐以后直至宋人所喜爱的配词乐舞,当然不是传统儒家倡导的温柔敦厚、淡而平和的歌舞,也不是"关西大汉,手持铁板,唱大江东去"(俞文豹《吹剑续录》)的那种发扬蹈厉、声韵慷慨的音乐,而是在私宅或秦楼内由妙龄少女执板缓歌、文人卧榻拊掌应和的阴柔之美的音乐了,属于"女声",即使作者是男人,也要代作闺音,这与超人酒神发出的"英雄之声"迥异其趣,这是浅斟低唱型酒词的一个重要表征:

> 绿云高髻,点翠匀红时世。月如眉,浅笑含双靥,低声唱小词。(牛峤《女冠子》)

> 芳年妙妓,淡拂铅华翠。轻笑自然生百媚,争那尊前人意。酒倾琥珀杯时,更堪能唱新词。赚得王孙狂处,断肠一搦腰肢。(尹鹗《清平乐》)

---

① [日] 宇野直人:《柳永的狂》,日本《中国文学研究》1983 年第 9 期。

这种应歌酒词的音乐层面与创作主体（文人）、歌唱主体（歌妓）之间的关系非常密切，创作主体必须适应应歌酒词题材、审美、表演的需要，写出符合女性的声腔口吻的应歌酒词，这种"男子而作闺音"（田同之《西圃词说》）是我国特有的文学现象，表现出一种严重的女性化创作倾向与审美倾向。这也与词产生于唐代酒令的文化背景分不开。唐代酒令留下了一批专门用于筵间歌舞的觞政歌舞曲目或曲调，以及与之相应的配乐乐器，因此也遗留下了酒筵著辞的文化风俗与浅斟小唱的婉约风格。如吴自牧所云："有小唱、唱叫、执板、慢曲、曲破，大率轻起重杀，正谓之'浅斟低唱'。""但唱令曲小词，须是声音软美。"① 词的这种文化生成与环境，也决定了后世词的发展方向与美学形态。

所以，同是以酒为题材，或者以酒为符号，同是以狂相标榜，酒词的浅斟低唱模式与酒神精神的美学风格迥然不同。浅斟低唱型酒词多是应歌之作，而"男子作闺音"抒发的是未经深化的情感，仍是用于侑酒的"伶工之词"；也有将身世之感打入艳情者，开拓了词抒情的领域，如柳永、秦观，但真正变"伶工之词"为"士大夫之词"者，始于李后主，而成于苏轼。至苏轼、辛弃疾，作为侑酒的词，送酒的功能已淡化了，抒情的功能增强了，酒词的浅斟低唱模式逐渐为酒仙文化模式、酒神文化模式所取代，这就是以苏轼、陆游、辛弃疾为代表的宴饮文学（详见下文）。陆、辛除了具备个性的极度张扬、酒与性的文化因子外，更有悲剧的崇高，强大的醉态强力意志，而这些恰恰是浅斟低唱、酒仙文化模式所缺乏的。所以，浅斟低唱型酒词呈现出来的阴柔之美，与西方酒神精神更为疏远。而辛弃疾的酒词体现出来的是阳刚之美，酒神精神上与西方更为接近，这是酒词由"伶工之词"转变为"士大夫之词"的必然结果。

以上分析了浅斟低唱文化模式下的酒词文学的四个方面的特征及其表现。那么，它究竟属于哪一种文化精神或曰文化模式？酒词的浅斟低唱的文化模式，不仅从胡乐与新声结合的燕乐身上体现对传统"乐"规范的突破，

---

① （南宋）吴自牧：《梦粱录》卷二十"妓乐"，浙江人民出版社 1980 年版，第 192 页。

而且从酒与性的方面对传统"礼"规范来说也是一种叛逆，两方面都不为传统势力所容。"子不语怪力乱神"（《论语·述而》），为儒家立言之本，而酒与性当然属于"乱"的范围，被视为狎邪，甚至连佛徒也不容，如黄庭坚《小山集序》自称"余少时，间作乐府，以使酒玩世，道人法秀独罪余以笔墨劝淫，于我法中，当下犁舌之狱"。从这个意义上说，浅斟低唱与酒仙文化模式不同，在一定程度上获得了酒神的意义。但它更多的是相思离别的缠绵，没有酒神的"强力意志""悲剧的崇高""超人的哲学"，美学上是偏于阴柔的；没有了盛唐的醉舞狂歌，而偏于"浅斟低唱"，坚守了日神的"不要过度"的适度原则，因此从某种意义上说，大大淡化了酒词原有的酒神色彩。这种文化模式的特殊性与它的文化生成——从酒令娱乐活动中产生，与它的社会文化环境——绮筵歌舞与市民情调都是分不开的。

第二节
苏轼宴饮文学的文化模式

苏轼（1037—1101），字子瞻，自号东坡居士，眉山（今四川眉山）人。北宋中期著名的文学家，同时也是著名的美食家、酒文化专家。相比唐宋其他文学家，苏轼的宴饮文学，无论是酒文、酒诗、酒词，各体皆工。

苏轼酒文，按体裁分类，有题跋、序，如《题真一酒诗后》《自跋洞庭春色赋中山松醪赋》《书渊明东方有一士诗后》《书渊明诗二首》《书渊明饮酒诗后》《跋草书后》《题醉草》等；有论赞，如《既醉备五福论》《桂酒颂》《醉吟先生画赞》等；有杂记、杂说、小品等，如《醉白堂记》《醉乡记》《记授真一酒法》《真一酒法》《黍麦说》《饮酒说》《刘伯伦非达》《东坡酒经》等；有判帖，如《判幸酒状》《牛酒帖》等。酒赋也多，咏酒体物赋有《洞庭春色赋》《中山松醪赋》《酒子赋》《老饕赋》《酒隐赋并叙》等篇；有颂赞类赋，如《浊醪有妙理赋》等，这些都足以奠定苏轼在中国宴饮散文史上的地位。现存 2300 余首苏诗中，据不完全统计，仅诗题或诗中出现"酒"字的，便有 450 余首，加上如醉、饮等与酒相关的诗，至少有 700 多首。苏词现存 310 多首，涉酒词至少有 140 多首。

苏轼的宴饮文学，数量巨大，题材丰富，体裁多样，内涵丰厚，可谓精致型宋代文化的代表。但要探求其文化模式，还得从盛唐向隆宋文化嬗变背景下的酒风转型论起。

一、苏轼宴饮文学的背景：北宋精致化、内敛化的饮酒士风

赵匡胤裁抑武臣、优遇文人的国策大大刺激了文人武将的享乐风气，而宋代饮酒最令人注目的就是文士阶层的饮酒生活方式。

真正代表一代饮酒士风的，则是以"浅斟低唱"为内核的宋代士人诗意般的文化享乐。其最典型的表现方式是在绣幌佳人轻歌曼舞的氛围中进行的，诗、酒、佳人，再加上文人名士，方能臻达曼妙绝伦的享乐境界，一代文学的代表——词就是在这种文化土壤中获取营养并茁壮成长的。上层士大夫享用的是家妓与诗酒的生活，北宋早期如晏殊"惟喜宾客，未尝一日不燕饮""必以歌乐相佐"①；南宋晚期如张镃"园池、声妓、服玩之丽甲天下"，宴客时"群妓以酒肴丝竹，次第而至""烛光香雾，歌吹杂作，客皆恍然如仙游也"②。这种创作环境，成就了他们词中的"富贵气"。所以当时文人蓄妓成风，如"公（欧阳修）家八九姝，鬈发如盘鸦"③，韩琦"家有女乐二十余辈"④，苏轼"有歌舞妓数人，每留宾客饮酒，必云'有数个搽粉虞候，欲

---

① （北宋）叶梦得：《避暑录话》卷上，《丛书集成》初编本。

② （南宋）周密：《齐东野语》卷二〇"张功甫豪侈"，景印文渊阁四库全书子部第 865 册。

③ （南宋）葛立方：《韵语阳秋》卷一五，《历代诗话》本。

④ （南宋）江少虞：《宋朝事实类苑》卷八"韩魏公"条，上海古籍出版社1981 年版，第 79—82 页。

出来祗应也'"①；或享用官妓与诗酒的生活，如苏轼贬黄州时，"每用官妓侑觞，群姬持纸乞歌词，不违其意而予之"②。这种文化背景下产生了一批酒词文学，为一个时代文学的代表。

文人的优遇，诗意的享乐，精神禁锢的相对宽松③，大大淡化了"士不遇"的情绪，有助于饮酒旷达之风的形成。而欧阳修、邵雍、苏轼堪为一代典型。

《东坡题跋》点评时人饮酒云："张安道饮酒，初不言盏数，少时与刘潜、石曼卿饮，但言当饮几日而已。欧公盛年时，能饮百盏，然常为安道所困。圣俞亦能饮百许盏，然醉后高叉手而语弥温谨……若仆者又何其不能饮，饮一盏而醉。"这里提到的石曼卿是北宋有名的大酒豪，不仅酒量惊人，而且饮到痛快处，总要在饮酒动作、姿态上玩些花样④，求新求怪，行为艺术直逼魏晋风度。欧阳修（1007—1072），字永叔，庐陵（今江西吉安）人，北宋中期文坛领袖。他的酒量也没有"百盏"，其《醉翁亭记》作于41岁，可谓"盛年"矣，自道酒量云："饮少辄醉，而年又最高，故自号曰醉翁也。醉翁之意不在酒，在乎山水之间也。山水之乐，得之心而寓之酒也。"因为酒量小，所以目击而道存，无往而不醉，这一点对苏轼有一定的影响。欧阳修的酒词最豪放者，莫过《朝中措·平山堂》：

---

① （南宋）吕居仁：《轩渠录》一卷，陶宗仪《说郛》辑本。

② （南宋）周煇：《清波杂志》卷五。江畬经《历代小说笔记选·宋》，上海书店出版社1983年版，第295页。

③ （南宋）陆游：《避暑漫抄》，记载宋初"三誓碑"，其中有曰："不得杀士大夫及上书言事人"，"子孙有渝此誓者，天必殛之"。《说库》第26册，上海文明书局1925年版。（清）王夫之：《宋论》卷一载"自太祖勒不杀士大夫之誓以诏子孙，终宋之世，文臣无欧刀之辟"。中华书局2003年版，第6页。

④ （北宋）张舜民《画墁录》："苏舜钦、石延年辈有名曰鬼饮、了饮、囚饮、鳖饮、鹤饮。鬼饮者，夜不以烧烛；了饮者，饮次挽歌，哭泣而饮；囚饮者，露头围坐；鳖饮者，以毛席自裹其身，伸头出饮，毕复缩之；鹤饮者，一杯复登树，下再饮耳。"景印文渊阁四库全书子部第1037册，第161页。类似记载亦见于（北宋）沈括《梦溪笔谈》卷九，景印文渊阁四库全书子部第862册，第765—766页。

平山栏槛倚晴空，山色有无中。手种堂前垂柳，别来几度春风？文章太守，挥毫万字，一饮千钟。行乐直须年少，尊前看取衰翁。

这首词塑造了一个豪放的"文章太守"形象，"万字""千钟"，可谓豪矣！末句微露衰态。欧词大部分属于游戏自遣的应歌之作，如"红粉佳人重劝酒"（《玉楼春》）、"纵使花时常病酒"（《浪淘沙·今日北池游》）、"手把金尊酒"（《千秋岁·罗衫满袖》）、"红玉困春酒"（《滴滴金·尊前一把横波溜》）之类，走的是浅斟低唱的路子。至其酒诗，虽多劝酒之作，如"但当饮美酒"（《夜闻风声有感》）、"达人但饮酒"（《戏赠圣俞》）、"莫辞今日一樽酒"（《述怀送张总之》），但绝无李白、陆游那样的醉狂形象。欧阳修的饮酒，常常将民生放在心上，所谓"我饮酒，尔食糟，尔虽不我责，我责何由逃？"（《食糟民》）"年来无物不可爱，花发有酒谁同携？问我居留亦何事，方春苦旱忧民犁。"（《再和圣俞见答》）"颜摧鬓改真一翁，心以忧醉安知乐。"（《醉翁吟》）在饮酒与忧国忧民融合上与陆游相同，但不如陆游慷慨悲壮、激情奔放，而更多体现的是理性与深沉。欧阳修一生从早年嗜酒到晚年嗜茶的变化①，处世心态与人生风度的变化，决定了诗风从浓烈张扬到平淡的变化，从某种意义上说，与盛唐到隆宋的文化转型是一致的。

从饮酒生活方式与个性看，欧阳修偏重内敛、深沉、理性，可以说是从白居易到苏轼的一个重要过渡人物。仅以中唐与宋初的两次洛阳之会为例：唐大和至会昌年间，洛下形成了以白居易为中心的东都留司官员的诗酒唱和；宋天圣景佑年间，洛阳形成了以欧阳修为代表的钱幕文人集团的诗酒雅集。白居易"寻水望山，率情便去。抱琴引酌，兴尽而返"（《醉吟先生传》），"春初携手春深散，无日花间不醉狂"（《醉中留别杨六兄弟》），欧阳修也是"常忆洛阳风景媚，烟暖风和添酒味"（《玉楼春》）。两次洛阳诗酒会，共同造就了一代士人优游不迫、从容闲适的文风。白居易《问秋光》："自适颇从容，旁观诚濩落。身心转恬泰，烟景弥淡泊。"欧阳修《浪淘沙》："把酒

---

① 李精耕、陆坤：《从醉翁到茶人：欧阳修的茶酒情结》，《农业考古》2015年第2期，第117页。

祝东风，且共从容，垂杨紫陌洛城东。"从容酣适，代表了从中唐到北宋一代饮酒士风。"春看洛城花，秋玩天津月。夏披嵩岑风，冬赏龙门雪"（邵雍《闲适吟》），成为士人心中所向往的高雅闲适之人生境界。

邵雍（1011—1077），字尧夫，北宋著名理学家。与一般理学家主张的"存天理，灭人欲"不同，他非常重视生活的质量与享受，因此建立了属于自己生活天地的"安乐窝"，自号"安乐先生"。平时居家，"旦则焚香燕坐，晡时酌酒三、四瓯酒，微醺即止，常不及醉也，兴时辄哦诗自咏……唯意所适"（《宋史》本传）。以闲居、读书、饮酒、作诗为四大快乐雅好，并有诗云："一编诗逸收花月，一部书严惊鬼神，一炷香清冲宇泰，一樽酒美湛天真。"（《安乐窝中四长吟》）好一派风流儒雅、从容安闲的气度。他在《安乐窝中诗编》中说："欢时更改三两字，醉后吟哦五七篇。"这位道学先生醉后也有诗篇，表达出对半酣酒中趣的探求：

> 轻寒气候我自爱，半醉光阴人莫知。（《秋游》）
>
> 酒放半醺重九后，此时情味更无穷。（《天津感事》）
>
> 残腊岁华无奈感，半醺襟韵不胜情。（《依韵和陈成伯著作史馆园会上作》）
>
> 最爱一般情味好，半醺时与太初同。（《寄亳州秦伯镇兵部》）
>
> 美酒饮教微醉后，好花看到半开时。（《安乐窝中吟》）

可以说，从盛唐的"癫饮狂歌"到中唐、北宋的"浅斟低唱"，不仅是饮酒方式的变化，而且是审美情趣的变化。邵雍酒诗中极力推崇"半醉"的境界，并从中获得了人生乐趣，表现了他的人生追求和人生审美境界，代表了当时文人士大夫的普遍人生哲学，开苏东坡之先声。

盛唐而后，随着中唐到北宋酒文化的发展进步，在饮酒风气和饮酒心态上也发生了深刻的变化。一是饮酒形式上，发生了从盛唐的"癫饮狂歌"到宋代的"浅斟低唱""半酣微醉"的转变。这个变化过程实际上在中唐就已经开始了，宋代"杯酒释兵权"、优厚文人的国策，引导他们进入歌儿美酒的天地去享受人生，更加促进了花间尊前文学——词的发展和繁荣；加上理学节欲观念，都将导致人们对"酒中趣"命题的重新建构，正如李时珍《本草纲目·酒》所言："邵尧夫诗云'美酒饮教微醉后'，此得饮酒之妙，所谓醉中趣、壶中天者也。"邵雍（字尧夫）的饮酒观点具有相当的代表性。宋费衮《梁溪漫志》卷六"晋人言酒犹兵"条引苏轼《和陶饮酒诗序》说"苏轼虽不能多饮，而深识酒中之妙如此。晋人正以不知其趣，濡首腐胁，颠倒狂迷，反为所累"，实际上也反映了从晋唐到宋代的饮酒观念的变化。二是饮酒心态上，发生了从盛唐外铄型向宋代内敛型的转变，这同整个时代社会心理趋向内敛是一致的。这也决定了宋人饮酒，消磨在家蓄歌乐、茶楼酒肆、秦楼楚馆中风流自赏，无复初盛唐人那种少年饮酒任侠的进取精神；加上庄、禅之解脱观念，决定了宋代文人饮酒多偏向对一种内在精神的解脱的追求，这种"旷达酣适"的生活方式与思维模式，就是酒仙精神。三是由于饮酒风气、心态的变化，导致唐宋酒文学特别是酒诗从内涵精神到艺术风格表现，从气象、情理到浓淡诗味都呈现明显的不同。在这种条件下产生的酒仙文化模式的宴饮文学，以苏轼为一个时代的代表。

二、苏轼宴饮文学研究综述

苏轼宴饮文学诸体之中，以酒诗、酒散文、酒词的文学成就最高。学术界对苏轼宴饮文学的研究论文也有近 100 篇，是中国宴饮文学的另一个热点。学术界的研究主要集中在如下方面。

（一）苏轼的饮酒人生研究

从 20 世纪 90 年代起，有梁建民《从苏轼看宋代酒文化》（1994）、张崇琛《意趣情趣理趣：苏轼与酒》（2005）、朱安义《苏轼饮酒探因》（2007）、孙德春《酒乃钓诗钩：简论酒和苏轼的关系》（2008）、石芳《东坡词中的饮酒情趣》（2008）、张进与张惠民《苏轼与酒茶文化》（2001）、徐文《苏轼的词酒人生》（2011）、殷文强《苏轼词中的醉酒体验》（2011）、彭文良《论苏轼不善饮酒的原因》（2013）、王许林《俯仰各有态，得酒诗自成——苏东坡诗酒人生的多元境界》（2015）、曾枣庄《三苏与酒》（2016）、王志桃《诗酒趁年华：论苏轼的诗酒人生》（2020）、梅文文《论苏轼的诗酒人生与醒醉心态》（2020）等，涉及苏轼的酒量、酒趣、体验、境界、心态以及创作环境等诸多方面。

（二）苏轼的酒文化成就研究

有周嘉华《苏轼笔下的几种酒及其酿酒技术》（1988）、李生春《说〈东坡酒经〉》（1995）、吴名辉《苏东坡与黎族酒文化》（1996）、杨欣《苏轼笔下的酒名》（2007）、张志烈《东坡词与中国酒文化》（2008）、万燚《东坡赋与中国酒文化》（2013）、吴丹《苏轼诗文中的饮食文化述析》（2016）等。苏轼是中国宴饮文学史上罕见的"酿造专家"，对酿酒科技的研究是其他宴饮作家所没有的，这个特殊身份使得他的宴饮文学更多地有了自己的特色，这对研究他的宴饮文学的文化模式来说非常重要。

（三）苏轼宴饮文学的研究

一是宴饮作品的情感内容与艺术上的整体研究，如陈奕婷《酒与苏轼词作的豪放不拘》（2002）、张莎《苏诗酒事——苏轼饮酒诗内容及饮酒诗研究》（2008）、林红《苏轼与酒及涉酒诗研究》（2016）、卢捷《苏轼饮酒诗探析》（2009）、郭艳艳《苏轼涉酒词研究》（2016）、张拓《苏轼词中酒的情感内涵》（2016）、何雯霞《苏轼酒词浅探》（2015）、吴洲钇《苏轼的酒趣诗文》（2010）、刘永杰《论东坡诗酒情结》（2008）、李靓《苏轼的酒诗创作及其原因》（2010）等，涉及苏轼宴饮文学的思想内容、艺术风格等方面。二是宴饮作品的意象研究，如张庆祥《苏轼词中的酒意象研究》（2015）、马文婧《李白与苏轼酒意象塑造的比较》（2016）、肖亚琛《从苏轼词中的酒月水意象看苏轼的人品追求》（2016）、曹海月《从苏轼词的酒意象探苏轼多元化的品性》（2018）、李卉《"花间置酒清香发"——苏轼诗中的"酒"与"花"》（2019）、徐爽《苏轼词中酒意象的情感内涵》（2020）等。三是专篇的宴饮文学作品分析，如廖维宇《东坡晚期思想管窥——读〈洞庭春色〉〈中山松醪〉二赋》（1984）、李德身《苏轼酒诗品赏待续》（1994）和《苏轼酒诗品赏》（1995）、张眠溪《苏轼〈洞庭春色赋〉〈中山松醪赋〉三题》（2013）、张玉橙《苏轼〈中山松醪酒〉与〈中山松醪赋〉》（2017）。苏轼宴饮文学的研究涉及他的酒诗、酒词、酒文、酒赋等方面，足见苏轼的宴饮文学体裁的多样性，这在中国宴饮文学史上也是仅见的。

另外，苏轼和陶渊明的《饮酒》诗，以及陶白苏酒诗比较研究，也成为学术界的一个热点，如鲁克兵《陶渊明与苏东坡饮酒之异同》（2004），李欢喜与亚琴《论苏轼"和陶诗"之安贫固穷与饮酒主题》（2005），于东新《"同而不同"辨：陶渊明〈饮酒〉与苏轼〈和饮酒〉之比较》（2007），舒耘华《从苏轼和陶诗的酒主题看其思想轨迹》（2008），杨元元《苏轼"和陶诗"之道与隐》（2009），郝美娟《论中隐与酒隐：以白、苏为中心论审美文化嬗变下的隐逸》（2010），刘秋香《从苏轼"和陶诗"的酒主题中观其人生态度》（2011），王迎春《陶渊明与苏轼饮酒诗比较》（2013），张国荣《把盏为乐诗酒人生——兼论苏轼与陶渊明饮酒赋诗风韵之比较》（2017）等，研究陶渊明、白居易与苏轼酒诗的承传关系及其变化，有利于对苏轼宴饮文学的文化模式的进一步把握。

（四）苏轼宴饮文学的文化精神研究

刘扬忠《酒趣诗心：从苏轼的饮酒看其文化性格》（1994）、刘朝谦《沉醉人生与艺术之美——苏轼精神一论》（1989）、鹄天鹏《举杯邀明月，把酒问青天——从与酒的关系看李白和苏轼的人格精神》（2004）、万伟成《我饮不尽器，半酣味尤长：苏轼诗酒人生的哲学诠释》（2005）、鄢嫣《苏轼饮酒诗及其文化精神探视》（2008）、李徵《从尼采的酒神精神看苏轼的旷达词风》（2014）等。

直接研究苏轼宴饮文学的文化模式的文章很少。目前学术界认为苏轼诗词的文化模式是酒神精神的有三位学者。张兵"从比较文学的视野和角度观照，来探析苏轼及其诗词中高扬的生命意识、追求自由以及人类在消失个体与世界合一的绝望痛苦的哀号中获得生的极大快意等为特质的酒神精神"①；赵程认为"尼采艺术观中核心的悲剧人生观，日神精神与酒神精

---

① 张兵：《苏轼诗词与酒神精神》，《新课程学习》（下），2010年第11期，第104页。

神，超人意志三个主要内容"① 在苏轼诗词中都得到了体现；李徽认为："苏轼作为中国文学史上难得一遇的奇才，世人皆评其旷达词风最能代表其旷达的人生态度。西方哲学家尼采笔下'酒神精神'的要义则与苏轼的词所体现出来的旷达的人生态度有着异曲同工之妙。'酒神精神'的要义在于对生命中痛苦的超越，并进而回归到生命的本真状态。苏轼在其旷达词中叙写着自己坎坷多舛的人生经历，其心灵世界中洒脱飘逸的气度，笑对人间盛衰的超旷，实质上也是对生命痛苦的超越及生命本真状态的回归。"② 赵程认为苏轼诗词中存在着"日神精神"，这是没问题的，下文将作进一步分析。但三人都认为苏轼宴饮文学总体上偏于"酒神精神"，这种观点至少有两个问题值得商榷：一是尼采的"酒神精神"的要义就仅仅限于"对生命中痛苦的超越，并进而回归到生命的本真状态"吗？仅因为这一点就能确定苏轼酒文学表现了尼采的"酒神精神"吗？第二是误把"超越"当"超人"，其实"对生命中痛苦的超越，并进而回归到生命的本真状态"恰恰是酒仙精神的体现，而不是酒神精神的体现。

三、苏轼宴饮文学的日神精神

苏轼早期的宴饮文学作品中，《赠狄崇班季子》就刻画了一位酒勇士形象："狄生臂鹰来，见客不会揖。踞床咤得隽，借箸数禽入。知后掬豹裘，犹溅猩血湿。指呼索酒尝，快作长鲸吸。半酣论刀槊，怒发欲起立。"狄生的踞床叱咤、半酣论剑，突现了武人粗犷、豪侠、英武、率直的性格，与《江城子·密州出猎》"酒酣胸胆尚开张""西北望，射天狼"的自我形象若合符契，洋溢着浓厚的酒神色彩。但这类作品在苏轼宴饮作品中数量很少，不占主流；他更多的宴饮文学作品，缺乏深度的悲剧精神与强力的反抗精神，与尼采的"酒神精神"貌同神异。相反，在苏轼的宴饮文学中，日神

① 赵程：《浅析尼采艺术观在苏轼作品中的体现》，《北方文学中旬刊》2018年第12期，第88—90页。

② 李徽：《从尼采的酒神精神看苏轼的旷达词风》，《名作欣赏》2014年5月，第69页。

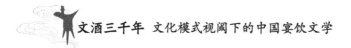

精神多于酒神精神，表现在以下方面。

（一）苏轼宴饮文学中的快乐原则

苏轼"一肚皮不合时宜"（《东坡志林》引王朝云语）。他刚入仕途，就陷入激烈的党争之中，并随着旧党的失利而不断遭受到新党的排斥与打击，几乎大半辈子都在贬谪途中，所谓"问汝平生功业？黄州惠州儋州"（《自题金山画像》），直贬至死。古代士人遭贬者，苏轼算是最惨的一个，所谓"诗能穷人，所从来尚矣，而于（苏）轼特甚"（《答陈师仲主簿书》）。他身上体现出多重悲剧精神：由于理想与现实的矛盾导致政治理想不获实现，是为价值悲剧；由于有志不酬而感叹"人生如梦"，激活了他与生俱来的潜在的"死亡意识"与生命悲剧。然而，苏轼并没有从强烈的悲剧意识中激烈地发展到酒神精神，关键在于苏轼在逆境中，通过发掘生命中的真善美和追求无往不适的内心境界等，将悲剧意识弱化甚至给予否定，而不是与命运抗争。

首先，他发现了"酒"对于生命审美中的意义，"江南好，千钟美酒，一曲满庭芳"（《满庭芳·蜗角虚名》），并且全身心沉醉在对酒的酝酿、品评之中，发掘酒的真善美。他的宴饮文学作品，善于把握酒的妙理，表现酒的境界，表达饮酒感受，捕捉醉酒印象。比如苏轼从花的颜色、神态角度常常联想到了女人的醉美，如"国艳天娇酒半酣，去年同赏寄僧檐"（《常润道中有怀钱塘寄述古》），"仙衣不用剪刀裁，国色初酣卯酒来"（《述古闻之明日即来》），"寒心未肯随春态，酒晕无端上玉肌"（《红梅》），"朱唇得酒晕生脸，翠袖卷纱红映肉"（《寓居定惠院之东杂花满山有海棠一株》），在他的生花妙笔下，不仅自然是醉美的，人也是醉美的。

贬黄之后，他塑造的酒人形象则是渔父了。他的《渔父》诗这样描述渔父：

> 渔父饮，谁家去？鱼蟹一时分付。酒无多少醉为期，彼此不论钱数。
> 渔父醉，蓑衣舞。醉里却寻归路。轻舟短棹任斜横，醒后不知何处。
> 渔父醒，春江午。梦断落花飞絮。酒醒还醉醉还醒，一笑人间今古。
> 渔父笑，轻鸥举。漠漠一江风雨。江边骑马是官人，借我孤舟南渡。

渔父自食其力，自得其乐，醉醒皆道，自《庄子》以来，就是一个文学的重要母题，也从侧面反映了苏轼酒仙文化模式的主体精神，悲剧意识被大大弱化了。

"东坡多雅谑"（曾敏行《独醒杂志》卷五），是苏轼文化性格中非常重要的一个方面，这种文化性格让他开拓了宋代以谐戏为诗、"游于艺"的新天地，这在他的酒诗中最为明显。如《纵笔》之写酒上脸："寂寂东坡一病翁，白须萧散满霜风。小儿误喜朱颜在，一笑那知是酒红。"借小儿一误欢喜、老人一笑显相，将那种乐观、豪爽的旷达情怀写得多么轻松、调侃、诙谐。虽是戏题，常常寓庄于谐，戏谑放浪其外，严肃深刻寓于其内。同时，也可以从中看到苏轼的"谐"的倔强，具有对抗挫折、挑战命运的文化意义；但更主要的是"他的谐在人生思想的意义上是淡化苦难意识，用解嘲来摆脱困苦，以轻松来化解悲哀"，是"内心的自我调节机制"①，因而在某种程度上消解了他的悲剧意识，成为旷达的一种特殊表现形式。

（二）苏轼宴饮文学中的精致法则

苏轼的宴饮文学作品中，反映了他的饮酒生活，表现在酒量少而兴趣浓。他有酿酒实践，也有理论总结，特别是具有精湛的酒鉴赏艺术，这些决定他的酒道是非常精致化的，与太白酒道、梁山酒道截然不同。

量小而兴浓是苏轼追求精致法则的出发点。苏轼少年时根本没有酒量，"望见酒盏而醉"（《东坡题跋》）；也没有"酒胆"，曾经说过"我本畏酒人"（《叔弼云履常不饮故不作诗劝履常饮》），简直有"恐酒症"。中年时由于应酬多，兴趣浓，酒量有所增加，但"不能一大觥，醉眠矣！"（黄庭坚跋）苏轼不善饮酒，先天原因是其父亲苏洵就不喜饮酒，不善饮酒，所以他也"素不喜酒"（《跋醉道士图》）；后天原因是他患有严重的痔疮与肺疾。他在绍圣二年（1095）作《与程正辅》说："某旧苦痔疾，盖二十一年矣。"由此推知他在倅杭任上就开始患痔，因此"不胜杯酌……疲于应接，乃号杭倅为酒食地狱"（朱彧《萍洲可谈》卷三）。到了绍圣四年（1097）苏轼62岁兄弟俩聚首雷州时，"病痔呻吟，子由亦终夕不寐。因诵渊明诗，劝余止酒"，

---

① 王水照：《苏轼的人生思考和文化性格》，《文学遗产》1989年第5期，第94页。

故有"微疴坐杯酌，止酒则瘳矣"（《和陶止酒》）之句。苏轼也因肺病戒酒，所谓"眼暗书罢读，肺病酒亦稀"（《闲居》），并因此劝过苏辙止酒（《次韵子由病酒肺疾发》）。先天、后天因素都影响到苏轼的酒量：

> 余饮酒，终日不过五合。天下之不能饮，无在予下者；然喜人饮酒，见客举杯徐引，则予胸中为之浩浩焉，落落焉，酣适之味，乃过于客。闲居未尝一日无客。客至，未尝不置酒。天下之好饮，亦无在予上者。（《书东皋子传后》）

身体欠佳，酒肠窄小，而酒兴浓厚，驱使苏轼探索医学、养生之道，并进而推出了枳椇子、"烂煮葵羹""槌萝菔烂煮"等一系列解酒之方，并用气功疗法治疗苏辙因酒病引发的肺疾。酿酒有经，解酒有方，这一切都使得他多了一种身份，即酒文化专家身份①。多一份理性精神，这与一般宴饮文学作家自是不同。

更不同的是，苏轼还亲自酿酒，并作了技法总结，为他的酒文化的精致化追求多了一层知识的积累。苏轼《书东皋子传后》自言："尤喜酿酒以饮客。或曰：'子无病而多蓄药，不饮而多酿酒，劳己以为人，何也？'予笑曰：'病者得药，吾为之体轻；饮者困于酒，吾为之酣适。'"他喜欢酿酒，从苏轼的宴饮文学作品中，可见他自酿或欣赏的酒主要有蜜酒、真一酒、松醪酒、洞庭春色、罗浮春、万家春、天门冬酒、桂酒等。他不仅酿好了酒，而且能总结成文，这就是被后世称为"东坡酒经"的《酒经》。一篇短章，寥寥四百多字，描述了选曲、原材料比例、酿酒工艺流程及酒味的品鉴等许多内容，是北宋南方黄酒酿造工艺的经验总结。从酿造史和科学价值来说，它"是继北魏贾思勰《齐民要术》之后又一论述中国酿酒技术的重要文献"（周嘉华《东坡酒经提要》）②；但从文学角度来说，文章优美，是一篇绝美

---

① 万伟成：《中华酒传》，南方日报出版社 2002 年版，第 169—179 页。

② 郭正谊：《中国科学技术典籍通汇》（化学卷）第 2 册，河南教育出版社 1993 年版，第 849 页。

的押韵酒文，"之""也"等虚字的运用，排比、比喻等多种修辞手法的运用，读起来也有抑扬顿挫的音乐感，亦如饮醇酒，耐人寻味。一句话，它具有很强的文学味，这又是古今科技著作不能企及的。

苏轼的宴饮文学，反映了他精湛细腻的品评艺术与中和味觉的审美追求。他不仅是酿酒专家，也是品酒与评酒专家。他的品酒评酒艺术多见于杂记小品、体物赋文。《酒经》不但是酿酒专著，也是品酒美文。苏轼对饼、曲、用水要求非常高，良饼要求"嗅之香，嚼之辣，揣之枵然而轻"，涉及嗅觉、味觉与触觉多种感官的运用；曲以"愈久而益悍"为精，说明制曲技术的应用广泛并已成熟。此外对原料（米）、材料（水）、生产工艺（喂饭法）的品鉴亦甚精致，说明宋代酿酒工艺及技术流程化水平已经相当高了。那么成酒过程中，不同阶段酒的味觉美感也不相同："酒之始萌"阶段的酒"甚烈而微苦"，采用三次投料的喂饭法后的成酒则"少劲"，又五日而饮，则"和而力严而猛"，这些酒味都是反中和的味道，不能算是最后的成酒。真正最后的成酒味道，则"酒醇而丰"，这标志着酒味达到"中和"而醇厚的境界。因此，《酒经》又是一篇品酒美学的文学作品。

苏轼在酒味审美上，偏嗜甘余小苦，中和而庄严，追求自然美。由于苏轼不是一个酒人，酒量不大，这恰恰有利于保护他的味觉器官，成就他的品酒艺术。他对甜酒有特别的爱好，与白居易可谓"有同嗜焉"，无复盛唐人的浓烈。白居易《久不见韩侍郎，戏题四韵以寄之》说"户大嫌甜酒，才高笑小诗"，以甜酒自居；又《府酒五绝·辨味》云"甘露太甜非正味，醴泉虽洁不芳馨。杯中此物何人别？柔旨之中有典刑"，则回归到《礼记》中的关于"太羹、玄酒"的味觉审美观念：旨，甘也；有典型，则薄于滋味。这已经昭示出中唐文人而非酒人饮酒味觉审美的兴趣转变。苏轼的饮酒观念，得于乐天者甚多。他酿的酒也以甜淡为主，宴饮作品也多以甜为美，如《蜜酒歌》之"甘露微浊醍醐清"，《真一酒歌》之"拨雪披云得乳泓，蜜蜂又欲醉先生"，《和陶答庞参军》之"旨酒荔蕉，绝甘分珍"。其实，从白居易、苏轼以禅喻酒来看，酒味也是趋于"茶禅一味"的。这当然不是酒人嗜好的"正味"，而是学人嗜好的偏味，反映了酒味从浓到淡、从酒味向茶味的变迁轨迹。

苏轼《酒经》"以舌为权衡",强调"舌"这一感官对于酒的品鉴的意义,但苏轼对美饮美食绝非主张单一的味道,而是主张要"中和",其《送参寥》云:"咸酸杂众好,中有至味永。"酒味也一样,以甘为本味正味,再中和他味。比如苦,《中山松醪赋》"味甘余而小苦",所谓"味甘余",小苦后回甘,这正是苏轼偏爱的一种酒味,大凡酒量较小者,往往以此为嗜好。这里所谓的"小苦",恐怕来自松膏。又林洪《山家清供》"碧筒酒"条云:

> 暑月,命客棹荡舟莲中,先以酒入荷叶束之,又包鱼酢他叶内。候舟回,风熏日炽,酒香鱼熟,各取酒及酢作供,真佳适也。(东)坡云:"碧筒时作象鼻弯,白酒微带荷心苦",坡守杭时,想屡作此供也。

所引苏诗,见《泛舟城南会者五人分韵赋诗得人皆若炎字四首》之三,从中也可见他对"苦味"有独到的认识。松醪酒、荷叶杯酒的苦味,得之于自然。正如他《真一酒法寄建安徐得之》:"酿之成玉色,有自然香味,绝似王太驸马家碧玉香也。奇绝!奇绝!"可见他对自然美的推崇。但若"不甜而败,则苦硬不可向口"(《饮酒说》),或者"恶酒如恶人,相攻剧刀箭"(《金山寺与柳子玉饮》),或者"山城酒薄不堪饮"(《月夜与客饮杏花下》),败酒、恶酒、薄酒同加水酒、加醋酒(《苏轼集》卷二十九)一样,乃苏轼所弃。他主张酒以"和而庄"为美,《真一酒歌》所谓:"酿为真一和而庄,三杯俨如侍君王。"这"和而庄"不但是酒味的审美风格,而且可以说是整个酒体、酒格的审美风格。

苏轼不但是美食家,也是评酒行家:凡是评酒家,一般都无酒量。苏轼的评酒作品,比如酒诗、酒词、酒文、酒赋等,善于抓住酒的特色,表达饮酒感受,可见他是一个品酒高手。他对酒的评语也非常有文学性。《洞庭春色赋》《中山松醪赋》是苏东坡酒赋中的珍品。元祐七年(1092),安定郡王以黄柑酿酒,名之曰"洞庭春色",其子赵德麟送给苏轼品尝,苏轼评道:"色香味三绝",用三个指标评酒可以得出比较全面的评价。次年,苏轼自己酿酒,名曰"中山松醪",自品其酒云:"味甘馀而小苦,叹幽姿之独高。"

上句突出酒的味感审美，下句表现酒的神韵，这是对酒的神韵审美。再如南方酿酒没熟时，先取膏液，称为"酒子"，或名"稚酒"，苏轼作《酒子赋》，表达他品尝酒子后的感受：

> 吾观稚酒之初泫兮，若婴儿之未孩；及其溢流而走空兮，又若时女之方笄。

就是说，酒子刚刚启封时，像一个呱呱坠地的婴儿；继而芳香四溢，又像刚刚行过插笄（簪）之礼的十五岁女孩，惹人喜爱。现在西方评酒常常形容说"童稚气息，青涩未尽"，此喻得之。苏轼的评酒，以色香味为准，加上风格评判，善于抓住酒的特色，表达饮酒感受。现代白酒评酒中的感官评酒，也大致不离色、香、味、体（风格）四大指标，而苏轼开风气之先。他的量小而兴浓的"不及乱"原则、从实践到理论上的技术总结、甜淡而中和的味觉审美，都会让他远离酒神精神。

（三）苏轼宴饮文学中的适度原则

苏轼宴饮文学中的日神精神最突出的就是强调适度原则。他恪守着儒家的"唯酒无量，不及乱"（《论语·乡党》）的适度原则，这固然与他酒量小有关，但也成就了他的"半酣""欢适"的饮酒哲学。苏东坡的酒量、酒文化专家身份，决定了他的饮酒观念具有很多养生成分。他的"半酣""欢适"说就是这种观念的产物：

> 我饮不尽器，半酣味尤长。（《湖上夜归》）

> 治生不求富，读书不求官。譬如饮不醉，陶然有余欢。（《送千乘、千能两侄还乡》）

> 公退清闲如致仕，酒馀欢适似还乡。（《臂病谒告，作三绝句示四君子》之一）

　　这与魏晋、盛唐的狂饮烂醉式的饮酒生活方式具有根本的不同，同时也是由北宋时代"浅斟低唱"的饮酒风气所决定的。所以，苏轼的饮酒观念主要内核就是"半酣""欢适"，这不但代表了一代酒文化精神，代表了从盛唐的"颠饮狂歌"到宋代的"浅斟低唱"转变的最终完成，更反映了苏轼随遇而安的旷达人生观。"半酣"，不仅是养生的最佳状态，也是饮酒获得精神愉悦的最佳状态。"味尤长"，不仅指的是味觉审美，更包含了一种人生的精神追求。这种精神境界就是通过内省体验实现个人主体与现实世界之间的亲和谐调，并从饮酒、作诗之中细嚼发现酣适愉悦之美。

　　从以上体现出来的中国传统文化精神来看，苏轼的宴饮作品中没有醉态强力意志，没有暴力与性，更没有反抗日神原则、现实秩序的意味，而纯粹是哲学家论酒，美食家鉴酒，理性法则战胜了非理性法则，因此大大淡化了酒神精神的意味。所以，他的宴饮文学与酒神精神貌合神离，具有本质的不同。但是否就可以用日神文化模式概括全部的苏轼宴饮文学呢？这也不尽然。事实上，我们将他的宴饮文学范式概括为"酒仙文化模式"，这种模式有着更高于日神与酒神的意义。

四、苏轼宴饮文学的酒仙精神及其意义

　　酒仙精神在自由快乐、适度原则等方面神似日神，但在对传统礼制、道德的背叛上又貌似酒神。它既没有酒神式反抗、极乐极悲的相承，也没有酒神性的崇高与醉态强力意志，又在庄玄佛老式的出世解脱方面超越了日神精神。苏轼的宴饮文学正体现了这种酒仙精神。

（一）用庄玄佛老思想化解悲剧意识

　　作为"蜀学"的重要代表人物，苏轼既是饮食文化专家，又是一个哲学家，这种多重身份和博学多识又决定他能在融合前人特别是庄禅陶白的基础上，把饮酒上升到一个更高的美学境界。所以，他除了运用日神法则弱化悲剧意识外，还运用了中国式的法则，即庄子、禅宗的出世哲学，来化解悲剧。

苏轼的饮酒观念来源最多的是道家思想。他少时从张易简读书，倾心《庄子》，晚年读庄，以为"得吾心矣"①。苏轼论酒取自庄子，反映了宋代酒人接受庄子的特点。《超然台记》："凡物皆有可观，苟有可观，皆有可乐，非必怪奇玮丽者也。铺糟啜醨皆可以醉，果蔬草木皆可以饱。推此类也，吾安往而不乐？"《水调歌头》："我醉歌时君和，醉倒须君扶我，唯酒可忘忧。"可见酒同其他事物一样，是苏轼追求"安乐"的一个凭借物。他接受中国文士消解悲剧意识的文化传统，以酒来消解现实生活中的愁与怨，但他对"以酒消忧"的独特理解，也大大弱化了悲剧意识。这来源于他受到的庄禅思想影响：

> 光景百年，看便一世，生来不识愁味。问愁何处来，更开解个甚底？万事从来风过耳，又何用、著在心里？你唤作、展却眉头，便是达者，也则恐未。
>
> 此理、本不通言；何曾道、欢游胜如名利？道则浑是错，不道如何即是？这里元无我与你，甚唤做、物情之外？若须待醉了，方开解时，问无酒、怎生醉？（《无愁可解》）

苏轼在词前有序，认为刘几《解愁》，自"以谓几于达者"，"此虽免于愁，犹有所解也。若乎游于自然而托于不得已，人乐亦乐，人愁亦愁，彼且恶乎解哉"。苏轼词里说的是，以酒"解愁"不是真的达观，因为毕竟有愁要解；若乎游于自然，忘情物我，才是真正的达者。因为这里，苏轼借用了庄、禅学说，先是取消了"愁"的客观实在，继而也取消了"解"的前提，因此取消了"饮酒"的前提，不但大大弱化了萦绕在他身上的悲剧意识，甚至在某种程度上取消了悲剧意识，从而使得中国酒人对"饮酒"的理解达到了前所未有的哲理思辨高度。弱化或取消悲剧意识，从而弱化了苏轼作品中的抗争意识，淡化了酒神色彩，强化了他的理性精神与酒仙色彩。

---

① （元）脱脱等：《宋史》列传第九十七，景印文渊阁四库全书史部第286册，第482页。

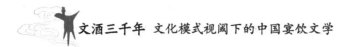

（二）用庄禅佛老思想弱化抗争意识

李白虽然也信道家，也饮美酒，但他一辈子都消解不了悲剧意识，反而"抽刀断水水更流，举杯消愁愁更愁"（《宣州谢朓楼饯别校书叔云》），这与他身上深重的悲剧意识与酒神精神相关；与李白不同，苏轼既然弱化了悲剧意识，因此抗争意识也大大弱化，他唯一用于对抗不平现实的，就是道家、禅宗化了的"坐忘""酣适"。苏轼常常用《庄子》的"天全""真境""坐忘"形容因饮酒而获得的"安而乐"的境界：

酷爱孟生，知其中之有趣；……兀尔坐忘，浩然天纵。（《浊醪有妙理赋》）

方其寓形于一醉也，齐得丧，忘祸福，混贵贱，等贤愚，同乎万物，而与造物者游。（《醉白堂记》）

闹里清游借隙光，醉时真境发天藏。（《山光寺送客回次芝上人韵》）

人间本儿戏，颠倒略似兹。唯有醉时真，空洞了无疑。坠车终无伤，庄叟不吾欺。（《和陶饮酒二十首》之十二）

按：《庄子·大宗师》释"坐忘"曰："堕肢体，黜聪明，离形去知，同于大道，此谓坐忘。"这实际上就是"吾丧我"，从物我合一至物我两忘的境界，是齐物论的境界，是天真自然的境界，是"天全"的境界，一句话，是"道"的境界。苏轼认为，饮酒是达"道"的一个途径，《浊醪有妙理赋》把自己的诗酒人生概括为"内全其天，外寓于酒"，正表明他是在透过饮酒来追求庄子的"道"的境界。所以苏轼像白居易一样，站在实用解脱的立场上，把饮酒、参禅、达道统一了起来，用参禅的体验来形容酒后境界：

醍醐与酒同一卮，请君更问文殊师。（《偶与客饮》）

兀尔坐忘，浩然天纵。如如不动而体无碍，了了常知而心不用。(《浊
醪有妙理赋》)

酒清不醉休休暖，睡稳如禅息息习。(《沐浴启圣僧舍与赵德麟邂逅》)

醍醐，是佛教饮料，可以给人以智慧，把醍醐与酒联系起来，与佛教
徒称酒为"般若汤"①("般若"亦有"智慧"之意)同义。"如如不动而体
无碍，了了常知而心不用"，恰恰是参禅默照的境界，被东坡用来比喻酒的
境界。其次，禅宗提倡本心即佛，反对外在的羁绊，把人导向内心，促使
社会心理发生了从盛唐开放外倾心理到宋代封闭内倾心理的变化。苏轼饮
酒心理上追求旷达酣适，实际上追求的就是精神的自由解放，正是一种内
向反思性的内倾思维，与李白狂豪的饮酒外倾型心理迥然不同。用老庄佛
禅的思想指导人生，大大弱化了苏轼文学中的抗争意识。

(三)酒仙精神的意义：对庄玄佛老的超越

苏轼宴饮文学作品，用庄玄佛老作为指导，对酒进行了酒仙精神的阐述，
弱化了悲剧意识与抗争意识。但是佛禅的如梦如幻、色即是空的教义，与
庄子的虚无主义、万物齐一结合，禅宗的否定一切的精神与庄子的空复傍依、
无所依恃的主张结合，必然会导致苏轼进而否定一切，甚至连饮酒也在否
定之列，进入了一种彻底的、绝对的酒仙精神的境界：

达人自达酒何功，世间是非忧乐本来空。(《薄薄酒二首》之二)

醉醒皆梦耳，未用议优劣。(《和陶影答形》)

醉中虽可乐，犹是生灭境；云何得此身？不醉亦不醒。(《和陶饮酒
二十首》之十三)

---

① (北宋)苏轼：《东坡志林》卷二《僧文莹食名》，青岛出版社 2010 年版，
第 92 页。

是身如虚空，谁受誉与毁？得酒未举杯，丧我固忘尔。(《和陶饮酒二十首》之六)

如果有意追求饮酒，计较醉醒，未免多余，苏轼主张旷达酣适，不必醉醒；如果饮酒有意追求天真、自然，但仍然未能摆脱外在的东西，则不是达者。所以苏轼在"于酒里得天全"的观点背后，更推出了"醉者坠车庄生言，全酒未若全于天"(《谢苏自之惠酒》)的结论，《张安道乐天堂》进一步解释说："列子御风殊不恶，犹被庄生讥数数。步兵饮酒中散琴，于此得全非至乐。"按《庄子·逍遥游》主张"若夫乘天地之正而御六气之辩，彼且恶乎待哉"，依此推理，如果以饮酒来求得坐忘心斋，精神自由，不正同列子御风而行一样"犹有待者"了吗？

苏轼似乎并未满足于此，因为"全酒未若全于天"观点虽然摆脱了酒这种外在的东西，所谓"我亦困诗酒，去道愈茫渺"(《将至广州用过韵寄迈迫二子》)，"甚欲随陶翁，移家酒中住。醉醒要有尽，未易逃诸数"(《和陶神释》)，但苏轼的观点主要借助于庄、禅之说，陷入了另一种"待"，这又必然导致他对饮酒、佛教、道家的进一步超脱，所谓"莫从老君言，亦莫用佛语，仙山与佛国，终恐无是处"(《和陶神释》)，"强歌非真达，何必师庄周？"(《闻正辅表兄将至，诗以迎之》)，都体现了对庄玄佛老的超越之义。

当然，这种超脱理论仍然来自庄禅。《庄子·逍遥游》认为，列子、鲲鹏"凭风"获得的逍遥还只是相对自由；若乎"至人无己，神人无功，圣人无名"，空复傍依，才能获得绝对自由。如此说来，酒神精神所蕴含的自由精神还是相对的自由。因为它还是必须要依赖"醉"这种特殊途径而获得，绝对自由则并"醉"亦无，这个境界、这个层次的酒道，是一种既包容日神、酒神精神因子，又超越两种精神的酒仙精神。

当然，苏轼的这种追求并非放弃饮酒，如果刻意弃酒，又未免陷入另一种"有意""有为""有心"。苏轼的意思是要彻底的旷达酣适，无论是否饮酒，是否醉醒，只要不妨碍达到这种境界，就不必执着是否饮酒，是醉是醒。

这种观点决定了苏轼对酒味的一种独到见解。《岐亭五首》之四："三年黄州城，饮酒但饮湿。"意思是说，只要有水分的就可以当酒喝；《次韵钱穆父会饮》云"与君几合散，得酒忘醇醨"，酒味在苏轼眼里不是重要的，重要的是透过饮酒获得旷达酣适的享受，达到"道"的境界。这种境界其实就是"哲人醉于妙理，得道忘酒"的境界，属于"哲人之饮"的高层次境界①。这种观念的来源，除了上述的庄、禅外，还来自陶渊明的"偶得酒中趣，空杯亦常持"（《和陶饮酒诗二十首》之一）之趣，陶渊明饮酒也是天真旷达的代表。但是，追求绝对的、彻底的旷达酣适之乐的苏轼，善于作翻案文章，对陶渊明饮酒之"达"犹有不满之处：

　　君且归休我欲眠，人言此语出天然。醉中对客眠何害？须信陶潜未若贤。（《李行中醉眠亭三首》之二）

　　陶渊明醉后谓客"我醉欲眠卿且去"，曾经引得李白折腰（《山中与幽人对酌》），但用绝对的、彻底的旷达酣适观点来看，醉后欲眠就地眠，倘若再计较客人在场与否，不是多余的吗？心中不是犹存芥蒂了吗？所以，苏轼最后把陶渊明的"达"也放在否定之列：因为它是相对的自由，不是绝对的自由。其实苏轼饮酒求"达"，目的不在饮酒本身，而在于透过饮酒忘却现实生活的一切，包括饮酒本身，这具有很强的思辨色彩和玄妙色彩。这些色彩愈浓，说明他的内敛性越强。他站在实用主义立场，将儒家的"仁者不忧""君子坦荡荡""无入而不自得"等精神，道家的"法天贵真""饮酒以乐""坐忘""心斋"等理论，禅宗的"顿了诸妄""当下即是""看穿忧患"等观念糅合起来，融进他的"半酣"之味的审美理想中，不仅使得他的饮酒观念具有了哲学的高度，成为中华民族酒文化观念的一大财富，而且导

----

① 万伟成：《中华酒经·后记》载，"天下之饮者有三"，即"匹夫醉于无明，得酒忘味；文士醉于酒趣，得意忘形；哲人醉于妙理，得道忘酒。是以善琴者无弦，善饮者不醉，唯于胸中之浩浩，与其至气之空兀，不以口接而以神接，不以舌遇而以道遇，自得而不滓于酒，是真得于酒者矣"。正中书局1997年版，第576页。

致他在这种精神支配下创作的宴饮文学作品呈现出与盛唐迥异的色彩，成为宋代宴饮文学的一大代表。苏轼的宴饮文学在前人如陶渊明、李白、白居易等人的基础上，"出以己意"，形成自己独特的艺术个性，艺术成就上也堪为一个时代的代表。

第三节
陆游宴饮诗、辛弃疾宴饮词的酒神文化模式

苏轼的宴饮文学在文化模式上虽带有酒神文化因子，但仍有浓郁的日神文化精神，更有对二者的超越，最能代表中国文人的诗酒精神，我们称之为"酒仙精神"；而两宋宴饮文学中的酒神文化模式，则以陆、辛为代表。中国宴饮文学中的酒神文化精神，自盛唐李白之后，几成绝响，四百年后，唯陆游、辛弃疾能嗣其响。个中原因，乃时势与个性造成。1127 年的"靖康之变"，金兵南下攻取北宋首都东京，掳走徽、钦二帝，导致北宋灭亡，偏安一隅的南宋政权随之诞生。这不仅踏碎了东京的繁华，而且惊破了作家们的温馨美梦，由此在宴饮文学创作上出现了由浅斟低唱、酒仙精神向酒神精神的复活的转变。而陆游的酒诗，辛弃疾的酒词，就是这种历史转变的最大的宴饮文学创作成果。

一、陆游宴饮诗的酒神文化模式

陆游（1125—1210），字务观，号放翁，越州山阴（今浙江绍兴）人。绍兴是个酒都，酿酒历史悠久。陆游后来又两度入川，进了另一个酒乡，因此陆诗大量出现浙酒、川酒及其他地方名酒，诸如兰亭酒（《兰陵道上》）、玻璃春（《凌云醉归作》）、鹅黄酒（《蜀酒歌》）、锦城酒（《思归》）、临邛酒（《遣兴》）、郫筒酒（《思蜀》）、琥珀酒（《城上》）、武昌酒（《南楼》）、建安

酒（《建安遣兴》）、葡萄酒（《夜寒与客烧干柴取暖戏作》）、桑落酒（《冬夜》）等。他也亲自酿酒，有松肪酒（《野兴》）、树桑酒（《溪上杂言》）、桑葚酒（《十月三日泛舟湖中作》）、药酒（《晓枕》）、桂花酒（《言怀》）、鹅黄酒（《新酿熟小饮》）等。有酒便有了诗，"百岁光阴半归酒，一生事业略存诗"（《衰疾》），可谓写照。

在文学史上，陆游既是嗜酒者，也是高产诗人。据统计："陆游诗中专写饮酒、写到饮酒和提到酒的作品竟多达2940多首，大约占他全部诗歌（9300多首）的32%。这个数量超过宋代任何一位诗人。"[1]另外，"酒"在陆游的宴饮诗中出现共有1300余次，"醉"字出现1200多次，这种比例之大，数量之多，频率之高，也是古今罕见。因为数量多，占比大，他的酒诗题材广泛，涵盖了时事讽谕诗、山水田园诗、边塞报国诗、聚散离合诗、酬赠唱和诗、思乡怀人诗、节令诗、咏物诗、咏怀诗、咏史诗、闲适诗等，内容丰富多彩，风格也多种多样。

学术界关于陆游酒诗的研究有20多篇文章，主要集中在两个方面。一是陆游酒诗的思想内容与艺术成就。如李继红将陆游巴蜀酒诗分为"酒中战歌、酒中狂歌、酒中愁歌和酒中闲歌"[2]，肖春兰将陆游酒诗的内容分为"描写自酿美酒的过程""描写节令与民俗""表现爱国情感""表达思乡怀人之情""表达怀才不遇之叹"五个方面，并从"浪漫主义与现实主义交融""大胆奇特的夸张手法""以典咏怀的用典艺术"三个方面分析陆游饮酒诗的艺术风格与手法[3]，虽然阐释方法陈旧，但毕竟开展了尝试性分析，也有一定的意义。此外如董小改《诗魂恰在醉魄中：浅析陆游蜀中饮酒诗》（2009）、余福玲《陆游的涉酒词及"酒"意象的衍生》（2019）等对于陆游研究来说，也各有开拓。二是陆游酒诗的文化精神与审美精神。刘扬忠先生概括"陆游饮酒行为和咏酒诗有四大特征：狂态、激情、豪气、理性"，并一一进行

---

① 刘扬忠：《平生得酒狂无敌，百幅淋漓风雨疾：陆游饮酒行为及其咏酒诗述论》，《中国韵文学刊》2008年第3期，第12页。
② 李继红：《陆游巴蜀酒诗研究》，重庆师范大学优秀硕士学位论文，2009年。
③ 肖春兰：《陆游饮食诗歌研究》，湖南科技大学硕士学位论文，2018年。

了深刻的分析,总结为"男子汉精神"①。胡迎建也认为从陆的酒诗中"可以窥见诗人的人生观及当时的创作心态。作者借劲酒以助其诗兴和胆量,在醉酒的幻境中,诗歌和书法都表现出了迥异于平常的雄放与恣肆。诗人在沉醉中用诗歌抒发其对时间观和生死观的看法,或宣泄种种愁闷,尤其是有志不得申的抑塞愤懑,挥洒出迥于平常的豪兴与壮怀,凸显出其豪迈旷达的本真个性"②。两位先生虽然没有使用"酒神精神"一词,但对陆游酒诗的概括非常精到,与"酒神精神"非常接近。学术界对陆游酒诗的酒神文化模式还没有展开研究,留下了一个空白。另外,覃娥"从放翁的五十余首四季爱花爱酒之句,分析其醉酒插花情结所蕴含的放达洒脱的情怀。同时,其饮酒插花所表达的真我情怀,又是与陶渊明、道家思想及其所处的生活环境分不开的"③。张剑从比较角度,分析陆游酒诗"在时代心理和艺术表现方式上与李白有所不同,显示出宋人独得的审美趣味"④。张雪菲研究了陆游酒诗的"以俗为雅"的审美趣味⑤,都在一定程度上拓展了陆游酒诗的研究。

陆游酒诗的文化模式研究从主体上说贯彻了一条抗金报国的主线,在醉态强力意志之下,充溢着强烈的酒神精神。这种精神,与尼采的酒神学说、李白酒诗的酒神精神一致,但由于身处民族矛盾激化的南宋初期,陆游酒诗与李白酒诗相比,同中有异,打上了鲜明的民族特色与时代烙印。

（一）强烈的建功立业意识与醉狂精神

纵酒狂歌是许多文人的生活常态,陆诗也是"酒""狂"不分的。有时是伴以吟诗,如"狂吟恨未工,烂醉死即休"（《海棠》）,"追思昨日乃可笑,倚醉题诗恣豪横"（《病酒新愈独卧苹风阁戏书》）,有时伴以作书,如"浩

---

① 刘扬忠：《平生得酒狂无敌,百幅淋漓风雨疾：陆游饮酒行为及其咏酒诗述论》,第14—16页。

② 胡迎建：《论陆游的诗酒》,《厦门教育学院学报》2010年第1期,第66页。

③ 覃娥：《花插乌巾丛中醉,爱花嗜酒真放翁——浅论陆游的放达情怀》,《湖北师范学院学报》2014年第4期,第48—50页。

④ 张剑：《放翁之醉——陆游饮酒与其人其诗之关系》,《江海学刊》2016年第4期,第184页。

⑤ 张雪菲：《陆游饮食诗"以俗为雅"的审美趣味研究》,长安大学硕士学位论文,2019年。

歌惊世俗，狂语任天真"(《醉书》)，"白头自喜能狂在，笑罢蛮笺落醉题"
(《雨后集湖上》)，"山川荒绝风俗异，赖有酒美犹能狂"(《醉后草书歌诗戏
作》)，"赖有浊醪生耳热，狂歌醉草寄吾豪"(《病起》)，有时伴以狂歌、醉
舞、演乐，如"浩歌野渡惊云起，狂舞空庭挽月留"(《醉题》)，"我从湖上
归，散发醉吹笛"(《作雪未成自湖中归寒甚饮酒作短歌》)。陆游酒诗中有
大量描写各种醉酒狂态的，如"醉眠当大路，狂舞属行人"(《醉中作》)，"如
今醉倒官道边，插花不怕颠狂甚"(《醉倒歌》)，"行人争看山翁醉，头枕槐
根卧道边"(《西村暮归》)，不胜枚举。

柏拉图《爱是一种迷狂——斐德罗篇》说："昂首向高处凝望，把下界
一切置之度外，因此被人指为疯狂。"[1]李白酒诗以"我"为中心，挥斥万物，
已为众知；陆游受其影响，有过之而无不及，比如"未陈尊杓心已醉，傍睨
江山气已豪"(《酒熟书喜》)。如若陈上尊酒，则指点江山，臧否人物，更
是万丈狂傲之气，如"醉到花残呼马去，聊将侠气压春风"(《留樊亭三
日》)，"聊将豪纵压忧患，鼓吹动地声如雷"(《东山》)，"引杯快似黄
河泻，落笔声如白雨来"(《合江夜宴归马上作》)，"醉来剩欲梁父吟，千古
隆中可与期"(《暮归马上作》)，连诸葛亮都可以相与期许；如"画角三终夜
未阑，醉凭飞阁喜天宽"(《醉中作》)，天地为之宽阔；甚至也可以像李白那
样，想象丰富，夸张得体，正如《醉歌》云：

> 我饮江楼上，阑干四面空。手把白玉船，身游水精宫。方我吸酒时，
> 江山入胸中。肺肝生崔嵬，吐出为长虹。欲吐辄复吞，颇畏惊儿童。乾坤
> 大如许，无处著此翁。何当呼青鸾，更驾万里风？！

站在高峰之巅，俯视人间，自然不会把世俗放在眼里，膨胀时连天下
都觉得狭小，与李白《行路难》"大道如青天，我独不得出"同趣。《池上
醉歌》中说："我欲筑化人中天之台，下视四海皆飞埃……饮如长鲸海可竭，

---

① [古希腊] 柏拉图：《柏拉图读本》之《爱是一种迷狂——斐德罗篇》，王晓
朝译，新世界出版社 2007 年版，第 169 页。

玉山不倒高崔嵬。"将四海九州视为眼底微尘，反过来，自身则构设为玉山巨人：可一口吸却大海。如果说李白的"醉狂"表现为具有强烈的功名进取精神，是"醉狂盛唐"精神的一个缩影，那么陆游的建功立业精神较之李白又有过之而无不及：

> 淋漓百榼宴江楼，秉烛挥毫气尚遒。天上但闻星主酒，人间宁有地埋忧？生希李广名飞将，死慕刘伶赠醉侯。戏语佳人频一笑，锦城已是六年留。(《江楼醉中作》)

> 人生不作安期生，醉入东海骑长鲸；犹当出作李西平，手枭逆贼清旧京。(《长歌行》)

类似表述还有"生拟入山随李广，死当穿冢近要离"(《月下醉题》)，"李广射归关月堕，刘琨啸罢塞云空。古人意气凭君看，不待功成固已雄"(《病酒述怀》)，可见陆游的志向是成为李广那样驱逐匈奴的英雄，要不然学习李晟(封西平王)收复京师，至于安期生之骑鲸入海(李白也有骑鲸捉月的传说)，实非陆游志愿。"何由亲奉平戎诏，蹴踏关中建帝都"(《醉题》)，"安得熊罴十万师，蹴踏幽并洗河洛"(《醉中作》)，"志大浩无期，醉胆空满躯"(《观大散关图有感》)，"三更抚枕忽大叫，梦中夺得松亭关"(《楼上醉书》)，连醉梦中的战歌抒发的都是诗人收复失地、保家卫国的赤子情怀。如果说杜甫"一饭不忘君"，陆游则是"一杯不忘恢复"，所以在陆游的饮酒生涯中，杀敌报国出现的频率极高。"平生得酒狂无敌"(《无酒叹》)，这条酒狂的时代主线就是高昂的爱国主义、英雄主义情怀。这与盛唐边塞诗中"黄沙百战穿金甲，不破楼兰终不还"(王昌龄《从军行》)的豪迈精神一脉相承。所以梁启超《读陆放翁集》中评陆"集中什九从军乐，亘古男儿一放翁"，朱自清评陆说："过去的诗人，也许只有他才配称为爱国诗人。"①

所谓陆游的醉狂精神，指的是陆游借助节日、喜庆、欢迎或送别聚会

---

① 朱自清：《冬日的梦》(下)，大众文艺出版社 2010 年版，第 291 页。

上的酒表现出来的胸臆语、英雄气，这里不但有李白以后那种久违的积极向上、胸襟坦荡、豪情壮志、情趣浪漫、乐观必胜的精神，而且有着杜甫的爱国之情、忧时之念，常常与言酒之作密不可分地交融在一起。伴狂其外，浩然其中，这是陆游醉狂精神的特点，可谓兼李杜而有之。

（二）末路的英雄与悲剧精神

陆游的一生是悲剧的一生。"悲剧将人生的有价值的东西毁灭给人看"①，他甫一成年，就遭逢了与表妹唐琬之间的爱情悲剧，后来更有与妻子王氏的婚姻悲剧。当然更为深重的是时代悲剧、政治悲剧与人生悲剧。当时高宗赵构与宰相秦桧为了个人私利肆意杀害抗战英雄岳飞，迫害抗战将领与士人，这种迫切需要英雄而又扼杀英雄的悲剧时代注定了立志当英雄的陆游的个人命运。他34岁时才走上仕途，在约30年的宦游生涯中，有过"三次得意"和"七次失意"②。而这七次失意多是为国为民：第一次是陆游科考时"擢为第一"，位居秦桧孙子之前，又不忘国耻"喜论恢复"，就遭到迫害；第二、三次又因为"为枢臣张焘言""力说张浚用兵"抗金而遭罢官；第五次是56岁时"奏拨义仓赈济"江西灾民，触怒了皇帝；第七次是85岁时因支持韩侂胄北伐失败而遭劾落。

陆游酒诗中的"愁"是多方面的：有江湖落魄之愁，《晚泊松滋渡口》所谓"生涯落魄惟耽酒，客路苍茫自咏诗"；有宦游劳形之愁，《登江楼》所谓"野人不解微官缚，尊酒应来此散愁"；有游子思乡之愁，《登楼》所谓"思乡泥酒杯"、《重九会饮万景楼》所谓"斗酒聊宽去国思"、《秋夜怀吴中》所谓"巴酒不能消客恨"；有功名未就之愁，《江上》所谓"清樽可置须勤醉，莫望功名老大时"；有古今兴亡之愁，《松滋小酌》所谓"万古茫茫恨，悠然付一觞"……总之，愁的形式众多，皆可以酒浇之，《醉赋》所谓"乃今又大悟，万事付一觞"、《送范舍人还朝》所谓"平生嗜酒不为味，聊欲醉中遗万事"。当然贯穿其中主线的是杀敌无望、报国无门的愁，《予行蜀汉间道出潭毒关下》所谓"醉眼每嫌天地迮，尽将万里著我愁"，《猎罢夜饮

---

① 鲁迅：《鲁迅全集》第一卷，人民文学出版社1981年版，第192—193页。

② 邹志方选注：《陆游诗词选》前言，中华书局2004年版，第2页。

示独孤生》所谓"感慨却愁伤壮志,倒瓶浊酒洗余悲"。

不仅如此,陆游的"愁"还必须用"三百杯""三千杯""一醉论斗石""釂千钟""百榼空""酒百杯""千觞空""饮千钟"等夸张的数量级的酒来解（详见下文）,由此可见,陆游"愁"之多之深,乃过于太白!饮酒过度伤身害体,陆游是知道的,但无奈愁何。《饮酒》诗云:

> 陆生学道欠力量,胸次未能和盎盎。百年自笑足悲欢,万事聊须付酗畅。有时堆阜起峥嵘,大呼索酒浇使平。世间岂无道师与禅老,不如闭门参麹生。朋旧年来散如水,唯有铛杓同生死。一日不见令人愁,昼夜共处终无尤。世言有毒在麹蘖,腐胁穿肠凝血脉。人生适意即为之,醉死愁生君自择。

胸中有万斛不平,堆积成山,陆游也想到过学习白居易、苏轼那样,通过参禅、学道的办法来解脱,但效果不行,只有用"三千杯""千觞空"的酒方能荡平。即便醉死,他也不顾了,只要适意便行。所以,尽管陆游也讲"酣适",但内涵与白居易、苏轼已有不同了。陆游酒诗镌刻的是诗人请缨无路、报国无门的难酬壮志,以及显示于外的低沉哀婉、凄凉愁苦之风,这是白、苏两人所无的。

一个容不下英雄的孱弱时代,只能以一种悲剧的形式造就英雄。陆游酒诗所塑造的更多的是末路英雄形象。他醉梦中的上前线杀敌报国的军旅生涯,记忆中的南沮打虎的英雄陈迹,恰恰反衬着现实生活中英雄末路的痛苦:

> 中岁远游踰剑阁,青衫误入征西幕。南沮水边秋射虎,大散关头夜闻角。画策虽工不见用,悲吒那复从军乐。呜呼! 人生难料老更穷,麦野桑村白发翁。(《三山杜门作歌》)

> 丈夫不虚生世间,本意灭虏收河山。岂知蹭蹬不称意,八年梁益凋朱颜。三更抚枕忽大叫,梦中夺得松亭关。(《楼上醉书》)

　　谁知得酒尚能狂，脱帽向人时大叫。逆胡未灭心未平，孤剑床头铿有声。破驿梦回灯欲死，打窗风雨正三更。(《三月十七日夜醉中作》)

　　流莺有情亦念我，柳边尽日啼春风。长安不到十四载，酒徒往往成衰翁。(《对酒》)

　　酒酣看剑凛生风，身是天涯一秃翁。扪虱剧谈空自许，闻鸡浩叹与谁同！(《病起书怀》)

军旅生涯也是最难忘记的，多少次诗人在醉梦中回到连营，驰骋沙场，梦醒时凄风冷雨，反衬诗人现实中一事无成。内容上的昔荣今枯，艺术上的以乐写哀，都起到了"倍增其哀"的效果，在激昂高亢的声调中加入了低沉悲怆的音符。即便是到了末路英雄地步，他依然在愁苦郁闷、悲凉凄冷中不沉沦、不颓废，而是悲中带壮，有一种不服老的战斗精神，在大醉中发出"先生醉后即高歌，千古英雄奈我何"(《一壶酒》)的呐喊，在以酒浇愁的路上，依然保持着酒神式的抗争精神。"温如春色爽如秋，一榼灯前自献酬。百万愁魔降未得，故应用尔作戈矛。"(《对酒》)"用酒驱愁如伐国，敌虽摧破吾亦病。"(《病酒新愈独卧苹风阁戏书》)他把美酒比作戈矛上阵，发起对愁魔的战争，杀敌一万，自损八千，"在豪放的外表下寄寓着深沉的哀痛，在醉狂的巅峰体验中品味着人生的悲剧"[①]，体现了酒神精神下的悲剧崇高美的应有之义，这就是："就算人生是幕悲剧，我们要有声有色地演这幕悲剧，不要失掉了悲剧的壮丽和快慰。"[②] 这就是陆游，这就是陆游的酒神式抗争精神，体现了悲剧的崇高美。

(三)强力意志与抗争精神

陆游虽是江南人，却无江南文士的纤弱之态，而是嗜酒狂放，刚烈雄健，

---

① 万伟成：《酒诗词文化模式和类型的层次递进》，《农业考古》2006年第6期，第196页。

② ［德］尼采：《悲剧的诞生——尼采美学文选》译序，周国平译，生活·读书·新知三联书店1986年版。

颇有唐风。不做弱者而做强者，这来自他心灵底处的天然的一种抗争精神，与西方酒神精神中"超人"式的强力意志不谋而合。虽然他遭遇爱情与婚姻悲剧，出于传统孝道而没有对"东风"反抗，但在"平生得酒狂无敌"（《无酒叹》）的作用下，他的醉狂行为被视作对礼法的反抗。比如淳熙年间在成都时被控为"嗜酒颓放，不拘礼法"，再次罢职，对此他干脆自号"放翁"，将"燕饮颓放"视作肯定自我和蔑视世俗的一种高贵精神。

陆游的志向是做"超人"英雄而不是做纤弱文人，他在醉态强力意志的作用下打虎，成为他一生引以为豪的杰作，《剑南诗稿》自道打虎的诗竟达九首，诸如《夜梦行南郑道中》："我时在幕府，来往无晨暮。夜宿沔阳驿，朝饭长木铺。雪中痛饮百榼空，蹴踏山林伐狐兔。耽耽北山虎，食人不知数……我闻投袂起，大呼闻百步，奋戈直前虎人立，吼裂苍崖血如注。"《三月十七日夜醉中作》："前年脍鲸东海上，白浪如山寄豪壮。去年射虎南山秋，夜归急雪满貂裘。"醉狂思维令他不仅上山打虎，还要入海脍鲸、剪鲸，如《野外剧饮示坐中》云"饮罢别君携剑起，试横云海剪长鲸"，甚至要"须臾收卷复把酒，如见万里烟尘清"（《题醉中所作草书卷后》），收拾天地，这里有实写，也有虚拟，但都是诗人在现实杀敌报国的理想不获驰骋，转而在理想王国里对自然抗争的一种补偿。比李白幸运的是，陆游不仅有打虎经历，也有疆场厮杀的经历（《诉衷情》云"当年万里觅封侯，匹马戍梁州。关河梦断何处？尘暗旧貂裘"），他48岁时在汉中川陕宣抚使署任职，彰显了当年英雄的冲锋陷阵与彪悍勇猛，如"貂裘半脱马如龙，举鞭指麾气吐虹。不须分弓守近塞，传檄可使腥膻空"（《醉歌》）；"莫惊醉眼炯如电，假钺犹堪行督战。指麾突骑取辽阳，雪洒辕门夜传箭"（《雪中独酌》）等。这种"跃马横戈""气吞残虏"的英雄气概和"位卑未敢忘忧国""一身报国有万死"的牺牲精神，最能体现陆游酒诗的抗争精神。他的抗争精神的核心就是抗战精神，这是与辛弃疾相同而与李白相异的酒神精神内核，时代烙印非常醒目。

陆游的抗争，无所不在，就连他的酒后艺术创作都洋溢着战斗精神。如《题醉中所作草书卷后》中把自己醉后作书，也比作战场上的奋击：

胸中磊落藏五兵，欲试无路空峥嵘。酒为旗鼓笔刀槊，势从天落银河倾。端溪石池浓作墨,烛光相射飞纵横。须臾收卷复把酒,如见万里烟尘清。
丈夫身在要有立,逆房运尽行当平。何时夜出五原塞,不闻人语闻鞭声?

他胸怀韬略,无所用之,于是借着酒醉,把书场变成了战场:前八句写醉中作草,宛如临阵杀敌,以酒为旗鼓,挥旗击鼓,以笔作刀槊,仿佛天兵降落,一鼓作气,描写作书的蓄势、疾书、书成的整个过程,洋溢着战斗精神;后四句写书后感想,将酒后作草与杀敌报国联系起来,将渴望战斗的激情化为不平之鸣,高亢激越,震撼人心。

最能体现陆游这种抗争精神的,是以"酒""剑"为组合意象的酒诗。李白的饮酒行侠诗,也常常有酒、剑的组合意象,如"三杯拂剑舞秋月,忽然高咏涕泗涟"(《玉壶吟》),充溢着建功立业精神和乐观主义精神,都对陆游产生影响。但李白多来自个人的英雄主义,而陆游则更多的是为了灾难深重的国家与民族。陆游诗歌中"酒"和"剑"的组合意象,如"短剑隐市尘,浩歌醉江楼。颇疑屠博中,可与共奇谋。丈夫等一死,灭贼报国仇"(《步出万里桥门至江上》),"臣身可屠裂,誓当函胡首"(《剑客行》)。一旦杀敌报国的愿望落空,他的"酒"和"剑"则激发出另一种不平之鸣:"取酒起酹剑,至宝当潜形,岂无知君者,时来自施行。一匣有余地,胡为鸣不平?"(《宝剑吟》)这种蓄势待鸣更像是暴风雨前的表面宁静,实则是风云翻腾、波涛汹涌;"国仇未报壮士老,匣中宝剑夜有声。何当凯旋宴将士,三更雪压飞孤城!"(《长歌行》),"谁知得酒尚能狂,脱帽向人时大叫。逆胡未灭心未平,孤剑床头铿有声"(《三月十七日夜醉中作》),醉我就是剑,剑就是醉我,现实生活中的七次失意,不能上阵报国,连宝剑也铿然作响,这种潜气内转式的不平之鸣,不仅是对金国侵略者的愤慨,更是对误国投降君臣的谴责,是末路英雄的意志抗争!所以,他的酒也好(《倚楼》所谓"一杯且为江山醉"),剑也好(《西村醉归》所谓"剑不虚施细碎仇"),都寄托了自己的理想,都是为国仇家恨而设,为前线杀敌而设,不是为个人"身谋"而设,这两种意象都凸显了强力意志,它们的组合,更大限度地表现出以醉态强力意志为表现形式的酒神式抗争精神。

"酒"和"梦"意象组合的诗，也从另一个角度凸显了陆游酒诗的抗争精神。骨感的现实、丰满的理想只能寄托在酒与梦中。只有在醉梦里，陆游的酒神式抗争精神才能够得到不受拘束、淋漓尽致的发挥。如《楼上醉书》："丈夫不虚生世间，本意灭虏收河山。岂知蹭蹬不称意，八年梁益凋朱颜。三更抚枕忽大叫，梦中夺得松亭关。"醉梦中的战斗精神不亚于清醒时分。整首诗如《九月十六日夜梦驻军河外，遣使招降诸城，觉而有作》：

　　杀气昏昏横塞上，东并黄河开玉帐。昼飞羽檄下列城，夜脱貂裘抚降将。将军枥上汗血马，猛士腰间虎文鞬。阶前白刃明如霜，门外长戟森相向。朔风卷地吹急雪，转盼玉花深一丈。谁言铁衣冷彻骨，感义怀恩如挟纩。腥臊窟穴一洗空，太行北岳元无恙。更呼斗酒作长歌，要遣天山健儿唱。

这首诗作于乾道九年（1173）九月嘉州知州任上。诗歌借用梦境形式表达出陆游在现实中渴望赴死疆场的激情。诗人选用了雄浑壮阔的意象，营造出宋军杀气腾腾、威风雄武的如虹气势。结构上，首四句写河外战场，次四句写军容军威，又四句写报国之志，后四句写胜利收获。全诗格调昂扬，气势恢宏，感情炽热，络脉清晰，激荡人心！强烈的建功立业的意识和漂泊潦倒的生涯形成极大的反差，却加大了陆游的抗争力度；现实的失败，却是意志的胜利，显示了陆游超越了精神抑制状态的一种充沛的创造力。"酒"与"梦"的组合，既酝酿了全诗的英雄主义豪情，又交织着诗人的浪漫主义精神。

（四）快乐放纵原则与自由精神

与日神法则讲究"适度原则"不同，酒神精神则强调"过度原则"，就是放纵原则。陆游饮酒虽然有时也像苏轼一样，说着半酣的话，如"半酣自喜有儿酬"（《与儿辈小集》），但是，他在多数情况下感觉是"半酣耿耿不自得"（《对酒叹》），他的酒诗完全突破了日神的"适度"法则，贯穿始终的是酒神的"过度"法则。

比如陆游喜饮高度数酒，即所谓劲酒。《醉中怀眉山旧游》说："劲酒少和气，哀歌无欢情。"认识到了这是一种破坏中和之美的酒，但为了消化深度悲剧的需要，他选择了劲酒。他在《以石芥送刘韶美礼部，刘比酿酒劲甚，因以为戏》中云："长安官酒甜如蜜，风月虽佳懒举觞。持送盘蔬还会否？与公新酿斗端方。"长安的酒甜不足以解愁，所以在好友及劲酒面前，他特别兴奋，居然欲与斗酒。如果说白居易、苏轼喜欢甜酒，走的是酒仙模式一路，那么李白、陆游、辛弃疾等则喜欢劲酒，走的是酒神模式一路。

比如陆游饮酒的数量、场次甚至是饮酒的"吃相"上，也是极度放纵、没了适度原则的羁绊。他饮酒的器量有石、锺、斛、斗、升、合、甒等，也经常用大得惊人的数字来阐释自己的饮酒风格，如"晚途豪气未低摧，一饮犹能三百杯"（《醉中作》），"一饮五百年，一醉三千秋"（《江楼吹笛饮酒大醉中作》），"尊酒如江绿，春愁抵草长。但令闲一日，便拟醉千场"（《自来福州诗酒殆废北归始稍稍复饮至永嘉括苍》），"颓然一醉三千杯，借问白发何从来"（《将进酒》），"抵死愁禁千斛酒"（《雨中遣怀二首》其一），"往时一醉论斗石，坐人饮水不能敌"（《醉歌》），"忽然酒兴生，一醉须一石"（《大醉梅花下走笔赋此》），"五斗安能解醉醒"（《初冬杂题》），"京华豪饮醡千锺"（《睡起书事》），"快饮方夸百榼空"（《晚兴》），"雪中痛饮百榼空"（《十月二十六日夜梦行南郑道中既觉怳然揽笔作此诗时且五鼓矣》），"醉墨淋漓酒百杯"（《忆山南》），等等。非但如此，而且"少年喜任侠，见酒气已吞。一饮但计日，斗斛何足论"（《村饮》），"少狂欺酒气吐虹，一笑未了千觞空"（《同何元古赏荷花追怀镜湖旧游》），"醉眼朦胧万事空，今年痛饮瀼西东……行路八千常是客，丈夫五十未称翁。乱山缺处如横线，遥指孤城翠霭中"（《醉中到白崖而归》），"放翁七十饮千钟，耳目未废头未童"（《醉书秦望山石壁》），说明他从少年、壮年喝到七十多岁，酒神精神依然不减。陆游在描述自己饮酒时的"吃相"时，常用长鲸、长虹、酣饮、豪饮、快饮、剧饮、痛饮等字眼，甚至不用普通的杯、碗，如"饮如长鲸渴赴海，诗成放笔千觞空"（《凌云醉归作》），"饮如长鲸海可竭，玉山不倒高崔嵬"（《池上醉歌》），"饮酒豪如卷白波，遣愁难似塞黄河"（《对酒作》），"兴来买尽市桥酒，大车磊落堆长瓶。哀丝豪竹助剧饮，如巨野受黄河倾"（《长歌行》），"安得豪士致连车，倒瓶不用杯与盂"（《蜀酒歌》）等。这种数学与力学的夸张，比起李白来，殆欲过之而无不及。

看了这么多的"过度原则"的诗，我们可能会觉得陆游的酒量应该像李白一样大。其实现实生活中陆游的酒量非常之小，且看他的自白："我诗非大手，我酒亦小户"（《寄赵昌甫并简徐斯远》），"一榼芳醪手自斟，从来户小怯杯深"（《独酌》），"平生爱酒恨小户，半世为文真弊帚"（《两日意殊不怿作短歌自遣》），"酒仅三蕉叶，琴才一《履霜》"（《幽事二首》其一）。陆游酒量小得甚至和苏轼相等，可见他的酒量并不大（"小户"），年老衰病时更是如此，直到高龄，身体多病，酒量减少，"酒量愁翻减，诗声老转低"（《遣兴》），只是"偶向东园把一杯，不辞团坐扫苍苔"（《小酌》）。那么问题来了，"我酒本小户，痛饮乃有时"（《饮酒》），酒量不大的陆游，为什么不能像苏轼那样追求"半酣"的旷达酣适之乐，而要纵情于李白那种酒神精神所具有的过度原则、快乐原则呢？这是由时代悲剧、陆游身世悲剧及其个性造成的。苏轼属于典型的能将饮酒控制在兴奋期内的人。而陆游是一个感性诗人，性情中人，"薄酿不浇胸垒块，壮图空负胆轮囷"（《夜登千峰榭》）。和酒、薄酒、三杯两盏都不足以消解他的悲剧意识。高兴时痛饮，忧愁时独酌，痛苦时鲸吸，所以他诗中的各种状态都精彩纷呈于读者面前。只有在借酒狂歌中，在"过度"的法则下，舒展自己压抑许久的心灵，才能求得一份难得的释放、自由与畅快。如《江楼吹笛饮酒大醉中作》云：

> 酌之万斛玻璃舟，酣宴五城十二楼。天为碧罗幕，月作白玉钩。织女织庆云，裁成五色裘。披裘对酒难为客，长揖北辰相献酬。一饮五百年，一醉三千秋。

夸张、想象、浪漫主义，这方面陆游更是神似李白，唐人的那种酒神气魄与精神在陆游酒诗中得到复活。酒中狂歌展示诗人狂放超然、桀骜不驯的个体品质，以及狂放洒脱、自由奔放之风。只不过陆游的过量饮酒透露出浓浓的家国情怀，酒带给诗人的身心快意与意志自由更多地属于因政治理想得不到实现而暂时忘掉国仇家恨以求来一种心理上片刻的自由和宁静。而且陆诗在数量的夸张与张力上明显比李诗更有震撼力。用酒驱忧徕乐是一个事物的两个方面，这种"数学的崇高"和"力学的崇高"① 所获得的快感，通过"力的过剩"和"力的提高和充溢"，通过悲剧性抗争，将悲剧变成快乐，这种快感就是"悲剧的快感"，是"强大的生命力敢于并足以与痛苦和灾难相抗衡的自豪感、胜利感"②，所以能够在悲剧中获得这种快感的诗人，绝对是生命力极其旺盛的强者，这就是尼采所谓的超人。所以，陆游在酒中获得的快感、自由，本质上与西方所说的酒神精神是一致的。

（五）醉态艺术思维

陆游像李白一样，许多酒诗、醉草是在醉酒的刺激状态下驰骋挥洒，展示出诗人真实的心理体验和创作感受的，正如夫子自道："朱楼矫首隘八荒，绿酒一举累百觞。洗我堆阜峥嵘之胸次，写为淋漓放纵之词章"（《醉后草书歌诗戏作》），所以，他的醉态艺术思维在艺术构思上的这种非理性性质，决定了他的酒诗在气势充沛、力度雄厚、格律不拘、意象跳跃、想象丰富、夸张极度、醉态狂幻之美等特点上，无不具足酒神精神之义。

一定的文化模式、文化性格总是与一定的艺术表达方式相一致的。陆游与苏轼，酒量也许相差不大，但文化模式、文化性格上相差却很大；苏陆二人性格看似都有张扬外向的一面，但苏轼的张扬外向里却多了一种沉潜超脱，多了一种理性的思考和智者的品味。陆游在追求极度快乐、放纵的酒神性性格上更接近李白，所以在"酒"意象所体现的诗人作品的风格上，李白、陆游都有一种飘逸的豪放，都通过数量的夸张、雄钜的张力、浪漫的想象、自由而不拘一格的章法，用天文般的数量词"秀"自己的嗜酒或海量，展示出康德所说的"数学的崇高"和"力学的崇高"，通过酒的醉意描写，通过诗人意志的自由伸展和情感的挥洒自如，带来诗歌境界的高远苍茫和风格的雄肆奇伟，造就酒诗的大气磅礴又飘逸灵动。在酒的过度原则、极度快乐原则的支配下，人脱离精神常态，进入幻境，在一片超现实的时

---

① ［德］康德：《判断力批判》，北京出版社 2008 年版，第 64—67 页。

② 周平远：《维纳斯艺术史》，生活·读书·新知三联书店 2006 年版，第 340 页。

空中，或者"驾鹤孤飞万里风，偶然来憩大峨东。持杯露坐无人会，要看青天入酒中"（《醉中作》），或者"买酒卷帘邀月醉，醉中拂剑光射月"（《楼上醉歌》），达到一种超然境界，获得了自由与快乐，以及一种纵横恣肆、酣畅淋漓和无施不可的精神自由状态。所以，陆游酒诗继承了李白诗风中的飘逸洒脱，思飞天外、变幻莫测的艺术构思等特点，着重抒写诗人的主观感受，炽热的情感与奔放的诗句凝结在一起，在酒的熔炉里得到升华。举《江楼吹笛饮酒大醉中作》为例：

> 世言九州外，复有大九州。此言果不虚，仅可容吾愁。许愁亦当有许酒，吾酒酿尽银河流。酌之万斛玻璃舟，酣宴五城十二楼。天为碧罗幕，月作白玉钩。织女织庆云，裁成五色裘。披裘对酒难为客，长揖北辰相献酬。一饮五百年，一醉三千秋。却驾白风骖斑虬，下与麻姑戏玄洲。锦江吹笛馀一念，再过剑南应小留。

这首诗将"杯"比作"玻璃舟"，想象更为夸诞：首四句不是开门见山点题，而是从远古宇宙的传说处凭空而起，说九州容不下他的愁，唯有大九州勉强容得下。一开始便将愁思之大加以夸张形容，旨在引出下文非常之愁，必用非常之量的酒来解。当然也暗示这不是个人的私仇，而是天下的公仇！这意象远非婉约派"只恐双溪舴艋舟，载不动许多愁"（李清照《武陵春》）的夸张所能比拟。"许愁"以下，承上而来，引入到上天，要倾银河之水酿酒，于是酌酒的器皿，宴请的规模，亦非人间所能比拟了。于是由河说到舟，用万斛之舟比拟巨杯，并配以黄帝所造宴仙的楼台。接下来的罗幕、玉钩、衣裘，还有宴请北斗，皆非凡间人、物；饮它五百年，醉它三千秋，都是夸张仙境时间的永恒。这一连串令人惊愕称绝的夸张，极尽游仙酣饮之乐。这首酒诗飘飘然有仙气，虚构了神奇变幻的世界，色彩缤纷斑斓，意境阔大恢宏，蔡义江评曰："在表现手法上，既多奇想、大言，又糅合神话传说之事，确是一篇可以明显看出受李白影响的，富于浪漫主义色彩的作品。"①

---

① 陆坚：《陆游诗词赏析集》，巴蜀书社 1990 年版，第 120 页。

陆游像李白一样，致力于建构自我形象和情感，但他的诗歌创作在时代心理和艺术表现方式上却显示出宋人独得的审美趣味。举大气磅礴的《长歌行》为例：

> 人生不作安期生，醉入东海骑长鲸。犹当出作李西平，手枭逆贼清旧京。金印煌煌未入手，白发种种来无情。成都古寺卧秋晚，落日偏傍僧窗明。岂其马上破贼手，哦诗长作寒螀鸣？兴来买尽市桥酒，大车磊落堆长瓶。哀丝豪竹助剧饮，如钜野受黄河倾。平时一滴不入口，意气顿使千人惊。国仇未报壮士老，匣中宝剑夜有声。何当凯旋宴将士，三更雪压飞孤城！

这首歌行作于淳熙元年（1174），陆游时年五十，离蜀州通判任，闲居成都，客居安福院僧寮。首四句用浪漫手法开始，阐述自己生平的抱负，不像安期生那样，做一个酒仙逃避到缥缈世外，而是追求李西平那样有价值的人生，做一个英雄。"金印"四句，承前而来，写自己理想幻灭，岁月无情，只落得闲居人生。落日窗明，沉痛至极！诸般景物都在激起他的忧思与哀愤，终于理智的堤坝被冲开了。"岂其"二句一转，以陆游个性，不甘雌伏，要当豪饮解大愁，于是以"寒螀鸣"反衬此时豪情高歌，又以"一滴不入"反衬此时"剧饮"激昂。"兴来"四句，一改北宋诸公半酣之乐，以及浅斟低唱的"一曲新词酒一杯"之风，俨然是盛唐酒仙"长鲸吸百川"的豪放作派而欲过之。"国仇"二句，又从豪情壮饮拉回到现实，通过描写"剧饮"宣泄"手枭逆贼清旧京"的理想无由实现的巨大悲愤。没想到抗敌报国的雄心又在海量的痛饮中重新被点燃，引出末二句跌宕开来，以虚作结，高潮再起，把酒中激情发挥得酣畅淋漓。

李白、陆游都有出世与入世的矛盾，但李白醉狂超脱时完全可以从云端俯视人寰，似乎不食人间烟火。陆游也有李白式浪漫主义的超现实想象，但更多表现出杜甫式的对国计民生的关怀和忧虑。他的许多家国情怀都是在剧饮中生发出来的，比如《三月十七日夜醉中作》："谁知得酒尚能狂，脱帽向人时大叫。逆胡未灭心未平，孤剑床头铿有声。破驿梦回灯欲死，打窗风雨正三更。"即使身处末路，犹有英雄般的怒吼，醉狂让他忘却了自卑感、衰老感，进而催发了他的豪气壮志和战斗精神，造句雄杰，中蕴愤慨，颇具浪漫夸张。一种雄迈骏发之势，不可阻遏，全然无鼓衰力竭之态。这是强力意志在醉态艺术思维中的体现。

以上分析了陆游酒诗的酒神文化模式及其特点，但要说明的是，酒神精神并不能解释全部的陆游酒诗，因为成功的艺术家除了主体风格外，还存在着多样化。陆游酒诗里，大酌之外也有小酌的快意，如"花底清歌春载酒，江边明月夜投竿"（《闲中偶题》），"金壶投箭消长日，翠袖传杯领好春"（《醉题》）；豪饮之外也有细斟慢品的乐趣，如"一尊尚有临邛酒，却为无忧得细倾"（《遣兴》），"官闲有味缘高卧，酒贵无忧为细倾"（《春晚书怀》）；金戈铁马之外也有书斋的逸致与乡村的闲适，如"洗瓮闲篘酒，焚香静斫琴"（《病中戏书》），"幸有渔蓑归故里，不妨高枕且酣歌"（《偶思蜀道有赋》），甚至有暂时忘却现实悲剧所获得的片刻自由，"一酌兰溪遗万事，时看墙底卧长瓶"（《龟堂独酌》）……尤其是年老病衰，酒量大减，只能像白居易、苏轼一样，从庄禅中汲取营养，消解悲剧意识，如《禅室》所谓"早夸剧饮无勍敌，晚觉安禅有宿因"，酒仙精神倾向越来越明显。但是，爱国忧时始终是陆游酒诗的主旋律，中国式酒神精神是它的文化模式和文化精神。这就是陆游的宴饮诗既不同于宋代一般诗人，又有别于盛唐诸贤（包括李白）的独特之处。

二、辛弃疾宴饮词的酒神文化模式

邓广铭先生的《稼轩词编年笺注》中，辛词共 629 首。据粗略统计，其中涉酒词凡 353 首（应酒席之歌而不涉酒、醉等字面者不计在内），占辛词总数的 56%，与刘扬忠先生的统计差相符合①；其中"酒"字 200 余处，"醉"

---

① 刘扬忠：《稼轩词与酒》，《文学评论》1992 年第 1 期。据刘扬忠统计，在《稼轩词编年笺注》（增订本）中，专写饮酒、写到饮酒和借酒态拟心态物态的词共有 347 首，占其作品总数（629 首）的 55%。

字 150 余处，"饮"字 60 余处，"狂"字 16 处，使用数量之多与历代诗人、词人相比也是非常高的。

学术界对辛弃疾酒词的研究大概有 30 多篇论文，专著涉及者也有不少，主要集中在三个问题上。

（一）辛词中的酒文化研究

这方面文章较少，如孟子月鉴于"学术界对稼轩涉酒诗词的研究多集中在诗酒情节、悲剧精神和艺术风格等角度，忽略了其作品中反映的丰富酒文化信息"，所以撰文专门研究其中的酒文化信息，主要是对辛词中的"酒兵""松醪""羔儿酒""扶头酒""葡萄酒""社酒""酒旗"及其他 ①，进行了一些整理和引用。高建新《独立苍茫醉不归：辛弃疾与酒》（2010）、刘天怡《月盈中秋常皎洁，良辰把盏酒味殊：论辛弃疾中秋词中的酒与情》（2017），是属于研究辛弃疾与酒的关系的文章，但多流于表面。

（二）辛弃疾酒词中的思想内容、情感表达、艺术特征研究

研究辛词酒意象的有黄平《豪情悲意与恬淡自然：论稼轩词中酒与醉意象》（2012）、秦璇《酒月无声人境外：谈辛词中的酒与月意象》（2012），还有的是意象比较研究，如吴汝恩《论李清照与辛弃疾词中酒的意象》（2013）等；研究情感表达的有杜桂枝《浅析辛弃疾的饮酒词》（1997）、卢萃宁《试论辛弃疾不同时期饮酒词的抒情倾向》（2003）、王泽宾《辛弃疾诗词与其诗酒人生及苦闷情结之关系》（2010）、刘天怡《论辛弃疾中秋词中的酒与情》（2017）等；研究艺术特征的，如杜桂枝研究的"酒境如何能转化为诗境""稼轩饮酒词的艺术特色"等问题 ②，还有王建敏的《辛弃疾涉酒词研究》（2014）专章研究"辛弃疾酒词的艺术风貌"等，但都流于传统套路。

（三）辛弃疾酒词中的文化精神研究

这方面文章较多一些，大概有三种不同意见。一种意见认为是酒神的，万伟成在 2004 年撰文认为，辛弃疾"涉酒词比例很大，大致分为醉舞狂

① 孟子月：《万事一杯酒：稼轩涉酒诗词中的酒文化》，《兰州教育学院学报》2017 年第 6 期，第 11—13 页。
② 杜桂枝：《畅饮豪情，醉点人生：浅析辛弃疾的饮酒词》，《大连大学学报》1997 年第 5 期，第 118—121 页。

歌、旷达酣适和浅斟低唱三类，兼有李白酒诗之狂歌美与苏轼酒诗之旷适美，表现了外旷放而内悲哀的强烈悲剧精神。由于受到酒后作词及题材影响，他的涉酒词表现了强烈的醉态强力，是中国酒神文化模式之酒词的典型代表"①，对"酒神精神"在辛词中的特征作了展开分析。魏萍撰文专门提到"酒神精神的体现"②，但没有展开论述。第二种意见认为辛弃疾酒词不属于"酒神精神"，而属于"非酒神精神"。邓菡彬认为，辛弃疾酒词"体现了中国传统知识分子固有的诗酒情结，这种诗酒传统源于中国文化中的非酒神型特征"。"中国文化有一种异于酒神文化而又具有稳定特点的内在精神，如果用'酒神型'不能概括的话，不妨叫作非酒神型文化。"③当然"非酒神型文化"概念只在这里一见，没有获得学术界的认可。第三种意见直接用"诗酒精神""诗酒风流"等术语进行概括。如陈桥生以"酒圣诗豪"概括辛弃疾，总体归于"诗酒风流"，不过陈桥生到头来还是把"酒神精神"放入"诗酒精神"中进行考察的④，这一点与其他人用中国的"诗酒精神"对抗西方的"酒神精神"，从而显示出民粹主义色彩⑤是不同的，应予以肯定。肖业初还从比较角度把李白酒诗、辛弃疾酒词都概括为"诗酒精神"，并分析两人的异同⑥。王建敏认为"稼轩酒词对魏晋文人诗酒精神的继承和发展"，具体来说这种"诗酒精神"可以概括为"壮志难酬的悲慨之酒、山水花鸟的旷适之酒、醉梦狂欢的解脱之酒、亲情友谊的珍贵之酒、嘲讽黑暗的抨击

---

① 万伟成：《花时中酒，托之陶写，淋漓慷慨——论辛弃疾涉酒词的类型及其酒神精神》，《江西财经大学学报》2004年第6期，第93页。

② 魏萍：《辛弃疾带湖时期涉酒诗研究》，重庆师范大学硕士学位论文，2011年，第23—24页。

③ 邓菡彬、唐小娟：《辛弃疾非酒神精神的诗酒人生范式》，《上饶师范学院学报》2003年第5期，第47页。

④ 陈桥生：《诗酒风流》，华文出版社1997年版，第73—81页，第239—267页。

⑤ 伍宝娟、冯源：《"酒神精神"无以有效阐释李白咏酒诗探析》，认为"酒神精神"是西方概念，不适合分析中国宴饮文学，所以主张用中国的"诗酒精神"取代"酒神精神"，《绵阳师范学院学报》2009年第1期，第18—21页。

⑥ 肖业初：《试论李白与辛弃疾诗酒精神的相同》，《汕尾日报》2010年4月17日第2版。

之酒、浅斟低唱的应歌之酒等六个方面"①。其实，其中"壮志难酬的悲慨之酒""醉梦狂欢的解脱之酒""嘲讽黑暗的抨击之酒"属于本书"酒神精神"的一部分，"山水花鸟的旷适之酒""浅斟低唱的应歌之酒"属于本书"酒仙精神""浅斟低唱精神"的一部分，值得进一步深入细致地研究。

在以上三个方面的问题中，与本书主题关系最为密切的是辛弃疾酒词的文化模式问题。从文化模式上看，辛弃疾酒词可谓兼具浅斟低唱、酒神精神与酒仙精神三种模式，而以酒神模式为主，以浅斟低唱、酒仙模式为辅。辛弃疾酒词的酒神精神突出表现在以下几个方面。

（一）深度的悲剧情结

这与辛弃疾的特殊经历有关。23 岁南归后的 13 年内，他与时不偕，"少年使酒，出口人嫌拗"（《千年调》），特别是酒后高歌爱国主义理想，当然使当权者不快。如酒后作《摸鱼儿》，"蛾眉曾有人妒"，"斜阳正在，烟柳断肠处"，云云，这就刺痛了包括皇帝在内的当权派的神经。接下来就是两度被废弃，先后闲置达 20 年之久。盛壮有为的岁月，却落到"未应两手无用，要把蟹螯杯，说剑论诗余事，醉舞狂歌欲倒，老子颇堪哀"（《水调歌头》）的地步，作为一个事业型、豪侠型的"志在恢复"的英雄来说，只有猛饮狂吟才能发泄心中的失望、绝望、愤怒和悲哀了！为什么立志恢复、视诗酒为余事的爱国英雄，到头来却视诗酒为功名，在词酒风流上独领风骚，并在词酒风流中表现破坏的、叛逆的精神即酒神精神？这显然与他的悲剧人生、悲剧人格及其悲剧意识有关。

根据张法的定义，悲剧意识是由相反相成的两极所组成的：一方面悲剧意识把人类、文化的困境暴露出来，另一方面悲剧意识又把人类、文化的困境从形式上和情感上弥合起来。②实质上讲的是悲剧意识的表现与解决。在辛弃疾身上，从第一个层面来讲，由于国破家亡、投降主和派的打压（时代因素），儒家理想和事功的价值观念（文化因素），以及辛弃疾的"归正

① 王建敏：《辛弃疾涉酒词研究》，辽宁大学优秀硕士学位论文，2014 年，第 15—30 页。

② 张法：《中国文化与悲剧意识》，中国人民大学出版社 1997 年版，第 8 页。

人"的身份处境等（个人因素），都将导致他的理想破灭的悲剧结局，他的悲剧意识表现形式多种多样，有家国之悲的，如"兴亡满目"，"西北有神州"（《水调歌头》）等；有游子之悲的，如"江南游子，把吴钩看了，栏杆拍遍"（《水龙吟》）等；有天道之悲的，如"惜春长怕花开早,何况落红无数"（《摸鱼儿》）式的怨春，"问新来、萧萧木落，颇堪秋否"（《贺新郎》）式的悲秋等；有闺怨式的，如"宝钗分，桃叶渡，烟柳暗南浦"（《祝英台近·晚春》）等；有伤别式的，如"算未抵、人间离别"（《贺新郎》）等；有夫弃、世弃乃至君弃式的政治悲剧，如"长门事，准拟佳期又误。蛾眉曾有人妒"（《摸鱼儿》）、"却将万字平戎策，换得东家种树书"（《鹧鸪天》）等。然而，所有悲剧的形式归根到底是从他的政治悲剧中派生出来的。从悲剧意识的第二个层面来说，就是悲剧的解决及其形式，即通过一种补偿物或安慰物，一种价值的转移，达到困境从形式上和情感上的一种弥合。这方面，在辛词里主要是酒与诗。如果说西方的酒神精神与悲剧意识主要体现在悲剧（戏剧）上的话，那么中国的酒神精神与悲剧意识典型地反映在诗酒风流上。

（二）强烈的反抗情结

高歌醉狂的生活与情趣、标明与世俗对抗是他的酒词中最富叛逆精神的表现。辛弃疾酒词的叛逆精神也来自庄子、魏晋和李白，其出发点就是在醉酒状态下，将"法天贵真"的醉酒状态与龌龊官场、肮脏礼制对立起来，即将"天"（真）与"人"（伪）对立起来，表现对醉酒境界的追求与对世俗观念的批判。这方面在辛词中表现得非常突出：

　　掩鼻人间臭腐场，古来唯有酒偏香。(《鹧鸪天》)

　　穷自乐，懒方闲。人间路窄酒杯宽。(《鹧鸪天》)

辛弃疾的一生，从"金戈铁马"到"管山管水"，前后对诗酒看法迥异。少年时视诗酒为"余事"，并不想成为诗豪酒圣；中年以后，逐渐重新评估人生价值，如《新荷叶》"细数从前，不应诗酒皆非"，乃至于把诗酒当作事业，表达对传统事功观念的反叛，如"绿野先生闲袖手，却寻诗酒功名"（《临江仙》），"看封关外水云侯，剩按山中诗酒部"（《玉楼春》），"但觉平生湖海，除了醉吟风月，此外百无功"（《水调歌头》），"莫说弓刀事业，依然诗酒功名"（《破阵子》）。"一杯酒，问何似，身后名"（《水调歌头》），这是自魏晋以来许多饮酒文士一直思考的人生课题，辛弃疾继承了以前文人的叛逆精神，把饮酒置于功名之上，"身后功名，古来不换生前醉"（《点绛唇》），"人生行乐耳，身后虚名，何似生前一杯酒"（《洞仙歌》）。他还特别强调自我，说"富贵浮云，我评轩冕，不如杯酒"（《水龙吟》），这些观念对于传统的道德功业来说都极富叛逆性与破坏性。非唯如此，他还对历史进行重新审视：

> 盗跖傥名丘，孔子还名跖。跖圣丘愚直至今，美恶无真实。
> 简册写虚名，蝼蚁侵枯骨。千古光阴一霎时，且进杯中物。（《卜算子》）

孔子的事功人生是积极用世的，是历代知识分子的人生楷模。这首诗实际上是一首劝酒词，是以酒为中心，观照孔圣与盗跖，颠倒圣愚、美丑，可谓狂放豪纵至极，表现了对传统观念的极大叛逆与破坏，最富酒神精神。

与李白不同的是，受宋代"滑稽为诗"的时风影响，辛弃疾的狂放、与自然对话的酒词也往往以诙谐出之，同样从字里行间透露出狂放的醉态来，如：

> 醉里且贪欢笑，要愁那得工夫。近来始觉古人书，信著全无是处。
> 昨夜松边醉倒，问松"我醉何如?"只疑松动要来扶。以手推松曰"去!"（《西江月》）

这首词写醉态，其中与松对话，见其醉态可掬；以松为友，透露出骨子里的孤独意识来；至于以手推松，更见其巅峰状态下的强力意志来。而这种醉态、孤独、倔强，正是辛弃疾醉态生命信息中大得意、大骄傲、大自信、大悲愤的强力体现，他正是以这种"强有我"的醉态强大的生命力去迎接来自社会、政治、文化的各种挑战。即便是晚年因病止酒，也与众不同，极具个性色彩：

　　杯汝来前，老子今朝，点检形骸。甚长年抱渴，咽如焦釜，于今喜睡，气似奔雷。汝说刘伶，古今达者，醉后何妨死便埋。浑如此，叹汝於知己，真少恩哉。

　　更凭歌舞为媒。算合作平居鸩毒猜。况怨无大小，生于所爱，物无美恶，过则为灾。与汝成言，勿留亟退，吾力犹能肆汝杯。杯再拜，道麾之即去，招则须来。（《沁园春》）

　　杯汝知乎，酒泉罢侯，鸱夷乞骸。更高阳入谒，都称蘖臼，杜康初筮，正得云雷。细数从前，不堪余恨，岁月都将麴糵埋。君诗好，似提壶却劝，沽酒何哉。

　　君言病岂无媒。似壁工雕弓蛇暗猜。记醉眠陶令，终全至乐，独醒屈子，未免沉灾。欲听公言，惭非勇者，司马家儿解覆杯。还堪笑，借今宵一醉，为故人来。（《沁园春》）

与松对话，与杯对话，非常人能之，正与醉态思维若契，都透露出骨子里的高傲来。他还把醉话提高到抗世的高度：

　　厄酒向人时，和气先倾倒。最要然然可可，万事称好。滑稽坐上，更对鸱夷笑。寒与热，总随人，甘国老。

　　少年使酒，出口人嫌拗。此个和合道理，近日方晓。学人言语，未会十分巧，看他门，得人怜，秦吉了。（《千年调》）

《庄子·寓言》陆德明释文引王叔之云："厄器满则倾，空则仰，随物而变，非执一守故者也。放之于言，而随人从变，已无常主者也。"辛词借酒厄、滑稽、鸱夷等酒器的随人俯仰、因物而变的特点，以及"耳聪心慧舌端巧，鸟语人言无不通"（白居易《秦吉了》），批评上层社会见风使舵、己无常主之习，阿谀奉承、唯唯诺诺之徒，以醉话对抗"官话"，突出自己"少年使酒，出口人嫌拗"（《千年调》）的醉人语言的极端个性化、叛逆性。

（三）传统的"适度"原则的突破，体现了放纵的精神

辛词中酒的意象主要体现出"醉舞狂歌"之义，这里有肉体的沉醉，精神的狂诞，有儒家"狂者进取"之狂，更有道家的忤世之狂。这种类型在表现酒醉这种巅峰体验、醉态强力、对传统的破坏等方面具有最为强烈的酒神精神。

辛弃疾酒量是惊人的，《定风波》云"少日春怀似酒浓，插花走马醉千钟"，《金菊对芙蓉》云"此时方称情怀，尽拚一饮千钟"，《卜算子》亦说："一饮动连宵，一醉长三日。"然而，饮酒与摄生的矛盾一直困扰着他，正如《最高楼》自道："待不饮，奈何君有恨；待痛饮，奈何吾又病。"他曾经因酒成病，复因病戒酒，一连写了《浣溪沙》《汉宫春》《临江仙》《鹧鸪天》《蓦山溪》《玉楼春》等10余首止酒词，大骂酒真是"人间鸩毒猜""叹汝于知己，真少恩哉"（《沁园春》），甚至说"也应竹里著行厨，已向瓮头防吏部"（《玉楼春》），"使我长忘酒易，要君不做诗难"（《清平乐》），有时连歌者也并遣去（《水调歌头》云"时以病止酒，且遣去歌者，末章及之"），仿佛真的要与酒绝缘。但实际上，由于他的戒酒是不坚定的，正如《沁园春》："杯再拜，道麾之即去，招则须来"，为他日后破戒留下后路。一旦"城中诸公载酒入山，余不得以止酒为解，遂破戒一醉"，便迫不及待地写了另一首《沁园春》，引陶渊明与屈原为正、反例，"还堪笑，借今宵一醉，为故人来"，以自嘲自解，以至于庆元三年（1197）中秋，饮酒将且（《木兰花慢》"可怜今夕月"序）。这里酒神法则在最后战胜了日神法则。

（四）酒神的巅峰体验和自由精神

同李白酒诗一样，辛弃疾酒词也常常表现一种情绪巅峰体验，即酒神体验。人与自然宇宙交换生命信息变得玄远和频繁，人们问天也好，问月也好，问得天真，也问得玄妙。李白有《把酒问月》，辛弃疾也把酒问月，如

《太常引》"把酒问姮娥"，《木兰花慢》"可怜今夕月"，都在醉后借用楚辞《天问》体，表现出醉态这种情绪巅峰体验，人们往往使生命主体尽情地把自己的生命向外发散。然而，由于激烈动感的时代旋律，由于儒家"事功"思想的影响，由于主和派、投降派的打压，辛弃疾的爱国理想、恢复志向在现实生活中无法实现，他只有把它付之于巅峰的醉态体验中去了。如《破阵子》：

> 醉里挑灯看剑，梦回吹角连营。八百里分麾下炙，五十弦翻塞外声。沙场秋点兵。
>
> 马作的卢飞快，弓如霹雳弦惊。了却君王天下事，赢得生前身后名。可怜白发生！

辛词选择的符号如酒、剑、角、弓等意象，体现为符号的力度非常强，空间性和容纳性非常大，如"八百里""五十弦""天下事"等，都持有一种张力，是作者醉态强力的体现；而末句跌以"白发"这种富有悲剧性的符号，与前面强力型、粗犷型的符号形成巨大反差，让读者把握到词人内心、情绪的巨大不平。酒神文化模式主导下的宴饮文学大部分都有这种特征，即常用强力型、悲剧型的符号，以巨大的反差来表现醉态强力意志。正如辛弃疾《贺新郎》所谓"天下事，可无酒？"清醒时只能导致白发的发生，所谓"白发宁有种，一一醒时栽"（《水调歌头》），而只有在癫狂的醉酒状态下，词人的那种"气吞万里如虎"的气概，那种醉态强力的生命意识才被唤起。这是一种酒的沉醉，也是梦的沉醉，它可以弥补现实的缺失。这种极富酒神精神的狂放体验是儒家的"狂者进取"之狂，而非道家的避世之狂。这种情况与李白酒诗同中有异，与西方酒神精神也同中有异。

辛弃疾酒词的酒神精神，在醉态思维下，既表现为一种对感性生活（如纵酒）的忘乎所以的肯定，同时也表现为一种对世俗社会、传统价值观念的近似叛逆破坏性的否定，以此表达对当世投降派占主流、主导地位的社会的鞭挞与谴责。同西方酒神一样，作为现实生活的反动，辛弃疾酒词也是以个体的感性生存为目的的。但由于东西方民族心理结构、文化结构、社会结构的差异，由于唐宋文化心理由外向趋于内向反思的变化，辛弃疾酒词所体现出来的酒神精神，与西方并不完全相同。他不像狄俄尼索斯崇拜那样，把人与自然对立起来，在人对自然的破坏之中去证实人的感性存在（如生吞活剥野兽之类）。这一点与李白等中国式酒神精神相同，与《水浒传》中的酒神精神则同中有异。同样是宋词，同样是豪放，苏轼与辛弃疾不同。王国维《人间词话》中说过"苏词旷，辛词豪"，这种差别其实就是酒仙精神与酒神精神的差别："苏写饮酒，似乎是为风雅文人的生活添些润滑剂；辛写饮酒，则认真作为失意豪杰的解愁药。苏写饮酒，较多是表层意象；辛写饮酒，则酒常渗到抒情意境之深层。苏之酒诗词的风格显得清旷舒徐，一如其以老庄为指归的为人；辛之酒词则沉郁慷慨，更像生活中满怀愤世深悲的他自己。"① 这种差异与两人的身世不同、酒量大小相关，与两人酒词所用到的酒月、酒剑的组合意象相关，一句话，与酒仙文化模式与酒神文化模式相关。

但是，我们说辛酒词中的酒神精神是主要的文化精神、美学精神，并不等于用酒神精神概括辛词的一切，就像不能用豪放词概括全部辛词一样。从思想内容来看，他的酒词涉及爱国词、田园词和闲适词等；从题材来看，涉及饮酒词、送别词、登临词、祝寿词等；从功用来看，涉及抒情词、应歌词、应社词等。由于传统思维，辛弃疾本人生活及个性的丰富多彩，辛词题材丰富性以及酒文化功能的多样性，辛弃疾的酒词中还存在着酒仙精神和浅斟低唱两种文化模式。

辛弃疾一生慕陶，晚年理想破灭之后写下的慕陶词不下30首，其中有"爱酒陶元亮，无酒正徘徊"（《水调歌头》）、"纵无酒成怅望，只东篱、搔首亦风流"（《木兰花慢》）、"试把空杯，翁还肯道，何必杯中物"（《念奴娇》）的通脱，有"素琴浊酒唤客"（《水调歌头》）、"想东篱、醉卧参差是"（《贺新郎》）的古风，有"停云老子，有酒盈尊，琴书端可消忧"（《雨中花慢》）、"论妙理，浊醪正堪长醉"（《哨遍》）的酒中趣，有"倾白酒，绕东

---

① 刘扬忠：《稼轩词与酒》，《文学评论》1992年第3期，第108页。

篱，只于陶令有心期”（《鹧鸪天》）的神交，有“向尊前、采菊题诗”（《新荷叶》）的醉吟……虽然他质问过“江左沉酣求名者，岂识浊醪妙理?”（《贺新郎》），但东晋唯陶渊明最得酒趣，“若教王谢诸郎在，未抵柴桑陌上尘”（《鹧鸪天》）。辛弃疾的慕陶饮酒，通脱、古风、酒中趣、醉吟等生活方式，统统是表是旷；其深层次透露出来的是他在人生价值实现的探求上对生命的重新审视，在恢复之志不遂、遭受迫害打击之余的强烈的悲剧意识，其里是哀。这是时代因素决定了的。所以《洞仙歌》说：“东篱多种菊，待学渊明，酒兴诗情不相似。”他早年隐居带湖期间，尚在盛年，希冀有为，其情多怨而有壮志和斗志，故其酒词犹有酒神精神；到了隐居瓢泉铅山之后，由于隐居时间过长，其情多哀而陷入失望乃至绝望，生命意识也由旺盛走向衰竭，所以学庄、慕陶、慕白、慕苏，从消解悲剧中获得快乐安适。

辛弃疾酒词体现出来的酒仙精神是在中国文化土壤中产生的。他既受到儒家思想影响，如《水龙吟》云“堂上更阑烛灭。记主人、留髡送客。合尊促坐，罗襦襟解，微闻芗泽。当此之时，止乎礼义，不淫其色”，体现了儒家“发乎情，止乎礼义”之义；又从庄子“天真”“坐忘”中汲取营养，他在《卜算子》中说：“一以我为牛，一以吾为马。人与之名受不辞，善学庄周者。江海任虚舟，风雨从飘瓦。醉者乘车坠不伤，全得于天也。”櫽栝《庄子·达生》，表现的正是天人合一、形神相亲的酒境界：这又是道家式的阐释。道家哲学只强调内心的、观念的解脱，以柔克刚，在这一点上充满着酒神精神，是中国特色的旷达精神；但不注重外在的以强胜强，即如何弘扬主体的力量以压倒和战胜客体。所以，道家的酒神精神不构成人对自然的挑战，也不构成人与人的抗衡，既弱化了竞争的机制，也弱化了冒险的热情，这一点在辛弃疾涉酒词中也有反映。比如他多次强调饮酒知足常乐，放弃功名，不要过问世事：

总把平生入醉乡。大都三万六千场。今古悠悠多少事，莫思量。（《浣溪沙》）

少是多非唯有酒，何须过后方知。(《临江仙》)

从今赏心乐事，剩安排、酒令诗筹。(《声声慢》)

这些都是中国弱者哲学的反映。当然，这是时代所造成的，是封建专制主义高压的产物，我们并无意于苛求。但必须承认，辛弃疾酒词的酒仙精神是在中国文化土壤中成长起来的，比起西方来，破坏性、叛逆性要小得多，且醒时又恢复理性，减少了酒性，而这正体现出中国古代的酒仙精神特点。

作为大家，辛弃疾酒词风格多种多样，既有最具酒神精神色彩的"英雄之词"，又有酒仙精神色彩的"文士之词"，表现旷达醑适的文化精神，还有"伶工之词"，走的是传统的"浅斟低唱"路子，所谓"莫上扁舟向剡溪，浅斟低唱正相宜"(《鹧鸪天》)。辛弃疾酒词中，浅斟低唱型的酒词约略30余首，有忆妓之作《西江月》云"何处娇魂瘦影，向来软语柔情。有时醉里唤卿卿。却被旁人笑问"，积淀着浓郁的"歌妓"情结；有进酒劝酒之词，如《清平乐》云"枉读平生三万卷，满酌金杯听劝"。这些传统家数的酒词，虽非辛词主流，但它同传统的浅斟低唱模式的酒词同中有别：一是以此来衬托英雄失路之悲，《水龙吟》所谓"倩何人，唤起红巾翠袖，揾英雄泪"；二是以此表达世无知音之叹，《满江红》所谓"共何人、对饮五三钟？颜如玉！"《霜天晓角》所谓"宦游吾倦矣，玉人留我醉"，他的浅斟低唱，带有对抗世俗、厌恶官场、鞭挞主和派与投降派的强烈的叛逆色彩。比起一般的浅斟低唱型的酒词来说，辛词富有更多、更深沉的酒神文化因子。所以，辛弃疾在浅斟低唱的场合下创作涉酒应歌词，有时不自觉地流露出酒神精神的本色，正如《贺新郎》所谓"我辈从来文字饮，怕壮怀、激烈须歌者"，《江神子》所谓"倾美酒，听高歌"。

稼轩有词名，每燕必命侍姬歌其所作。特好歌《贺新郎》一词，自诵其警句曰："我见青山多妩媚，料青山见我应如是。"又曰："不恨古人吾不见，恨古人不见吾狂耳。"每至此，辄拊髀自笑，顾问坐客何如，皆叹誉如出一口。既而又作一《永遇乐》，序北府事……特置酒召数客，使妓迭歌，益自击节。①

酒要豪饮，歌要激烈，这些酒后应歌之作，恐非"十七八女郎，执红牙板"所能歌唱，所能畅英雄之情的。

辛弃疾一生与酒结下不解之缘，词亦多酒后游戏之作，因此酒词比例很大，大致分为酒神模式、酒仙模式和浅斟低唱模式三类。他的富有酒神精神的酒词是外溢式的、暴发式的，是他生命悲剧意识贲张式的直露，把个体的自由意志与世俗观念、龌龊官场对立起来，这种悲剧意识源于社会挤压与个体抗争的矛盾冲突，因而表现得慷慨淋漓，悲壮激昂；他的富有酒仙精神的酒词则是内敛式的、消解式的，主要是通过饮酒追求一种道家所谓"法天贵真"的天人合一、形神相亲的境界，虽然也构成对不合理现实的反叛，但这种反叛是"柔者"的胜利。在这种作品中，要么表现儒者之狂，把个体的生命意志与国家民族命运结合起来，要么表现为道家之狂，在老庄哲学、山水田园的消解中获得解脱与超越。此外还有少量的浅斟低唱模式的酒词，究非辛词主流。

总之，辛弃疾酒词同陆游酒诗一样，酒神文化模式占主导地位，这是他们宴饮文学中最富有时代特征、最富有思想个性和艺术个性的部分所体现出来的酒神精神，由于民族因素、时代因素与个性因素等原因，不仅与西方酒神精神同中有异，与李白、苏轼也同中有异。如果说李白、陆游的酒诗是中国酒神精神在诗中的典型代表，那么辛弃疾的酒词则是中国酒神文化模式在词中的典型代表。

---

① （南宋）岳珂：《桯史》卷三《稼轩论词》，中华书局 1981 年版，第 38 页。

第六章

元曲宴饮文学的
世俗化与文化模式

中国文学由雅转俗的过程是从中唐开始的，到元明清时期，以诗文为主导的传统雅文学无复昔日辉煌，而曲子词、变文、话本、俗赋逐渐走进了文学史的视野。宋词、元曲（散曲与杂剧）、明清小说，成为中国文学中的代表性文学样式。在这个大背景下，中国宴饮文学也经历了从酒令、酒词到酒散曲、酒戏曲、酒小说的变化，成为中国文学世俗化潮流的一朵浪花……

第一节
元代宴饮散曲的文化模式

元代反映酒题材内容的酒散曲、酒杂剧是盛行于元代的一种宴饮文学样式。散曲又称为"乐府"或"今乐府"，是配合当时北方流行的音乐曲调撰写的合乐歌词，它从宋词俗化而来，与酒令关系也非常密切。杂剧属于戏曲的一种，是在宋金诸宫调基础上发展起来的一种由歌曲、宾白、舞蹈结合起来的传统艺术形式。散曲作为广义的中国诗歌，与酒关系尤其密切。根据初步统计，《全元散曲》涉酒篇章多达 2/3 以上，其中"酒"字出现 1121次，"醉"字 936 次，"饮"字 211 次，"杯"字 259 次，"樽"字 192 次等。宴饮散曲题材非常广泛，有咏酒散曲，如无名氏《[双调]蟾宫曲·酒》等，一般咏酒之形、性，颂酒之功、德，往往取到穷形尽相、体物入微的效果。有饮酒散曲，如徐再思《[仙吕]一半儿·病酒》、无名氏《[正宫]塞鸿秋·村夫饮》等，描述饮酒体验、渲染饮酒境界、描写饮酒效果、描绘饮酒醉态等；有劝饮散曲，如贯云石两首《双调·清江引》等。虽然与诗词相比，没有产生酒散曲大家，但也成绩斐然。本书对元代酒散曲的文化模式作出分析，从中可以了解一代散曲中的酒与文人心态。

一、元代宴饮散曲的酒神文化因子

同历史上一样，元代散曲文人也多嗜饮。如宋方壶移居华亭期间，"甲第连云，膏腴接壤，所欲既足而无求于外，日坐'方壶'中，或觞或弈"①。有的竟因为嗜酒过度而丧了性命的，如于伯渊"花前醉，柳下眠，命掩黄泉"（《录鬼簿》贾仲明挽词）。同历代文人一样，诗酒生活也是元代文人习见的生活方式，曾瑞有散曲集《诗酒馀音》，以诗酒为曲集命名，显示出元人对诗酒的偏好。当然最能直接印证这一点的莫过于他们的散曲作品了。

元散曲中，以《春宴》《席上》《夜宴》《饮兴》等为题的宴饮散曲居多，即使像《归隐》《渔父》《闲乐》《叹世》等为题的散曲作品也散发着醇浓诱人的酒气：

> 雨过分畦种瓜，旱时引水浇麻。共几个田舍翁，说几句庄家话，瓦盆边浊酒生涯。（卢挚《［双调］沉醉东风·闲居》）

> 秋声一片芦花，正落日山川，过雨人家。美歌舞风流、太平时世、诗酒生涯。（乔吉《［双调］折桂令·秋日湖上》）

饮酒是文人生命、生活中的一个重要组成部分。与赞酒的同时就是对醉的礼赞：

> 东村醉西村依旧，今日醒来日扶头，直吃得海枯石烂恁时休！将屠龙剑，钓鳌钩，遇知音都去做酒。（贯云石《［中吕］红绣鞋》）

> 醉时节林下和衣卧，畅好快活。（王德信《残曲》）

> 真个醉也么沙？笑指南峰，却道西楼，真个醉也么沙？（马致远《［双

---

① （明）贝琼:《清江贝先生集》卷五《方壶记》，四部丛刊初编集部第319册。

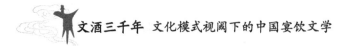

调〕新水令·题西湖》）

醉在元曲家笔下成为一种美的象征，一种文化符号。酒后创作，反映出醉态创作思维的特点与元代文人的才华横溢。

要了解元曲文人饮酒的心态，当然需要先了解元曲创作者的生存状态。元代"八倡九儒十丐"，汉族士人的社会地位低下是毫无疑问的。特别是元代长期废除科举，堵塞了他们的进身之阶，立功、立言对他们来说只是一种奢望。他们处于空前的极端深度的悲剧状态中。"何以解忧？唯有杜康"，酒成为元代文人消解悲剧意识的一种手段了。在酒中，他们开始反思人生，甚至借酒狂来对抗世俗的功名利禄，重新定位士人的价值，那就是生的狂纵，死的潇洒：

> 弃微名去来心快哉……痛饮何妨碍，醉袍袖舞嫌天地窄。（贯云石《〔双调〕清江引》）

> 瘿瓢，带糟，将瓮里浮蛆舀。氤氲双颊绛云潮，春色添多少。稚子牵衣，山妻迎笑，急投床脚健倒。醉了，睡好，醉乡大人间小。（刘时中《〔中吕〕朝天子》）

> 诗狂悲壮，杯深豪放，恍然醉眼千峰上。意悠扬，气轩昂，天风鹤背三千丈，浮生大都空自忙。功，也是谎；名，也是谎。（刘时中《〔中吕〕山坡羊·与邸明谷孤山游饮》）

> 醉时睡足醒时饮，不狂图甚？（吴弘道《〔双调〕拨不断·闲乐》）

在他们看来，与"醉里乾坤大"相比，世俗世界显得窄小。而要醉狂，"浅斟低唱"已经不能发泄他们心中的愤懑，只有高歌狂饮了。王实甫《退隐》云："酒侣诗俦，诗潦倒酒风流。""浊酒新篘，豆粥香浮。大叫高讴，睁着眼张着口尽胡诌，这快活谁能够？"邓玉宾《[正宫]端正好·呆骨朵》云："常随着莺儿燕子闲游荡，春风柳絮颠狂。问甚木碗椰瓢，村醪桂香。乘兴随缘化，好酒无深巷。醉归天地窄，高歌不问腔。"当然，最能体现他们饮酒抗争意识的就是酒与性了。

早期的元曲家们刚刚面对悲剧状态时，没有充分的心理准备，因此在以酒消忧过程中常常表现出一种惊世骇俗的极端叛逆。被《录鬼簿》称之为"驱梨园领袖，总编修师首，捻杂剧班头"的关汉卿就是这种叛逆精神的领袖。他的散曲《南吕·一枝花·不伏老》就是一个宣言。与柳永相比，饮酒狎妓，风流放荡，柳、关相同。柳永喝起酒来，可以说"忍把浮名，换了浅斟低唱"，可以自称"奉旨填词"，但一个"忍"字，透露出这种无奈；醒来还是要化名参加科考，当官以后也有所顾及、收敛，产生"名宦拘检，年来减尽风情"（《长相思》）的感叹，阿波罗精神与狄奥尼索斯精神在他内心产生的矛盾时常控制他情绪的发泄。关汉卿不同，元代废科举堵住了士人的进身之阶，也就无所谓"名宦拘检"了；他固有放荡不羁，"浪子风流"数句，生活十分放纵；"我玩的是梁园月"数句，则说明他对勾栏瓦舍中的各种技艺十分娴熟。"驱梨园领袖，总编修师首，捻杂剧班头"的身份决定他对酒色的追求更是至死不渝："你便是落了我牙，歪了我口，折了我手，天赐与我这几般儿歹症候，尚兀自不肯休；只除是阎王亲自唤，神鬼自来勾，三魂归地府，七魄丧冥幽，那其间才不向烟花路儿上走。"可以说，从古至今，没有任何一个文人名士对酒色情趣追求的表白像关汉卿这样大胆，这样坚强不屈，这样泼辣，这样不可驯服！这也应了题目"不伏老"之意。"不伏老"在酒神精神中，表现出他热爱生命，肯定生命价值，重估生命价值，即使在生命走向尽头时，也表现出一种超常的生命力、顽强的抗争意识与坚毅的行动意志，显示出巨大的人生价值与无穷的生命能动力。这种乐观主义与阳刚之美，正是醉态强力的艺术表现。这种精神恰恰是柳词所缺乏的。

像这种酒与性的结合，在元代不止关汉卿，张可久也有类似作品：

锦排场，云鬟扶醉肉屏香。芙蓉被暖销金帐，酒尽更长。新声改乐章，

莲儿唱，花落秋江上。银蟾耿耿，玉马当当。（《［双调］殿前欢·夜宴》）

阴风四野彤云密，缭绕长空瑞雪飞，销金帐里笑相偎。毡帘低放，满斟琼液，乐陶陶醉了还醉。（《［中吕］卖花声·冬》）

作品表达的都是酒的放纵，性的放纵。张可久的《［中吕］·齐天乐过红衫儿·隐居》说："今日红尘在，明日青春过。枉张罗，枉张罗，世事都参破。饮金波，饮金波，一任傍人笑我。"表现出一种对现实功名利禄的大醉大醒、大狂大悟的境界。

元代文人饮酒纵性，还有许多怪僻行为。像顾阿瑛结社，把天下文士尽罗致其中，"觞酒赋诗无虚日"，甚至宴席搬到坟墓上举行，"环坐冢上，前列短几，陈列觞豆，各置笔札于左方，兴至而咏，情畅而饮，不以礼法束也"[1]，魏晋风流，复见于斯。而经常参与雅集的杨维桢把酒与性简直发挥到了极致。他的鞋杯行酒，最让礼法之士侧目。史载其"耽好声色，每于筵间见歌儿舞女有缠足纤小者，则脱其鞋载盏以行酒，谓之'金莲杯'"[2]，保守的人称之为"一代文妖"，称他玷污了文坛。但鞋杯行酒作为一种行为符号，具有反抗封建礼教、弘扬个性的意义，所以引起明清放荡文人、少年的效尤，吟咏之作，诗词、散曲作品不断，皆与酒相关，形成了一批批"鞋杯文学作品"。举涉酒散曲为例：

帮儿瘦弓弓地娇小，底儿尖恰恰地妖娆，便有些汗浸儿酒蒸做异香飘。溦艳得些口儿润，淋漉得拽根儿潺，更怕那口唵咱的展浣了。（刘时中《［中吕］红绣鞋·鞋杯》）

都将着玉与帛，换做酒共色，尽教咱百年欢爱，管甚么万贯资财。爨

---

① 于立：《金粟冢中秋日燕集后序》，见顾瑛《玉山逸稿》卷四，中华书局1985年版，第64页。

②（元）陶宗仪：《南村辍耕录》，中华书局1959年版，第279页。

发白，容貌改，物和人知他谁在，青春去再不回来。一任教佳人宛转歌《金缕》，醉客伴狂饮绣鞋，便是英才。（无名氏《［滚绣球］豪放不羁》）

明代散曲大家冯惟敏也有《咏鞋杯》的作品，这种涉酒散曲作品反映了元代文人个性极端张扬的深广影响。

酒与性是尼采所谓"酒神精神"的两大文化因子。酒是一种醉，性也是一种醉。可以说，元人饮酒狂放，表现出相当浓厚的叛逆意识与非道德精神。与之相应，这类酒散曲在思想内容上以酒与性为中心，主要表现酒情色趣的沉醉，构成了对中国道德文化价值特别是"男女之防"的最大破坏，并且在审美风格上也在一定程度上表现了"狂放之美"，因而这种酒词类型具有深度的酒神情结。但是，这种酒神冲动的叛逆性是非常有限的。也就是说，它的酒神性是非常有限的，虽然它构成对传统乐教与礼教的叛逆，但这种充满着酒神精神的酒散曲在元代为数甚少。

二、元代宴饮散曲的浅斟低唱模式

从《全元散曲》中的大量宴饮散曲来看，酒筵歌场成为散曲取代了词之后的重要创作与表演场所。而作为文学与音乐结合的新诗体，许多宴饮散曲是通过歌舞侑酒与即兴作曲听歌的娱乐途径来实现的。这种艺术生成及其特点同词的产生一样，与中国酒令艺术的歌舞化是分不开的，与文人与歌妓的酒文化生活的双向互动是分不开的。

元曲的作者大多为中下层文人，如"元曲四大家"关汉卿、王实甫、白朴和郑光祖都是中下层文人；元曲中艺妓的地位也非常低下，相近的地位与遭际把文人与艺妓的距离拉近了，因此文人与艺妓的关系比以前任何一个时代都要密切，在元曲中并不鲜见，张可久有《［越调］小桃红·赠琵琶妓王氏》，乔吉有《［双调］水仙子·赠柔卿王氏》等，这些已经为众瞩目了。同早期与音乐密切相关的词一样，许多元代酒散曲作品也是一个以艺妓为中介的、具有双重主体的音乐文学系统。作为这个系统主体的艺妓，在按曲唱词的同时，需要作曲的文人为之提供歌词，有的大胆向文人索要新词，这大大刺激了文人的散曲创作，像乔吉《［双调］折桂令·帘内佳人瞿子成索赋》、张可久《［双调］湘妃怨·酒边索赋》，又杨维桢《［中吕］普天乐·序》云"十月六日，云窝主者设燕于清香亭，侑卮者东平玉无瑕张氏也。酒半，张氏乞手乐章。为赋双飞燕调，俾度腔行酒以佐主宾"，张可久《［中吕］卖花声·席上》云"半泓秋水金星砚，一幅寒云玉版笺，美人索赋［鹧鸪天］"，李致远《［双调］清江引·即席赠妓》云"樽前有人颜似玉，笑索多情句"，等等，均反映了这一文化现象。她们按新曲歌舞，用以行酒、送酒、劝酒，这种文化现象在元散曲中最为常见：

> 醉颜酡，云娘行酒雪儿歌。醉时吟狂时舞醒时坐。不醉如何？得快活且快活。今日个，只得随缘过。恋眼前富贵，看门外风波。（刘时中《［双调］殿前欢·道情》）

> 紫霞仙侣翠云裘，文采风流。新诗题满凤凰楼，挥吟袖，来作烂柯游。［幺］王樵不管梅花瘦，教白鹤舞著相留。听我歌，为君寿。一杯春酒，一曲小梁州。（曹德《［正宫］小梁州·侍马昂夫相公游柯山》）

艺妓们的歌舞侑酒不仅推进并繁荣了元代的文化艺术事业，而且为文人营造了既具有时代特征，又富有浪漫情调的娱乐生活。

另一方面，文人也主动创作新曲提供给艺妓歌唱，像卢挚《［中吕］喜春来·赠歌者伶妇杨氏娇娇》《［中吕］朱履曲·雪中黎正卿招饮赋此五章命杨氏歌之》《［商调］梧叶儿·席间戏作四章》《［双调］蟾宫曲·赠歌者蕙莲刘氏》《［双调］蟾宫曲·赠歌者刘氏》《［双调］蟾宫曲·醉赠乐府珠帘秀》，乔吉《［双调］折桂令·七夕赠歌者》《［双调］折桂令·贾侯席上赠李楚仪》《［双调］折桂令·赠罗真真》《［双调］折桂令·毗陵张师明席上赠歌妓周氏宜者》《［双调］水仙子·赠江云》《［双调］水仙子·赠柔卿王氏》《［双调］清江引·赠姑苏朱阿娇会玉真李氏楼》《［双调］折桂令·秋日湖山偕白子瑞辈燕集赋以俾歌者赴拍侑樽》等，赵显宏《［双调］殿前欢·题歌者楚云》，吕济民《［正宫］鹦鹉曲·赠楚云》，徐再思《［双调］蟾宫曲·西湖夏宴》云"老子疏狂，信手新词，赠与秋娘"，都说明他们的创作目的是在宴席上为歌者提供新词，这是元代普遍存在的文化现象。所以，歌舞侑酒与填曲听歌形成文人与艺妓互动的宴饮散曲创作机制。元散曲与酒文化的关系决定了元散曲特别是宴饮散曲的某些特征。

首先，从音乐上看，元曲除了文学上的填词外，也有音乐上的曲调，其中许多曲调与"酒"相关，曲牌名称取于酒者尤多。据不完全统计有：醉花阴、倾杯序、醉太平、醉扶归、醉中天、醉乡春、醉春风、醉高歌、醉旗儿、沉醉东风、沽美酒、梅花酒、醉娘子（又名真个醉）、醉也摩挲、醉雁儿、金蕉叶、金盏子、高过金盏儿、离亭宴等。元代的戏曲——杂剧与南戏皆有乐谱传世，其名称与酒有关系者：杂剧有醉中天、梅花酒、酒旗儿、沉醉东风、醉春风、沽美酒、醉娘子、醉扶归、醉花阴、醉中天、醉太平等；南戏有醉娘子、醉罗歌、沉醉东风、醉翁子、醉太平、醉扶归、醉中归、劝劝酒、（北）沽美酒带太平令、醉侥侥等。其中有些来源于酒令曲调，多系文士圈内流行的乐府与民间的俗曲俚歌。

其次，在曲体形式上，无论是只曲单章，还是同宫调而不同的曲牌联章，或者同曲联章，都明显烙上了传统酒令"一曲送一杯"的印记。只曲单章的如童童学士《［越调］斗鹌鹑·开筵》里说"一杯未尽笙歌送。金樽莫侧，玉山低趄，直吃的凉月转梧桐"，共六支曲子，属于同宫调而不同的曲牌联章，反映了以曲送酒的情况。而联章体酒散曲多是用来歌唱以劝酒之作，也属于应歌之作，又分成两种。一种是直叙式的，往往以时间排列形式出现，如贯云石的《［双调］水仙子·田家》，以田家四季乐事为顺序排列，结穴到一年到头必须喝酒，编排上明显体现了"纵列时间结构"特点。另一种是横排式联章，如马致远《［双调］庆东原·叹世》，共六章，分别是项羽成败、诸葛亮出师未捷、曹操奸雄何处、两贤事与愿违、石崇富贵成空等不同人物、不同事件构成不同的画面，但都归结到功名虚幻，不如醉醒永恒，以此作为每章劝酒的主题。这两种联章形式最终也是来源于酒令的格式，词继承了它，作为"词之变"的曲也莫不由此而来。

第三，作为应歌曲的酒散曲产生于酒筵歌舞场合，在文化功能上也相应体现出娱乐、社交与抒情的特点。其娱乐功能不仅是酒的物质满足或者说生理满足，而且包括视听的感官满足与艺术满足。元代的许多酒散曲多是文人征逐歌舞、按板听唱、终日以声自娱、寻求感官享受与刺激的反映。而且应歌作曲、佐酒寄情是元代士大夫重要的社交活动，已经成为一时风俗，这在元散曲中多有反映。由于元代酒散曲多半产生于酒筵歌舞场合，这种情况也决定了这类宴饮散曲的浅斟低唱的审美情调。例如：

聚殷勤开宴红楼，香喷金猊，帘上银钩。象板轻敲，琼杯满酌，艳曲低讴。结凤世鸾交凤友，尽今生燕侣莺俦。语话相投，情意绸缪。拚醉花前，多少风流！（徐琰《［双调］蟾宫曲·青楼十咏·二小酌》）

月满轮，花成朵，信马携仆到鸣珂，选一间岩嵌房儿坐，浅斟着金曲卮，低讴着《白雪》歌，倒大来闲快活。（马致远《［南吕］四块玉·叹世》）

桃花扇底楚天秋，恰恰莺声溜。络臂珍珠翠罗袖，捧金瓯，纤纤十指春葱瘦。移花旁酒，张灯如昼，重酌更风流。（任昱《［越调］宴席》）

类似散曲，不胜枚举，到处充斥着这种场面的描写："浅斟"的饮酒，"低唱"的清唱，软媚的美学风格，比起盛唐的狂饮高歌来说，创造出截然不同的宴饮散曲的审美风范。

所以，元代文人饮酒最普通的就是浅斟低唱的生活方式，对元散曲的文化生成、情感内容与艺术形式、文化功能与审美风格都产生了深刻的影响。

三、元代宴饮散曲的酒仙文化模式

元代文人的宴饮散曲大多数属于酒仙文化模式，典型而充分地反映出当时文人的饮酒生活与心态，体现出这一文化群体反复习见的思维模式和行为模式。

酒隐是元代文人普遍的一种饮酒生活方式，因此反映这种生活方式的宴饮散曲也特别多。元代文士普遍追求酒隐，从反面证明他们处在一种"邦无道"的黑暗世界，加上元代长时间废止科举制度，轻视汉族士人，也把他们推上了酒隐之路。他们在现实中找不到知音，只好走进理想的虚拟世界中，走进醉乡中去神交古人了。根据对《全元酒曲》的观察，元代曲家们饮酒与古人交流最多的是陶渊明，而陶渊明酒魂最多又来源于庄子。所以元代的宴饮散曲大都表现出对天真、适意的审美境界的追求，正来源于庄子和陶渊明。

（一）庄子饮酒哲学的消解

元代曲家们把饮酒看作逍遥自在之事，如刘秉忠《［双调］蟾宫曲》云"宴赏东郊，杜甫游春，散诞逍遥"，高秀文《［黄钟］揽筝笆》云"时复饮浊醪，且吃的沉醉陶陶，把人间万事都忘，到大来散诞逍遥。"张可久《［双调］水仙子·秋思》曰"醉白酒眠牛背，对黄花持蟹螯，散诞逍遥"，《［中吕］齐天乐过红衫儿·隐居》："就山家酒嫩鱼活，当歌，百无拘逍遥，千自在快活。"而这"逍遥"二字正来源于《庄子·逍遥游》；另外，元代曲家们还常用"无何"二字来形容饮酒的境界，如张可久《［双调］殿前欢》云"桂婆娑，云娘行酒雪儿歌。倚南楼唤起东山卧，同入无何"，《［中吕］齐天乐过红衫儿·隐居》云"潜身且入无何，醉里乾坤大，蹉跎"，王恽《越调·平湖乐·乙亥三月七日宴湖上赋》云："春服初成靓妆莹，玉双瓶，兴来径入无何境"，李伯瞻《［双调］殿前欢·省悟》云"醉醺醺，无何乡里好潜身"……而这"无何乡"的用事，也出于《庄子·逍遥游》。逍遥也好，无何乡也好，在元代酒曲中，表现的是一种以酒悟道，完成一种精神对肉体的超越。

> 不因酒困因诗困，常被吟魂恼醉魂。四时风月一闲身。无用人，诗酒乐天真。（白朴《［中吕］·阳春曲·知几》）

把饮酒纳入"天真"的思想体系，正来自《庄子·渔父》的主张：饮酒以乐为主，必须法天贵真。而《达生》上升到生命学、美学高度，进一步指出了饮酒致醉的境界与天真相通，即所谓"神全"境界，也就是做到一切是非曲直顺乎自然，如醉如痴，无知无识，无生无死，无心无为，这就是精神最健全的境界。天性完备而精神凝聚，涵养精气并融合德性，保持"神全"，那么外物就无法侵入。饮酒境界就可视为一种"神全"。一旦达到这种境界，功名利禄、是非荣辱也就无扰视听，人就得到一种精神解放了。

（二）陶渊明道味哲学的解脱

把庄子"天真"学说运用到饮酒观念上来，创作出一种"道味"式饮酒并写出第一批酒仙精神的酒诗者是魏晋士人陶渊明。在元代的宴饮散曲中，"是渊明而非屈原"是一种普遍的价值取向。据不完全统计，《全元散曲》中提到屈原的作品大约有 40 首，大部分对屈原持负面看法，而且这种负面的看法也多半集中在他的"不饮酒"上，如邓玉宾《［中吕］满庭芳》云："朝中待独自要个醒醒号，怎当他众口嗷嗷？"无名氏《［中吕］齐天乐·幽居》云："常笑屈原独醒，理论甚斜和正？浑清，争，一事无成。汨罗江倾送了残生，无能。"元代散曲普遍厌弃屈原"醒狂"式生活方式，如邓玉宾《粉蝶儿·满庭芳》与《六么序》说"屈原独醒，不如同醉"，追求一种醉狂的生活方式。

对陶渊明的饮酒，无论是半醉的陶渊明，如"半醉渊明可人招"（张可久《［中吕］红绣鞋》），还是烂醉的陶渊明，如"渊明彭泽辞官后……烂醉菊花秋"（徐仲田《［中吕］满庭芳》）；也有醉酒初醒的陶渊明，如"东篱陶令酒初醒，西风了却黄花事"（无名氏《［仙吕］寄生草·秋》），元人都是怎么看怎么顺眼。他们认为，陶渊明饮酒是达时务，而且是闲适风流、隐逸的代名词。尤其在将屈原与陶渊明或者刘伶相对比时，最旗帜鲜明地表白了元代文人的人生选择：

> 汨罗江空把三闾污，北邙山谁是千钟禄？想应陶令杯，不到刘伶墓。怎相逢不饮空归去？（邓光祖《［正宫］塞鸿秋》）

长醉后方何碍，不醒时有甚思。糟腌两个功名字，醅淹千古兴亡事，曲埋万丈虹霓志。不达时皆笑屈原非，但知音尽说陶潜是。（范康《［仙吕］寄生草》，蒋一葵《尧山堂外纪》误以为白朴作）

醉醺醺，无何乡里好潜身。闲愁心上消磨尽，烂熳天真。贤愚有几人？君休问，亲曾见渔樵论。风流伯伦，憔悴灵均。（李伯瞻《［双调］殿前欢·省悟》）

应该来说，屈原与陶渊明对悲剧意识的消解方式不同：屈原宁愿"众人皆醉我独醒"，最后走向了死亡解脱；而陶渊明则归隐田园，饮酒作达。这一奇特的文化现象，表现了元人以酒为中心的价值观念和文化心态，反映了元人在文化选择上的深层内因。所以，在元散曲中，无论是警世、叹世、讥时、咏史或者叹光阴，还是归隐、辞官、自述、闲居题材的，无论是山居的，还是田园居的，都借酒表现出对功名、醒醉、生死的超越，对社会、历史、世俗的超脱，都可以看到陶渊明的影子。

其实，酒隐与菊隐、梅隐一样，本身也是隐居方式之一。所以，有个非常有趣的现象是，《庄子》中借渔父之口集中阐述饮酒必须法天贵真，并与以孔子为代表的儒家用世观点形成对照的是《渔父》篇；《楚辞》中借渔父之口阐述为人处世必须与世推移的出世观点，与屈原"众人皆醉我独醒"的志士用世观点形成对照的也是《渔父》篇。经过魏晋唐宋，到了以《渔父》为题的元曲中，大量出现渔父"酒隐"的情况，像乔吉《［中吕］满庭芳·渔父词》二十章中，可谓是章章有酒，其中"携鱼换酒"的沽酒消费方式，旨在通过经济上的独立获得人格的独立与完整。在这种背景下，曲作者才有"扁舟棹短，名休挂齿"式的勘破功名利禄之饮，有"村醪窨，何人共饮？鸥鹭是知心"式的盟鸥无机之饮，有"疏狂逸客，一樽酒尽，百尺帆开""风月养吾生老饕，江湖歌楚客《离骚》"式的文人疏狂之饮，有"活鱼旋打，沽些村酒，问那人家"式的村饮，有"闲日月熬了些酒樽，恶风波飞不上丝纶"式的风平浪静、身闲心静之饮，有"渔翁醉也，任横棹楫，不缆桩

227

橛"式的放任自流之饮，从这个饮酒渔父的身上，我们看到的绝不是以打渔谋生的普通的渔父，而是以渔隐居的具有象征意义的文人士大夫的化身。元代文人充满着矛盾、痛苦的悲剧意识，通过饮酒自适的生理解脱与庄子、陶渊明式的心理解脱，悉皆转化为自足、自乐、自欣、自适，这代表了传统文人饮酒生活的价值取向。

元代文人仕进道路的阻断以及由此产生的"酒内忘忧"的生活，无论是浅斟低唱式的享受，高歌狂饮近似西方酒神精神式的叛逆，还是中国式的酒仙文化精神的解脱，都传达着深度的悲剧意识。消解悲剧意识的物质，除了山水、书籍、棋琴外，自然而然就是酒了。然而，一味地借酒消愁可能导致两种结果：一种是纯粹的物质消解，结果是"举杯消愁愁更愁"（李白《宣州谢脁楼饯别校书叔云》），它并没有消解悲剧意识，反而使得这种意识呈现更为深度的转化，情绪处于更为复杂的巅峰状态，极端痛苦与极度快乐交织的状态，这就是酒神状态，处在这种状态下创作的宴饮散曲往往是酒神文化模式的，在元曲中为数较少，但传达的生命信息却是非常深刻的；另一种是既借助于酒的物质消解，更辅之庄、陶式的心理调适，从而使得愁思得到化解，悲剧意识得到稀释，这就是中国特色的酒仙式消解。如果说前一种反映深度的悲剧情结、巅峰体验的宴饮散曲与西方的酒神精神更为接近的话，那么后一种则体现了酒这种特殊物质与中国特色文化的结合，酒神精神与悲剧意识在这里得到浅斟低唱、酒仙精神的"中和"与稀释，这种状态构成了元代宴饮散曲的主旋律，也是元代文人饮酒的主心态。

第二节
元代宴饮杂剧的文化模式

西方的艺术源头在古希腊，古希腊艺术的源头在戏剧，而古希腊戏剧的源头在于酒神狄奥尼索斯的祭祀仪式。当时春秋两季，古希腊人都要举行这种仪式，仪式上人们排成盛大行列，合唱酒神赞歌。这种仪式一旦掺入了演员和一定长度的故事情节时，便演变成古希腊的戏剧雏形。正是因为有了对于酒神的崇拜，才有了戏剧的起源。中国戏曲的起源与古希腊有相类似的情况，但没有古希腊那样浓郁的酒神精神色彩，而是有自己的特色。

一、酒与中国戏曲起源、形成

关于中国戏曲源头，众说纷纭，大致有巫觋说、歌舞说、俳优说等。前两说，实际上来自远古的祭祀仪式歌舞。《吕氏春秋·古乐》："葛天氏之乐，三人操牛尾，投足以歌八阕。"远古的祭祀活动，对神灵的祭拜，离不开酒与歌舞，以大量的酒供奉在神灵前。"祀者，似也，谓祀者似将见先人也"[1]，而沟通神与人的重要角色，就是"巫"，巫以饮食享神，常常代神饮酒，醉后进入"似见先人"的状态，然后伴以歌舞娱神，故曰：大凡巫者，必酣歌恒舞。王国维阐释了戏曲起源于古巫、古优的观点：

> 歌舞之兴，其始于古之巫乎？巫之兴也，盖在上古之世……巫之事神，必用歌舞……故《商书》言："恒舞于宫，酣歌于室，时谓巫风。"……要之巫与优之别：巫以乐神，而优以乐人；巫以歌舞为主，而优以调谑为主……后世戏剧，当自巫、优二者出。[2]

所以戏剧从其源头开始就与酒结下了不解之缘。中国最早的有姓名可考的优伶优施就是个好酒者。他宴请里克，载歌载舞地向他暗示顺从骊姬，很好地完成了使命。有学者在考察"原始戏剧与初级戏剧"时注意到了"宴

---

① （唐）李隆基注，（宋）邢昺疏：《孝经》卷二，上海古籍出版社2014年版，第23页。

② 王国维：《宋元戏曲史》，上海古籍出版社2000年版，第1—4页。

饧乐舞"更多的拟态和装扮表演因素，对于戏剧形成的影响更大更直接。①

中国戏曲在形成过程中也处处有"酒"在。号称中国戏曲鼻祖的汉代角抵戏《东海黄公》表演的是饮酒打虎的故事：

> 有东海人黄公，少时为术，能制蛇御虎，佩赤金刀，以绛缯束发，立兴云雾，坐成山河。及衰老，气力羸惫，饮酒过度，不能复行其术。秦末，有白虎见于东海，黄公乃以赤刀往厌之。术既不行，遂为虎所杀。三辅人俗用以为戏，汉帝亦取以为角抵之戏焉。②

这部角抵戏表现人虎搏斗，不仅仅有舞台竞技内容，而且根据特定的人物故事情节，有饮酒人物造型、冲突情境，还有举刀祝祷、人虎相搏，更有饮酒醉态等舞蹈化动作，称"醉科"，成为角抵戏中的表演动作；而主题则为谴责酒祸，复归日神精神。这已突破了宫廷倡优即兴调笑阶段，具备了表演角色、故事情节、表演动作等要素，标志着中国戏剧的初步形成。自南北朝到唐代流行的民间歌舞戏《踏谣娘》的大致内容是：

> 北齐有人姓苏，鲍鼻。实不仕，而自号为"郎中"。嗜饮酗酒，每醉，辄殴其妻。妻衔悲，诉于邻里。时人弄之。丈夫著妇人衣，徐步入场行歌。每一叠，旁人齐声和之云："踏谣，和来！踏谣娘苦，和来！"以其且步且歌，故谓之"踏谣"；以其称冤，故言"苦"。及其夫至，则作殴斗之状，以为笑乐。③

踏歌从原始的巫歌、巫舞发展成极具观赏性的歌舞和戏剧表演，男主角化妆，面敷赤色，以示醉酒，登场作醉酒状、殴妻状；妇主角以歌舞形式哭诉邻里，踏碎步摇晃身躯，以示内心悲伤，故称《踏谣娘》。这里苏郎中

---

① 廖奔、刘彦君：《中国戏曲发展史》第 1 卷，中国戏剧出版社 2013 年版，第 31—32 页。

②（东晋）葛洪：《西京杂记》，中华书局 1985 年版，第 16 页。

③（唐）崔令钦：《教坊记》，景印文渊阁四库全书子部第 1035 册，第 548 页。

角色主要表演出"醉介",女角色与旁人的一唱众和,载歌载舞,更强化了故事的悲剧气氛,最后归结到"笑乐",以娱宾遣兴收场,反映了早期酒戏艺术,其实也是娱乐文化的产物。王国维评价此戏"有歌有舞,以演一事,而前此虽有歌舞,未用之以演故事;虽演故事,未尝合以歌舞,不可谓非优戏之创例也"①,在中国戏剧形成史上占有一席之地。

晚唐王敷的参军戏《茶酒论》是我国现存最早的敦煌剧本,也是第一部酒戏脚本。它以对话的方式、拟人手法,广征博引,取譬设喻,借茶、酒之口,各述己长,攻击彼短,以压倒对方。最后"水"站出来,告诉茶酒,万物离不开水,从而制止了酒茶争论,化解了两人的矛盾。从文体上来看,它有人物对话,有铺采摛文,具备汉代散体大赋的特征,所以郑振铎认为它"是'赋'之体也"②,称之为"俗赋"。但赵逵夫认为它是一个俳优戏脚本③,刘文峰也认为是唱白相间的一个剧本④。它也确实符合剧本文体的特征。一是从角色来说,"茶""酒""水"可以视为三个角色,分别代表达官贵人、隐逸士人、和事佬,符合参军戏的角色设计,"茶"和"酒"更像是副净和副末,"水"更像"末泥",是整个剧本画龙点睛的一个人物。⑤ 二是从构思来说,这个"对话体"可以看到汉赋的影子;但从语言(通俗风格)、人物语言(代言体)、角色设置等方面看,又更加接近戏曲的特点。三是从艺术形式上看,说、唱、表演三者结合,演出事先编排好的故事,当系最早的戏曲脚本无疑。从主题来说,"若人读之一本,永世不害茶颠酒疯"的戒茶戒酒,代表了中国人的理性精神,而不是酒神精神。

戏剧将醉人醉事搬上舞台,表现酒德、酒功或者酒祸的主题,同时演

---

① 王国维:《宋元戏曲史》,东方出版社 1996 年版,第 7 页。

② 郑振铎:《中国俗文学史》(上册),作家出版社 1954 年版,第 176 页。

③ 赵逵夫:《唐代的一个俳优戏脚本——敦煌石窟发现〈茶酒论〉考述》,《中国文化》1990 年第 2 期,第 157 页。

④ 刘文峰:《中国戏曲文化史》,中国戏剧出版社 2004 年版,第 49—50 页。

⑤ 马潇婧:《中国现存最早的剧本——晚唐进士王敷〈茶酒论〉探析》,载《戏曲研究》编辑部编《戏曲研究》第 89 辑之第六届中国(海宁)·王国维戏曲论文奖专辑,文化艺术出版社 2014 年版,第 170 页。

绎醉容、醉语、醉态、醉动作，形成了中国宴饮戏剧的传统。从汉代的《东海黄公》、南北朝的《踏谣娘》到唐五代的《茶酒论》，不但可见中国戏剧一步步形成的过程，而且可见古代酒戏如何走向成熟的过程。

二、酒：元代杂剧的文化因子与表演艺术

宋、金时期在前人基础上发展出了宋杂剧和金院本，是比较稳定的戏剧形态。南宋周密《武林旧事》列举的杂剧名目有 280 种，元代陶宗仪《辍耕录》记载的院本名目共 690 种，可惜有目无本，其中《醉院君》《醉青楼》《醉还醒》《花酒酸》《闹酒店》《偷酒牡丹香》《三姐醉还醒》《醉排军》《闹旗亭》《瑶池会》《八仙会》《酒色财气》《杜甫游春》《花前饮》《香茶酒果》《酒楼伊州》《水酒梅花爨》《酒槽儿》《酒家诗》《数酒》等剧目，顾名思义，显然都是表现宴饮情节的，可惜没有留下剧本。

形成于宋代，繁盛于元大德年间的元杂剧就非常丰富了。根据《全元曲》（杂剧）的初步统计，162 种杂剧作品中，161 种有酒及酒的描写，占比达99%，这说明从元杂剧开始已经形成了专门描写酒人、酒宴的酒戏；即使不是专门写酒戏，也往往以饮酒、醉酒为线索，以酒店、宴席为场合来结构剧情及刻画人物，戏剧舞台表演中也充满了丰富的酒文化内容。从题目上看，有"酒""酒会"等作为题目的酒杂剧至少在 14 部以上，而写酒戏最多的作家依次是高文秀 5 部、马致远 4 部、关汉卿 4 部，关汉卿的剧本即使题目无"酒"，但几乎每个剧本都有酒场面描写。从题材上来看，写酒最多的，依次如下。

1. 历史剧与英雄剧中的酒戏。主要在《三国演义》戏、《水浒传》戏、《说唐》戏、战国戏、神魔戏中，约有 11 部，即关汉卿《关大王独赴单刀会》《刘夫人庆赏五侯宴》、高文秀《黑旋风双献功》《刘玄德独赴襄阳会》《保成公径赴渑池会》《黑旋风诗酒丽春园》（存目），康进之《梁山泊李逵负荆》，杨梓《功臣宴敬德不伏老》，无名氏《鲁智深喜赏黄花峪》《刘玄德醉走黄鹤楼》《二郎神醉射锁魔镜》等。

2. 神仙道化剧中的酒戏。约有 9 部：马致远《吕洞宾三醉岳阳楼》《马

丹阳三度任风子》《邯郸道省悟黄粱梦》，岳伯川《吕洞宾度铁拐李岳》，谷子敬《吕洞宾三度城南柳》，杨景贤《马丹阳度脱刘行首》，贾仲明《吕洞宾桃柳升仙梦》，无名氏《汉钟离度脱蓝采和》《瘸李岳诗酒玩江亭》等。

3. 文士诗酒风流剧中的酒戏。约有 9 部：马致远《江州司马青衫泪》《酒德颂》（存目），石君宝《李亚仙花酒曲江池》，戴善甫《陶学士醉写风光好》，王伯成《太白贬夜郎》，张寿卿《谢金莲诗酒红梨花》，郑光祖《醉思乡王粲登楼》，乔吉《杜牧之诗酒扬州梦》，无名氏《苏子瞻醉写赤壁赋》等。

元杂剧广泛反映了元代酒文化特点与习俗。杂剧作品中的"酒名"，既有瓮头清、羊羔酒、泥头酒、梨花酿、鹅黄酒等名贵酒，也有素酒、浑酒、茅柴酒等普通酒；既有时代特色的"烧刀子""烧酒"，证实中国白酒形成于元代①，更有游牧民族特色的马奶酒、葡萄酒、答剌苏（又称打剌酥）、羊酥酒，体现了蒙汉结合、中外交融的饮食文化特征。元杂剧还反映了婚丧酒、离合酒、庆吊酒、庆功酒、祝寿酒、浇愁酒、花酒、肯酒、送路酒、喜酒、别酒等许多风俗文化，暖酒、热酒、醒酒、按酒、筛酒、酾酒、安魂酒、永别酒、寿酒、庆功酒等习惯，也反映了元代酒肆消费文化与经营文化。作品通过这些丰富的酒文化，创设故事情节、塑造人物形象、推进剧情展开，既体现了中国文化的承传性，又表现了它的时代性与民族性。酒戏中鲜活丰厚的文化意蕴，赋予了元戏剧永久永恒的艺术魅力，这也是元散曲与元杂剧成为一代文学的奥秘所在。

随着戏剧的形成与发展，元杂剧有关酒的艺术表现功能也越来越完备。

1. 有关"酒"的音乐艺术——曲调。由于元杂剧的兴起，诗词逐渐向散曲、套曲转化，宴席间的歌词分化出杂剧中的唱词，开辟出了一条新的发展道路，最常见的有梅花酒、沽美酒、醉扶归、醉春风、沉醉东风、醉中天、醉花阴、醉太平、醉高歌、沽美酒等，其次有梅茶酒、酒旗儿、醉娘子、金盏儿、醉雁儿、醉乡春、醉也摩娑等。南戏中也有醉娘子、醉罗歌、醉翁子、

---

① 万伟成、丁玉玲：《李渡烧酒作坊遗址与中国白酒起源》，世界图书出版公司 2014 年版，第 52—53 页。

醉中归、劝劝酒、醉偬偬等。

2.有关"酒戏"的表演角色。经笔者研读元杂剧时发现，几乎所有角色都有"酒戏"，如"正旦做饮酒科""正旦做醉跌科""旦儿饮酒科""正末饮酒科""正末做醉科""大末做吃酒科""二末做吃酒科""三末递酒与大末科""关末推醉科""净饮科""净做醉睡科""卜儿饮科""驾饮科""众做打鼓烧纸饮酒科"等描写，涉及旦、末、净、杂等各种角色，即使有不饮酒的角色，也要劝酒，如"（外旦云）妹子，饮一杯酒者"（《郑月莲秋夜云窗梦》）。在酒戏中，最多的最独具特色的角色就是酒保（即酒店卖酒的伙计），一般的杂剧少不了这个角色做客串，有的甚至非常重要，如《吕洞宾三度城南柳》《吕洞宾三醉岳阳楼》等。此外还有店小二、酒务儿，民间称酒店为"酒务"，酒务儿也是卖酒的角色，大都由丑角扮演，所谓"丑扮店保上""丑扮卖酒上""丑扮店小二上""丑扮酒保上"。酒保卖酒，但也有饮酒的，如"（酒保云）既然先生不怕，我与你酒自斟自饮"（《吕洞宾三度城南柳》）。

3.有关"酒"的表演道具，有酒壶、杯盘、金尊、酒碗、酒盏、酒坛等。

此外，有关"酒"的表演动作更是丰富多样（详见下文）。总之，与酒有关的表演艺术越来越丰富多彩，亦足见酒文化对它的滋养越来越丰厚。

三、元代宴饮杂剧缺乏真正悲剧与酒神精神

用西方的日神、酒神来解读中国戏曲的文化模式，学术界早在 20 世纪 90 年代就已经开始了。[①] 这个问题涉及中西方戏剧的文化模式对比问题。从文化模式与文化精神来说，元代杂剧与明清传奇戏一样都缺乏酒神文化模式，而偏于日神文化模式与酒仙文化模式。

古希腊的戏剧来源于酒神颂仪式。当人们戴上面具，扮演神、动物、男人与女人，用歌舞表演故事情节时，于是就有了悲剧与喜剧。悲剧直接

---

① 苏国荣：《日神与酒神——戏曲的文化模式》，《中国文化研究》1996 年春之卷，第 82—90 页。

源于"酒神颂歌",悲剧的原意是"山羊之歌"①。古希腊人一边狂舞,一边高唱"山羊之歌"。早期的《酒神颂》叙述酒神狄奥尼索斯在尘世中的受苦受难,并赞美他的诞生。当他们处于酒神祭祀仪式的极度醉狂的时候,他们没了生命的担忧与理智骚扰的苦恼,往日的痛苦和日神法则均被涤荡一空,才获得了心灵的快慰。希腊的戏剧艺术从此诞生了,悲剧艺术也诞生了。到了古希腊三大悲剧家作品出现时,酒神精神在普罗米修斯、俄狄浦斯、美狄亚身上得到了完美的演示②,这些作品都表现了人与命运的抗争从未停止,在苦难之中寻求救赎。

元杂剧没有这样的悲剧作品,也没有这样的酒神精神。朱光潜的《悲剧心理学》中说:中国根本没有西方意义上的悲剧,"事实上,戏剧在中国几乎就是喜剧的同义词,中国的剧作家总是喜欢善得善报、恶得恶报的大团圆结尾……仅仅元代(即不到一百年时间)就有五百多部剧作,但其中没有一部可以真正算得上悲剧"③。元杂剧虽然没有真正意义上的悲剧,但悲剧性作品还是有的。历史悲剧性作品有《双赴梦》《哭存孝》《五侯宴》《梧桐雨》《汉宫秋》《荐福碑》《青衫泪》《赵氏孤儿》《贬黄州》《火烧介子推》《东窗事犯》《霍光鬼谏》《豫让吞炭》《孟良盗骨》等诸本。社会悲剧性作品有《窦娥冤》《鲁斋郎》《潇湘雨》《张千替杀妻》《货郎担》《硃砂担》《冯玉兰》《生金阁》《魔合罗》《灰阑记》《盆儿鬼》等诸本,也有类似西方的"酒神性"作品,"主要体现超人力的灾难必然性,通过偶然出现的恶人,实现对主人

---

① 贾明:《尼采肖像:一个漂泊者的人生与思想》,上海社会科学院出版社2008年版,第62页。

② 埃斯库罗斯的《被缚的普罗米修斯》叙普罗米修斯蔑视最高权威宙斯与神界条律,盗火种给人类,而被捆绑在高加索山崖上,忍受风霜雨雪及饿鹰啄肝、煎熬达三万年之苦,他身上"泰坦式的冲动"使他获得了酒神的力量。索福克勒斯的《俄狄浦斯王》叙俄狄浦斯王与命运抗争,最终为命运所捉弄,而弑父娶母。他从容赴死并获得新生,显现出凡人的崇高和不屈的斗争精神。欧里庇得斯的《美狄亚》中,主人公为了爱情而不惜抛弃家人,背叛祖国,勇敢向男权社会发起挑战,摆脱传统的社会教条和伦理限制,追求人性的自由和解放,报复不公的世界而获得酒神的畅快。

③ 朱光潜:《朱光潜全集》第2卷,安徽教育出版社1991年版,第428页。

公生命意志不可逆转的摧毁"①，但悲剧性作品不等于悲剧作品，酒神文化因子不等于酒神精神。同样地，元杂剧中一些塑造李白醉酒形象的作品，如郑光祖《李太白醉写秦楼月》和《李太白醉草吓蛮书》，无名氏《采石矶李白捉月》，王伯成《李太白贬夜郎》等，因为题材原因，也不乏酒神文化因子在内，如狂士的傲岸性格、抗争形象与浪漫主义气质等；但其中的悲剧精神、抗争精神等都得到一定程度上的消解，如李白江中捞月，落水身亡，受到龙王和众水族的欢迎，"月中人不弃我酒中仙，向浪花中死而无怨""众水族尽皆全，摆列着一圆圈"，渲染了酒仙境界，却落入大团圆的窠臼，反而弱化了酒神精神。这是由中国戏剧文体的特殊性所决定的。这里，我们仅从上面列举的 29 部酒戏作品来论述，不难发现："古希腊的悲剧是悲剧，这不在于它表现的命运的强大，不在于灾难的多少，不在于结局是否圆满，而在于面对灾难的人一定要与那不可抗争的灾难抗争的精神。这就是古希腊悲剧的精神，真正的悲剧精神。"② 这种精神在元代酒杂剧中是缺失的。即使在酒杂剧之外的其他悲剧性作品中，如《窦娥冤》《赵氏孤儿》等，也往往穿插一些插科打诨，最后以大团圆结局，将悲剧内容纳入喜剧形式，以喜剧同化悲剧，实现了中和之美，因此在一定程度上弱化了西方酒神那种悲剧性抗争、崇高与强大。

四、元代宴饮杂剧的日神精神

元代酒杂剧中突出的文化精神主要是偏于日神而非酒神的，这与杂剧的特殊艺术表现形式与演员表演艺术相关。

（一）愉悦精神

元杂剧中的"酒"的描写充满着一种"我每日饮酒快活"（无名氏《关云长千里独行》）、"好饮酒耍笑欢乐之事"（无名氏《阀阅舞射柳蕤丸记》）的观念。饮酒常常与其他娱乐活动组合在一起，比如"赏雪饮酒观梅"（关

---

① 谢柏梁：《中国悲剧文学史》，上海古籍出版社 2014 年版，第 186 页。
② 寇鹏程：《美学与人生》，西南师范大学出版社 2015 年版，第 87 页。

汉卿《山神庙裴度还带》)、"高楼上吹弹歌舞，饮酒欢娱"（无名氏《庞居士误放来生债》)、"伴着那火（伙）狂朋怪友，饮酒作乐"（高茂卿《翠红乡儿女两团圆》)。酒令当然也进入了元杂剧中，令官在这里又称"押宴"，不但主持宴会，而且主持酒令，元杂剧中的酒令有"打马投壶"（无名氏《逞风流王焕百花亭》)、"射柳令"（王实甫《四丞相高会丽春堂》)，有"英雄好汉酒令"（朱凯《刘玄德醉走黄鹤楼》)、"猜枚行令"（无名氏《阀阅舞射柳蕤丸记》)、"不许提着'韩辅臣'三字"酒令（关汉卿《杜蕊娘智赏金线池》)、拆白道字（范康《陈季卿误上竹叶舟》与王实甫《西厢记》第五本第三折）、吟雪诗令（刘唐卿《降桑椹蔡顺奉母》)、四句气概诗贯状元郎令（关汉卿《状元堂陈母教子》)、顶真续麻令（关汉卿《赵盼儿风月救风尘》《杜蕊娘智赏金钱池》、吴昌龄《花间四友东坡梦》) 等，这些酒令与一定的故事情节相联系，比如朱凯《刘玄德醉走黄鹤楼》第三折，"周瑜出一令，单为席间取一笑耳"，大段写刘、周行令，既关联了孙刘两家既联合又斗争的情节，又渲染杂剧的快乐气氛，也让在场的观众感到愉悦。中国文化是一种"乐感文化"，在酒杂剧中也得到充分体现。

元代酒戏中，戏中人物大都是在浅斟低唱的环境中获取酒中乐趣的，"酒"为元杂剧增添戏剧表演的喜剧效果。这也与中国戏曲形成有关。从早期《东海黄公》和《踏谣娘》就已经透露出这一喜剧性的倾向，元杂剧作者经常以酒入戏，利用酒力的作用、幽默风趣的酒颂来突出喜剧效果，比如：

> ［牧羊关］见酒后忙参拜，饮酒后再取覆，共这酒故人今日完聚。酒呵，则道永不相逢，不想今番重聚。为酒上遭风雪，为酒上践程途。这酒漫头和你重相遇，酒爹爹安乐否？（高文秀《好酒赵元遇上皇》)

赵元唱的这支曲子，写他与酒重逢后的参拜和惊喜，连"酒爹爹"都呼唤出来了，活脱脱地塑造出一个滑稽感极强的"好酒赵元"形象。再加上作品前半部分展现岳父和妻子联合起来逼他断酒，于是一场断酒与好酒的冲突，全然以轻松幽默的情调出之；赵元遭受迫害赴京送公文误了期限，处于生死边缘，不承想偶遇上皇并结拜，起死回生，却婉拒了上皇的功名利禄诱惑，只选择酒伴一生，进一步强化了这一"好酒赵元"的形象。最后，上皇出面，替赵元报了仇，这种大团圆结局，使得全剧充满了独特的传奇色彩、艺术魅力与喜剧效果。

杂剧起源、兴盛于民间，作为一种民俗活动，它既有商业性，也有娱乐性，既有剧中人物角色与座下观众宣泄自我情感、获得精神愉悦的需要，也有互相感染、升华饮酒审美趣味的需要。所以，酒令同酒场合的赏乐、赏舞、赏花、赏月等一样，可以使得饮酒的过程得以延展，饮酒的愉悦精神得以放大。

中国向来有"酒以成礼，乐以侑食"（隋佚名《景德中朝会》）的饮食传统，"乐感文化"在传统戏剧中广泛存在，在酒戏中尤其备受欢迎。在元代杂剧的演出场合中，观众也往往在台下边饮酒边赏剧，构成了"杂剧侑酒"现象。以杂剧侑酒的风气起于宋朝。宋制是：每春、秋、圣节三大宴，帝王将相宴饮称庆之时，即用专门训练过的"小儿队""女弟子队""各进杂剧队舞及杂剧"（《宋史·乐志》），随着不同的舞队和舞剧，宰相进酒，皇帝举酒、再举酒、三举酒，将宴会推向高潮。辽国使者使宋，宋朝使者使辽，皆有此风（《辽史·乐志》）。这种背景下的元杂剧创作与表演都必须配合现场气氛，一是多利用"酒"来组织故事情节，以愉悦精神来愉悦观众，二是以大团圆结局来淡化悲剧精神，以中和精神消弭抗争意识，这些都增强了元杂剧作品的愉快精神，一句话，在文化模式上，淡化了酒神色彩，而强化了日神色彩。

（二）德行精神

元杂剧作品中，尽管颂酒、咏酒、劝酒的不少，给酒摆功论好的也不少，也有个别的作品以酒为德（如马致远存目剧《酒德颂》），但也有相当数量的作品从道德上谴责酗酒，所谓"这厮原来酒后无德，撒酒风那"（无名氏《冻苏秦》第三折），"无道理无仁义酒魔头"（无名氏《鲁智深喜赏黄花峪》第四折），"这黄垆畔有祸殃，玉缸边多危险，酒呵，播声名天下嫌"（杨景贤《西游记》第二本），甚至列举各种酒祸，比如"饮酒非为，日后必然败我家业""饮酒非为，不务家业""恋酒迷花，无数年光景，家业一扫无遗"（秦简夫《东堂老劝破家子弟》楔子、第一折），"您孩儿吃不得了，心中有些不好，吐了两口血。这酒元来伤人""贪财恋酒，误了军情""他无酒还好，吃了酒，便要杀人"（马致远《邯郸道省悟黄粱梦》第一、四折），酒成了恶德。北宋以来，人们把人类恶德的来源归结为"酒色财气"四个方面。元杂剧中，"酒色财气"凡26处，都在否定之列；如果再细而察之，就会发现这些"酒色财气"字面都出现在神仙道化剧中（详见下文分析）。为什么四罪之中"酒"居其首？因为酒是一种助人一切罪恶的兴奋催化剂，一旦酒狂乱性，则一切兽性、贪欲均将因理性失控最终走向毁灭的深渊。后来李逢时等编演的《四大痴》传奇戏，其中的《酒懂》集中批判了酒的原罪性质，从另一角度维护了酒戏的理性精神与道德精神，这种精神离酒神精神益远，与日神精神益近。虽然这些作品通过对酒色财气的表现，探讨了道德的善与恶、人性的理性与非理性等带有根本性的问题，但并没有将这种矛盾极端化、极致化，而是融化在以善胜恶、以理性胜非理性的结局里，体现了日神法则的最终胜利。

（三）礼仪精神

元杂剧里的礼乐文化精神是中华传统文化的一个缩影。无名氏《锦云堂暗定连环计》有一个情节：正末王允劝吕布酒，"吕布做接酒饮科，云：老宰铺，吕布已醉，有失礼体，酒勾了也"。可见，饮酒是讲究礼体的。元代杂剧记载了许多酒的礼俗，举武汉臣《包待制智赚生金阁》为例：

> （正末云）隔壁阁子里有人吃酒，我是听咱。（老人云）老的，今日是上元节令，家家玩赏。好便好，则多了这没头鬼。老的，你满饮一杯。（里正云）老的先请。（老人云）也罢，我先饮。嗨！老弟子孩儿，可忘了浇奠。（做浇奠科，云）头一盅酒，愿天下太平；第二盅酒，愿黎民乐业，做官的皆如卓鲁，令史每尽压萧曹，轻徭薄税，免受涂炭者。

这一段元宵节风俗描写中，传递了三个传统礼仪文化的信息：一是少长之礼，这与元日饮屠苏酒自少至长次第饮起不同，而是恢复了长者先饮的礼仪；二是浇奠之礼，"酒以成礼"，"拜而后饮"，这就是《礼记·王藻》规

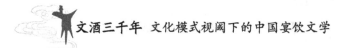

定的饮前必祭，是酒礼的重要一环；三是祭拜之时，还必须要有相应的祈福活动。虽然元宵节酒礼没有反映在《礼记》中，但这些精神实质是符合《礼记》精神的。

礼仪除了精神实质外，还必须配套一系列仪式。礼仪是可以表演的。科介，是指古代戏曲创作与表演中，用于表达人物动作、表情以及舞台效果的提示，"科"多用于杂剧，"介"多用于南戏。据笔者对元杂剧的研读，元剧作品中关于"酒"的表演动作的提示有近百种，它们是：

做入酒店科、做入酒务儿科、见酒保科、做般酒果上科、做打酒上、打酒科、将酒上、带酒上、带酒科、携酒上、拿酒壶科、做筛酒、酾酒科、取竹筒装酒科、递酒科、再递酒科、做递三杯俱饮科、递酒三杯科、（做）斟酒科、拿酒科、拿酒壶科、执壶科、执壶斟酒科、做执壶科、做供酒科、（做）接酒科、做接酒饮科、做接酒不饮科、跪接饮起科、做接酒回酒科、做饮酒回敬科、做送酒（科）、（做）奉酒科、进酒科、（做）把盏科、浇酒科、奠酒科、做浇奠科、做浇奠酒科、（做）饮酒科、（做）饮科、（做）吃酒科、做拿酒肉与正末科、饮酒啖桃科、作乐行酒科、连饮科、连饮数杯科、倒退自饮科、稍自饮科、饮酒科了、接饮科、做接饮、三饮科、连饮三杯科、把酒科、行酒科、（做）回酒科、做饮酒回敬科、做劝酒科、做放酒科、与酒科、与酒肉吃科、做酒醒慌上、醒科、（做）醉科、做醉跌科、醉睡科、做寒吃酒科、做换酒科、做拜踢倒酒瓶科、放下酒科、做使酒科、装醉戏末科、带醉出朝科、做醉上、复醉倒科、做饮醉下楼、大睡倒科、递酒与众科、把众酒科、做拜踞倒酒瓶科、作歌舞劝酒科、推醉科、做吐科、做见郭醉科、做伴醉接盏上下觑科、丢盏科、醉眼（醉眼模糊、醉眼乜斜、醉眼横斜、醉眼朦胧、醉眼横秋）、做猛醒科等。

从进酒店、见酒保到递酒、接酒、拜祭、敬酒、饮酒、案酒再到歌舞劝酒，直到最后醉倒、醉起、醉出，每一个"酒"的动作都呈现了浓郁的程式性、礼仪性、舞蹈性以及审美性，都是中和精神支配下的产物，这也印证了中

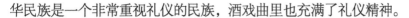

华民族是一个非常重视礼仪的民族，酒戏曲里也充满了礼仪精神。

（四）中和精神

中和精神作为中华民族的文化精神，已渗透到哲学、政治、艺术、伦理道德等各个领域："喜怒哀乐之未发谓之中，发而皆中节谓之和，中也者，天下之大本也；和也者，天下之达道也。致中和，天地位焉，万物育焉。"（《礼记·中庸》）中和，就是万事万物相处的和谐、有序、均衡、稳定之道。所谓"和实万物"，就是世界的平衡之道；"乐从和"，就是各种音乐、音符艺术的平衡之道；"政通人和"，就是社会各个群体相处的平衡之道；"温柔敦厚"，就是观人与观诗的平衡之道。孔子评《关雎》说"乐而不淫，哀而不伤"（《论语·八佾》），讲的是音乐文学的中和之美，体现了与"过与不及"截然不同的中庸原则，这就是反对过度、追求适度的日神法则。元钟嗣成的《录鬼簿》论杂剧云："歌曲词章，由于和顺积中，英华自然外发，自有乐章以来，得其名者止于此。""和顺积中"就是对杂剧中和精神的另一种表述，可见中国戏曲艺术从一开始，就是在适度、平衡的法则下进行艺术创作与表演的。它一方面表现为一种作品情感抒发上的"乐而不淫，哀而不伤"，所谓"务使一折之中，七情俱备"（李渔《闲情偶寄·词曲部》），比如上述的大量以乐感文化、娱乐元素（如酒、酒令等）注入剧本情节，以喜剧形式、大团圆结局弱化了悲剧色彩，用插科打诨中和悲剧性冲突；另一方面也必须包括现场饮酒赏戏的观众情感上的"乐而不淫，哀而不伤"，这也是观众情感的一种需求，倘若"满堂饮酒者，有一人独索然向隅而泣，则一堂之人皆不乐矣"（汉刘向《说苑·贵德》）。这不符合中华民族追求"饮酒以乐"、"皆大欢喜"、圆满完善的审美需要。当然，戏剧中的中和精神，除了情感表达外，还表现在思想内容、艺术技巧、风格特征等诸多方面。比如度脱剧中的"酒色财气"，先是表现"酒"的原罪，最后去了"四罪"，"以礼制欲"的结果就是以理性战胜了非理性，这也是一种大团圆结局，一种礼乐精神的胜利，一种中和精神的胜利，一句话：日神法则的胜利。

五、元代宴饮杂剧的酒仙精神及其世俗化

明代戏曲家朱权《太和正音谱》"杂剧十二科"中首列"神仙道化"，第二是"隐居乐道"（又曰"林泉丘壑"），第十二是"神头鬼面"（即"神佛"杂剧）。神仙道化剧主要表现道教神仙信仰，宣扬道教教理教义、修炼方术的内容，因照例有一番点化（度）和舍弃（脱）的过程，故又名"度脱剧"。隐居乐道剧主要写隐居乐道、避世超尘、独善其身的隐士故事，这两种题材类型的杂剧中都有相当篇幅的宴饮文学描写，都具备酒仙精神的基本构件；但它与高雅的传统诗文样式相比，其酒仙精神更具备严重世俗化的特质。

一是体现了一种对现实悲剧的"度脱"精神。神仙道化剧与隐居乐道剧的故事情节中，剧中人物往往经历了人生的生死悲剧、政治失意悲剧等各种悲剧。但作品往往不是引导悲剧人物对现实的强烈抗争，而是对现实的超脱，所以"度脱"构成了这类戏剧的题材内容、中心主题。吴新雷在《也谈马致远的"神仙道化"剧》中对"度脱"的内容及来源进行了详细解释："所谓度脱，就是神仙向凡人说法，解脱人世间'酒色财气'、'人我是非'及'富贵名利'等烦恼罪恶，点化迷津，使之顿悟红尘之非而归于正道，成为神仙。'度脱'是道教教义的一个重要部分，其来源是袭取佛家禅宗的学说，再加上阴阳迷信之术附会而成。'度脱剧'便是以道教经典中编造出来的这类故事为题材的。"① 酒仙精神在这里，没有深度的悲剧精神与抗争精神，仅有的一点悲剧情结也在或道家、或玄学、或佛教、或道教的消解或"度脱"下，一一得到化解。所以，酒仙精神虽然也是从悲剧精神出发，但它更体现了超越世俗、超越悲剧的解脱精神。

二是体现了一种超越道德而回归理性的精神。酒仙精神一般是在并不违背传统道德前提下的有限度的理性精神，在这一点上向理性回归，但由于

---

① 吴国钦、李静等编：《元杂剧研究》，湖北教育出版社 2003 年版，第 239—240 页。

受中国天人合一的思想影响，酒仙精神更强调与天地合一，返璞归真，回归自然，这一点反映的主要是道家思想的影响。正如上文所言，这类剧中充斥着对"酒色财气"的谴责，对非道德饮酒的谴责，这在神仙道化剧中常见，例如：

> 若此人弃却酒色财气，人我是非，功成行满。（郑廷玉《布袋和尚忍字记》）

> 左一謦受王祖师指教，去其四罪，是酒色财气，方成大道。（马致远《吕洞宾三醉岳阳楼》）

> 你做了酒色财气，你辞了是非人我。今日个老柳惹上仙风，和小桃都成正果。（谷子敬《吕洞宾三度城南柳》）

神仙道化剧在夏庭芝《青楼集》、钟嗣成《录鬼簿》、朱权《太和正音谱》中均被视为元明杂剧的一个重要门类，这是符合实际情况的。吕洞宾初为凡人时，经过钟离权的度化，克服了四大恶罪，他自道"度脱"过程时说：

> （洞宾云）姑姑不知，当日我征西时，我丈人与我送行，吃了三杯酒，吐了两口血，当日断了酒。次后到阵上，卖了阵，圣人知道，饶我一命，将我送配无影牢城，我因此断了财。来到家中，我浑家瞒着我有奸夫，被我亲身拿住，我就将浑家休了，断了色。今日到此处，若有师父来，便打我一顿，我也忍了。从今已后，我将气也不争了。（马致远《邯郸道省悟黄粱梦》）

被度脱者吕洞宾后来也成了度脱者，他度脱桃、柳时说："断绝了利锁名缰，逼绰了酒色财气，有一日得道成仙。"（贾仲明《吕洞宾桃柳升仙梦》）他度脱铁拐李时说："为你一念思凡，堕于人世，见那酒色财气，人我是非，今日个功成行满，返本朝元，归于佛道，永为罗汉。"（郑廷玉《吕洞宾度铁拐李岳》）这些剧都鲜明地批判了酒的原罪性质。道家度脱剧如史久敬《老庄周一枕蝴蝶梦》云"四件事无毛大虫，再休与酒色财气相逢"，佛教度脱剧如杨景贤《西游记》第二本也说："若离得酒色财气，便堪为尘世神仙。"说明当时的佛道合一的民间宗教都将"酒"视为万恶之源，仿佛去了酒色财气四大原罪，才能度脱成仙成佛似的。酒的原罪性在道教全真教创始人王重阳《酒》诗中也反映出来："酒，酒。恶唇，脏口。性多昏，神不秀。损败真元，消磨眉寿。半酣愁腑肠，大醉摧心首。于己唯恣猖狂，对人更没惭忸。不如不饮永醒醒，无害无灾修九九。"他直接把酒视为原罪，甚至把"酒色财气"当作引发悲剧的祸首，因此在一定程度上体现了日神精神，一种无害的道德精神。

三是体现了一种遗世独立的回归自由精神。神仙道化剧虽然将酒定位为原罪，但并不是完全排斥"酒"，像吴元泰《八仙出处东游记》所说的八仙，个个都是醉酒仙人，"甚至连全真道奉为祖师的吕洞宾、王重阳，都是因酒得度者，酒肆因此成为道教度脱成仙的重要场所"[1]。他们常常以酒喻道，表达"道家所孜孜追求的自然德性的复返与重归"[2]，酒与仙达到完美的统一。这种倾向也在神仙道化剧与隐居乐道剧中表现出来。它们主张戒酒，又不离酒，把酒引向自然、自由的回归。

马致远《吕洞宾三醉岳阳楼》，吕洞宾就是一个酒仙，岳阳楼酒店就是他度人的场所。他二醉岳阳楼时，借酒抒发胸中的感慨："为兴亡笑罢还悲叹，不觉的斜阳又晚。咱想这百年人，则在这捻指中间。空听得楼前茶客闹，争似江上野鸥闲，百年人光景皆虚幻。"《邯郸道省悟黄粱梦》描述的仙境是"俺那里自泼村醪嫩，自折野花新。独对青山酒一尊，闲将那朱顶仙鹤引。醉归去松阴满身，泠然风韵，铁笛声吹断云根"。这里的酒境界都有一种回归自然与自由的精神在内。与其争名夺利，引发人生悲剧，莫如潇洒洞庭

---

① 万伟成：《学术视阈下的中华酒道研究》，华夏翰林出版社 2009 年版，第 145—146 页。

② 万伟成：《学术视阈下的中华酒道研究》，华夏翰林出版社 2009 年版，第 149—153 页。

湖去，做那闲云野鹤，滩头垂钓，静享现世，亲近自然，忘掉现实悲剧，所谓"世间甲子管不得，壶里乾坤只自由""方才识仙家的日月长，再不受人间的斧斤苦"，只有在酒、仙里才能回归自然，找到自由。隐居乐道剧中的"渔父"文人隐士形象，他们的饮酒、泛舟、垂钓，无一不是贵真自得、悠然自适的酒仙精神的体现。这种精神在元代隐居乐道剧中，除了马致远《西华山陈抟高卧》渲染"归到山中，醒时炼药，醉时高眠，倒大快活清闲也呵"的生活方式外，还有宫天挺《严子陵垂钓七里滩》，叙述隐士严光与微时的刘秀常常以兄弟相称，"闲攀话饮酒"，"在鱼州揽住收罾网。酒旗摇处沽村酿，畅情时酌一壶，开怀时饮几觞"的生活。刘秀做了皇帝以后，多次征召严光入朝。严光不慕富贵，仍在七里滩垂钓，甘心过闲淡的隐士生活，在他眼里，"你则是十年前沽酒刘秀，我则是七里滩垂钓的严陵"，所以他仍然坚持一种饮酒垂钓的生活方式，其实就是坚守一种向往自由、回归自然之酒仙精神。

四是体现了一种与世推移的世俗化精神。这一点与传统宴饮诗文中的酒仙精神不同，体现了一种世俗化了的酒仙精神。详观元代宴饮杂剧中的酒仙主角，特别是最受民间欢迎的八仙戏，深深渗透了民间信仰因素，形成了浓厚的世俗化色彩，像吕岩喜扮"穷道人"或"白衣秀士"，钟离权幻作"疯魔先生"，铁拐李好为长歌短唱，大大弱化了"仙风道骨"形象；即使是凡人主角，也多是屠夫（如岳伯川《吕洞宾度铁拐李岳》中的小李屠）、妓女（如李寿卿《月明和尚度柳翠》中的翠柳，吴昌龄《花间四友东坡梦》中的白牡丹），并不有仙风道骨，他们被度脱往往出于无奈，因为他（她）们身上存在着许多原罪，其中最严重的就是酒色财气，而酒居其首，这都加深了神仙道化剧的平民色彩。比起传统的诗文中的文人主角来说，传统酒仙精神更多士人化倾向，而杂剧中的酒仙精神更多世俗化、平民化倾向，这当然与仙佛的世俗化、情欲化趋势相适应。[1] 这不仅体现在角色定位上，更体现在言行上。他们喜欢饮酒食肉，贪财好色，舍弃不下世俗情欲，如曾瑞《王月英元夜留鞋记》中的和尚自道："我做和尚年幼，生来不断酒肉。

---

① 万伟成：《学术视阈下的中华酒道研究》，华夏翰林出版社 2009 年版，第 136—153 页，第 169—182 页。

施主请我看经，单把女娘一溜"。李寿卿《月明和尚度柳翠》中的月明和尚也说，"有酒我便去，无酒我不去"，"有肉我便去，无肉我不去"，最后月明成功度脱柳翠的时候，显孝寺行者不禁艳羡道："我如今不吃斋了，也学他吃酒吃肉，寻个柳翠来度他去！"尽管存在着对神仙不敬，甚或挪揄，但都不妨碍杂剧作者们让这些饮酒食肉的人物最后一个个度脱成仙成佛，从而使得宗教戏充满了世俗情调。

元代神仙道化剧划分为士人化、世俗化两种①，整个元代宴饮杂剧也可划分为这两类。这两类宴饮杂剧都具有浓郁的酒仙精神，都体现了对现实悲剧的"度脱"精神。但前者与传统酒诗文一致，文人士大夫气息浓重，体现了更多超越道德而回归自由精神；而后者代表酒仙精神的新的发展趋势，市井平民气息更重，体现了更多的世俗化精神。

综上所述，从文化模式来解读元代杂剧，不难发现，元杂剧不是西方意义上的悲剧，也没有西方意义上的酒神精神。元代宴饮杂剧中也不存在真正的悲剧，由于反映了愉悦精神、道德精神、礼仪精神与中和精神（适度精神），因此偏于日神精神；另一些反映了对现实悲剧的"度脱"精神，超越道德而回归自由精神，以及与世推移的世俗化精神，因而偏于中国特色的酒仙精神。

---

① 欧阳光：《元明清戏剧分类选讲》第八章，高等教育出版社 2007 年版，第 283—285 页。

第七章

《水浒传》和明代小说中的
宴饮文学模式

在中国文学史上，不仅是传统诗文词曲与酒结下不解之缘，就是小说也与酒有着密切的关系。先秦以还，历代小说都有酒的描写，志人小说《世说新语》是第一个高峰，是文言小说酒神精神的最大成果，代表了元以前小说中宴饮文学的最高成就。至志怪小说《聊斋志异》，是文言小说宴饮文学的又一个高峰。白话小说在宋元之后，成为酒文学世俗化的又一大成果，《三国演义》《金瓶梅》虽各有成就，但从文化模式分析，最有代表性的当属《水浒传》《红楼梦》。

第一节
《三国演义》《金瓶梅》宴饮文学及其他

一、先元小说宴饮文学概要

先秦的所谓小说，就是"饰小说以干县令，其于大达亦远矣"（《庄子·外物》），即浅薄琐碎的言论。那时诸子集中夹杂的寓言故事以及《山海经》《穆天子传》等，存在着酒的文学描写。至于战国墓里发现的大批竹简中的《穆天子传》，其中西王母与周穆王的瑶池宴，算是小说中较早的宴饮描写了，带有浓烈的神话色彩。现在所能见到的所谓汉人小说，绝大多数都不是汉人的作品。像托名东方朔的《神异经》，托名班固的《汉武故事》，也有关于酒的零星描写。到了魏晋南北朝时期，小说有了进一步发展。在志怪小说方面有《神异记》《十洲记》《搜神记》等。在志人小说方面则以《西京杂记》《世说新语》等为代表。

唐宋时期的文言小说也写到"酒事"，但大部分比较简略，不外是"吃酒""命酒""欢饮""执酒""饮酒""醉酒"之类的词儿，缺少对酒事、对酒人饮酒性格、饮酒精神的深入描写，对酒人物形象的刻画、对酒故事情节的展示尚未充分。值得一提的是牛僧孺的《玄怪录·古元之》，叙后魏尚书令古弼族子古元之，"因饮酒而卒"，死后在和神国的所见所闻。最后，古元之又饮酒沉醉，醒后重生。其中酒事描写，颇类陶渊明的《桃花源记》。这篇小说不免有着魏晋志怪小说的痕迹，给整个小说蒙上了一层扑朔迷离的浪漫色彩。

唐宋以后，酒入小说，特别是写入话本小说、长篇通俗小说，则随处可见，内容愈来愈丰富，反映时代风俗更全面、更广泛、更细腻。元明时期，无论是拟话本小说，还是长篇章回体小说，都有大量的酒文学描写，特别是长篇章回体古典名著中，《三国演义》《水浒传》《金瓶梅》等存在着海量的酒文学题材与描写，在历史小说、英雄传奇和世情小说方面，各自取得了最高的文学成就。

二、《三国演义》宴饮文学研究概要

罗贯中（约 1330—约 1400）的《三国演义》，写的是帝王将相之"演义"，酒自是不可少的描写对象。纵观整部《三国演义》，小说一开始，金圣叹本开头"词曰"中的"一壶浊酒喜相逢"，就拉开了描写酒的序幕。据统计，《三国演义》涉及宴饮描写的约百余处，小说中提到"酒"字的地方有 300 多处，酒的描写成为作品不可分割的部分。

目前学术界关于《三国演义》中的宴饮文学，有近 20 篇论文，主要集中在两个问题上。一是对小说中的酒文化的研究，有张毅真《〈三国演义〉的酒文化》（1995）、祖存基《〈三国演义〉与中国酒文化》（1997），主要对小说中的酒类、酒器、酒功能、酒俗等，作了一个简单的分类和梳理，白笑天《〈三国演义〉"煮酒"辨别》（2009）还作了些考证。二是对"酒"在小说艺术描写中的作用，进行了开拓性研究，如祖存基从"关公温酒斩华雄""庞统醉酒理事"两个片段，分析了"酒"在小说艺术渲染中的重要作用。① 关于"关公温酒斩华雄"，还有杨福廷《〈三国演义〉温酒斩华雄的艺术特色》（1984）、王永汉《从"温酒斩华雄"看〈三国演义〉

---

① 祖存基：《〈三国演义〉与中国酒文化》，《江苏商业管理干部学院学报》1997 年第 3 期，第 66—69 页。

的人物性格特征》（2007）、赵玉芳《虚实结合，精彩纷呈：试析〈三国演义〉中温酒斩华雄艺术魅力》（2007）等文章，大抵陈陈相因，重复性研究比较严重。此外，张兴璠《精湛的古典小说艺术技巧——读〈曹操煮酒论英雄〉》（1985），贾勇星《对酒当歌，彰显性格：酒与〈三国演义〉的人物刻画》（2008）、《酒中有成败：论〈三国演义〉的借酒用计和酒误大事》（2009）等对《三国演义》的酒人形象的塑造和故事情节的展开，进行了分析。总之，作为最早的长篇章回体小说之一，《三国演义》开创了宴饮文学的新境界，取得了空前的文学成就。不论作者以酒去塑造人物形象，还是用酒去推动故事情节，酒的描写都为作品增光添色，这充分显示出作者深厚的艺术功力和文化功底，这无疑对后来的小说创作产生影响。后来的小说特别是《水浒传》，酒的描写达到登峰造极的地步，可以说是受到了《三国演义》的启发。但后者在对酒事描写、对酒人饮酒性格塑造、对故事情节的细节描写方面，文学成就超过了《三国演义》，而且在文化模式方面，表现得更加充分和深入，堪为一代宴饮文学的典型代表，因此成为本章研究的重点内容。

三、《金瓶梅》宴饮文学研究概要

《金瓶梅》是第一部文人独立创作的章回体长篇小说和第一部世情小说，也是明代小说中较有分量的宴饮文学作品。据统计，兰陵笑笑生"笔下触及的饮食行业有二十余种……书中列举的食品（包括主食、菜肴、点心、干鲜果品等）达二百多种……酒二十四种，'酒'字二千零二十五个，大小饮酒场面二百四十七次。酒事从第一回至第一百回，贯穿全书始终。而《红楼梦》中，'酒'字仅五百八十四个，饮酒场面六十二次。《金瓶梅》饮食描写数量之大，远非《红楼梦》《水浒》《儒林外史》《镜花缘》等古典小说可比。这一文学现象，在迄今为止的我国小说史上，是绝无仅有的"①。

---

① 邵万宽、章国超：《金瓶梅饮食谱》，山东画报出版社 2007 年版，第 255—256 页。

目前学术界对《金瓶梅》中的宴饮文学研究，也有近 50 篇文章，主要集中在三个方面。一是对《金瓶梅》中的酒文化研究，这方面研究的文章最多，主要有戴鸿森《从〈金瓶梅词话〉看明人的饮食风貌》（1982）、郑培凯《〈金瓶梅词话〉与明人饮酒风尚》（1984）、田秉锷《〈金瓶梅〉与中国酒文化》（1992）、吴晓明《〈金瓶梅〉中的酒与医药的关系》（1992）与《〈金瓶梅〉中的酒文化》（1995）、陈伟明《从〈金瓶梅〉看明代的酒文化》（2000）、吕祥华《〈金瓶梅词话〉所描写的酒文化》（2013）、张北霞《〈金瓶梅词话〉中的酒器研究》（2013）等，论文集①收录的《金瓶梅》宴饮文学方面的论文就有 18 篇之多，此外还有赵建民等《〈金瓶梅〉酒食文化研究》（1998）、何良昊《世情儿女：〈金瓶梅〉与民俗文化》（2003）、邵万宽等《金瓶梅饮食谱》（2007）等专著，这些学术成果内容涉及时代特征、明朝名酒、商贾饮宴、景阳冈酒文化、饮食史料、饮食词汇、白酒工艺、明金宴、酒品资料汇编、礼节风俗等，也多偏向酒文化的研究。二是对小说中的宴饮文学的艺术方面的研究，主要有贾海建《论〈金瓶梅词话〉中的宴饮描写》（2008），这对小说酒的艺术描写、人物塑造、情节展开乃至酒令艺术等都有涉猎。此外，还有从小说中的酒名、酒俗入手，考证《金瓶梅》的作者与原产地的情况，如潘承玉《〈金瓶梅〉作者的家乡酒》（1999），苟洞《"米·酒"论证〈金瓶梅〉的诞生地》（2006），孙飞盈《浅谈〈金瓶梅〉之酒与作者之关系》（2009），这也不失为一个独到的认识问题的角度。《金瓶梅》中的宴饮文学，充斥着酒色财气的渲染，醉与性的文化因子非常突出，具有浓厚的酒神文化色彩。

以上就目前学术界对《三国演义》《金瓶梅》中的宴饮文学研究，进行了简要的综述，从中可见明代小说中的宴饮文学，已经为学术界所瞩目。关于《三国演义》《金瓶梅》中宴饮文学的文化模式的研究，目前学界尚未展开。如果说《金瓶梅》的酒神精神偏于酒与性的话，那么《水浒传》中的酒神精神则主要是排斥性，而突出酒与暴力的。《水浒传》中的宴饮文学，

---

① 赵建民、李志刚主编：《〈金瓶梅〉酒食文化研究》，山东文化音像出版社 1998 年版。

是明代在宴饮文学史上最有成就、文化模式特色最为鲜明的。下面以《水浒传》为例，研究明代小说中宴饮文学的文化模式。

第二节
《水浒传》宴饮文学概况

施耐庵（1296—1370）的《水浒传》成书以后，阅者无数，评者亦众多。这部经典名著，历久而弥新。尽管对于它的思想主题众说纷纭，有"忠义说""忠奸斗争说""农民起义说""游民说"等，但今天我们若从文化模式、酒文学角度去解读它，将会获得更新一层的主题思想理念，与更深一层的文化底蕴。

"杯中乾坤大，壶里日月长"，一部《水浒传》浸泡在酒中。全书 120 回，"醉"字 167 见，"饮"字 264 见，"酒"字 1904 见，共 115 回有"酒"描写，占 96%；无"酒"描写的只有 5 回（第 84、95、96、107、118 回），只占 4%，可见小说无处不写酒，小说写了 600 多场酒，是写酒场最多、用"酒"字较多（仅次于《金瓶梅》）的古典小说。即使是经金圣叹腰折过的七十回《水浒传》，金评中的"酒"字凡 1599 见，平均每回"酒"字多达 200 余个，密度之大，实属罕见，亦足见小说中的宴饮文学的分量。中心人物 108 将中，除青眼虎李云外，个个喝酒；其场面，无一不摆酒；其情节，无一不述酒，无一不写酒店、酒肆、酒楼，不叙酒事。《水浒传》书中写酒的部分，笔墨如此之多、表现如此之丰富、情绪如此之热烈、场面如此之盛大、风格如此之独特，古今中外小说无出其右者。可以想象《水浒传》里没有酒，就少一分豪气，少一分色彩，少了一分洒脱，少了一分情趣。

一、《水浒传》宴饮文学的江湖化与世俗化

《水浒传》演绎了庙堂与江湖的酒文化。"居庙堂之高"的王公贵族酒

宴在小说中，也得到一定程度上的反映。小说第 82 回有一篇御宴赋性质的文字，极力铺陈"天子（宋徽宗）亲御宝座陪宴宋江"的御宴，从中可见帝王的饮品有御酒、琼浆玉液、马乳等，食具有"筵开玳瑁，七宝器黄金嵌就。炉列麒麟，百合香龙脑修成。玻璃盏间琥珀锺，玛瑙杯联珊瑚斝"，酒肴则有"赤瑛盘内，高堆麟脯鸾肝；紫玉碟中，满钉驼蹄熊掌"，"黄金盏满泛香醪，紫霞杯滟浮琼液"，帝王饮品、酒肴、食器、酒器均是精品上乘，其中吉瑞之气和非凡之感，充斥着一种神秘的最高层气息，彰显了饮酒人的帝王气派；而且"天子驾升文德殿，仪礼司官引宋江等依次入朝，排班行礼"，各个部署各司其职的礼乐画面，纷呈着与梁山宴席迥然不同的日神文化模式与礼乐文明气象。就是上流贵族、上层士大夫的饮酒，如第 2 回写的驸马都尉王晋卿的寿宴，第 13 回写的梁中书与蔡夫人的端阳家宴，酒品与酒器，果品与菜肴，虽然无法与帝王御宴相比，但都凸显其身份的尊贵，在饮酒的器具和饮酒方式上，不仅追求器具质量上的精美，在色彩上更加炫丽，如"水晶帘卷虾须，锦绣屏开孔雀。菖蒲切玉，佳人笑捧紫霞杯；角黍堆金，美女高擎青玉案。食烹异品，果献时新"，加上金玉楼台的环境，"百般舞态"的才艺侑酒，烘托出一派贵族气派与富贵气象。

当然《水浒传》着墨最多、写得最为精彩且最有特色的，不是庙堂宴席，而是江湖宴席。江湖相对于庙堂而言，更具有世俗化的特点。

（一）饮酒主体——英雄豪杰的平民化

《水浒传》中的饮酒主体是梁山英雄好汉 108 将，如果包括晁盖、王伦，也不过 110 人。我们先分析一下这个群体的成分。首先这个群体最多的是低层官员、武将共 30 多人，占比 28%，其中低层官员包括了押司、提辖、教头、捕头、保正、牢狱、刽子手等之类，这是梁山好汉中的核心群体。其次是绿林大盗 28 人，占比 25%，各山头霸主，往往是涉黑势力。低层官员和绿林大盗，加起来占比超过 53%，是梁山的主力，其他就是"低端人员"，包括低层农民、低层职业人员、低层知识分子、底层商人、个体户、江湖游民。从上面成分分析可知，"《水浒传》中写的社会底层的精英，绝大部分是游民或社会边缘人物。所谓游民就是脱离宗法网络、宗法秩序沉沦在社会底层的人们"①。这个群体的饮酒文化，与帝王将相、上流贵族、上层士大夫为代表的宴席文化，无论是物质的还是精神的，都截然不同。

（二）饮酒物质文化——酒品、酒器、酒店的平民化

《水浒传》中描写了很多酒的品种，但对酒的品质的叙述比较模糊，一般只是说"上等酒"、"上色好酒"（第 38 回）或是"村醪浊酒"（第 29 回）。茅柴白酒（第 32 回），其实就是村醪浊酒的低档酒，而不是现代意义上的蒸馏酒。黄封御酒（第 120 回）是供王公贵族享用的，而村野乡民则饮用淡薄的村醪。由于英雄们身处社会底层，他们经常饮用村醪浊酒；劫财到手，手头宽裕时，就更喜欢高档次的透瓶香酒（第 23 回）、蓝桥风月酒（第 39 回）、玉壶春酒（第 38 回）了。当然最好的是御酒，朝廷第一次派太尉陈宗善去梁山招安的时候，赐予了他们数十瓶皇家御酒，但结果被换成了村醪白酒，惹得鲁智深大骂："入娘撮鸟！忒煞是欺负人！把水酒做御酒来哄俺们吃！"（第 75 回）导致第一次招安失败。

不同的酒自然配用不同的酒器。《水浒传》中宴饮酒器，如酒杯、酒盏、酒盅等，已为后人习见；但如旋子、注子，颇具时代特色：旋，是一种打酒的器皿，酒店里一般是论瓶卖酒，而贩夫走卒一般是以旋卖酒。鲁智深出家后第一次喝酒，就是从酒贩子那里抢来的。他把旋子用来舀酒喝，反映出他对酒的酷爱和急躁的性格特点。小说还提到酒家卖酒时论瓶、论旋、论角的，但更能凸显出梁山好汉特点的，就是论碗计酒、论桶计酒，所谓大碗喝酒、大桶喝酒（详见下文），既反映他们的酒量与食量，更反映了他们的豪放与侠义。

酒店是梁山故事发生的重要场所。据统计，全书约略写了 65 家酒店，其中城镇酒店 31 家，乡村野岭酒店 34 家。官家酒库在宋代别具风格，有"天下名楼"浔阳楼，酒旆上书"浔阳江正库"（第 39 回），"正库"乃是由户部点检所官营的酒库，颇有大酒楼的官家格局和气派。这些官营酒楼，豪华雅致，如大名府的翠云楼："上有三檐滴水，雕梁绣柱，极是造得好。楼上楼

---

① 王学泰：《〈水浒传〉思想本质新论——评"农民起义说"等》，《文史哲》2004 年第 4 期，第 117—126 页。

下，有百十处阁子，终朝鼓乐喧天，每日笙歌聒耳。"（第66回）樊楼又名丰乐楼，是东京一家规模宏伟的酒楼，在宋代颇负盛名，徽宗与李师师常常宴饮于此（《宣和遗事》）；同样地，陆虞候骗请林教头吃酒的去处，便是此楼（第7回）。江州的浔阳楼、快活林里的"河阳风月"店，也都非常气派。此外，如梁山泊边石碣村的水阁酒店（第15回），阳谷县的狮子桥下大酒楼（第26回），江州城外浔阳江边的琵琶亭酒馆（第38回）与浔阳楼酒楼（第39回），皆是大酒店。当然梁山好汉毕竟多社会"低端人口"，所以进入乡村酒店居多，仅武松出手帮助施恩夺回快活林，一路上"有十四五里田地，算来卖酒的人家也有十二三家"（第29回）。可见在地旷人稀的古代乡村野店分布之密集。但凡酒店，都有酒旗，豪华一点的有望竿，上书店名，配有对联广告（第29回"醉里乾坤大，壶中日月长"，第39回"世间无比酒，天下有名楼"）；小的也有草帚儿（第4回）。当然小说中还有一类"江湖黑店"，更有打家劫舍的意味，甚至还有收集情报的功能（第58回）。酒店里演绎的聚义造反、杀人掠货、彰显神武、接待联络等，是小说情节展开的重要场所，生动反映了梁山人的平民文化与江湖文化。

（三）饮酒精神文化——快意恩仇的江湖化

酒在《水浒传》里被赋予了以道义为内核的江湖文化内涵，用于调节人际关系，寄托人们的感情。最能体现江湖文化的，就是义结金兰酒，俗称换帖、拜把子等，像历史上的竹林七贤组成的一个文人饮酒群体，"山公与嵇、阮一面，契若金兰"（《世说新语·贤媛》）；古典小说里源于《三国演义》中的"桃园三结义"（第1回）。仪式上要跪对神灵，歃酒盟誓，做出遵守诺言的保证和违背盟誓将受到神罚，以此增强凝聚力和信心。《水浒传》中的林冲与鲁智深结义、宋江与武松结义、杨雄与石秀结义等，都少不了金兰酒。至于第71回《忠义堂石碣受天文，梁山泊英雄排座次》一节中的英雄结义，仪式相当完备：英雄豪杰，叩头换帖，"歃血为盟，尽醉方散"等。在传统社会中，这种以结拜为形式的歃酒盟誓，赋予了某种天然平等的文化内涵，成为中国平民社会特有的组织原则和组织形式。

再一个是迎来送往。《水浒传》中的英雄豪杰的交往，往往在"酒"上见"义"，比如在渭州潘家酒店，鲁智深、史进与李忠吃"见面酒"（第3回）；

在雁门县，金老父女和赵员外款待鲁智深吃"感恩酒"（第4回）；在沧州柴进家，宋江与武松吃"金兰酒"（第23回）；在江州城牢狱，宋江、戴宗被判死刑，刑前牢子送去"永别酒"（第40回）；李逵与张顺一番水战后，共吃"释怨酒"（第38回）；宋江三打祝家庄，下山迎接李应、杜兴，大摆"接风酒"（第50回）；王英三人救出宋江、花荣，设筵款待"压惊酒"（第34回）；晁盖众汉擒住黄文炳，李逵挖出黄的心肝，与众好汉做醒酒汤，吃的是"洗恨酒"（第41回）……像武松十字坡黑店身陷险境，最后猎物武松与猎手孙二娘之间，由"对立"到"好合"的转变（第27回），"有赖于彼此认同的江湖伦理原则，转换动因是好汉们惺惺相惜的江湖情谊"①。酒在小说里，完全成了梁山人的一切恩爱情仇、喜怒哀乐的物质载体。

饮酒主体反复出现的思维模式和行为模式，决定着梁山人饮酒的文化精神与文化模式，从而也决定着小说的主题。

二、《水浒传》宴饮文学研究综述

学术界首先注意到《水浒传》中大量的宴饮文学的，就是清初大学者金圣叹。他评点《水浒传》曰："奇绝妙绝之文，无一笔不在酒上出色。"②他是第一个注意到这本小说的宴饮文学的评论家。金圣叹最早重视《水浒传》中酒的文学价值和地位，并进行了较全方位评点，为《水浒传》的研究独辟蹊径。《水浒争鸣》1982年创刊以来，集中了大量的研究文章，其中相当篇幅研究小说中的宴饮文学，对小说的纵深研究起了推动作用。现代学术界直接对《水浒传》中宴饮文学的研究，也是中国宴饮文学领域里最热门的话题之一，研究文章也有100多篇；甚至出现了王彬《水浒的酒店》等专著。当前学界主要集中在以下问题的研究上。

（一）《水浒传》中的酒文化研究

---

① 王立、刘季赟：《十字坡黑店与〈水浒传〉等小说戏曲中的江湖文化》，《大连大学学报》2012年第4期，第3页。

②（明）施耐庵：《水浒传》第二十九回（百家精评本），崇文书局2019年版，第258页。

　　这方面的文章最多，宏观研究的，较早的有黄华童《〈水浒传〉与酒文化》（1993）、宋超先《〈水浒全传〉中的酒文化》（1995）等，开风气之先，后来同名同题的，有20多篇，陈陈相因，不一一列举。稍有点学术价值的如吕祥华《〈水浒传〉中酒文化考论》（2010）等，都有一定的考证与分析。李建凤《〈水浒传〉饮食文化研究》，论述了不同饮食族群的饮食风貌、核心特色与心态文化层，有一定的价值。微观研究的，有对小说酒、酒器统计、挖掘或考证的，如李祥林《〈水浒传〉中的酒龙门阵》（1996）、葛山《〈水浒传〉里闻酒香》（1998）、孟庆森《谈〈水浒传〉中的酒》（2005）、殷显谷《醉里乾坤大，壶中日月长：谈〈水浒传〉中的酒》（2006）、周岩壁《〈西游记〉和〈水浒传〉中的素酒与荤酒》（2010）、唐冰《〈水浒传〉中的餐具酒具和茶具》（2010）等；也有对小说中的"酒肉"统计、挖掘或考证的，如史锡尧《大碗吃酒，大块吃肉：析〈水浒传〉一句式》（1989）、王前程《〈水浒传〉酒肉文化与北方游牧习俗的关系及其意义》（2004）、胡陶然《〈水浒传〉里的好汉就好牛肉》（2017），陈洪、孙勇进比较系统地阐释了"成瓮吃酒大块吃肉""酒肉的意义"话题[1]；有对小说酒旗、酒幌、酒联、酒店、酒肆等统计、挖掘或考证的，如吕祥华《〈水浒传〉中酒楼考论》（2009）与《〈水浒传〉酒旗描写的文化阐释》（2010）、杨丽《〈水浒传〉酒旗描写的文化阐释》（2013）、赵作元《浅析〈水浒传〉中的酒旆》（2013）、郜冬萍《从〈水浒传〉看宋代的酒肆文化》（2015）、冯尔才《〈水浒传〉千载第一酒赞"河阳风月""醉里乾坤大，壶中日月长"考述》（2019）等，一些专著如何心《水浒研究》中有"水浒衣食住行"一节[2]，李进普等《水泊梁山揽胜》对"义酒"的阐释[3]，王彬专门研究小说中的酒店，包括水浒的酒店、续水浒的酒店、再续水浒的酒店、三续水浒的酒店、四续水浒的酒店等内容[4]。研究方法也有开拓，有从比较学的角度研究的，如彭鲜红《〈红

---

① 陈洪、孙勇进：《漫说水浒》，人民文学出版社2001年版。
② 何心：《水浒研究》，上海古籍出版社1985年版。
③ 李进普等：《水泊梁山揽胜》，山东友谊书社1989年版。
④ 王彬：《水浒的酒店》，东方出版社2010年版。

楼梦〉与〈水浒传〉酒文化的比较》（2003），比较了贵族酒与好汉酒的异同。有从民俗角度研究的，如王同舟的《地煞天罡:〈水浒传〉与民俗文化》（2003）。虽然有不少重复研究，质量参差不齐，但其中的许多考证、挖掘，大大推动《水浒传》酒文化的研究。

（二）《水浒传》中宴饮文学的美学精神、文化精神的研究

潘宝明《〈水浒〉中酒文化美感举隅》（2003），举例分析了"酒的环境美，人性美，喜剧美，悲剧美"；杨柳从"人物性格之美、情节曲折之美以及文化思想之美"三个方面探讨了小说中"酒"的"美学特质"[1]，宋国庆、杨丽丽提出了酒"深化主题的悲壮意蕴"，但没有对"悲壮"展开研究[2]；王念选和吕祥华先后发文[3]，几乎一致地围绕着"阳刚之美这个美学特质"，"谈了宴饮描写与《水浒传》的环境、情节和人物性格的关系"，得出一致的结论:"'宴饮'赋予了这部小说一定的美学内容，即英雄史诗式的阳刚之美。"何求斌认为"在《水浒传》中，好汉武艺精通，勇猛无敌，力大如神，文人能武，爱武及人，喜谈武艺，争强好胜，强者为尊，不好女色，打熬筋骨，借酒长力，表现出浓厚的尚武精神"[4]，这里"酒神精神"已经是呼之欲出了。学术界早就指出《水浒传》宴饮文学的文化精神就是"酒神精神"，似乎没有争议。但在具体研究上，深浅不一。董瑞华的硕士学位论文专辟第四章"《水浒传》中的酒神精神"，概括为三个方面:"悲剧、狂欢和叛逆"，并"探讨了它在水浒中的具体表现"[5]，这个概括应该抓住了一些本质的东西，但还远远不够，而且"具体表现"上的分析也有待深入。罗伊恒则从"日神与

---

① 杨柳:《试论〈水浒传〉中的酒与美学特质》，《中学语文》2019年第25期，第85—86页。

② 宋国庆、杨丽丽:《试析〈水浒传〉中酒文化及其审美价值》，《佳木斯大学学报》2012年第4期，第87页。

③ 王念选:《〈水浒传〉中的酒与美学特质》，《河北学刊》2006年第4期；吕祥华《〈水浒传〉宴饮描写的美学价值》，《名作欣赏》2008年12月。

④ 何求斌:《浅析〈水浒传〉的尚武精神》，《湖北师范大学学报》2020年第1期，第8—10页。

⑤ 董瑞华:《〈水浒传〉酒描写研究》，山东师范大学优秀硕士学位论文，2008年，第36—44页。

酒神的二元冲动"角度，探讨了小说的酒神精神，认为"'忠义观'对水浒英雄的束缚"，所以水浒英雄们身上"酒神冲动对'忠义观'的颠覆"，"日神和酒神的对立面斗争"，构成了这部小说的艺术本质①。这个观点、角度都比较新颖，拓展了对《水浒传》酒神精神的研究，可惜限于篇幅，没有展开深入的研究。

（三）《水浒传》中宴饮文学的艺术特点与成就研究

学术界关于酒对《水浒传》的艺术描写的作用的认识，本无歧义，可是 2011 年某省卫视称："为净化荧屏，将删改 8 月 2 日开播的新《水浒传》中的酒戏，删减一切不必要的饮酒画面，或者以打马赛克、虚化等方式进行重新制作"，这显然违背了《水浒传》的创作规律，引来观众质疑②。不过，这种"删酒说"并没有影响到学术界。陈兴强《从〈林教头风雪山神庙〉看〈水浒传〉酒文化》（2008）、董瑞华《〈水浒传〉酒描写研究》（2008）、张家波《论〈水浒传〉中酒描写的作用》（2013）等许多文章，都一致肯定酒在《水浒传》中的情节推动、人物塑造上的关键作用，王颖《酒与〈水浒传〉的叙事艺术》（2008）、吕祥华《酒文化与〈水浒传〉的叙事》（2009）与《〈水浒传〉宴饮描写的文化魅力》（2010）肯定了酒在小说叙事艺术上的作用，吴光正《江湖宴饮与〈水浒传〉的关目设计》（2004）则从小结回目设计上肯定了酒的作用。当然，这方面论文最多的，还是研究酒在塑造英雄人物形象上的作用。

像汪远平、孔令升、文斌等人分析了酒在描写人物的言行举止、内心世界、人物性格方面的具体表现③，于光荣则通过酒家环境的描写分析《水

---

① 罗伊恒：《从尼采的酒神精神出发谈〈水浒传〉的经典性》，《青年文学家》2015 年 3 月下期，第 53、55 页。

② 禾刀：《删除〈水浒传〉酒戏有矫枉过正之嫌》，《大众电影》2011 年第 16 期，第 10 页。

③ 汪远平：《论水浒的醉态描写》，《山西师院学报》1982 年第 4 期，第 10—16 页；孔令升：《〈水浒传〉所反映的酒俗及其对人物塑造的作用》，《戏剧之家》2016 年第 11 [下] 期，第 288 页；文斌、佘明：《试论酒在〈水浒传〉中对人物塑造的作用》，《怀化师专学报》1997 年第 4 期，第 396—399 页。

浒传》的人物形象描写艺术①，郭艳琪、朱英姿、罗毅霞、张海燕等人则专门研究武松的酒人形象②，此外研究宋江、林冲、鲁智深等人的酒人形象，也见诸许多文章和专著，此不一一介绍。

　　总之，《水浒传》中宴饮文学的美学精神研究没有结合酒神精神进行拓展；而酒神精神、酒人形象的研究，也都没有结合它的悲剧的崇高美、超人形象以及强力意志等方面研究。如果从文化模式的角度切入对《水浒传》宴饮文学的研究，将有助于开拓对它的文化精神、人物塑造、情节展开等方面的研究，从而打开《水浒传》主题研究的新局面。

第三节
《水浒传》宴饮文学的酒神文化模式

　　《水浒传》的酒文化的精神特质，从文化模式来看，明显地偏于酒神精神。具体表现在内在精神与外在元素上。

一、《水浒传》的四大酒神精神内容

（一）遭到日神精神击败，具有深度的悲剧精神

　　梁山起义的酒神精神，渗透着深度的悲剧情结。起义之举为酒，作为整个起义的序幕即智取生辰纲一段（第16回），是因为吴用设蒙汗药酒，一

---

① 于光荣：《〈水浒传〉中的酒家环境与人物形象》，《广西社会科学》2007 年第 4 期。

② 郭艳琪：《千载第一酒人武松形象论略》，《宝鸡文理学院学报》2017 年第 1 期，第 120—123 页。朱英姿：《〈水浒传〉中的英雄与酒：从武松与酒浅谈人物性格的塑造》，《现代语文（学术综合版）》2016 年第 10 期，第 40—42 页。罗毅霞：《〈水浒传〉中酒文化对武松艺术形象的影响》，《湖北职业技术学院学报》2015 年第 3 期，第 50—52 页。张海燕：《简析景阳冈武松打虎中的哨棒与酒》，《文学界（理论版）》2010 年第 4 期，第 99 页。

计成功；起义高潮是酒，是庆功酒、排座酒（第71回）；起义的失败也为酒，是因为宋江、李逵等人喝了"御酒"的缘故（第120回）。特别是梁山结局的悲剧，与酒密切相关：宋江把"聚义厅"改为"忠义堂"后，自觉地"替天行道"，为朝廷保国安民，但是等待他的并不是"衣锦还乡""封妻荫子""青史流名"，而是鸩酒赐死的下场，朝廷先是在"御酒"中下了水银，坠了卢俊义的"腰胯并骨髓"，使其落水而死，继而在"御酒"中下了慢性毒药，鸩死了宋江；更残酷的是，宋江临死前，担心义军中最具反抗精神的李逵重举义旗，于是骗他吃了药酒，继而托梦向皇帝"跪膝向前，垂泪启奏"："陛下赐臣药酒，与臣服吃，臣死无憾"（第120回），以对皇帝的"忠"践踏了梁山人的"义"，用日神法则取代了酒神法则，酿成了梁山英雄的悲剧结局。一句话，表面上宋江等是因酒而上梁山，并因酒而亡身的；表面上是皇帝用酒先鸩死卢俊义、宋江，然后宋江临死前把兄弟们一个个鸩死而引发梁山悲剧的。其实，通观整个小说，真正挫败他们的，是日神法则：如果说小说的前半部中，日神法则给梁山人制造了一幕幕悲剧，唤醒了他们的"本我"，逼他们反了梁山；那么小说的后半部，则是梁山首领身上残留着的日神法则战胜了酒神法则，导致了整个起义的悲剧结局。

据弗洛伊德的精神分析理论，人格分裂为"本我""自我""超我"三部分①。就宋江个案而言，则平时谨慎从事的是"自我"宋江，而醉题反诗的则是"本我"宋江，率队招安的则是"超我"宋江。"本我"战胜了"自我"，酒神战胜了日神，才走向酒神反抗的道路；"超我"战胜了"本我"，

---

① "本我、自我、超我"的理论是弗洛伊德最早在1923年提出的。"本我"是由一切与生俱来的本能冲动组成，是人格的一个最难接近而又极其原始的部分。它包括人类本能的性的内驱力和被压抑的倾向，其中各种本能冲动都不懂什么逻辑、道德，只受"快乐原则"的支配，盲目追求满足。"自我"是人格中意识部分，是来自"本我"经外部世界影响而形成的知觉系统，是在现实的反复教训下，从"本我"中分化出来的一部分。这部分在事实原则指导下，既要获得满足，又要避免痛苦。"自我"负责与现实接触，是"本我"与"超我"的仲裁者，既能监督"本我"，又能满足"超我"。"超我"是道德化的自我，它是从"自我"中分化出来的那个能够进行自我批判的道德控制的部分，与"本我"处在直接而尖锐的冲突中。详见［奥］西格蒙德·弗洛伊德：《自我与本我》，林尘等译，上海译文出版社2011年版。

日神战胜了酒神，导致宋江走了招安的灭亡道路。就整个梁山来看，本质上是酒神的，但又有一股推向古典的潜流，那就是宋江所代表的"招安"意识。所以，梁山人一半生命生活在日神法则之下，一半生命生活在酒神支配下的狂放之中。当在日神法则之下亦步亦趋时，他们感到拘谨、痛苦、茫然和不安；当接受酒神召唤的时候，他们便起而反抗，获得了解放和自由，即"本我"的回归。宋江虽有反叛冲动，但在掌控梁山之后却处处想招安，"匪气"逐渐褪化，"忠义"色彩渐浓，"本我"向"超我"靠拢，酒神精神向日神精神靠拢，这是小说非常醒目的一回。梁山在破坏一切之后，随之而来的就是理性的整理与收拾，这才是宋江希冀招安，也是梁山悲剧的文化模式上的诠释。至于梁山人征辽、征方腊、喝药酒，"青史留名"，实现了"超我"，说明梁山的酒神精神彻底为日神所葬送。

（二）对日神法则的抗争，表现出强烈的叛逆精神

小说大篇幅告诉我们的是：社会现有秩序与宗教清规戒律，这一切代表的日神法则，遭到英雄好汉们强有力的抵抗。根据尼采的理论，日神精神就是对秩序的肯定，而酒神精神却是对秩序的否定。英雄被逼上梁山，走的正是酒神反抗之路。当柴进利用法条律文向当权者讨个说法时，李逵大声嚷道："条例，条例！若还依得，天下不乱了！我只是前打后商量。"（第52回）这意味着法律不仅不能维护公道，反而成了残害忠良的工具，而梁山人要重估一切价值，这与《庄子·胠箧》"绝圣弃知""攘弃仁义"一样具有破坏意义。

由于地位卑微以及长期正统的熏陶，林冲、宋江开始一再忍辱退让，自称小吏、罪人，谨小慎微，没有放纵；只有忠孝，没有反抗，是典型的日神精神的坚守者。宋江认为晁盖等人"劫了生辰纲，杀了做公的""是灭九族的勾当……于法度上却饶不得"（第20回）。"法度"就是"条例"。尽管他们按"法度"生活，宁愿坐牢、发配，也要维持现状，但当他们喝酒致醉的时候，他们才发现没了生命的担忧，没了理智骚扰的苦恼，往时的痛苦和日神法则均被涤荡一空，他们在大醉大喜大笑时的题诗之中，获得了生命的高扬。林冲的醉诗中写道："他年若得志，威镇泰山东。"（第11回）

宋江的醉词写道："他年若得报冤仇，血染浔阳江口"，醉诗写道："他时若遂凌云志，敢笑黄巢不丈夫！"（第 39 回）这一切正是尼采所称的酒神境界，即个体同生命意志合为一体的陶醉境界，一种痛苦与狂喜交织的癫狂状态，那暂时忘却的"自我"，回归生命丰盈情绪激动的"本我"，逸出于一切陈旧的戒律之上，用自由的放纵，踏碎了一切伦理。两人的酒神精神及由此所孕育的反诗也就诞生了，逐渐完成了性格与命运的转变。

对宗教清规戒律的叛逆，追求适意人生，是梁山英雄抗争日神法则的又一表现。小说第 4 回"鲁智深大闹五台山"，充分说明英雄自由的含义就是英雄不受羁绊。众所周知，"大碗喝酒，大块吃肉"是梁山人所嗜，而对此约束最严格的莫过于佛教，二者矛盾不可避免。鲁达拳打镇关西后，到五台山当了和尚。长老为他摩顶受记，"三皈五戒"中就有"不杀生、不饮酒吃肉"的内容。其实，以他"遇酒便吃，遇事便做，遇弱便扶，遇硬便打"① 的性格，怎么可能做到真正的皈依呢？于是就有两次超量饮酒食肉的发生，醉态强力刺激得他"把亭子柱打折了，坍了亭子半边"，抢起木头打寺门两尊金刚，"只听得一声震天价响，那尊金刚从台基上倒撞下来"，并威胁要"讨把火来，烧了这个鸟寺"，见人打人，见佛打佛，"抢入僧堂里佛面前，推翻供桌"，"直饶揭帝也难当，便是金刚须拱手"，用长老的话说是"罪业非轻"。必须指出的是，梁山好汉们的叛逆，虽然放纵自流，但一般是以正义、正气为其核心的，如鲁达"禅杖打开危险路，戒刀杀尽不平人"（第 2 回），这与南禅宗呵佛骂祖一样，对佛教来说实在是一种巨大的破坏。

（三）不以杀人吃人为非，表现一种非道德精神

《水浒传》所拥有的正是一种醉态强力意志，这种强力意志糅合了力量和勇气，在自由与叛逆中重估生命的价值，确证生命的意义。正如李白的酒诗在酒与侠、酒与性中充盈着强烈的酒神精神，以致遭宋儒批评一样，《水浒传》大肆渲染的饮酒嗜杀、反抗，也被后人解读为诲盗、诲酒、诲杀！

---

① （明）施耐庵：《水浒传注评本》第 4 回，（清）金圣叹评，上海古籍出版社 2015 年版，第 75 页。

如明初朱元璋"见而恶之曰：此倡乱之书也"①（《梦花馆笔谈》），袁中道说："《水浒》，崇之则诲盗"②，崇祯时有刑科官员奏请禁毁《水浒传》，称此书"以破城劫狱为能事，以杀人放火为豪举……邪说乱世，以作贼为无伤……此贼书也"③，清代视为"诱以为恶"，"教诱犯法之书"（《大清高宗纯皇帝圣训》《定例汇编》）④，这些是其成为明清禁书的理由。从这些反面评价中，可见此书对于日神法则来说破坏力极大。

梁山人有着一种原始的野性，即非理性、非人道的嗜杀食人的饮酒一面，透露着浓烈的血腥气。如"丧门神"鲍旭"平生只好杀人"（第66回）；林冲杀陆谦报仇，把尖刀剜出心肝提在手里，又将两个帮凶的头挑在枪上或插在刀尖上（第10回）；武松杀嫂复仇，竟将潘金莲剖腹抠心割头，供在灵前（第25回）；不久又血溅鸳鸯楼，除了杀张都监、张团练、蒋门神外，还杀了张夫人及十几个家人、侍女，连刀"都砍缺了"（第31回）；杨雄报复妻子，竟亲手将潘巧云挖舌头、取心肝五脏，挂在松树上（第45回）；"梁山好汉劫法场"时，李逵砍了刽子手、监斩官后，"直杀到江边来，身上血溅满身，兀自在江边杀人"，包括无辜看客与百姓，"一斧一个，排头儿砍将去"（第40回）。最令人毛骨悚然的是大碗喝酒时大块吃人肉了。如母夜叉孙二娘的十字坡酒店，兼卖人肉馒头，夫妻的人肉作坊里，"壁上绷着几张人皮，梁上吊着五七条人腿"（第26回）。朱贵酒店，"有财帛的来到这里，轻则蒙汗药麻翻，重则登时结果，将精肉片为靶子（即肉干——引者注），肥肉煎油点灯"（第11回）。后来戴宗至此，也被药倒，"火家正把戴宗扛起来，背入杀人作房里去开剥"（第39回）。就连宋江在清风山、在催命判官李立的酒店里，两次险些被剥出心肝做"醒酒酸辣汤"（第32、36回）。而受害者

---

① 梅寄鹤：《古本水浒序》，（明）施耐庵《古本水浒传》，中央民族大学出版社1996年版，第46页。

② （明）袁中道：《游居杮录》卷九，朱一玄编《金瓶梅资料汇编》，南开大学出版社2012年版，第198页。

③ 王云五：《明清史料乙编》，商务印书馆1936年印本，第429页。

④《大清高宗纯皇帝圣训》《定例汇编》，见朱一玄、刘毓忱《水浒传资料汇编》，南开大学出版社2002年版，第457—458页。

也是加害人,比如宋江也同样吃人,如第41回写他把黄文炳剥了衣服,绑在柳树上,主使李逵"把尖刀先从腿上割起,拣好的就当面炭火上炙来下酒。割一块,炙一块,无片时,割了黄文炳,李逵方把刀割开胸膛,取出心肝,把来与众头领做醒酒汤"。当时在场吃心肝醒酒汤的除了宋江、李逵外,还有晁盖、花荣、戴宗、阮氏三雄、燕顺、王矮虎、郑天寿、朱贵、宋万和白胜等三十位头领。"取心肝来下酒"的还有小魔王周通(第5回),清风山三大王燕顺、王矮虎、郑天寿(第38回),瘦脸熊狄成(第113回),清风山三大王甚至总结出了制作美味醒酒汤的秘诀(第32回)。李逵杀了李鬼,拔出腰刀,割下两块腿肉,边烧边吃(第42回)。这种生吞活剥人肉的吃法,吃相十分恐怖。"多餐人肉双睛赤,火眼狻猊是邓飞"(第44回),邓飞眼睛火红,正是人肉吃多了留下来的后遗症。人肉下酒,已成为梁山人习见的生活方式,甚至是日常思维模式,例如鲁智深在火烧瓦官寺后就曾说:"且剥这厮衣裳当酒吃!"(第5回),"洒家不看兄弟面时,把你这两个都剁做肉酱!"(第8回),杨雄便揪过那丫头,威胁将她"剁做肉泥!"(第45回)。从回目来看,第26回"母夜叉孟州道卖人肉";从名目来看,有人肉馒头、人肉作坊(房)、剥人凳、"砍做肉地""碎尸万段""剁做肉泥"……这些食人下酒行为,实在原始野蛮、残忍与血腥。

笔者认为,作者对饮酒、嗜杀、食人等行为过分渲染,反映了小说人性观念的缺陷;也可以认为作者肯定暴力而否定文明,梁山奉行的是江湖行帮道德即快意恩仇,"而理性和良知,从来就是完全缺席的"①。但我们也不得不承认,这的确代表一种新的文化精神,一种极端"蛮夷的"、原始的酒神精神。它既是生命的创造之源,也是毁灭之源,对传统中国的价值体系有着严重的破坏性。西方认为,狄奥尼索斯显示了原始的残暴、疯狂的一面,它意味着一个无规则的混沌世界:"狂女们像野兽一样吞食亲手撕裂的亲生孩子的肉。双重的神,在自身统一了两种面貌……神宣称狄俄尼索斯同时是'最可怕的和最温柔的'。"②依此看来,梁山人一方面"锄强扶弱",另一

---

① 陈洪、孙勇进:《漫说水浒》. 人民文学出版社2000年版,第30页。
② [法]韦尔南:《古希腊的神话与宗教》,杜小真译,生活·读书·新知三联书店2001年版,第76—77页。

方面又剥食人肉下酒，最可爱的又是最可怕的，不正是这双重的酒神吗？

（四）对中和适度原则的背叛，追求"过度"快乐原则与自由精神

"适度"是日神的一个重要原则。儒家主导的饮食文化特别强调适量饮酒食肉，根据《论语·乡党》，儒家既要求精致，所谓"食不厌精，脍不厌细……色恶不食，臭恶不食，失饪不食，不时不食，割不正不食"，又要求适度、适量，所谓"肉虽多，不使胜食气，惟酒无量，不及乱"。梁山人则反此，他们偏爱吃的依次是牛肉、羊肉、马肉（最少吃猪肉），而且是"大块""整只"地吃，像鲁智深五台山一桶酒后，吃了半只熟狗；"沽了两三担酒，杀翻一口猪，一腔羊……大碗斟酒，大块切肉"（第 7 回）；王伦对杨志说："大秤分金银，大碗吃酒肉，同做好汉"（第 11 回）；石秀睁着怪眼道："大碗酒，大块肉，只顾卖来，问甚么鸟！"（第 61 回）；武松景阳冈前十八碗"出门倒"后，吃了四斤牛肉（第 23 回）；李逵琵琶亭上十多碗酒，吃了三碗鱼汤、骨头和三斤羊肉（第 38 回）；吴用请三阮吃饭，"取出一两银子付与阮小七，就问主人家沽了一瓮酒，借个大瓮盛了；买了二十斤生熟牛肉，一对大鸡"（第 15 回）……饮酒食肉，并非"不及乱"，而是以感性快乐为极则。

尼采认为，狄奥尼索斯艺术过度、野蛮、狂喜，"变成了能穿透一切的狂呼大叫"①，而对感性的快乐的体验是人直接面对生命的前提。朱光潜指出："酒神则趁生命最繁盛的时节，酣饮高歌狂舞，在不断的生命跳动中忘去生命本来注定的苦恼。"② 狂欢，就是最能表现酒神精神状态的一种情绪。狂欢精神与酒神精神，都充满了对生命的肯定、对肉体快乐的尊崇。

梁山人在替天行道的同时，放纵了本性中的"快乐原则"："不怕天，不怕地，不怕官司，论秤分金银，异样穿绸锦，成瓮吃酒，大块吃肉，如何不快活！"（第 15 回）宋江告诉李逵朝廷想用药酒毒害他们，梁山事业面临着失败时，李逵大叫"哥哥，反了罢！""杀将去，只是再上梁山泊倒快活！"（第 120 回）死到临头，英雄们的理想世界还是一片欢乐快活。从某

---

① ［德］尼采：《悲剧的诞生——尼采美学文选》，周国平译，生活·读书·新知三联书店 1986 年版，第 35 页。

② 朱光潜：《看戏与演戏》，《朱光潜全集》（8 卷），安徽教育出版社 1991 年版，第 261 页。

种意义上说，悲剧是快乐的美学形式，快乐才是悲剧的精髓。"图个一世快活"，他们的放泼撒野、嗜杀无度，可视为本能中"快乐原则"的发泄，酒在这里成了胆量和强力意志的来源："便是小胆的吃了，也胡乱做了大胆，何况性高的人。"（第4回）他们在醉里享受着生命的无限放纵和精神自由的快乐，一切规范、理性、秩序、权威都已经失去往日的约束力。放纵、快乐之极，便是反抗，如李逵碎割黄文炳，与众人回到梁山，叫嚷："好！哥哥正应着天上的言语！虽然吃了他些苦，黄文炳那厮也吃我杀的快活。放着我们有许多军马，便造反，怕怎地！……杀去东京，夺了鸟位，在那里快活，却不好？"（第41回）他们的一切"恶性"的张扬，都可视为人的本能欲望在快乐原则支配下极大程度的释放。

从某种意义上说，梁山人追求的非道德人生、放纵人生、非秩序化人生、快意人生，一句话就是狂欢式快乐人生。梁山好汉无休止的快乐追求，是生命意识中自由精神的充分展现，从而使得先民们的最基本的生命状态——酒神精神得以升华，成为一种审美状态。尼采称之为"狄奥尼索斯式"的美。这种美的状态是一种陶醉的情态，一种迷狂的境界，是各种奇异情绪的混合，是矛盾、痛苦与俱的欢悦，它散发着一种恐怖与深沉的战栗，呈现出一种生的欢乐与死的恐怖相交织的审美状态。

二、《水浒传》的三大酒神精神元素

根据尼采的酒神论述，强力意志把健强作为生命的象征，醉是强力意志的根源，力量和勇气是强力意志的基础，"醉态强力"的内核是生命的自由发散。对传统的叛逆是强力意志的表现形式，而对自由的追求和对生命意义的确证则是它的内在核心。《水浒传》的酒文化就体现了醉态强力。与李白酒神精神的三大元素相比，《水浒传》也具有酒、力量与蛮夷的文化因子三大元素，稍微不同的是，李白是酒与性相兼的，而梁山好汉是有酒无性的。

（一）大块喝酒，大块吃肉：梁山好汉们的沉醉之美

《水浒传》一书中，作为梁山好汉身份特征的除"刀枪棍棒"之外，便是"酒"与"肉"，这些都是构成小说酒神文化模式的重要文化元素。"大

碗喝酒，大块吃肉"已成为梁山人习见的生活方式。据统计，《水浒传》中"酒"字出现了 1904 次，"肉"字出现了 343 次，"酒肉"一词出现了 72 次，频率之高，古代文学史上无出其右者。梁山人喝酒，除瓶、角、杯等计量外，最常见是碗计，"大碗喝酒，大块吃肉""大碗斟酒""大碗酒""大块吃肉""大块肉"之类的词语出现 45 次。更有以桶计者，如鲁智深两次大闹五台山，吴用和三阮相会时，都各喝了一桶以上的酒。梁山耗酒数量之巨，以至于需要专人监造酒醋（第 60 回）。不但酒量惊人，肉量也惊人，少则二三斤，多则几十斤，端的"肉山酒海"（小说出现 3 处）。《水浒传》作者浓墨重彩地渲染好汉们惊人的酒量和食量，其象喻意义不仅在于精神上的"大快活"、大解脱，更在于：它是力的充溢的基础。

（二）十分酒量，十分力气：梁山好汉们的力量之美

力量与勇气，构成酒神精神的重要元素。在小说中，醉与生命力、创造力紧密相关，它不仅是生理需求之物，更是本领能量之源，正如鲁智深说："洒家一分酒只有一分本事，十分酒便有十分的气力。"（第 5 回）武松对施恩道："你怕我醉了没本事，我却是没酒没本事。带一分酒，便有一分本事，五分酒，五分本事，我若吃了十分酒，这力气不知从何而来，若不是酒醉了后胆大，景阳冈上如何打得这只大虫？那时节，我须烂醉了，好下手，又有力，又有势。"结果武松一路足足喝了二三十碗酒，酒是醉态强力的基础。武松有了这个基础，见一打一，直打得蒋门神跪地求饶；嗣后又醉酒大闹飞云浦，血溅鸳鸯楼，见一杀一，彻底讨回了公道（第 29 回）。像鲁智深醉打金刚，石秀杀敌如砍瓜切菜，皆赖于酒力。酒成为武松们大无畏精神的催化剂。

先秦诸子的酒文化昭示，北方文化圈中孔子基本上代表了日神精神，而楚国的"蛮夷"文化圈中庄子基本上代表了酒神精神①。与《庄子》一样，《水浒传》也对日神秩序具有叛逆精神，但与老庄崇尚以柔克刚不同，李白、梁山好汉们崇武尚力的是阳刚之美，是力量的美，并且这种"力"是在酒的巅峰体验中获得的，有了"力的充盈"，酒神精神才显得越发强烈。

---

① 万伟成：《中华酒诗的文化阐释》，中国文联出版社 2002 年版，第 81—95 页。

（三）非性的酒神精神与"蛮夷的"文化因子

梁山 108 位英雄除了青眼虎李云之外多亲近美酒，除了矮脚虎王英外多不近色。可见它的酒神精神是与"酒"密切相关，却是排斥"性"的。这与尼采定性酒神为"醉与性"有所不同，反映了作者特殊的女性观念。作者及其笔下的梁山人所肯定的女性，全是偏向阳刚之美或者说是男性化了的女英雄，如扈三娘、顾大嫂等"女汉子"；108 将多数无家室妻小，他们推崇尚武精神，终日舞枪使棒，打熬筋骨；而"性"被视为尚武自强精神的魔敌，所以《水浒传》中女性味最足的阎婆惜、潘金莲、潘巧云、贾氏等"女神"，虽有美丽的外表，却都被异化为"性"的恶魔。这一切都决定小说的酒神精神与性是绝缘的。

尼采将酒神精神归纳为"蛮夷的"，有助于对梁山酒神精神的文化元素的认识。我们进行了统计，从梁山人食肉结构分析，整部小说中，"牛"字出现 220 多次，"牛肉"连文出现 32 次，"羊"字出现 90 多次，"羊肉"连文出现 11 次，牛羊肉加起来出现 300 多次，构成了梁山人的主要食肉来源。其次"狗肉"9 次，"人肉"9 次，也是骇人听闻；而"猪肉"连文只出现 1 次，与杀猪有关的"猪"字也不过 22 次。这种肉类结构与传统汉族人的饮食结构不符，所以有学者认为《水浒传》所展现的梁山酒肉文化，与汉民族传统的饮食习惯迥异，与北方游牧民族饮食习惯分不开。① 是肉食为主还是素食为主，是平等饮酒还是等级饮酒，是偏嗜牛羊马肉还是偏嗜猪鸡肉，是粗犷文化还是精致文化，等等，的确是北方游牧民族与汉族饮食文化的不同，这些都颇有道理。

推而广之，扩而深之，梁山的酒神精神，如崇尚醉态强力，对传统道德价值、礼乐意识的叛逆，一句话对日神法则的叛逆，也无不与"蛮夷"的游牧文化精神相关，反映了崇尚酒神与崇尚日神的不同文化模式。中国受儒家文明的影响，素称"礼乐之邦"，将四周处在落后社会形态的游牧民族视为"蛮夷"。中土文化的核心是最富日神法则的"礼乐"，而四夷则被

① 王前程：《〈水浒传〉酒肉文化与北方游牧习俗的关系及其意义》，《江汉论坛》
  2004 年第 10 期，第 115—118 页。

视为"无礼",而"无礼"则"不离禽兽"(《礼记·曲礼上》),更接近动物的本能,这种差别近似于西方所谓的文明与野蛮、日神精神与酒神精神之别。尼采将酒神的冲动归结为"泰坦的"和"蛮夷的",这里"蛮夷的"当然不是古代中国所谓的夷狄蛮戎,但在实质上都是与文明、日神法则相对立的"野蛮"概念。当然,我们并不是说酒神精神高于日神精神,它的破坏性常常是极端极致的,故为人诟病,这与倡导酒神精神与权力意志的尼采思想赢得希特勒的喝彩与瞻仰一样,并非无因。但正如我们不能把法西斯归于尼采一样,也不能把"盗"归于《水浒》。

三、《水浒传》的酒神精神的美学呈现

一定的文化模式主导下的宴饮文学,所呈现的艺术美学精神也是与它的文化模式对应的。《水浒传》中的酒神模式的艺术美学,主要体现在超人的酒人形象的塑造,以及崇高的悲剧美学精神上。

(一)"超人"英雄:《水浒传》中的酒人艺术形象

"酒是古明镜,辗开小人心,醉见异举止,醉闻异声音。"(孟郊《酒德》)酒使水浒英雄性格内在美得以外现,像李逵活于酒,死于酒,浑身是酒的粗犷;鲁智深出家嗜酒,入世也嗜酒,浑身是酒的豪放;而武松就是小说中的第一酒神。酒的描写成了作者刻画英雄性格的重要手段。《水浒传》大抵是酒的英雄传,酒是英雄的灵魂,酒是英雄人物的精气神。不但人物的性格,而且人物的命运都与酒分不开。如主人公宋江酒后遗失招文袋,以至于杀阎婆惜;醉吟反诗,以至于被逼上梁山;先喝御酒被招安,终喝御酒被毒死。

不同饮料的嗜好,对于人物个性、气态来说,都是不同的。清林梅溪《武夷茶趣》说:"酒壮英雄豪气,茶抒闲人清性。'大雪满天地,胡为仗剑游?欲说胸中事,同上酒家楼。'若为'同上小茶楼'则失去英雄豪情矣,故《水浒》多酒气而少茶趣。"

以酒写形,以酒写心,以酒写神,是《水浒传》酒人物塑造的艺术手段。《水浒传》中人物的醉态很多,有"三杯酒落肚,便觉有些朦朦胧胧上来"的微醉(第45回),有"这厮那里吃醉了,来这里讨野火么"的诈

醉（第 29 回），有"把胸膛前袒开，踉踉跄跄，直奔过乱树林来"的大醉（第 23 回），有潘巧云与裴如海偷情时的微醉（第 45 回），有宋江醉后题诗，"掷笔在桌上，又自歌了一回，再饮数杯酒，不觉沉醉"（第 39 回），有"头重脚轻，一个个面面厮觑，都软倒了"的药醉（第 16 回），《水浒传》全书 120 回中，正面展开醉态描写的就有 25 次之多，而每一次醉态描写，并不是单纯的形态描写，而是与醉言语、醉心理、醉行止描写紧密结合在一起的，因而形神毕具，生动可人。而且《水浒传》中的几十次醉态描写，千变万化，无一雷同，其内容之丰富，个性之独特，色彩之鲜艳，表现力之强烈，足见作者功力，在中外文学史中极为罕见。

举第 23 回为例，小说写武松在阳谷县连吃十八大碗酒，不听人劝，带着酒劲上得了山来：

> 武松正走，看看酒涌上来，便把毡笠儿掀在脊梁上，将哨棒绾在肋下，一步步上那冈子来。回头看这日色时，渐渐地坠下去了。此时正是十月间天气，日短夜长，容易得晚。武松自言自说道："那得甚么大虫！人自怕了，不敢上山。"武松走了一直，酒力发作，焦热起来，一只手提着哨棒，一只手把胸膛前袒开，踉踉跄跄，直奔过乱树林来。见一块光挞挞大青石，把那哨棒倚在一边，放翻身体，却待要睡，只见发起一阵狂风。那一阵风过了，只听得乱树背后扑地一声响，跳出一只吊睛白额大虫来。武松见了，叫声"啊呀"，从青石上翻将下来，便拿那条哨棒在手里，闪在青石边。那大虫又饿又渴，把两只爪在地下略按一按，和身望上一扑，从半空里撺将下来。武松被那一惊，酒都作冷汗出了。

武松走到酒店，被那"三碗不过"的说法所激，偏偏喝了十八大碗；正由于酒醉"误"过了"安全"时辰，造成与虎相遇的机缘；走出酒店时又醉语叨叨"我却又不曾醉"，正是真醉语言；上岗前后，步履"踉踉跄跄"，思绪反反复复，又"误"入乱林险地，与虎狭路相逢，给了武松展现"醉态强力"的机会；然而虽被老虎的突现吓出冷汗来，醉意略消，却未退尽，加上一时神情紧张，才把那哨棒抢到树上，致使棒折，又给了武松赤手搏虎的机缘，更彰显出醉的力量来。武松的醉态逼真，"明知山有虎，偏向虎山行"传递出武松之神，武松醉后突遭虎袭的心理描写入微，更精彩的还有打虎情节的步步惊心，造成了文势的一"折"再"折"，显出动人的魅力。可以说《水浒传》全面地反映了中国的霸者酒道。金圣叹以敏锐的艺术眼光，发现了酒在《水浒传》中的重要地位和价值，如在第 28 回的回前总评中有言：

> 如此篇，武松为施恩打蒋门神，其事也；武松饮酒，其文也；打蒋门神，其料也；饮酒，其珠玉锦绣之心也。故酒有酒人，景阳冈上打虎好汉，其千载第一酒人也。酒有酒场，出孟州东门，到快活林十四五里田地，其千载第一酒场也。酒有酒时，炎暑乍消，金风飒起，解开衣襟，微风相吹，其千载第一酒时也。酒有酒令，无三不过望，其千载第一酒令也。酒有酒监，连饮三碗，便起身走，其千载第一酒监也。酒有酒筹，十二三家卖酒望竿，其千载第一酒筹也。酒有行酒人，未到望边，先已筛满，三碗既毕，急急奔去，其千载第一行酒人也。酒有下酒物，忽然想到亡兄而放声一哭，忽然恨到奸夫淫妇而拍案一叫，其千载第一下酒物也。酒有酒怀，记得宋公明在柴王孙庄上，其千载第一酒怀也。酒有酒风，少间蒋门神无复在孟州道上，其千载第一酒风也。酒有酒赞，"河阳风月"四字，"醉里乾坤大，壶中日月长"十字，其千载第一酒赞也。酒有酒题，"快活林"其千载第一酒题也。①

这十二个"千载第一"，活脱脱地列出了《武松醉打蒋门神》十二个"酒文学"之最，直摄酒人武松、酒文化之魄！在武松身上，飘逸着的全是酒的潇洒，酒的灵魂，酒的精气神。武松即酒，酒即武松。武松与酒，亦犹李白之歌行，张旭之狂草，公孙大娘之剑器舞，天下无双。武松是施耐庵精心塑造的酒神。酒神者，金圣叹赞其"绝伦超群"之谓也，就是说，武松具有非常之酒量，无上之酒性，深重之酒情，浩荡之酒气，惊骇之酒力，

---

① （明）施耐庵：《水浒传》（百家精评本）第二十九回，崇文书局 2019 年版，第 256—257 页。

以及绝世之武功。武松浑身沛然酒气，一生凛然正气：景阳冈打虎是勇气，醉打蒋门神是义气，杀嫂祭兄是怒气，盘缠尽数送公差是豪气，第一个站出来反对招安是骨气，鄙弃朝廷功名而退隐是志气，而满腔怒火血溅鸳鸯楼，然后连吃三四钟酒，去白粉壁上大写下"杀人者打虎武松也"，此是何等的浩然正气！《水浒传》所写108将多是豪气冲天，路见不平一声吼，"胸有小不平，可以酒消之；世间大不平，非剑不能消也"（张潮《幽梦影》）。

小说对其他人物的醉态艺术形象塑造也很精彩。如宋江的四次醉态描写，其中有三次都在醉中题诗作词，即浔阳楼上醉题反诗反词、英雄排座次宴上醉作招安词、李师师处醉题《念奴娇》，每次都突出了宋江在特定环境中的内心活动。本来这是一部武侠小说，却偏偏浓墨描写宋江的三次"文醉"，益发不同凡响，不仅拍合了宋江刀笔吏的身份，胸有笔墨的文才，而且以诗词出之，更便于揭示人物复杂的内心活动。一张一弛，一文一武，更能显示出作者之匠心独运，小说之节奏与张力。其他如对鲁智深、林冲、李逵等的醉态描写，都成为一个个形神毕具的成功的艺术典型。

在尼采看来，生命的本质是强力意志，而强力意志有等级之分，生命也有盛衰之别。尼采设计人的未来类型时，将"超人"设计成个体生命强力旺盛的人，体现的是最强盛的生命意志和"权力意志"的主体。尼采认为，超人是"充满酒神精神生命的肯定者，生之欢乐的享受者，有着健全生命本能和旺盛强力意志的强者，有着独特个性真实的人，超越一切传统首选规范、处于善恶之彼岸、自树价值尺度的创造者，不为现代文明所累的未来王子"[1]。这里生命不断强大充盈、不断超越自身的意义，正是酒神精神之义。其次，"超人"保持着特立独行的人格，有健全的生命本能和旺盛的强力意志，满足自己的各种自然需求、本能欲望，是一个现实生活中的强者，是一种更高级、更完美的生物族群。尼采的超人哲学是强者哲学，是对强大的肯定和对弱小的否定，这是西方酒神精神的内涵，而《水浒传》体现了这一层意义。可以说，小说中以醉态强力为冲动的英雄们个个都是

---

① 王蓉拉：《当代西方哲学综述：评析马克思主义与当代西方哲学的相互关系》，学林出版社2008年版，第28页。

这样的"超人",即立足于大地之上的强力量强意志的英雄。他们有着一种强大生命力的内在驿动,代表了梁山生命意识的主体意向。尼采还说过:"要真正体验生命,你必须站在生命之上,为此要学会向高处攀登,为此要学会俯视下方。"① 酒这种含有特殊刺激成分的饮料,恰恰给人提供了站在生命之巅的体验,超越自我的感觉。所以尼采将道德划分为主人道德和奴隶道德:主人道德就是积极进取,崇尚强大,拒绝平庸,崇拜力量;而奴隶道德就是畜群的道德,同情、仁慈、谦卑。按奴隶道德的标准,主人道德的好人即是奴隶道德的恶人。观《水浒传》里的英雄,具备的正是超绝群伦的"主人道德",是强者的道德。

(二)悲剧的崇高美:《水浒传》酒文学的美学精神

《水浒传》中英雄的命运是悲剧性的,对于他们来说,生命中的灾难是不可避免的。"逼上梁山",说明了绝大多数人的酒神反抗并不是主动选择而是被逼无奈的。书中最令人心酸的,便是原本生活在体制内对体制寄托了无限梦想的林冲和宋江,最能反映这一悲剧崇高精神的就是林冲。

最早走向梁山的英雄林冲,本是个满脑子忠义思想、对体制充满幻想的官吏。他的父亲当过提辖,他本人出任八十万禁军枪棒教头。教头本是低级军官,但林冲经常到白虎堂开会,其地位必迥出众生之上:有地位有身份,有银子有闲暇,还有一个温柔端庄的娘子。处在体制内的林冲,最大的愿望就是"江湖驰誉望,京国显英雄"(第11回醉诗),即江湖好名声,国家大英雄。然而现实总是打脸:林妻出来进香,被高衙内看中并调戏,"当时林冲扳将过来,却认得是本管高衙内,先自手软了"(第7回)。他只有忍让,没有反抗,日神精神战胜了酒神的冲动。高俅父子正觑准了林冲这一弱点,一面让陆谦邀林冲到樊楼喝酒,一面差人诱骗林妻到陆谦家再次戏弄,林冲也只得拿陆家出气,不敢反抗高俅。后来林冲被陷害入狱,家破人亡时,也常常以酒浇愁,以泪洗面,但总算留下了性命,被打了几十板后,刺配沧州。他认命了,只想刑满时重回体制内。哪知高俅买

---

① [德]尼采:《生命的定律》,载《尼采诗集》,周国平译,中国文联出版社1986年版,第106页。

通押差在野猪林取他性命，被鲁智深发现，正要杀两个鸟公人时，林冲却出面阻挡：他对体制还抱有幻想，一旦杀了公差，返回体制的幻想就永远成了泡影。然而高俅没有忘记他，吃人的体制没有忘记他。于是就有了《林教头风雪山神庙》一回中的两条线索的发展：一条是在京的林妻被高俅逼得自缢，老岳父也忧郁而终；另一条是林冲也走到了绝路，而在林冲命运交响曲中，"酒"无疑起了推波助澜的作用。

在第 10 回里，作者将林冲借酒驱寒、借酒浇愁、借酒泄愤，与那纷纷扬扬下起的满天飞雪组合在一起，将酒赋予了深刻的社会内涵。林冲挑着花枪，独自走在雪地里，手拿酒葫芦边走边喝，活脱儿一个孤独苦闷的悲剧人物，一个受体制压迫和霸凌而无奈无助的末路英雄形象。但是体制内迫害接踵而至，林冲亲眼看到草料场被陆谦、差拨和富安三人放火烧掉，这等于把林冲重回体制之梦想彻底惊破了，绝望的林冲只有大开杀戒：

> 把陆谦上身衣服扯开，把尖刀向心窝里只一剜，七窍迸出血来，将心肝提在手里。回头看时，差拨正爬将起来要走，林冲按住喝道："你这厮，原来也恁的歹！且吃我一刀。"又早把头割下来，挑在枪上。回来把富安、陆谦头都割下来。把尖刀插了，将三个人头发结做一处，提入庙里来，都摆在山神面前供桌上。（第 10 回）

有了前面绝望的铺叙，才有了这场酒后激情杀人的一幕，让我们感觉诧异的同时，又觉得不如此不足以解恨。尽管林冲身上的这种反抗情绪，来得太迟，来得太被动，但这种反抗情绪一旦伴随着酒迸发起来时，简直要比火山爆发还要惊心动魄。在我国传统美学中，雄浑为巨大力量之蓄积，浑厚丰满，汪洋浩瀚，茫茫无边；豪放为情感能量之爆发，气势磅礴，锐不可当。雄浑如千斤重力拉开之强弓，将发未发，给人心理以无形之重压；豪放如离弦疾驰之飞矢，使人情感得到淋漓尽致之满足。雄浑、豪放、悲壮，颇似西方美学所谓"崇高美"，朗吉弩斯《论崇高》第一章有言："崇高风格到了紧要关头，像剑一样突然脱鞘而出，像闪电一样把所碰到的一切劈得粉碎，这就把作者的全副力量在一闪耀之中完全显现出来。"① 正是有了前面的"蓄势已久"，才有后面的压抑已久的愤怒，也即积聚已久的能量！当然，在积聚能量的过程中，酒是发挥了非常独特的作用的。林冲在做完了这一切之后：

> 再穿了白布衫，系了搭膊，把毡笠子带上，将葫芦里冷酒都吃尽了。被与葫芦都丢了不要，提了枪，便出庙门投东去。

这几句是作者的神来之笔，让林冲以"酒"来结束这场积聚已久的复仇举动，并且特意拈出林冲最后饮的是"冷酒"而不是"热酒"，一个"冷"字，把林冲对体制的绝望淋漓尽致地表现出来了！"冷酒"的参与，无疑加重了林冲悲剧的崇高性。林冲所走的道路是有代表性的。尽管各条好汉被逼的路径是不同的，被逼的程度也不一样，但他们最终都踏着他的足迹，陆续加入酒神反抗的洪流中。梁山造反的大旗竖立起来，从此建立了属于自己的自由王国。酒在《水浒传》一书中，不单纯是一种饮品，而是一种文化，这种酒文化烘托了故事的气氛，深化了故事的社会内涵，也使故事具有浓厚的悲剧色彩。

梁山人先后经历过两次悲剧：第一次是他们作为个体的人，遭到各种压迫而反抗，第二次是他们作为整体即梁山事业，接受招安而被瓦解。但不管哪一次，在面临不幸与苦难时，他们身上都体现了强烈的生存欲望和超常的悲剧抗争精神——酒神精神。悲剧性并非仅在于生命的苦难与毁灭，更在于人在面对不可避免的苦难与毁灭时的抗争和超越。第一次悲剧性的抗争上述已多，第二次悲剧性的抗争所释放出的能量同样不亚于第一次。小说第71回"排座次"是梁山起义事业的高潮，但也暗示着梁山的酒神文化模式开始为日神文化模式所取代，同时也暗示着梁山事业开始走下坡路。事业达到顶峰时期，也往往是衰败的开始，但酒神精神也不会放弃反抗，因此也是第二次悲剧性抗争的开端。宋江在领导梁山事业走向巅峰的庆功

---

① 朱光潜：《西方美学史》（上），商务印书馆 2017 年版，第 121 页。

宴、排座次宴上，酒酣耳热之际，题了《满江红》一词，并请乐和唱到"望天王降诏，早招安"时，武松叫道："今日也要招安，明日也要招安去，冷了弟兄们的心！"黑旋风便睁圆怪眼，大叫道："招安，招安！招甚鸟安！"一脚把桌子踢做粉碎。宋江大喝道："这黑厮怎敢如此无礼！左右与我推去斩讫报来！"由此可见，梁山早期以"义"号召组成的集团，已经不能再靠"义"来维系，于是在宋江大声呵斥中，一套新的日神法则诞生了，他要用体制所公认的日神法则来约束梁山集团了。这种转变，从文化模式意义上来说，就是酒神向日神的转变。

《水浒传》作为一种艺术悲剧，之所以在渲染个体毁灭、整体毁灭的同时能给人以巨大快感，原因就在于它肯定了梁山整体生命的力量，显示了梁山超越必然的抗争意识和悲剧性精神。他们敢于直面惨淡的人生，永远高傲地、竭尽全力地去迎接一切灾难和死亡，并从中显示出生命的伟大与永恒、人性的高贵与尊严。他们的强力意志和坚韧性格，展现了酒神精神在古老的中国最形象的演绎：为了锄强扶弱，他们敢于蔑视皇帝最高权威与佛教的清规戒律，进行公开的挑战与反叛。所以，梁山酒神精神的一面旗帜李逵性如烈火，一听宋江说"朝廷差人赍药酒来赐予我吃"，立即大叫："哥哥，反了罢！""我镇江有三千军马，哥哥这里楚州军马，尽点起来，并这百姓，都尽数起去，并气力招军买马，杀将去！只是再上梁山泊倒快活，强似在这奸臣们手下受气！"（第120回）这种残存的酒神反抗精神是何等的崇高与可爱！这个群体在不幸与苦难面前具有强力的生存欲望和抗争精神，显示出一种与厄运斗争中得到升华的悲剧性格，即崇高。梁山人是一个十分自信、自强、尚武的群体，梁山文化是一种悲剧意识浓厚的悲剧文化。酒神精神暗含着悲剧精神，悲剧精神是酒神精神的一部分；悲剧精神是酒神精神的必然，必然要用强力意志来充实自己，用"超人"形象来重塑自己，这样悲剧精神便走向了酒神精神，同时也走向了悲剧的崇高。

然而，梁山人处在十分悖谬而又十分合理的二律背反式的思考与抗争中：一方面，宏大的酒量与肉量，健强的体魄与武功，坚忍不拔的毅力，使他们拥有充盈的醉态强力与这个群体所应有的优越感、自豪感和自信心，他们要锄强扶弱，"替天行道"，获取人的尊严与伟岸；另一方面，作为日神法则的奴隶，他们选择招安，最后只能遭受皇帝、权臣的奴役与玩弄，成为命运的弃儿，从而决定他们必然挫败的宿命。然而，《水浒传》中源于酒神冲动的强力意志是生命意志永不枯竭的创造力量，它们的意义不在于生命的延续，而在于生命力的充盈与高涨。尽管人生是一场悲剧，梁山事业最后也以失败告终，但是梁山强人们也要把这一出悲剧演得轰轰烈烈，威武悲壮。这里的悲剧被赋予了崇高的悲壮色彩，不是让人惋惜、可怜，而是一种崇敬、景仰。小说《水浒传》一改元杂剧《水浒》戏、酒杂剧的大团圆结局，而成了一部悲到底的悲剧作品，这更加重了悲剧的分量，增添了悲剧的崇高美感。

梁山事业的悲剧结局与酒也相关。如果把招安看作失败的开始，那么第一次的招安便是天子差殿前太尉陈宗善为使，赍擎丹诏御酒，前往招安梁山泊"大小人数"的（第74回）。第二次招安，天子"又命库藏官，教取金牌三十六面、银牌七十二面、红锦三十六匹、绿锦七十二匹、黄封御酒一百八瓶，尽付与宿太尉"，前去招安梁山泊"大小人数"，并且第一次的不成功是由于御酒换成了醨水白酒。第二次招安的结果是宋江、李逵等人因喝皇帝赐与的毒御酒而亡。可见，酒确实贯穿了整个作品的始终，整个起义的始终，成也酒，败也酒，始也以酒谋成，终也因酒谋败，酒之作用，难道不是故事的关键吗？

小说人物的成败命运也与酒有关。水浒英雄不仅个个视酒为友，酒量过人，而且其性格的形成和命运的展开都与酒密不可分。因酒成功的例子不少，像武松打虎、醉打蒋门神等都是；因酒失败的例子亦不少，诸如杨雄醉骂潘巧云，差点与兄弟反目成仇；陆谦喝酒泄露了消息，而让林冲有了准备；开黑店的孙二娘专门在酒中下蒙汗药，武松就差点成了包子馅；西门庆欲勾引潘金莲，二人在酒桌上解风情，酒成了色媒人。最神奇地反映酒情节成败的，要数李逵因酒误入曹太公陷阱，梁山好汉又借酒成功地将他救出（第43回）。这一段故事都与酒结缘，酒成为推动故事情节发展和主宰人物命运的中介要素。现实生活也往往与小说《水浒传》的故事有惊人的相似之处。宋人何剡《酒尔雅》释酒有云："酒者，就也，所以就人性之善恶也；亦言造也，吉凶所由造也。"是的，《水浒传》中人性的善恶，起义的吉凶，人物的命运，都在"酒"里得到了完美的反映。

第八章

《红楼梦》和清代中前期小说中的
宴饮文学模式

清代中前期宴饮文学，同明代一样，兼备众体，但传统的明清宴饮诗文虽然数量较多，但是质量出众者少，饶有特色者则更少，学术界关注度也较低，主要集中在唐寅、杨慎、廖燕等少数诗人身上。[①] 宴饮戏曲相较元杂剧来说，案头化、文人化趋势明显，作品也主要以日神、酒仙文化模式为主，而无酒神文化模式，总体上不出元杂剧范围，学术界关注度也不高，主要集中在朱有燉、王九思等少数戏曲家身上。[②] 清代同明代一样，在宴饮文学领域里，唯有小说一枝独秀，而且产生了文言宴饮小说的最高峰——《聊斋志异》和长篇章回体宴饮小说的最高峰——《红楼梦》，这双峰可谓是清代宴饮文学的最大成果。但从文化模式上分析，《红楼梦》则最有代表性，因此是本章研究的重点。

第一节
清代小说中的宴饮文学概况

《三国演义》和《水浒传》由于分别写的是帝王将相之"演义"与绿林好汉之传奇，饮酒是重头戏，所以处处见到"饮酒"的描写，却多不知酒为何名。真正写出酒的名目者，除了明代的《金瓶梅》外，还有以清代的《红楼梦》《镜花缘》为代表的世情小说。《金瓶梅》共写了老酒、南酒、药五

---

① 明清宴饮诗文方面的学术文章不多，较有学术价值的有：张一民《纳兰性德与文酒诗会》（1989），刘扬忠《中华千秋诗酒缘：明代的浪漫酒风及其根源》与《中华千秋诗酒缘：文网钳制中的清代诗与酒》（1998），李永贤《论酒在廖燕诗歌创作中的意义》（2006），孙晓军《试论唐寅诗中酒意象的多样性内涵》（2011），彭文伶《〈升庵词〉酒意象初探》（2020）等。

② 明清宴饮戏曲，学术文章并不多，值得一提的有：翁敏华《昆曲与酒》（2005）、冯燕群《永宣盛世与酒色财气：朱有燉杂剧及散曲考察》（2007）、郑锦燕《昆曲与明清江南酒文化》（2019）、徐钊《明清女性"拟男"剧的酒梦书写》、张宏《王九思〈杜子美沽酒游春〉成书及剧名考论》（2022）等。

香酒、金华酒、茉莉酒、白酒、甜酒、荷花酒、木樨荷花酒、河清酒、葡萄酒、竹叶青酒、菊花酒、黄酒、麻姑酒、南烧酒、豆酒、红泥头酒、橄榄酒、鲁酒、内酒、雄黄酒、腰酒、浙江酒、艾酒、羊羔酒、滋阴摔白酒等 27 种酒。清代小说里写"酒"最多的，一是曹雪芹（约 1715—约 1763）的《红楼梦》，共写了绍兴酒、惠泉酒、黄酒、御酒、屠苏酒、西洋葡萄酒、果子酒、"蜜水儿似的"酒、合欢花浸的烧酒等 9 种酒；二是李汝珍（约 1763—1830）的《镜花缘》，仅第 96 回就有"文芸接过粉牌，只见上面写着"55 种酒。小说《镜花缘》具有掉书袋、卖弄学识的特点，所以一口气写下这么多酒名以夸示才华，不足为怪。但它的宴饮描写并不突出，文化模式也不突出，所以宴饮文学成就也就不高。

清代有两部小说比较特别，一部是批判现实主义代表作《儒林外史》，另一部是浪漫主义代表作、也是文言小说成就最高的《聊斋志异》。这两部小说都有宴饮描写。

吴敬梓（1701—1754）的《儒林外史》代表着中国古代讽刺小说的高峰，它也有较为丰富的酒文化内容，"第 1—5 回、第 9—10 回、第 14—18 回、第 20 回、第 24 回、第 26—33 回、第 37—40 回、第 42 回、第 44—49 回、第 53 回等"总共 37 回都写到了酒，都有大量关于贺喜酒礼、乡饮酒和丁忧酒俗等描写，突出"好客、重礼与天人合一。对待来客充满热情，遵守饮食礼仪，追求人与人、人与自然的和谐统一"[①]的精神，小说中的人物权勿用坚守"居丧不饮酒"（第 12 回）和"祭先圣南京修礼"的献酒礼与饮福宴（第 37 回），以及对"讲求礼乐，酾酒升歌"的揭示（第 56 回），皆可见小说中的宴饮描写基本上偏于日神文化模式。虽然全书共 56 回，只有 1 回无酒，且"酒"字凡 558 见，但比起其他小说的宴饮描写来说，受关注度仍不高，甚至不如《聊斋志异》。

《聊斋志异》是蒲松龄（1640—1715）的短篇小说集，目前学术界对其宴饮文学方面的研究文章有 20 多篇，主要集中在两个问题上。一是对《聊斋志异》卷五《酒虫》的研究，有 6 篇论文，俨然成了该书宴饮文学研究

---

① 齐运东：《试论〈儒林外史〉中的酒文化》，《酿酒》2007 年第 4 期，第 119 页。

的热门。王立专门论述了"腹中生虫"这一跨文化母题，属于文化学研究范畴①。日本芥川龙之介将不到 400 字的微型小说《酒虫》，演绎成近 8000 字的短篇小说，本身也说明中国宴饮文学对日本文学的影响力，因此又有 4 篇将中日同题材的宴饮文学进行对比研究的文章②，开辟了中国古代宴饮文学研究的一个新视角。二是近年来开展的对《聊斋志异》酒文化的研究，如徐文军的专著《聊斋风俗文化论》第二章"'聊斋'饮食文化论"中专门有一节为"'聊斋'酒文化考论"③，分列"酒之源""酒之传""酒之俗"等方面，钉钉成篇，但并无深入分析。更早的如孙旭芝则将研究的触角延伸到小说对"醉酒"在叙事情节、塑造人物、醉态描写方面的研究中，不过初创还显粗糙些④。接下来的就是徐文翔的 3 篇论文⑤和陈辉的《〈聊斋志异〉对酒文化的文学呈现》，这些文章对小说的酒文化、酒文学及其叙事、人物塑造、情节展开、情境转换、细节描写、环境描写、结构布局等艺术成就方面的研究，都在一定程度上获得了拓展。

《聊斋志异》全书共有短篇小说 490 多篇，而涉"酒"篇章共有 183 篇，占比 1/3。另外一些酒令的描写也很精彩。由于该小说以鬼狐为主角，所以喝酒行令的主角也相应地由人转到鬼狐身上，如《鬼令》《萧七》等篇。值得注意的是，在文化模式上，《聊斋志异》的宴饮篇章中，有一类特别强化

---

① 王立：《〈聊斋志异·酒虫〉文本渊源及其神秘信仰》，《蒲松龄研究》2001 年第 1 期，第 34—41 页。

② 卢连伟、王光福：《芥川的〈酒虫〉与蒲松龄的〈酒虫〉》，《东疆学刊》2009 年第 2 期；郭艳萍：《再论芥川龙之介与〈聊斋志异〉关于"酒虫"》，《外国问题研究》2005 年第 3 期；郭昱瑾：《芥川龙之介〈酒虫〉与蒲松龄〈酒虫〉对比研究》，《长江大学学报》2014 年第 12 期；龙玉玲《中日〈酒虫〉的比较研究》，《青年时代》2020 年第 2 期。

③ 徐文军：《聊斋风俗文化论》，齐鲁书社 2008 年版，第 66—81 页。

④ 孙旭芝：《论〈聊斋志异〉中的酒与醉》，《聊斋志异研究》2006 年第 4 期，第 51—55 页。

⑤ 徐文翔：《〈聊斋志异〉酒文化研究》，山东师范大学硕士学位论文，2011 年；《〈聊斋志异〉中酒与文人的精神世界》，《聊斋志异研究》2014 年第 2 期；《论〈聊斋志异〉酒描写的叙事功能》，《兰州教育学院学报》2013 年第 2 期。

传统的礼乐精神，如《小二》中的酒令是"检《周礼》为觞政"，《八大王》篇末的《酒人赋》是站在日神精神的立场上，大篇幅批判滥饮无度，力主饮酒要合度、合德：

> 至如雨宵雪夜，月旦花晨，风定尘短，客旧妓新，履舄交错，兰麝香沉，细批薄抹，低唱浅斟；忽清商兮一奏，则寂若兮无人。雅谑则飞花粲齿，高吟则戛玉敲金。总陶然而大醉，亦魂清而梦真。果尔，即一朝一醉，当亦名教之所不嗔。尔乃嘈杂不韵，俚词并进；坐起欢哗，呶呶成阵。涓滴忿争，势将投刃；伸颈攒眉，引杯若鸩；倾潘碎觥，拂灯灭烬。绿醑葡萄，狼藉不靳；病叶狂花，觞政所禁。如此情怀，不如弗饮。

这段描写完全近似于礼乐精神的说教了，且日神精神明显。还有一类反映歌舞佐饮、歌乐佐饮的，如《崂山道士》《道士》《罗刹海市》《丐仙》《白于玉》《莲花公主》《田子成》《凤阳士人》《彭海秋》《褚生》等，《顾生》则是以戏剧表演佐饮，这些篇章将应歌场面通过人和狐鬼之间的浪漫故事，展现出浅斟低唱的文化模式及其文化精神，具有一定的认识意义。

第二节
《红楼梦》宴饮文学的文化模式

《红楼梦》的作者曹雪芹（约1715—约1763）及其祖父曹寅（1658—1712）都是"嗜酒者"。其友法式善《梧门诗话》卷二记曹寅嗜酒曰："曹楝亭性豪放纵饮，征歌殆无虚日。"其《楝亭集》八卷，卷卷有酒题。曹雪芹"素性放达，好饮"（张宜泉《伤芹溪居士》），"醉余奋扫如椽笔，写出胸中块垒时"（《赠芹圃画石》），有乃祖之风。因此《红楼梦》中的宴饮文化之丰富和精彩，实在来源于丰厚的现实生活。

据不完全统计,《红楼梦》从第 1 回贾雨村与甄士隐对饮,到第 120 回"酒余饭饱"结束,就有 90 余回写到酒和饮酒,直接描绘饮酒场面的有 60 余处,"席""宴""馔"字出现的次数分别为 103 次、37 次、15 次,提到"酒"字的多达 601 处,提到"饮""醉"的将近 200 处。饮酒是这个封建贵族之家生活中不可缺少的内容。酒也与整本小说相始终,散发出阵阵浓郁的芳香!

一、《红楼梦》宴饮文学研究综述

当前学术界对《红楼梦》中的宴饮文学的研究有 100 多篇文章,成为宴饮文学研究领域的另一个热点,主要集中在以下三个方面。

(一)《红楼梦》中的酒文化研究

如张崇文《试论〈红楼梦〉与酒文化》(1994)、方川《〈红楼梦〉与酒文化》(1998)、俞润生等《〈红楼梦〉中的酒文化》(2002)、欧阳娜《〈红楼梦〉与酒文化》(2006)、王黎萍等《略论〈红楼梦〉中的茶文化和酒文化》(2006)、张娟娟《解读〈红楼梦〉中的酒文化》(2012)等,对小说中的酒文化进行了总体描述。如潘宝明《〈红楼梦〉中茶酒点肴的美感寓意》(2002)、林莉等《〈红楼梦〉中的酒具与酒文化》(2012)、刘鹏《〈红楼梦〉中酒》(2013)、叶常浩《"梦"中品酒》(2015)、傅建伟《曹雪芹笔下的绍兴酒》(2007)、秦愔《曹雪芹与酒》(1991)、林莉等《从〈红楼梦〉看明清时期酒类文化》(2012)、熊永忠《从林黛玉饮合欢酒说开来》(1987)、俞香顺《〈红楼梦〉中合欢、合欢花酒详考》(2019)、孙宁宁《红楼美酒鉴赏》(2011)、刘予希《试论〈红楼梦〉中的酒及其文化载体:从酒器看酒文化》(2009)、刘少红《万艳同杯酿仙醪》(2011)、胡文彬《公侯王府多珍器〈红楼梦〉中的酒器》与《旗幌闪闪招醉客〈红楼梦〉中的酒幌》(1999)等文章,对作者与酒的关系,对小说中的酒、酒器、酒旗等酒文化元素进行归纳或考证。金兰《〈红楼梦〉饮食文化研究》(2009)还探讨了《红楼梦》中的饮食思想、饮食文化资源的现代开发等问题。这些成果虽然时有创见,但重复性描述较多。

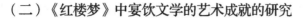

（二）《红楼梦》中宴饮文学的艺术成就的研究

更多的文章突出研究了酒对小说的艺术描写的作用。李健彪在探讨小说中"酒"的演变基础之上，将酒的艺术作用归纳为三个方面。一是"为刻画人物、塑造人物服务，预示着人物的命运"；二是"衬托了故事的氛围，丰富了情节场面，揭示了故事的背景和发展趋势"；三是"反映了我国酒俗文化的演变，扩大了民俗学的容量，提高了《红楼梦》的学术研究价值"①。上官文坤将小说宴饮描写的文学功能概括为"塑造人物形象、推动情节发展及深化小说主题"②三个方面，武青青肯定了"酒文化的元素在人物塑造、情节推进和故事结局乃至地域交流诸方面都起到了积极的叙事作用"③，在继承中有拓展。徐振辉《论〈红楼梦〉写醉的艺术与心理学价值》（1986）、詹丹《惟有饮者留其名：论〈红楼梦〉人物的醉态描写》（2006）、陈家生《酒——艺术魅力的催化剂：〈红楼梦〉中饮酒描写艺术效应谈》（2001）等文章特别强调了酒对小说的情节描写、人物形象塑造的作用，王坤《酒文化与〈红楼梦〉结构》（2009）突出强调了"酒"对小说回目设计、结构设计的作用，开拓了《红楼梦》宴饮文学研究的新领域，具有一定的创新意义。

（三）《红楼梦》中宴饮文学的主题内容的研究

从酒对小说主题的作用来说，如刘韶军《〈红楼梦〉的佛道主题与酒文化的深层关系》（2012），从"中国传统酒文化的内涵之中就包括超脱世俗之主旨"入手，研究小说中的"酒"对深化主题的作用。李裴《文学与酒文化：〈金瓶梅〉〈红楼梦〉〈儒林外史〉饮酒艺术表现及文化哲学含蕴之比较》（1996）、彭鲜红《〈红楼梦〉与〈水浒传〉酒文化的比较：贵族酒文化与好汉酒文化的比较》（2003）、孟晓东《〈红楼梦〉吃法和〈水浒传〉吃法》（2007）、邓显洁等《从酒的社会功能视角赏析〈红楼梦〉与〈三国演义〉》

---

① 李健彪：《谈〈红楼梦〉中的酒及其作用》，《西安教育学院学报》1996年第1期，第18—23页。

② 上官文坤：《〈红楼梦〉宴饮描写的文学功能研究述评》，《红楼梦学刊》2016年第3期，第109—121页。

③ 武青青：《〈红楼梦〉中饮酒风貌与酒类书写的文化价值》，《红楼梦学刊》2020年第4期，第327页。

（2012）则从《红楼梦》与其他小说的宴饮文学的比较角度，研究酒对小说主题、社会功能与艺术描写的作用，都在试图将这一领域的研究引向深入。至于学术界对《红楼梦》酒令文学的研究，本章将在下一节予以分析。

值得注意的是，学术界试图从文化模式角度研究《红楼梦》。安起阳认为，贾宝玉身上正体现了尼采的酒神特征。当然，如果用西方的酒神精神完全去套贾宝玉，难免有"刻舟求剑"之嫌，所以作者提出：小说第五回《贾宝玉梦游太虚幻境》描写贾宝玉的梦境，而"梦境所产生的幻觉本就是日神式审美的重要特征。可以这么说，这是由宝玉之前的酒神精神向日神精神的一次过渡"①。如果一说到醉就是"酒神"，一说到"梦"就是"日神"，那么这样的说法也陷入了另一种"刻舟求剑"。吴雨蒙则从"黛玉的酒神倾向""宝钗的日神倾向""《红楼梦》的悲剧美"分析中得出"酒神精神和日神精神交织的观点"②。这些文章只是分割式剖析两三个人物，没有从整体上论述小说中宴饮文学的文化模式，以及酒神倾向与日神倾向之间的关系。因此对《红楼梦》宴饮文学中的文化模式还需要进行一个全面的分析。

二、《红楼梦》宴饮文学的酒神文化因子

判断《红楼梦》宴饮文学中的文化模式千万不能拘泥于外在的形迹，即小说是写"醉"还是写"梦"，关键是看它的内在精神。那么，《红楼梦》宴饮文学在以下两个方面都显示出一定程度上的酒神精神，说它有"酒神倾向"也是成立的。

（一）在强烈的悲剧命运的描写中，蕴含着深度的悲剧精神

鲁迅说过："悲剧就是将人生有价值的东西毁灭给人看。"③所以当前学

---

① 安起阳：《尼采的"酒神"特征与贾宝玉的精神契合》，《名作欣赏》2020年第4期，第120—121页。

② 吴雨蒙：《从尼采悲剧美学视域看〈红楼梦〉》，《北方文学（下旬刊）》2013年第6期。

③ 鲁迅：《再论雷峰塔的倒掉》，载杂文集《坟》，人民文学出版社1973年版，第159页。

术界多数人认为:《红楼梦》最大的成功就是以小说的形式广泛反映了当时社会的悲剧结局。王国维称"《红楼梦》一书与一切喜剧相反,彻头彻尾之悲剧也"[①],"《红楼梦》者,悲剧中之悲剧也"[②],这个观点一直影响着红学界。《红楼梦》中的悲剧,包括爱情悲剧(主线是贾宝玉与林黛玉的爱情悲剧,此外薛宝钗、李纨、迎春、惜春、秦可卿、史湘云、巧姐、袭人、妙玉等都存在爱情悲剧),女性悲剧(除了十二金钗外,其他如尤三姐、赵姨娘、香菱、袭人、晴雯、金钏、鸳鸯、司棋等的命运无一不是悲剧),贵族家庭悲剧(贾、史、王、薛由盛到衰),社会悲剧(通过爱情悲剧写家族悲剧,通过家族悲剧写时代悲剧),人生悲剧(从一个时代的悲剧来揭示人生永恒的悲剧)。《红楼梦》中的"酒",写出了这个世界不可避免的悲剧命运,主要体现在三个方面。

首先,通过有关"酒"的谶语(酒名、酒令),预示着大观园人物的悲剧性命运,这一点最能体现宴饮文学的特色。《红楼梦》第五回借虚幻的仙境比喻人间,讲述贾宝玉梦游太虚幻境:

> 大家入座,小鬟捧上茶来,宝玉自觉香清味美,迥非常品,因又问何名。警幻道:"此茶出在放春山遣香洞,又以仙花灵叶上所带的宿露烹了,名曰'千红一窟'。"……少刻,有小鬟来调桌安椅,摆设酒馔……宝玉因此酒香冽异常,又不禁相问。警幻道:"此酒乃以百花之蕊,万木之汁,加以麟髓之醅、凤乳之麹酿成,因名为'万艳同杯'。"宝玉称赏不迭。

警幻仙姑讲述的茶名酒名,虽是神话,却寓意深刻。"千红""万艳"代指千千万万红艳妩媚、妖娆多姿的女子,"窟"谐音"哭","杯"谐音"悲"。"千红一哭""万艳同悲",可见这酒、这茶,隐喻着大观园姑娘们生逢"末世",必然遭遇令人痛哭的悲剧命运。

其次,《红楼梦》中通过饮酒对生发出的突发事件的描述,深刻揭露了

---

① 王国维:《红楼梦评论》第三章,浙江古籍出版社 2012 年版,第 13 页。
② 王国维:《红楼梦评论》第四章,浙江古籍出版社 2012 年版,第 17 页。

封建社会末期吏治与法治的腐败，从更高的角度揭示了社会悲剧的广阔社会背景。如薛家的败家子、人称"呆霸王"的薛蟠，在饭铺里喝酒时，因为"当槽儿"张三瞟了一眼他心爱的戏子蒋玉函，便于次日再来饮酒生事，"叫那当槽儿的换酒，那当槽儿的来迟了，（薛）大爷就骂起来了"，拿起酒碗砸破了张三的脑袋，草菅了人命。为了救这个败家子的性命，薛姨妈通过凤姐与贾琏买通了知县，知县贪赃枉法，硬是把这个醉酒故意杀人案判成了因换酒碗过失伤人案（第86回），然而薛家亦为之倾家荡产。小说通过对薛蟠醉酒行凶的刻画与知县贪赃枉法的描述，鞭挞了封建社会吏治与法治的腐败，深化了作品的主题。其他如贾珍、贾琏"不过是'酒色'二字而已"（第65回），贾赦"放着身子不保养，官儿也不好生做去，成日家和小老婆喝酒"（第46回），"孙绍祖一味好色，嗜赌酗酒，家中所有的媳妇丫头，将及淫遍"（第80回），其他如贾瑞、邢德全"非饮即赌即嫖"。即使如正面人物贾宝玉，幼时抓周时"伸手只把些脂粉钗环抓来，政老爹便大怒了，说：'将来酒色之徒耳！'因此便大不喜悦"，致使冷子兴有"竟一代不如一代了"（第2回）之叹。四大家族，其败也必然。

《红楼梦》几次重要的宴饮描写都预示着以后人物的悲剧命运。如第44回王熙凤生日，宴席上众人敬酒，只听尤氏敬酒时话里有话，道："我告诉你说，好容易今儿这一遭，过了后儿，知道还得像今儿这样不得了？趁着尽力灌丧两钟罢。"凤姐见推不过，只得喝了。这话谶贾家败落之后王熙凤被休，"哭向金陵事更哀"。凤姐喝多了，要回家去歇歇，不意发现家中贾琏正和鲍二家的在干"好事"，不觉撒泼大闹，贾琏"倚酒三分醉"，逞起雄威来，仗剑要杀凤姐。几个男女混战成一团，演出一幕醉酒泼醋的大闹剧，最后以鲍二家的上吊自尽，闹剧才得以平息。故事情节急剧突转，大起大落，充满由喜转悲的悲剧性突变，既充分表现了凤姐的泼辣、狠毒、耍赖的个性，又推动了故事情节合乎逻辑的发展，大大增强了作品的生动性、曲折性。鲍二家的上吊自杀，加剧了贾琏、凤姐夫妻之间的矛盾，为凤姐日后被休、平儿扶正埋下了伏笔。这一系列的情节都由王熙凤、贾琏饮酒过量为线索贯穿起来。至于《红楼梦》里的酒令，暗示贾府命运、大观园姑娘们的命运的后续故事情节就更多了。

第三，《红楼梦》还通过对酒事的描写，揭示了社会矛盾，暗示了四大贵族家庭悲剧的必然命运。作品利用酒宴场景的描写，来讽喻大家族的奢侈腐败，以及贵族公子的不学无术，揭示了贫富差距之大、社会矛盾之激烈。

小说多处写到宴会饮酒活动，贾府三日一小宴，五日一大宴，可以推知贾府宴会相当奢侈，不消说那些名目繁多的美器珍玩，那些精心烹调的美味珍馐，仅秦可卿之丧事与贾元春之省亲，其奢华靡费，足以骇人耳目。又比如第 38 回写了螃蟹宴，第 39 回让刘姥姥算了一笔螃蟹账：

> 这样螃蟹，今年就值五分一斤，十斤五钱。五五二两五，三五一十五，再搭上酒菜，一共倒有二十多两银子。阿弥陀佛！这一顿的钱，够我们庄稼人过一年的了。

这一顿螃蟹宴，在贾府是极其普通的，却够庄户人家过一年，可见贾府家族饮酒风气之盛，消费之大，也可见贫富差距之大！

"酒以合欢"，尽人皆知，然而，曹雪芹却在这看似欢乐热闹的府上，透过"酒"看到了"合欢"的背后蕴藏着不可避免的"悲"的因素；四大家族盛极一时，然而，作者却在这灯红酒绿、穷奢极欲的背后，透过"酒"提示它们必然走向分崩离析的悲剧命运。这个贵族之家宴宴不断，宴宴翻新，上下几百口，主奴一气，花天酒地，骄奢淫逸，这种无休止的挥霍浪费，只能加剧家族的经济拮据。小说酒宴的描写突出了这个贵族大家庭日常生活的奢靡和挥霍无度，"成由勤俭败由奢"（李商隐《咏史》），预示着整个家族走向衰败，迎来"忽喇喇似大厦倾，昏惨惨似灯将尽"（第 5 回）的必然结局。从这个意义上说，曹雪芹在《红楼梦》中的饮酒描写从侧面深化了小说的主题思想，揭示了贾家衰败的原因。作品中的人物，从最上层的凤姐，到下层丫鬟，也都能说出"千里搭长棚，没有个不散的筵席，谁守一辈子哩？"（第 26 回）这种相当深刻的话来！

（二）在醉酒状态下的微弱的平等意识与抗争意识

有悲剧性精神，就会有命运的抗争意识。《红楼梦》也借"酒"描写来表现悲剧性人物的平等、抗争乃至民主意识。这似乎在描写一片漆黑时，也给予了读者一抹亮色，这就是作品中开始萌生的一种新的时代要求，即对于自由、平等、民主、人格独立、个性解放的朦胧要求。而这种新的思想萌芽，也依然与酒存在着密切的关系。酒本来就是个性饮料，历代许多文人名士常借酒来弘扬个性。酒是"叛逆"饮料，许多人借酒对传统道德、价值观念进行抗争。酒也是"平等"饮料，如行酒令时，公乘不仁可以觞君，刘章"酒令如军令"，魏文帝酒酣耳热时与邓展以蔗代剑互相击打，江湖朋友、兄弟"有酒大家喝"，都是这种平等精神的体现。"酒桌上人人平等"，"酒令面前人人平等"，都传达出平等的文化信息。正是因为"酒"，主子们与丫鬟们可以一起坐到筵席上，丫鬟主持酒令，主子们还得暂时放下主子身份，服从令官。如第44回行令，凤姐推荐丫鬟鸳鸯出任令官，鸳鸯甫一"上任"，谢了坐，便坐了，也吃了一钟酒，笑道："酒令大如军令，不论尊卑，唯我是主，违了我的话，是要受罚的。"王夫人等都笑道："一定如此！"尽管主子服从仆人的象征意义大于实际意义，但毕竟是在酒桌上，体现了平等意识。通常情况下，大观园主仆等级森严，只有主子骂仆人的份，根本轮不到仆人斥骂主子。可是醉起酒来，具有特殊身份的奴仆竟借着酒劲，痛骂起主子来（如下文中的两次醉骂），造成主仆关系在酒醉状态下的颠倒，一定程度上体现了酒文化的叛逆性与平等性，这些恰恰是醉态强力意志的显现。

一次是焦大的醉骂，这是小说宴饮文学中最富有酒神抗争精神的一幕。小说第7回写宝玉与秦钟在宁府相会，一见如故，吃完饭，天已黑，尤氏派人送秦钟回家，可管家偏偏派了焦大，而焦大也喝得酩酊大醉，一个个挨次骂过去，其中有三段骂词相当精彩：

那焦大又恃贾珍不在家，因趁着酒兴，先骂大总管赖二，说他："不公道，欺软怕硬！有好差使派了别人，这样黑更半夜送人就派我，没良心的王八羔子！瞎充管家！你也不想想焦大太爷跷起一只腿，比你的头还高些。二十年头里的焦大太爷眼里有谁？别说你们这一把子的杂种们！"……

那焦大哪里有贾蓉在眼里？反大叫起来，赶着贾蓉叫："蓉哥儿，你别在焦大跟前使主子性儿！别说你这样儿的，就是你爹、你爷爷，也不敢和焦大挺腰子呢。不是焦大一个人，你们做官儿，享荣华，受富贵！你祖宗九死一生挣下这个家业，到如今不报我的恩，反和我充起主子来了。不和我说别的还可；再说别的，咱们'白刀子进去，红刀子出来！'"……

众人见他太撒野，只得上来了几个，揪翻捆倒，拖往马圈里去。焦大益发连贾珍都说出来，乱嚷乱叫，说："要往祠堂里哭太爷去，那里承望到如今生下这些畜生来！每日偷狗戏鸡，爬灰的爬灰，养小叔子的养小叔子，我什么不知道？咱们'胳膊折了往袖子里藏'！"众小厮见说出来的话有天没日的，唬得魂飞魄丧，把他捆起来，用土和马粪满满的填了他一嘴。

这三段醉骂，一是与宁国府的老奴身份相称，但焦大又不是一般的奴才，"从小儿跟着太爷们出过三四回兵，从死人堆里把太爷背了出来，得了命"，是宁国府第一代主子的救命恩人，身份地位不同一般奴才；但老太爷子一去，后面的主子就怠慢了这位老奴才，所以积怨在心，越积越多，借着几杯黄汤，就爆发出来了。其次，这三段醉骂也是有层次的，他先是拿管家分工开骂，引发贾蓉出面制止，于是醉骂升级，乃以长辈口吻，教训贾蓉这一批子孙们忘恩负义，最后再次升级，把老太爷"抬"了出来，教训第四代子孙。他骂赖大是痛恨，要与贾蓉动刀子是愤慨，"要往祠堂里哭太爷去"是痛心，"胳膊折了往袖子里藏"是忍痛，把贾家丑事全都捅了出来。他虽然是贾太爷的救命恩人，倚老卖老，但毕竟属于被压迫者，在贾家没有地位，也没人把他放在眼里，最后被采取了强制措施才罢休。

另一次是尤三姐的醉骂，发生在第65回，贾珍、贾琏兄弟及其侄贾蓉三人于家孝之际寻欢作乐，调戏尤氏姐妹，遭到尤三姐醉后痛斥：

（尤）三姐儿听了这话，就跳起来，站在炕上，指贾琏冷笑道："你不用和我花马掉嘴的！咱们'清水下杂面——你吃我看'。'提着影戏人子上场儿，好歹别戳破这层纸儿。'你别糊涂油蒙了心，打量我们不知道你府上的事呢！这会子花了几个臭钱，你们哥儿俩个，拿着我们姊妹两个权当粉头来取乐儿，你们就打错了算盘了。我也知道你那老婆太难缠。如今把我姐姐拐了来做了二房，'偷来的锣鼓儿打不得'。我也要会会这凤奶奶去，看他是几个脑袋？几只手？若大家好，取和儿便罢；倘若有一点叫人过不去，我有本事先把你两个的牛黄狗宝掏出来，再和那泼妇拼了这条命！喝酒怕什么？咱们就喝！"说着自己拿起壶来，斟了一杯，自己先喝了半盏，搂过贾琏来就灌，说："我倒没有和你哥哥吃过。今儿倒要和你吃一吃，咱们也亲近亲近。"吓的贾琏酒都醒了。贾珍也不承望尤三姐这等拉的下脸来。弟兄两个本是风流场中耍惯的，不想今日反被这个闺女一席话说的不能搭言。尤三姐看了这样，越发一叠声又叫："将姐姐请来！要乐，咱们四个大家一处乐。俗语说的，'便宜不过当家'，你们是哥哥兄弟，我们是姐姐妹妹，又不是外人，只管上来！"尤二姐方不好意思起来。贾珍得便就要溜，尤三姐儿那里肯放？贾珍此时反后悔，不承望他是这种人，与贾琏反不好轻薄了。

从上文对尤三姐的描写，这丫头的姿色让身边的男子个个垂涎欲滴，而她又像一个浑身长刺的尤物，耿直、泼辣，这种性格在酒后显得越发自然，容不得半点侵犯。她在醉骂、捉弄、泄愤、变态中寻回了自己的尊严、自由与快感。

在四大古典小说中，《红楼梦》的饮酒心理描写最细致深刻、富有力度和美学、心理学价值。焦大、尤三姐同是借酒使性，展示出人物的内心世界，但两人的醉骂的心理基础同中有异：焦大自恃自己有功，他的本钱就是借酒居功，居高临下痛骂小辈；而尤三姐的本钱只有借着酒劲，卖弄些女人的风情，"露着葱绿抹胸，一痕雪脯；底下绿裤红鞋，鲜艳夺目。一对金莲或翘或并，没半刻斯文……再吃了几杯酒，越发横波入鬓，转盼流光。真把那珍琏二人弄的欲近不敢，欲远不舍，迷离恍惚，落魄垂涎。再加方才一席话，直将二人禁住。弟兄两个竟全然无一点儿能为，别说调情斗口齿，竟连一句响亮话都没了"。脂评本于此点睛道："（尤三姐醉骂）任意挥霍洒落一阵，拿他弟兄二人嘲笑取乐，竟真是他嫖了男人，并非男人淫了他。"这种野蛮原始的非理性冲动，抛弃个体受到的道德文明约束，正是酒神反抗的精彩时刻。

酒使得焦大、尤三姐的形象更加光彩照人，成了最具反抗性的人物。

综上所述，《红楼梦》中的宴饮文学在悲剧精神与抗争精神上确实具有一定的酒神倾向，这是毋庸置疑的。但还不能遽下结论说《红楼梦》宴饮文学是属于酒神文化模式的。

三、《红楼梦》宴饮文学的日神式与酒仙式消解

《红楼梦》宴饮文学中的日神式与酒仙式消解，在很大程度上稀释或瓦解了它的酒神精神，表现在如下四个方面。

（一）悲喜交集与中和精神大大抵消了小说深度的悲剧情结，弱化了酒神精神

《红楼梦》虽是悲剧，但中国古典式悲剧没有"一悲到底"的彻头彻尾的悲剧。后人认定的《中国十大古典悲剧集》①，都是大团圆式完满结局。而《红楼梦》从结局而言，打破了戏剧中的才子佳人的大团圆结局，认定为悲剧自有道理；但从整个过程来看，《红楼梦》同其他中国式悲剧一样，是"悲喜交集"，而不是"彻头彻尾"或"一悲到底"的悲剧。

事实上，《红楼梦》存在着大量的喜剧成分。比如秦可卿的丧事当作盛事、喜事来办，作为公公的贾瑞"哭得泪人一般"，比丧妻的儿子还要伤心（第13回）；王熙凤毒设相思计，贾瑞被作弄得丑态百出（第12回）；许多人物也存在喜剧性，其中肯定性喜剧如贾宝玉、林黛玉的言行就有许多喜剧成分，否定性喜剧如薛蟠饮酒行令，薛蟠体也有许多荒诞粗鄙成分，再如刘姥姥的戴花、醉卧、行令，则既有肯定性的成分，也有讽刺逗笑的成分。

小说有两段著名的醉卧描写，一是"憨湘云醉眠芍药裀"：

> ……湘云卧于山石僻处一个石蹬子上，业经香梦沉酣，四面芍药花飞了一身，满头脸衣襟上皆是红香散乱；手中的扇子在地下，也半被落花埋了，一群蜜蜂蝴蝶闹嚷嚷的围着。又用鲛帕包了一包芍药花瓣枕着。众人看了，

---

① 王季思：《中国十大古典悲剧集》，上海文艺出版社1982年版。

又是爱，又是笑，忙上来推唤挽扶。湘云口内犹作睡语说酒令，嘟嘟囔囔说："泉香酒冽……醉扶归，宜会亲友。"众人笑推他说道："快醒醒儿，吃饭去。这潮磴上还睡出病来呢！"湘云慢启秋波，见了众人，又低头看了一看自己，方知是醉了。（第62回）

这段描写真可谓使尽了一切美的语言：人美、景美、花美，兼有男性旷达豪爽与女性妩媚娇袅了，而且写出了醒状醉貌和丰姿憨态，飞花、落花、枕中花又是别名为"醉西施"的芍药，分明是衬托。人醉、花醉、酒令醉，这样富有图美、诗味、画韵的综合审美意境，更加突出了湘云的豪爽豁达性格，具有浪漫主义色彩。此回末尾处，有戚本总评曰："看湘云醉卧青石，满身花影，宛若百十名姝，抱云笙月鼓而簇拥太真者。"① 信然！

而"刘姥姥醉卧怡红院"却是另一番景象：

　　一时来至省亲别墅的牌坊底下……刘姥姥觉得腹内一阵乱响，忙的拉着一个小丫头，要了两张纸，就解衣。众人又是笑，又忙喝他："这里使不得！"忙命一个婆子，带了东北角上去了……那刘姥姥因喝了些酒，他脾气不与黄酒相宜，且吃了许多油腻饮食发渴，多喝了几碗茶，不免通泻起来，蹲了半日方完……忽一起身，只觉眼花头眩，辨不出路径……只得认着一条石子路，慢慢的走来……忽见有一幅最精致的床帐。他此时又带了七八分醉，又走乏了，便一屁股坐在床上。只说歇歇，不承望身不由己，前仰后合的，朦胧着两眼，一歪身，就睡熟在床上。且说众人等他不见，板儿没了他姥姥，急的哭了。众人都笑道："别是掉在茅厕里了？快叫人去瞧瞧。"……袭人一直进了房门，转过集锦橱子，就听的鼾鼾如雷，忙进来，只闻见酒屁臭气满屋。一瞧，只见刘姥姥扎手舞脚的仰卧在床上。（第41回）

在这大观园中最高贵、最豪华的寝室里，竟留下了一位村媪的"酒屁

---

① （清）曹雪芹著，脂砚斋评：《脂砚斋评石头记》（下），生活·读书·新知三联书店2011年版，第671页。

臭气",反差太大,不管是人物语言还是作者语言,都有极强的调侃、幽默成分,极富喜剧效果。如果说湘云醉卧是那样的静美、那样的和谐,放到刘姥姥身上则是那样的不和谐、那样的可笑,"以丑为美"。湘云与刘姥姥塑造的两种醉卧、两种美感相映成趣,恰成鲜明的对比。

这种搞笑性的宴饮描写在小说里还有很多,特别是酒令的描写,喜剧效果就更多了(详见下文),从中可见作者的别具匠心,这也许是《红楼梦》成为描写酒令最多、最好的古典小说的原因吧。这里有一个问题:《红楼梦》究竟是喜剧还是悲剧?小说里,是喜剧成分多还是悲剧成分多?喜剧成分与悲剧成分究竟是什么关系?是折中还是融合?还是两者兼而有之?

从结局来说,作为一部悲剧性作品,《红楼梦》并不是真正西方意义上的悲剧作品,而是中国式悲剧性作品,其中存在着大量的喜剧描写,悲中有喜,笑中有泪,乐中有哀。从小说的局部描写来看,"以乐写哀,倍增其哀""寓哭于笑"的效果是存在的。比如第97回,一边写林黛玉闺房寂寞,灯尽油枯,生命走到了尽头;一边写贾宝玉、薛宝钗婚宴志喜,洞房花烛,以乐衬哀的效果明显;同样地,等到贾宝玉清醒过来,林妹妹已经逝去,宝哥哥追悔无及,只能追念两人过去的喜剧性场面,更是令人柔肠寸断,这些都是加倍写法。从整部小说来说,以昔荣昔乐反衬今枯今哀,也可以加重悲剧性效果。不过,如果从戏份孰多孰少来看,那么结论又会有所不同:"《红楼梦》虽兼有悲、喜两面,但喜的数量大大胜过悲的一面,有关寿辰、节日、游园、宴聚、赏花、钓鱼、结社联诗、雅制灯谜乃至嬉戏打闹、争风吃醋之类的描写,构成了其三分之二以上的篇幅。"①虽然这一点改变不了《红楼梦》是悲剧性作品这一结论,但无疑地,喜剧成分会大大折中了小说的悲剧成分。

用喜剧成分折中小说的悲剧成分,从某种意义上来说,与中国传统的"乐而不淫,哀而不伤""怨而不怒"的艺术思维是一致的,这就是中和的力量所显现出来的艺术效果。小说以喜冲悲,不仅表现在戏份的孰多孰少,而且表现在艺术结构上。从大结构来看,"红楼之作,乃雪芹巢幕侯门,目睹富贵浮云,邯郸一梦。始则繁华及盛,景艳三春,花鸟皆能解语;继则冷

---

① 张均:《〈红楼梦〉"悲剧"说辨议》,《学术研究》2019年第4期,第10页。

落园亭,魂归月夜,鬼魅亦且弄人"①。从小结构来看也是如此,盛时已有香菱、秦可卿、秦钟、贾瑞、金钏等相继不幸,衰时犹有"寄闲情""宴海棠""沐天恩""庆生辰"等欢庆气象。这种悲欢相仍、哀乐相循,与西方悲剧专注写人的失败不同,这就是中国文化在处理悲剧问题上的反映。推而广之,不但有喜剧成分的"中和"消解悲剧情结,有物质的铺排、细节上的欢悦——比如筵席上的美酒佳肴、精美的酒具服饰、豪华的歌舞音乐与环境设备等消解精神上的悲观,而且大观园中的花草鸟兽甚至众多姑娘、女性化的男子等极富阴柔之美的事物,也在某种程度上消减了悲剧的壮美与崇高。而作为"绝父子弃人伦不忠不孝之罪人"的贾宝玉,他最后的出家结局固可以理解为"伦理学上最高之理想"②,但这种"解脱"大大冲淡了其美学上的悲剧与崇高,一句话,日神文化模式中的礼乐精神的顽强、中和精神的消解力量是不可忽视的。

（二）佛道命定的度脱,大大抵消了小说微弱的抗争精神,强化了酒仙文化精神

在西方,悲剧往往与酒神的抗争精神联系在一起,那么我们是否可以断定《红楼梦》具备酒神式的抗争精神呢?与西方悲剧宣扬与命运抗争不同,《红楼梦》借用佛教因果报应、道教神仙道化宣教构架小说的大厦。第1回借"一僧一道"劝人脱离红尘以求佛道,又借跛足道人的《好了歌》说法,宣扬了小说的"立意本旨"。第5回安排警幻仙子演唱红楼十二曲,隐喻了生命的虚幻无常与命运前定的因果观念。小说借用大量"酒"的谶言,强化了这种观念。小说一开始写贾宝玉和林黛玉时即由通灵宝玉和绛珠仙草幻出,两人因"木石前盟"而双双下凡还泪报恩,历尽繁华与凡劫,最后"破执"终登彼岸。所以宝玉角色的设置,如同神仙道化剧一样,最后都具有"度化"之用,体现出小说彻悟、出世之旨。

与西方悲剧挑战现实秩序或价值、展示超人的伟大崇高不同,《红楼梦》

---

① 境遍佛声:《读红楼札记》,载吕启祥、林东海编《红楼梦研究稀见资料汇编》,人民文学出版社2001年版,第5页。

② 王国维:《红楼梦评论》第四章,浙江古籍出版社2012年版,第18页。

借用了佛教"空色"、道教齐物思想,破除对自己和世界的双重执着。《红楼梦》开始自述了创作意图:"因空见色,由色生情,传情入色,自色悟空。"(第1回)整部小说具有深厚的佛道情结,所谓"英莲方在抱,僧道欲度其出家;黛玉三岁,亦欲化之出家,且言外亲不见,方可平安了世;又引宝玉入幻境;又为宝钗作冷香丸方,并与以金锁;又于贾瑞病时,授以风月宝鉴;又于宝玉闹五鬼时,入府祝玉;又于尤三姐死后,度湘莲出家;又于还宝玉失玉后,度宝玉出家,正不独甄士隐先机早作也。则一部之书,实一僧一道始终之"(姚燮《读〈红楼梦〉纲领》)。① 基于此,全书表现的痴愁怨恨,金钏、黛玉,就连结了婚的宝玉、宝钗,最终都归了空。宝玉、黛玉是情空,甄士隐、贾府是家空,就连贾瑞和凤姐做爱,也成了性空性幻,推而广之,大凡酒食征逐、金银满箱,笏满床与歌舞场,最后无一非空。小说反复渲染"昔荣",落脚点是"今衰",最后归于"破执""色空",体现的是中国式的度脱、超越与旷达精神。从这个角度来说,《红楼梦》中的酒仙文化模式是非常突出的。如果说西方的悲剧与酒神精神的关键词是强力意志的斗争、自由精神的毁灭、美学的崇高,那么《红楼梦》的酒仙文化模式的关键词则是惜春、紫鹃、贾宝玉式的出家、解脱、破执,即使有林黛玉、王熙凤等式的真正毁灭,也绝对与强力意志、自由精神、崇高的美学无关。由于佛道命运、度脱、破执思想的支配与消解,《红楼梦》中的美学上的悲剧性大大地获得了稀释。

(三)顽强的礼乐精神也大大弱化了抗争意识,强化了日神文化精神

同尼采的酒神、日神二元对立统一一样,《红楼梦》酒文学中的酒神、日神也存在着对立关系,但最后统一在日神精神之中。虽然在小说中,史湘云的醉卧,丫鬟主持酒令,怡红院的夜宴,焦大与尤三姐的醉骂,这种癫狂迷乱、集体狂欢的状态,欲望的放纵与本性流露的快感,都表现出冲决理性秩序、突破道德文明的酒神精神。但这只是外表,而其内核则是被道德与理性法则节制而回归严肃高尚的日神精神。比如史湘云虽然有"名士风流"的一面,但清醒时仍会督促宝玉走仕途经济之路,自觉遵循男性"学而优则仕"的规训。尤三姐放肆淫态式醉骂,只是在保护她自己不成

---

① 冯其庸:重校《八家评批红楼梦》(一),青岛出版社2015年版,第52页。

为男性玩物，其内心仍然是崇尚贞烈等女德规范，导致以鸳鸯剑自刎言志。她们再有"男子气"，终究不能失了女箴与礼仪。而日神文化模式最核心的就是这种精神。

小说广泛而深刻地反映了深层次的酒礼精神。作为富贵之家，《红楼梦》中的每一场宴席礼仪无一不呈现出一种伦理美。薛宝钗说过："天下难得的是富贵，又难得的是闲散。"（第37回）这大观园里，名酒美器、佳肴礼乐、富贵闲人，样样俱有，小说多次写到"酒席、入席、还席、筵席、留席、安席……"等礼仪之美，呈现出雍容华贵的气派，展演着封建末世钟鸣鼎食之家、"诗礼簪缨之族"的一幕幕动人故事。比如小说描述贾府一次中秋赏月的宴饮活动，"凡桌椅皆是圆的，特取团圆之意。上面居中，贾母坐下。左边是贾赦、贾珍、贾琏、贾蓉，右边是贾政、宝玉、贾环、贾兰，团团围住"（第75回）。宴会在圆桌上进行，座次仍是"尊卑有序""长幼有序"。贾母是"老祖宗"，在上面居中坐下。贾赦是大房，所以成左；贾政是二房，所以居右。这是封建社会诗礼之家的一套礼仪。即使第40回写鸳鸯任职令官，有点平等气息，但筵席上的排座礼制还是要维护的：

> 上面二榻四几，是贾母薛姨妈；下面一椅两几，是王夫人的。馀者都是一椅一几。东边刘姥姥，刘姥姥之下便是王夫人。西边便是史湘云，第二便是宝钗，第三便是黛玉，第四迎春、探春、惜春挨次排下去，宝玉在末。李纨凤姐二人之几设于三层槛内、二层纱橱之外。攒盒式样，亦随几之式样。每人一把乌银洋錾自斟壶，一个十锦珐琅杯。

类似场面，小说中多见。再举例第53回"宁国府除夕祭宗祠"，祭祀开始后，贾府合族人等，左昭右穆，男东女西，排班立定之后，才有"青衣乐奏，献爵兴拜，焚帛奠酒"的场面，礼乐文化根深蒂固，以至于有人斥之为"复礼的丑剧"[1]，这从另一个方面证明了小说根深蒂固的日神文化模

---

[1] 梁志林、谢士锋：《一幕"复礼"的丑剧——读〈红楼梦〉第五十三回》，《郑州大学学报》1974年第2期，第110—113页。

式。《红楼梦》中的宴饮礼仪十分繁缛，有长幼、主仆之间的饮食礼仪，有宴饮会客的各种礼仪，体现出满族受萨满教和传统儒家思想的双重影响。宴会中贯穿这样的礼仪、礼节，并非是对吃的情趣的束缚，而是表现人们的道德文化修养，在饮食生活中体现一种仪式美、伦理美和人情美。在这一点上，无论是失败的叛逆者如林黛玉们，还是最后出家的叛逆者如贾宝玉们，都不曾"与不合理社会制度和伦理秩序之间"产生冲突，更不可能"藉以批判社会、吁求进步"。①

在这种顽强的礼乐精神控制下，就连小说中的醉态抗争也大大弱化。以前面的焦大醉骂为例，奴才骂主子是小说中醉态抗争意识最强的表现，但为什么能醉骂？一是酒的作用，不喝醉，焦大是不敢骂主子的，有了酒才有胆量，才有了骂，但我们不能过分解读它的抗争意义。尽管醉骂的语言"真可惊心骇目，一字化一泪，一泪化一血珠"②，但骂出了奴才的忠诚来，他不愿意看到祖宗九死一生挣来的家业白白断送在不肖子孙中，也就是说，焦大仍是大观园秩序的维护者，仍是这个礼乐制度的维护者。正如鲁迅在《言论自由的界限》中说："焦大的骂，并非要打倒贾府，倒是要贾府好……所以这焦大实在是贾府的屈原。"③这种抗争，复归于日神秩序上来。

可见，《红楼梦》中的叛逆精神虽然是那么的微弱、脆弱，但在小说写酒流露出来的宿命论、佛道酒仙式消解面前就显得微不足道了，而且在强大的礼乐精神、原有秩序面前更显得不堪一击。

从小说人物的"抗争"方式来看，大部分人服从了命运的安排，如薛宝钗独守空房；元春哀叹到"那不得见人的去处"（第18回）；"贾迎春误嫁中山狼"（第79回），"一载赴黄粱"（第5回）；探春远嫁他乡，秦可卿"尽落香尘"（第5回），王熙凤"哭向金陵"（第5回），史湘云早寡，李纨终身守寡，巧姐沦为村妇。还有一种就是出家度脱，如贾宝玉、惜春、妙玉等，这些都是弱者的抗争；稍微有点反抗精神的，多半自杀，以丫鬟居多，如金

---

① 张均：《〈红楼梦〉"悲剧"说辨议》，《学术研究》2019年第4期，第9页。
② （清）曹雪芹著，成爱君校辑：《〈红楼梦〉七十八回汇校汇评本》，凤凰出版社2011年版，第63页。
③ 鲁迅：《鲁迅集》，花城出版社2009年版，第566页。

钏跳井身亡、晴雯含冤而死、鸳鸯悬梁自尽、司棋撞墙丧生，这些都不是西方式的肯定生命的形式，与西方酒神精神所谓强者的抗争相差甚远。

（四）贵族气派与才子佳人风流

《红楼梦》宴饮文学处处都在彰显贵族气派。之所以认定《红楼梦》中的宴饮文学不属于酒神文化模式，除上述理由外，还同它散发出一种浓烈的贵族精神有关。为了说明这个问题，本书将它与民间社会底层的酒神文化模式的《水浒传》中的宴饮文学作一番比较，就更容易得出这个结论。

1. 饮酒主体的比较

《红楼梦》的饮酒主体是大观园的姑娘，即使像贾宝玉、蒋玉菡之流的男性，也多是女性化的；而《水浒传》则是梁山上的108将，即使有顾大嫂、扈三娘之类的女性，也多是男性化的。这里又有两个层次的比较。

一是贵族酒文化与民间酒文化的不同。最明显的差别体现在酒、酒器的不同。高档酒、酒器在《红楼梦》中是财富地位、排场的象征，《水浒传》英雄喝酒大都是村醪，地点是野店，酒器简陋，即使是量具，也多是角、碗、瓶、镟子、注子，甚至是桶，而《红楼梦》呈现的是大量的名贵酒（第63回绍兴酒，第16、62回惠泉酒，第60回进口西洋葡萄酒，第5回"万艳同杯"仙酒等），大量的名器（第18回金银盏，第41回金杯银杯，第71回金玉杯，第18回金爵、银爵、金银爵，第3回錾金彝，第3回汝窑美人觚，第5回玻璃盏、琥珀杯，第38回海棠冻石蕉叶杯、乌银梅花自斟壶，第40回乌银洋錾自斟壶、十锦珐琅杯，第41回竹根套杯、黄杨根套杯，第105回金碗、金抢碗、银大碗、银盘、镀金执壶、银酒杯等），以及大量的豪宴的描写（生日宴13场，节令宴8场，其他宴会16场，还有其他暗示的小宴70余处）。

二是才子佳人酒文化与绿林好汉酒文化的不同。两部小说是古代写酒最多且最好的小说，但由于饮酒主体不同，在饮酒方式、数量上也不同。《红楼梦》最讲究酒道，不止一次借笔下人物介绍了酒的基本知识、饮酒方法，如第54回凤姐儿便笑道："宝玉，别喝冷酒，仔细手颤，明儿写不的字，拉不的弓。"才子佳人都是弱不禁风之辈，所以饮酒多是小酌、浅斟、徐进。第41回所谓"一杯为品，二杯即是解渴的蠢物，三杯便是饮驴了"，虽说的是茶道，实际上酒性在《红楼梦》里已经向茶性方向靠拢了。此外《红楼梦》还写到酒的养生、治病、疗伤，甚至还有醒酒，一处用"酸笋鸡皮汤"（第8回），一处用"醒酒石"（第62回）。前一处以酸醒酒，平民化多见；后一处则是药石醒酒，士大夫气息更浓。这些描写反映了贵族饮酒生活的养生化、休闲化与精致化。而《水浒传》第51回中的头脑酒，是将熟肉等置于大碗中，注入热酒，酣畅暖胸，这就是人们常说的"大碗饮酒，大块吃肉"，大口大口往肚子里猛灌，一下子喝个底朝天。至于用人肉作下酒菜、醒酒汤，更与才子宴席无缘。才子与侠客都需要酒的催化，但饮酒方式、酒量不同，酒用不同，连醒酒汤也不一样，吃相也不同，一句话就是，思维模式、行为模式不同决定了文化模式的不同。

2. 文化模式的比较

从文化模式来说，《水浒传》代表了一种酒神文化模式，而《红楼梦》更多是代表了贵族的日神文化模式与酒仙文化模式。

从文化色彩层面来说，《红楼梦》与《水浒传》里都有酒联，但反映的文化情趣、内涵却截然不同。《红楼梦》第5回所引秦太虚的对联是："嫩寒锁梦因春冷，芳气袭人是酒香。"《水浒传》第28回快活林酒联是："醉里乾坤大，壶中日月长。"这两联分别为两部小说定下了不同的文化基调。其实，两部小说的酒文化色彩不同，更集中表现在各自所描写的酒文化活动上。《水浒传》中卖酒的汉子边担酒边唱民歌："赤日炎炎似火烧，野田禾稻半枯焦。农夫心内如汤煮，公子王孙把扇摇。"歌中洋溢着醇厚浓郁的泥土气息，激发出好汉们对饮酒的渴望。即使是酒后题诗填词，题的也是反诗反词，如宋江。《红楼梦》没有反诗反词，其中酒文化活动则是对诗、联句、猜字、猜谜，反映的都是才子佳人的情趣。即使从酒令来说，《水浒传》里也只是划拳这一种，而《红楼梦》则有十几种，论文化含量、诗酒风流、精致斗巧都远在《水浒传》之上，反映了一种精致文化与粗犷文化的差别。

从文化精神层面来说，《水浒传》的酒文化精神是不重酒德、酒仪，不讲节制而讲放纵，而且叛逆精神非常浓烈，歌颂纵酒嗜杀，血腥味浓，属于酒神文化模式，突出了力量性、"蛮夷性"，而淡化了色性，所以即使梁山事业失败，但也轰轰烈烈，显示出崇高之美，酒神精神非常突出；而《红楼梦》则非常强调酒的礼乐文化，在酒以合欢中起到组织、秩序的作用，并附以相应的吟诗、联句、歌舞，虽然有较重的色性，并且家庭、女性、婚恋等全归于悲剧性结局，但是由于在浅斟低唱的文化环境下，有了佛老主导，脂粉气浓、阴柔气重，因而偏于日神、酒仙文化模式。

从审美情趣层面来说，《水浒传》代表一种民间底层的豪放外向、大气磅礴，而《红楼梦》代表一种上层贵族文人的精致细腻、内敛封闭。最明显的是两部小说塑造的醉美形象截然不同。《水浒传》中的梁山好汉们狂轰滥饮，在醉态强力作用下，往往具有深程度的叛逆性与破坏性，如鲁智深醉打山门是也；而《红楼梦》塑造的多是女子在微醺状态下的美，如王熙凤酒后泼醋（第44回），特别是湘云醉眠芍药裀（第62回），最能代表大观园中的醉美形象。即使是男性贾宝玉，也多半是女性化了的醉美。当然小说中也有另类的醉，如刘姥姥醉卧怡红院（第41回），只"鼾齁如雷""酒屁臭气"八字，滑稽味、娱乐性已经十足了。

《水浒传》中的英雄饮酒，武饮多于文饮，带有一种豪放、外铄与阳刚之美，而《红楼梦》中的才子佳人饮酒，则是文饮而无武饮，偏于阴柔、内敛之美。《红楼梦》的酒文化是非常艺术化的，具体来说就是精致高雅，无论是酒、菜肴（如螃蟹宴）还是酒令的设计，都体现这一审美追求；《水浒传》则在酒、菜肴方面即大碗喝酒、大块吃肉，体现的则是粗俗狂野的审美追求。大观园的公子小姐虽然也饮酒吃肉，但酒量、肉量与食量比梁山相差太远，刘姥姥对他们说："我看你们这些人，都吃一点就完了，亏你们也不饿。怪只道风儿都吹的倒。"（第40回）表面上看，两部小说反映的是两种不同群体之间的酒量、肉量与食量的差异，其实与此相关的更是力量的差异，是文化性格的差异，归结为一点，是文化模式的差异！此外，《水浒传》中的酒肉简单，饮酒秩序同样简单，不像《金瓶梅》《红楼梦》等作品描写的喜庆筵席那样精心铺设三十六道菜蔬、七十二样果品之类，也没有精心设计的酒令节目。

才子佳人更多阴柔气、贵族气、书生气，而绿林好汉全是阳刚气、平民气、

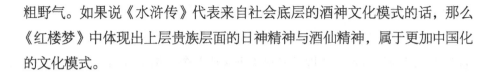

粗野气。如果说《水浒传》代表来自社会底层的酒神文化模式的话，那么《红楼梦》中体现出上层贵族层面的日神精神与酒仙精神，属于更加中国化的文化模式。

第三节
《红楼梦》中的酒令文学与文化模式

《红楼梦》酒令其实是小说宴饮文学描写的特殊组成部分。一场宴会，假使没有酒令，正如贾宝玉所说："如此滥饮，易醉而无味。"（第28回）与《三国演义》《水浒传》相比，《红楼梦》酒文学最有特色的艺术价值就是酒令艺术的展示。曹雪芹对诗、词、曲、赋、诔、联额、偈语、书启、灯谜、酒令等众多文体的驾驭水平可谓高明，各类文体在塑造人物形象、推动小说情节和揭示思想主旨方面皆发挥着重要作用，大大提升了小说的艺术魅力。其中明确属于酒文学体裁范畴的就是酒令艺术，酒令不仅把中国酒文化的艺术魅力推向了极致，而且为刻画人物的性格起到了非常重要的作用，是《红楼梦》宴饮文学一道亮丽的风景线。《红楼梦》中的酒令代表中国古典小说中的酒令文学的最高成就。

一、《红楼梦》酒令研究综述

《红楼梦》中的酒令也引起了学术界的关注，目前所掌握的研究文章有40多篇，散见于各类著作中的则更多。这些研究集中在三个问题上。

一是通过《红楼梦》酒令研究作者的女性观，如李萍《试析〈红楼梦〉酒令语言中女性意识的体现》（2010）、林莉《从〈红楼梦〉中酒令文化看曹雪芹进步女性观》（2014），认为作者的进步女性观在于"关注女性、赞扬女子才能的一面，对她们思想的进步意识给予了充分肯定，另一方面对她们的生活遭遇和结局给予了无限的同情和怜悯"①。

二是研究《红楼梦》酒令的艺术描写，如黄沚青分析小说第108回中通令"朱窝令"与雅令"骨牌名贯《千家诗》令"相结合的新型酒令，在作者设计中发挥营造总体氛围、塑造人物形象、预示情节发展三方面的作用②，分析较为深入。其他如曹万春认为《红楼梦》中的酒令，"不仅把中国酒文化的艺术魅力推向了极致，更为刻画人物的性格起到了非常重要的作用"③。仇海平、李海燕分析"女儿令"构建的男性形象与文学创作的双重对比模式④，张希玲认为酒令描写"不仅展示了中国酒文化之精髓，而且塑造了人物性格，暗示了人物命运"⑤，但研究尚欠深入。孙和平《酒中凸性格，令里显智慧——管窥〈红楼梦〉酒令语言》（2012）、李萍《〈红楼梦〉酒令语言研究》（2007）则从酒令语言艺术方面切入，研究《红楼梦》塑造人物形象的艺术，各有其特点。

三是考评《红楼梦》酒令的文章，如姚青对流行于市井的民俗音乐——《红楼梦》中的酒令曲进行考证和归类，"力图找寻它们与明清俗曲的内在联系，及俚俗歌曲与当今民俗音乐文化之渊源"⑥。这对于研究明清音乐、酒令文体有较大的参考价值。廖丹丹《〈红楼人镜〉酒令考论》（2017）、刘敬林《"酒面""酒底"新解》（2016）等，也各有见地。至于其他对《红楼梦》酒令介绍性的文章，对于酒令的当代传播有一定的作用，但学术价值不高。

---

① 林莉：《从〈红楼梦〉中酒令文化看曹雪芹进步女性观》，《黑河学刊》2014年第8期，第42页。

② 黄沚青：《〈红楼梦〉第一〇八回所行酒令考论》，《红楼梦学刊》2017年第2辑，第190—200页。

③ 曹万春：《酒令趣雅人物鲜活——浅谈〈红楼梦〉的三个酒令》，《保定职业技术学院》2009年第2期，第68页。

④ 仇海平、李海燕：《〈红楼梦〉中"女儿令"构建的双重对比模式》，《现代语文（学术综合版）》2006年第9期，第58—59页。

⑤ 张希玲：《论〈红楼梦〉中的酒令描写》，《世纪桥》2008年第7期，第71页。

⑥ 姚青：《明清宴饮酒令曲述论——基于〈红楼梦〉宴饮场景》，《青海社会科学》2012年第5期，第164页。

二、《红楼梦》酒令的日神文化模式

曹雪芹特别注意安排雅俗共赏的酒令。小说着力写到的 37 场宴会中，写饮酒行令达 16 次之多。《红楼梦》的酒令可分通令、骰令、筹令、雅令四大类。通令主要有划拳（又叫拇战、搳拳，第 62、75 回）、射覆（第 62、76 回）、猜枚（第 23、75 回）、击鼓传花（第 62、63、75 回）等；骰令主要有朱窝骰子令（第 62、108 回）、牙牌令（骨牌令，第 7、20、21、28、40、62、75 回）；筹令主要有花名签令（第 63 回）；雅令有口头类与文字类两种，如女儿令（第 28 回）、寿酒酒令（第 62 回，笔者称之为"古文旧诗贯曲牌骨牌令"）、说笑令（第 75、117 回）等。这四类酒令中，有的纯粹是游戏文字，更多的与小说人物、情节关联密切，不是闲笔。

不管是通令、骰令、筹令还是雅令，都有一定的游戏规则，即行令规章，称"酒律"。只要大家一旦认可这种游戏规则，行令过程中就具有权威性，不能破坏。从贾母、贾政到其他各色人员，只要进入到行令环节，都必须服从酒律，该罚酒的都无例外。为了保障酒令的正常进行，席上往往设有专门的令官。令官是宴席上专设的监酒之职，掌管酒令筹具，负责宴饮秩序，并根据酒律的执行情况对行令失误、言语失序、弄虚作假、拒酒逃席等各种违反酒场规则的人进行训罚，以罚代劝。一句话，令官就是保障游戏规则得以顺利执行的人。除了精通酒律、音律外，还必须赏罚无私，掌握宴席节奏，协调席上的各种关系。同其他酒令一样，《红楼梦》中的酒令其实是法律在游戏场上的运用和产物，无论是制定令规、行令环节还是执行环节，都强调游戏规则、仪式与程序，适度法则；有令必依，违令必究，执令必严，因而日神文化模式非常明显。

三、《红楼梦》酒令的浅斟低唱模式

浅斟低唱模式本来就是从酒令发展到词曲过程中概括出来的一种中国

特色的文化模式。从文体角度来说，酒令是一种复合文体，也是一种综合艺术，既包括诗词文赋，也包括音乐歌舞，都被赋予了浅斟低唱文化模式特征。

（一）酒令的文学体制

从文学文体来说，酒令作为游戏文学，多半要求押韵。像雅令中的女儿令与寿酒酒令、骰令中的牙牌令都是典型的"令征前事为"（韩愈《人日城南登高》）规则下的创作产品。

第40回贾母两宴大观园席上行的牙牌酒令，这牙牌又称骨牌、牌九，旧时的游戏用具，亦作赌具，共32张，刻有等于两粒骰子的点色，即上下的点数都是少则一、多至六。一、四点色红，二、三、五、六点色绿。三张牌点色成套的就成"一副儿"，有一定的名称。令官鸳鸯宣令说："如今我说骨牌副儿，从老太太起，顺领下去，至刘姥姥止。比如我说一副儿，将这三张牌拆开，先说头一张，再说第二张，说完了，合成这一副儿的名字，无论诗词歌赋，成语俗话，比上一句，都要合韵。错了的罚一杯。"令中的单句由鸳鸯所宣，双句由得令者用押韵的五言或七言作对，如：

> 鸳鸯道："左边是张'天'（首句入韵）。"贾母道："头上有青天（协）。"
> 鸳鸯道："当中是个五合六（转）。"贾母道："六桥梅花香彻骨（协）。"鸳
> 鸯道："剩了一张六合么（转）。"贾母道："一轮红日出云霄（协）。"鸳鸯
> 道："凑成却是个'蓬头鬼'（转）。"贾母道："这鬼抱住钟馗腿（协）。"

玩牙牌令时又有特制的酒令牌，令官按牌命题，席间人轮流作答，答者需用合乎音韵的话语或者诗词对答，难度很高；但用韵可以用同字，这一点要求似乎较宽。最后形成的作品类似诗歌中的联句体，句句押韵，二句一转，平仄互转。不合辙押韵，就要罚酒，如"鸳鸯道：'左边四五成花九。'迎春道：'桃花带雨浓。'众人笑道：'该罚！错了韵，而且又不像。'迎春笑着，饮了一口"。这回酒令作品也是雅俗杂陈，雅的如林黛玉对令：

> 鸳鸯："左边一个'天'（首句入韵）。"黛玉："良辰美景奈何天（协）。"

鸳鸯："中间'锦屏颜色俏（转）'。"黛玉："纱窗也没红娘报（协）。"鸳鸯："剩了'二六八点齐（转）'。"黛玉："双瞻御座引朝仪（协）。"鸳鸯："凑成'篮子好采花（转）'。"黛玉："仙杖香桃芍药花（协）。"

黛玉第一、二句分别用的是《牡丹亭·皂罗袍》《西厢记》，两部作品都是爱情戏，都有男欢女爱的情节。对林、薛这样的大家闺秀来说，这是禁书。当时别人没有在意，只有宝钗注意到了，回头看着她。隔了一天，还要责备她的不是，说："至于你我，只该做些针线纺织的事才是，偏又认得了字，既认得了字，不过拣那正经的看也罢了，最怕见了些杂书，移了性情，就不可救了。"说得黛玉垂头吃茶，心中暗服。从这里透露出礼教中男女之防无所不在，以及林黛玉遮遮掩掩的内心叛逆。而俗的则是刘姥姥的对令：

鸳鸯："左边'大四是个人'（首句入韵）。"刘姥姥道："是个庄稼人（协）罢。"鸳鸯："中间'三四绿配红（转）'。"刘姥姥："大火烧了毛毛虫（协）。"鸳鸯："右边'幺四'真好看（转）。"刘姥姥："一个萝卜一头蒜（协）。"鸳鸯："凑成便是'一枝花（转）'。"刘姥姥："花儿落了结个大倭瓜（协）。"

论地位、身份、文化知识，刘姥姥没法和贾母、林黛玉相比，但也被逼得行令，随机应变，庄稼人说庄稼话，虽然在贵族眼里是那么逗笑，到也不失为当行本色，形式上也是"出人意料，且又合韵上口"，所以逗得众人阵阵大笑。极雅极俗文字，相得益彰。

第28回写到贾宝玉要行新令，要求是："如今要说悲、愁、喜、乐四字，却要说出女儿来，还要注明这四字原故。说完了，饮门杯。酒面要唱一支新鲜时样曲子；酒底要席上生风一样的东西，或古诗、旧对、《四书》《五经》成语。"这是一个复合雅令，可称为"女儿悲愁喜乐贯新曲令"，简称"女儿令"。酒令分为两部分：前半是命题诗令，属于文学；后半是音乐，属于歌舞艺术。先看前半文学部分，贾宝玉的作品是：

女儿悲（首句入韵），青春已大守空闺（协）。女儿愁（转），悔教夫婿觅封侯（协）。女儿喜（转），对镜晨妆颜色美（协）。女儿乐（转），秋千架上春衫薄（协）。

这里也是句句押韵，两句一转，平仄互转。与上面不同的是，前一令是两人合作，这一则令是独立作品；前一令纯粹是游戏文字，这一则却有极强的文学性，如宝玉借令词对女儿"悲、愁、喜、乐"的最精彩概括，和盘托出了他设身处地对女性这四个方面的体悟，可谓深得女儿之心："悲"的是红颜易老，青春难留，知音难觅，空闺独守；"愁"的是夫婿以"仕途经济"为重，不惜抛家"觅封"，恰巧这也是宝玉所厌恶的；而"喜"的是晨妆对镜，"为悦己者容"；"乐"的是秋千薄衫，洒落一地的笑声，那种天真、欢快、美丽的情景，真是大观园女儿们的知音。

（二）酒令的音乐歌舞体制

从音乐歌舞体制来说，酒令涉及诗词文赋，比较容易了解；至于它又是一门音乐歌舞艺术，可作进一步探讨。歌、酒、诗三流合一孕育出了酒令、酒曲等相互融汇的艺术形式，人们通过饮酒获得精神世界的自由和快乐，通过诗歌记录灵感和激情，又通过歌唱引起身心愉悦的美好感受……三者通过一系列的酒礼、酒令与酒曲循环往复，成为中国酒文化世代相传的纽带之一。《红楼梦》里有许多唱曲行令的场合，有的是别的酒令中间穿插着唱曲的内容，如第63回"花名签"令中，芳官再唱一支《赏花时》，方才过关。

下面继续分析上文的"女儿悲愁喜乐贯新曲令"。悲愁喜乐的即兴创作，已如上述；而"贯新曲"则是音乐歌舞上的要求了，酒令是一种综合艺术，于此不虚。从这则酒令及酒曲分析解读，不难窥探它们与明清俗曲的连带关系。众所周知，"女儿"是贾宝玉生活中最为牵肠挂肚、劳心费神的情感寄托，所以能将男女题材信手拈来。然而，由于家庭出身、社会地位、文化素养等不同，同一主题在不同人的视野里，呈现出不同的状态和形象。比如贾宝玉的酒令曲《红豆词》：

滴不尽相思血泪抛红豆，开不完春柳春花满画楼，睡不稳纱窗风雨黄昏后，忘不了新愁与旧愁，咽不下玉粒金莼噎满喉，照不见菱花镜里形容瘦。展不开的眉头，捱不明的更漏。呀！恰便似遮不住的青山隐隐，流不断的绿水悠悠。

此曲道尽了贾宝玉对女儿们的极度关切与惜怜珍爱，全曲意蕴绵绵、感情深邃、情真意切，描绘了宝哥哥眼中林妹妹那多愁善感、纤细柔弱的楚楚形象。此曲风格沉郁、语言凝重，情绪饱满而有节制，且韵脚规整，平仄讲究，一韵到底，一气呵成，特别是"呀"的一声叹息具有深邃动人的怜惜之美，不同于一般明清俗曲，实则是化俗为雅之作。冯紫英的酒令曲《你是个可人》，完全是一首依据流行的民间小曲而口头填写的即兴小曲，蒋玉菡的酒令曲《百媚娇》，是依据戏文中的戏词杜撰而成的酒曲，既无贾宝玉之文雅，也无冯紫英那般浅俗，拍合戏子身份，犹不失为有趣之作。最低俗不雅的，一是薛蟠的酒令曲《哼哼韵》："一个蚊子哼哼哼，两个苍蝇嗡嗡嗡……"他自道是"爱听不听！这是新鲜曲儿，叫作哼哼韵"。这首酒曲，连同他作的女儿悲愁喜乐作品一样，庸俗、无聊、浅露、下流。这便是红学家所称的"薛蟠体"。另一首是云儿的酒令曲《豆蔻开花》，语言露骨、暧昧色情，带有明显的挑逗诱惑，拍合她的妓女身份。

极雅极俗乃至低俗杂陈，不同身份、地位、教养的人聚首行令，从一个侧面反映了明清时期的民俗文化现象，折射出当时民俗音乐文化的大众化、通俗化。这五个人分别代表了他们各自的阶层，酒令曲则有文人的情歌、习武人的即兴小曲、戏文里的流行曲、露骨的性爱歌和薛蟠听来的市井小调，音乐史学家将此类酒曲归类为市井音乐文化，即明清俗曲、俗俚歌曲。红楼宴饮酒令曲作为明清俗曲中的一个特殊元素，也在其自身的发展中不断融合，形成歌、酒、诗三位一体的格局，释放出酒令文学的异样风采来。

（三）酒令的悲剧意识

酒令本是中国古老的宴席上的娱乐方式，然而在曹雪芹设计的酒令中，大多数都预示着故事的悲剧结局与人物的悲剧命运。这体现了酒令文学在

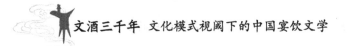

《红楼梦》中的成功运用与艺术成就。举例如下：

> 麝月便掣了一根出来，大家看时，上面是一枝荼蘼花，题着"韶华胜极"四字，那边写着一句旧诗，道是："开到荼蘼花事了。"注云："在席各饮三杯送春。"麝月问："怎么讲？"宝玉皱眉，忙将签藏了，说："咱们且喝酒罢。"说着，大家吃了三口，以充三杯之数。（第63回）

这则酒令见于第63回《寿怡红群芳开夜宴》，众女儿晚上占花名儿，每一支花名及其相关诗句都与掣者的命运与性格相关，这显然是作者的精心设计。宝玉一看到"开到荼蘼花事了"，就警觉这不是好兆头，所以"皱眉"，只顾喝酒。从小说人物对这些谶语的反应，可以想象这个悲剧的警示。

《红楼梦》经常设计寓意深蕴的令辞，启发读者的联想，揭示了人物的命运归宿，为人物结局埋下了伏线，成为人物形象塑造的一种特殊的艺术手段，我们绝不可当作闲笔而视之。如第62回宝玉生日筵席上，众人玩的射覆游戏。湘云、黛玉的酒令均预示着后来两人的命运，宝玉、宝钗的射覆"敲断玉钗红烛冷"也预示着两人未来的婚姻悲剧。第40回史太君两宴大观园，宴席上众人行的酒令也预示出日后的命运。像宝钗"处处风波处处愁"似乎预示日后守寡的命运，黛玉的酒令因是《西厢记》里的句子被宝钗听出，引出第42回"蘅芜君兰言解疑癖"，两人和好的情节，刻画出宝钗的成熟圆滑、善于笼络人心的性格。

小说中的酒令，除了塑造人物形象外，还有暗示人物结局、预示后续情节发展的功能。如小说第28回"行女儿令"场面，先欣赏宝玉行的令："女儿悲，青春已大守空闺。"这不正预示着宝玉自己将来出家，却让宝钗守活寡的结局吗？"女儿愁，悔教夫婿觅封侯"，诗出王昌龄《闺怨》："闺中少妇不知愁，春日凝妆上翠楼。忽见陌头杨柳色，悔教夫婿觅封侯。"这不正是为薛宝钗而发吗？宝钗总是希望宝玉走仕途经济之路，这也正是导致她和宝玉决裂而走向悲剧的根本原因。就是贾宝玉用于"席上生风"的诗句"雨打梨花深闭门"也有寓意：一方面，因为席上有"梨"，另一方面此句出自秦观《忆王孙》词："杜宇声声不忍闻，欲黄昏，雨打梨花深闭门。"而秦观正是宝玉梦入"太虚幻境"时写秦氏卧室中香艳对联的宋代学士，而此词境界也是寂寞凄凉，潇湘馆除了湘妃竹，后院也有大株梨花，正合了"梨者离也"，暗示着他与宝钗的结局。宝玉唱曲"滴不尽相思血泪抛红豆，开不完春柳春花满画楼，睡不稳纱窗风雨黄昏后，忘不了新愁与旧愁，咽不下玉粒金莼噎满喉，照不见菱花镜形容瘦"，预示着宝玉的婚姻爱情悲剧。蒋玉菡的酒令"女儿喜，灯花并头结双蕊。女儿乐，夫唱妇随真和合"及酒底"花气袭人知昼暖"预示着蒋玉菡日后将和袭人结婚。薛蟠的酒令及哼哼韵刻画出他粗俗不通文理的性格，也为其日后与夏金桂的婚姻埋下伏笔。

下面以第63回中的花名签令（又称"占花名儿"酒令）为例。薛宝钗抽到的"牡丹"签，正面写着"艳冠群芳"，隐喻薛美貌无双，以及她在大观园中的特殊地位；背面写着"任是无情也动人"，非常拍合宝钗的性格与身份："无情"又"动人"，既灵魂冷漠，又处处得人好感，是一个成熟世故的冷美人，所以众人都笑道："巧得很！你也原配牡丹花。"说着大家共贺了一杯。但是，如果联系这句的出处，作者似乎还有深意。此句出于罗隐《牡丹花》中四句云："若教解语应倾国，任是无情也动人。芍药与君为近侍，芙蓉何处避芳尘？"诗中"芙蓉何处避芳尘"暗示着黛玉（芙蓉）敌不过宝钗（牡丹）。下面的情节里林黛玉抽到的正是"芙蓉花"签，芙蓉花是清淡、洁净、高雅、孤劲的象征，也拍合了她的思想性格；此签正面写着"风露清愁"，背面是"莫怨东风当自嗟"，预示着黛玉与宝玉的爱情悲剧。诗句出于欧阳修《明妃曲·再和王介甫诗》写明妃，末云："汉计诚已拙，女色难自夸；明妃去时泪，洒向枝上花；狂风日暮起，飘泊落谁家？红颜胜人多薄命，莫怨东风当自嗟。"芙蓉与黛玉，真是何等的相配：黛玉的特征就是漂泊、泪水、弱不禁风、红颜薄命，也预示了黛玉的悲剧命运。其他女儿的花签也莫不有这种预知功能，就不一一分析了。总之，宝玉生日活动时的怡红院夜宴上，众裙钗行"占花名儿"酒令，每人抽的签与对应的花名，以及上面写的令辞（特别是每支签所配的唐宋诗句），都暗喻着她们的性格、气质，牵动着掣到该签的主人公的日后命运。实际上，与其说作者是写行"花名签"酒令，不如说是借该酒令来品花，品评大观园姑娘，暗示着她们的前途与命运。而且从曹雪芹精心设计的"花名签"令辞来看，大多不是吉兆，又呼应了前文的"千红同哭""万艳同悲"，暗示大观园姑娘们最终的悲惨命运。这里绝非偶然，而是作者设计中的必然，反映了作者的艺术匠心，在小说发展过程中起到画龙点睛的作用，而且为《红楼梦》主题的深化服务。

第108回"强欢颜蘅芜庆生辰，死缠绵潇湘闻鬼哭"写贾府被抄后，借宝钗生日聚宴安排了一次席间行骰令的情节，骰令共四则，第四则骰令为"秋鱼入菱窠""白萍吟尽楚江秋"，暗含贾府的衰败。而且这次生日宴席上人们无复往日热情，一个个阴霾满脸，湘云觉得没趣，宝玉半路溜走，连凤姐也说出"雏是雏，倒飞了好些"这种不吉利的话。

（四）酒令的世俗娱乐精神与悲剧的消解

酒令作为歌舞艺术，要求浅斟低唱，通俗易懂，生动活泼，甚至调笑解颐，在很大程度上淡化并消解了《红楼梦》宴饮文学中的悲剧意味。《红楼梦》酒令在文学描写中有一个重要作用，就是渲染贾府各种酒宴的喜庆热闹气氛。饮酒听戏、唱曲、联对、吟诗等场景，增添了宴会、聚会的娱乐性与趣味性，对小说的情节起到烘托气氛的作用。

最典型的例子是击鼓传花令，全书共出现三次：一是元宵夜击鼓传梅，称"喜上眉梢令"（第54回），二是平儿设宴时击鼓传芍药（第63回），三是中秋节击鼓传桂花（第75回）。击鼓传花酒令游戏的玩法是：专门设置一个击鼓，采取一枝花，酒席上随着鼓声和节奏速度，依次循环相传这枝花，击鼓停后，"若花在手中，饮酒一杯，罚说笑话一个"。这样的酒令，雅俗共赏，适应各阶层的人共同参与，充满欢乐气氛，而且击鼓传花酒令的特点是场面大，声响大，为酒席带来了一张一弛的情绪，易于活跃场面气氛。

此外如第12回写宝玉生日时，是在贾母、贾政、王夫人不在的情况下过的。这是一次年轻人的聚会，也是一次难得的自由与解放。大家没了管束，便任意取乐：又是行令猜拳，又是吟诗斗草，"呼三喝四，喊七叫八。满厅中红飞翠舞，玉动珠摇，真是十分热闹"（第62回）。不论男女，不拘一格，妙趣无穷，一切都是新的感受，新的体验。而到了第63回"寿怡红群芳开夜宴"一节，更是写了群芳掣签饮酒，十分放松潇洒，充分表现了群芳的真情实感。掣完签，散了伙。袭人等人"关了门，大家复又行起令来。袭人等又用大钟斟了几杯，用盘子攒了各种果菜与地下的老嬷嬷们吃。彼此有了三分酒，便搳拳，赢唱小曲儿。那天已四更时分，老妈妈们一面明吃，一面暗偷，酒缸已罄，众人听了，方收拾盥漱睡觉"，结果闹出了芳官与宝玉同榻而睡的喜剧。这般无拘无束的饮酒闹酒的描写，为我们在封建制度禁锢森严的大观园中，营造了一角宽松自由的氛围环境，让大观园青年男女们难得宽松自由潇洒了一回。

四、结语

以上通过第二、三节的分析，基本上可以把握《红楼梦》宴饮文学的文化模式特征：既有酒神文化因子，表现为深度的悲剧意识与弱化了的抗争精神，又有佛老思想、乐观文化的消解、礼乐文明的制约，一句话，这是一种以酒仙文化模式、日神文化模式、浅斟低唱文化模式消解酒神文化精神的综合性文化模式。《红楼梦》以其兼备的四种文化模式，兼备酒诗、酒词曲、酒令等文体，以及高度的思想性与艺术性成就，为中国古代宴饮文学史画上了一个圆满的句号。

余 论

中国古代宴饮文学（酒文学）的研究成了学术界的一个热点。据笔者在中国知网、万方数据以及其他渠道的不完全统计，从20世纪20年代以来，截止到2022年9月，大概有1610多篇文章，40多部学术专著，散见于其他论文集、论著中的论述更是不计其数。古代宴饮文学作品的点评、眉批、诗话、题跋等形式的文学批评，都为今天的宴饮文学研究奠定了基础。1927年鲁迅《魏晋风度及文章与药及酒之关系》、1957年王瑶《文人与酒》等，开启了现代中国宴饮文学研究的历史。但是，直到改革开放前，学术界研究专篇论文不到10篇，反映了这个领域研究的滞后。20世纪80年代才开始有40多篇论文，研究对象较多集中在陶渊明（10篇）、《红楼梦》（6篇）、苏轼（3篇）、《三国演义》（3篇）、《茶酒论》（2篇），此外还涉及阮籍、王绩、杜甫、李贺、李清照、朱德润、《水浒传》和《聊斋志异》等作家作品上，许多问题尚未展开。20世纪90年代始有160多篇论文，占全部总数的10%；进入到21世纪初，2000—2011年有610多篇文章，占比40%，中国宴饮文学研究出现了第一个高潮；最近十年（2012以来，截止至2022年9月）论文有770多篇，占比达48%；而相关的优秀硕士学位论文有130篇，博士学位论文有15篇，大多产生在这个阶段，这说明中国宴饮文学研究一直是古代文学研究领域里的热门，出现了第二个高潮，且呈方兴未艾之势。这就是本书问世的一个学术背景。

那么，如何看待当前学术界对中国宴饮文学的研究成果？如何认识中国宴饮文学的文化模式？从文化模式来说，中国宴饮文学究竟走了一条怎样的嬗变轨迹？

一、古代宴饮文学研究的总体评价

目前学术界对古代宴饮文学的学术研究取得了巨量的学术成果，表现在如下方面。

（一）对先秦、两汉、魏晋南北朝的宴饮文学作品作了精细的分辨和统计。如万伟成《诗经礼酌》一章对《诗经》涉酒诗进行了梳理，统计为58篇①；边凤对《诗经》中涉及"酒""酒器"的诗句进行了统计，对宴饮诗作了分类②；白忠睿对三国曹魏、两晋时期的涉酒作品作了统计与分类③；李华统计出汉魏六朝宴饮诗歌1249首，宴饮赋148篇，宴饮文117篇，小说中的宴饮描写在32部作品中有341则（处）④；此外，许多论文对唐诗、宋词、《水浒传》和《红楼梦》等作品中的宴饮文学也作了大概的数据分析，这里不一一列举。

（二）对各个时期主要代表作家、宴饮代表作品进行了研究，主要集中在酒文化、情感内容、文化精神、艺术描写、酒意象、文人与酒等方面，甚至也有60多篇直接用酒神精神来分析作家与作品，并取得了一定的成果。

据笔者大致统计，在1570篇（部）的学术论文、专著中，对大部分古代宴饮文学都有不同程度的研究，其中热门的研究对象依次是陶渊明（200篇）、李白（182篇）、《红楼梦》（105篇）、《水浒传》（96篇）、苏轼（94篇）、《诗经》（85篇）、杜甫（52篇）、《金瓶梅》（47篇）、李清照（44篇）、辛弃疾（30篇）、白居易（25篇）、陆游（22篇）等。其中对宴饮文学进行文化阐释的文章有80多篇，反映了一个时代的学术潮流。大部分宴饮文学研究还是传统的套路，比如思想、内容、题材方面的有70篇，艺术手段、结构分析、情节描写的有70篇，人物形象塑造、性格分析的也有70篇，与"酒"关系最为密切的酒意象分析文章超过100篇。此外，从文化模式角度研究宴饮文学也取得了初步成果。其中最多的就是用酒神精神解读的文章，大概有40多篇；用日神精神、酒仙精神解读的文章也有10多篇。

（三）产生了一批宴饮文学断代史、关于酒文体的研究论文与专著，其

---

① 万伟成：《中华酒诗的文化阐释》，中国文联出版社2002年版，第1页。

② 边凤：《〈诗经〉酒文化研究》，河北师范大学硕士学位论文，2010年，第6—12页，第20页。

③ 白忠睿：《醉态思维与魏晋文学创作》，西北师范大学硕士学位论文，2017年，第26—41页。

④ 李华：《汉魏六朝宴饮文学研究》，山东大学博士学位论文，2011年，第248—273页。

中带通史性质的专著如刘扬忠《诗与酒》（1994），特别是刘教授的系列文章，如《中华千秋诗酒缘——先秦时期的诗与酒》《中华千秋诗酒缘——汉魏六朝的诗与酒》《中华千秋诗酒缘——唐代雄豪恣纵的"文字饮"》《中华千秋诗酒缘——宋代闲雅清旷的诗酒情》《中华千秋诗酒缘——金元的愤世避世之饮》《中华千秋诗酒缘——明代的浪漫酒风及其根源》《中华千秋诗酒缘——文网钳制中的清代诗与酒》，基本上勾勒了从先秦到清朝中国酒诗的发展轮廓，探索了各个时代酒诗的发展规律，是一系列开创性酒诗通史文章。在这个基础上，陈乔生《诗酒风流》（1997）、万伟成《中华酒诗的文化阐释》（2002）等，对先秦至宋代苏轼的酒诗发展的论述更加具体化、系统化了。与此同时，蔡毅《中国历代饮酒诗赏析》（1991）、万伟成《酒诗三百首》（2002）、宜宾多粮浓香白酒研究院《中国古今咏酒诗词选》（2017）、宋红《中国历代宴饮诗》（2018）等带有通史性质的宴饮文学作品选随之问世，有利于酒诗的传播与研究。此外，特殊领域里研究专著有王昆吾《唐代酒令艺术》（1995）等，断代宴饮文学史多集中在唐代，至少有 7 部，即中国台湾学者林淑桂《唐代饮酒诗研究》（2007），肖文苑《唐诗与酒》（2010），李金慧、刘艳娟《唐诗酒趣》（2010），肖文苑《唐诗与酒》（2010），仁君《一杯醉酒尽盛唐》（2013），葛景春与张忠纲《唐诗与酒：诗酒风流赋华章》（2013），刘美燕《诗歌中国：唐诗与酒》（2018）。此外还有张玉璞《浅斟低唱：宋代词人的文化精神与人生意趣》（2002），王彬《水浒的酒店》（2010），上官文坤《盛筵群像：〈红楼梦〉宴饮描写的文学研究》（2019）等。

学术界对古代宴饮文学的研究专著（含编著）、论文虽然很多，但不足也是明显的，至少有四点。

（一）作者鱼龙混杂，作品质量参差不齐。许多作者不是专门的研究学者，许多文章不是严肃的学术论文，漫谈随笔性质的文章至少占了 1/3。许多论文从题目、内容到观点重复，原创性少，比如叙述诗酒情怀、诗酒情结、文人与酒、饮酒生活等的文章，有几十篇之多，特别是研究宴饮文学中的酒文化现象的 230 多篇文章中，除了部分有创见之外，大部分存在着重复研究、反复抄袭等现象；有的论文停留在资料堆砌、现象描述、通俗性传播阶段，没有作深入的学术性研究。

（二）宴饮文学的研究从体裁上来看，主要集中在酒诗、酒词与部分小说中的宴饮文学，至于酒文、酒赋，特别是戏曲中的宴饮文学，还是薄弱环节。至于分体宴饮文学，除了酒诗、酒词、部分章回小说中的宴饮文学研究成就突出外，其他如文赋、词曲、话本小说、戏曲中的宴饮文学研究，还比较薄弱。

（三）由于受到体裁研究的影响，从先秦到清代宴饮文学通史的整体研究还是空白。从宴饮文学的分体通史来说，除了宴饮诗史外，其他存在薄弱环节；对于各个时代的断代宴饮文学研究，除了魏晋、唐代外，其他断代宴饮文学史研究还亟待加强。同时，还需要一以贯之的理论方法加以系统总结与研究，这方面的研究工作也比较薄弱。

（四）运用文化模式的理论和方法研究宴饮文学，还亟待加强。尽管目前这方面的文章也有60多篇，但也出现四个问题。一是至今为止，还没有运用日神精神来解读宴饮文学作品的专篇研究文章，其实有的宴饮文学作品，比如《诗经》中的宴饮诗就是体现了典型的日神精神，却为学术界所忽视。可见，那种认为酒与酒神精神有缘、与日神精神无缘的片面观念是错误的。二是对有些宴饮文学代表作家、代表作品的文化模式上的判断存在着严重的偏差，如胡普信《醉者神全：酒神精神的创始人庄子》，王守国《艺术精神与酒文化精神的密切契合》，刘伟安《生命的沉醉：论陶渊明诗歌中的酒神精神》，刘小兵《"酒神精神"的传承——王绩对刘伶及其〈酒德颂〉的接受》，李徵《从尼采的酒神精神看苏轼的旷达词风》，安起阳《尼采的"酒神"特征与贾宝玉的精神契合》等，就认定庄子、陶渊明、王绩、苏轼等属于酒神文化模式，误读了酒神精神，需要作重新研究和认定。三是对李白酒诗、辛弃疾酒词、《水浒传》等酒神精神的研究虽开了好头，但还有许多问题有待深入。比如对酒神精神的内涵性把握，如悲剧的崇高美、超人的塑造、酒神文化因子（如"酒与性""酒与暴力""蛮夷的因子"）等，在中国宴饮文学史上的部分作家和作品身上表现得非常突出，尚待进一步深入研究。四是《世说新语》《剑南诗稿》中的宴饮文学作品,《酒令》《唐五代词》《元曲》《红楼梦》中的宴饮文学作品,它们中的文化模式如何确定,目前学术界往往一笔带过,很少进行专题研究。即使用文化模式阐释文学史上的个别作家、个别作品,也只是处于零碎、无体系与无意识状态。

有鉴于此,本书专门从中西方的文化模式理论对比出发,运用日神精神、酒神精神、酒仙精神等理论与方法,分析中国古代宴饮文学中各个时代代表作家、代表作品,对中国宴饮文学进行全面的、系统的、动态的与立体的阐释,从而提升这个研究领域里的学术研究质量、层次。因此,本书的学术创新不在于新资料的发现与考证(当然占有全面资料是必须的),而在于用文化模式理论与方法重新诠释重要作家、作品,全面探寻中国宴饮文学的发展规律与脉络,从而得出一系列自成体系的学术创新性结论。

二、古代宴饮文学的四大文化模式

中西方文化模式同形而异构。同形,说明用西方的日神、酒神概念解读中国宴饮文学现象具有一定的合理性;异构,说明西方的日神、酒神概念并不能诠释中国宴饮文学的一切现象。根据本书的研究认定,中国宴饮文学主要体现了四种文化模式。之所以用"主要"一词,是因为这四种文化模式虽然不能概括所有的宴饮文学作家或作品,但可以概括重要作家或作品,并把握中国宴饮文学的主流发展。现在在全书研究的基础上,就这四种文化模式的代表作家、作品,总结分析它们的文化精神、表达方式与审美风格。

(一)日神文化模式主导下的宴饮文学

以《诗经》宴饮诗为典型代表,这是在日神文化模式下的酒诗创作类型,可以说是典型的中国式日神文学类型。这种类型在宴饮文学创作中是非常罕见的。这类宴饮文学的基本特点是:在思想内容上,有的直接歌咏乡饮酒、飨礼的献礼仪式,反复吟唱贵族宴饮的礼仪之美;有的歌颂"令德",抨击败德,强化了饮酒的道德性质,反映了宴礼场合"中和"的饮酒审美观念及其文化功能。在文化模式上,充分体现了和乐精神、礼制精神、德行精神和适度精神，在情感表达上表现出乐而不淫、喜而不狂、怨而不怒、哀而不伤等特点，加上表现形式以四言为主，均齐平衡，比兴运用，等等，无一不体现出"礼异乐和"的文化精神和雍容华贵、庄严肃穆的中和之美的整体风貌。由于《诗经》酒诗重点在表现宴饮的政治功能、礼乐精神，而没有表现作者个人的"真"的思想感情，因而它的"思想感情"是"社会我"的，而非"个性我"的，酒与诗情基本上是脱节的。《诗经》酒诗表现了西周饮酒的三个审美形态：政教审美、道德审美和中和审美。其中，政教审美、道德审美是其内容、本质，而中和审美则是原则、核心。三者是相互联系的，对《诗经》酒诗的情感的表达方式、语言的平衡均齐产生影响，从而决定了《诗经》宴饮诗创作呈现出一种雍容华贵的贵族气派，一种中和之美、温柔敦厚之美，而这正是日神精神适度原则、规范原则、政治功利原则在酒诗创作中的充分体现，这一类型酒诗可以定义为"礼酌型酒诗"①。它基本上是周人酒礼的反映，后来的侍宴台阁酒诗也是后人酒礼的反映，此后的宫廷酒礼也是以《周礼》为政治蓝图的，而礼是中国日神文化模式的核心内容，所以它的日神精神是非常明显的。

（二）酒神文化模式主导下的宴饮文学

以李白、陆游、辛弃疾的宴饮文学和《水浒传》中的梁山酒人群体为典型代表，可以说是典型的中国式酒神文化模式。这类宴饮文学模式的基本特点是：思想内容上多表现深度的悲剧情结与悲剧精神，反对传统道德意识，倡导以酒为德的道德重构精神，对导致他们走向悲剧的礼乐秩序和黑暗势力表现出最强烈的反抗精神，以及桀骜不驯的个性意识和自由精神等，还表现出艺术上的巅峰体验的强力意志和思维特征，悲剧的崇高美和"反中和美"，"超人"的艺术形象塑造，以及酒、酒月、酒色、酒剑、酒肉、酣歌醉舞等酒意象的象征意蕴，夸张、变形手法的运用使得醉态艺术表现得更加极度、极致、极端乃至于完满；而其尚气、使力，追求刚健、雄浑、博大、朴茂的阳刚之美和崇高之美，无一不表现出一种彻底的追求自由、张扬个性的生

---

① 万伟成：《中华酒诗的文化阐释》第一章，中国文联出版社 2002 年版，第 1、4 页。

命精神，这就是酒神精神。这种美学精神，因其"狂怒乖张"、反中和之美，而并非日神精神主导下的温柔敦厚之美，而常常受到来自儒家正统思想的不满与指责。如果说日神型酒文学体现了"正"美，那么酒神型文学体现更多的是"奇"美。这与中华传统的日神文化模式的主体精神分不开。但毋庸否认，酒神模式下的宴饮文学对麻木而柔弱的中华文化的机体来说无疑是一支清醒剂、一剂强心针。

（三）酒仙文化模式主导下的宴饮文学

"酒仙文化模式"是当代学者使用的最能符合中国实际特点的一个概念，也是有别于"日神""酒神"之外的一个概念。酒仙文化模式主导下的宴饮文学包括庄子的饮酒精神，陶渊明的"道味型"酒诗，王绩、孟浩然的"自然范式"酒诗，也包括白居易、苏轼的旷达酣适型宴饮文学。这类宴饮文学的基本特点是：思想内容上有一定的悲剧意识，柔弱而非阳刚又强烈的抗争意识，甚至对传统礼乐之防存在一定程度上的破坏，具有一定的酒神精神的因子，所以很容易被误读为"酒神精神"。与酒神文化模式不同的是，所有这些意识都是借助于酒的物质消解，更辅之庄、玄、禅、仙哲学的心理调适，从而使愁思得到化解，悲剧意识得到稀释，抗争意识得到弱化，进而达到无愁可解、更勿复饮的化境（如苏轼），通过这种中国式的消解，达到神仙快乐的境界，甚至是无乐为乐的境界，体现了酒这种特殊物质与中国特色文化的结合，这就是雅化了的酒仙文化模式主导下的宴饮文学。元杂剧中的神仙道化剧，甚至连《红楼梦》中的宴饮文学最后都是在佛、仙的度脱下结束的，从某种意义上来说，也可以归结为"酒仙文化模式"。但这些都是世俗化的酒仙文化模式主导下的宴饮文学，与传统的雅化了的酒仙文化模式主导下的宴饮诗文词赋，同中有异。

（四）浅斟低唱模式主导下的宴饮文学

除了上述日神、酒神、酒仙三种文化模式外，在中国宴饮文学史上，实际上还有一种"浅斟低唱"文化模式的宴饮文学，简称"浅斟低唱"模式。这种模式在音乐上使用的是以胡乐为基础的、以"繁声淫奏"为特点的强调娱乐功能而轻视政治功能的燕乐，构成了对传统乐教的背叛；在思想内容上以酒与性为中心，主要表现了对色情性感的沉醉，构成了对中国道德文化价值特别是"男女之防"的最大破坏。但它又不属于酒神文化模式的，它虽然构成对传统乐教与礼教的叛逆，但它同时强调情欲萌发与理性制约的对立与统一，它的情感不像酒神文化模式那样极端极致、淋漓尽致，而基本上是"发乎情欲、止乎礼义"的，因此它的这种叛逆性、酒神性是非常有限的；但又与纯日神型酒诗的"发乎性，止乎礼义"也有不同，它不是通过"酒以成礼"达到"宴以合欢"，而是通过酒筵歌舞达到的，即通过酒筵歌舞的传唱，让参加者在浅斟低唱、主宾欢洽之中，弱化感官的刺激，强化艺术的享受，既去其"沉酗"，避免酒神性的醉狂，又能使感情得到融洽交流，达到"快乐"的境界。另外，它的情感基本上是浅层次的，没有酒神模式主导下的宴饮文学来得深刻。因为它大部分是"应歌之作"，或者"男子作闺音"，毕竟不是独到的深层次感受，而是常人所感受的浅层次情感的普遍性与世俗性。而且这类酒词曲的创作动机主要是"以佐清欢"的，温柔缠绵的歌词，配上轻歌曼舞，营造出婉约阴柔的美感，整个宴会娱乐主要是酝酿一个娱宾遣兴的艺术世界，抵消浅层次感情的原动力，从而使宾主心身获得一种平衡，感受到如仙如醉似的抒放和愉悦。这种文化模式主要体现在酒令文学、婉约酒词、酒散曲的作品中。

几种文化模式主导下的宴饮文学，在美学风格上也反映了不同的文化精神。任何艺术表现形式都是一定的审美心理结构的外化形态，一定的审美心理结构是一定的艺术表现形式的审美内容，并决定这种艺术表现形式，从而决定这种艺术的美学风格的形成与嬗变。从以上几个方面我们可以得出这样的结论：随着宴饮文学逐渐从礼乐文化的依附中离析出来以后，酒与文学的关系因而更加密切，更加深广，醉态思维对文学的影响不仅仅限于艺术构思，而是全方位的、全过程的、立体的渗透：饮酒与文学不仅形成了诗与文学相仍的特定的创作形态，而且酒的特质、特性、特点、品味、气态等进一步随之渗透到文学创作中，从而对文材、文体、文思、诗味、句法、章法、意境、气态等产生广泛而深刻的影响。

三、古代宴饮文学的文化模式嬗变轨迹

本书之所以大篇幅地分析日神、酒神、酒仙、浅斟低唱四种文化模式，是因为它们不仅在中国传统文化中深刻而广泛地存在着，而且在中国传统文学作品中也大量存在着，并且走着自己独特的道路，层次递进式地推动着中国宴饮文学向前发展。通过分析日神、酒神、酒仙、浅斟低唱等基本的文化模式，我们不难发现它们在思想内容、情感表达方式、艺术表现方式、美学风格上的不同特征，特别是通过对整个中国宴饮文学史的粗线条研究，可以进一步分析宴饮文学的文化模式之间的内在层次演进逻辑及历史进程。由于本书不是中国古代宴饮文学史，所以只能采取专题研究的形式，从文学、文化发展史的角度来分析，推出中国宴饮文学大致经历了六个发展阶段，并初步描述如下各个阶段的发展轨迹。

（一）先秦两汉时期为形成期：贵族文学

先秦时代，饮酒主要有两种类型：一是"礼异乐和"之饮，体现的是日神精神；一是"法天贵真"之饮，体现的基本是酒仙精神。但总体上说，这时期的饮酒文化模式是日神精神占主导地位，这是因为：一是人类社会由野蛮进入文明，各种社会规范特别是与酒文化关系至为密切的礼乐规范、等级秩序正在逐步建立；二是这时期酒的生产并不发达，平民百姓饮酒的机会非常少，加上"酒以成礼"，而"礼不下庶人"，酒主要是贵族用来表示身份地位的特殊物质饮料。先秦酒文化的两大特征，一是日神精神，一是贵族精神，两者对先秦酒文学发展起着至关重要的作用。

《诗经》中宴饮诗和先秦其他宴饮诗大都是人们祭祀祈福的乐歌及祭后贵族饮宴的记录，反映历代贵族饮酒生活、礼仪与心态，洋溢着雍容典雅的贵族气息。它主要集中在《雅》《颂》，而在《风》中非常少见，与当时酒作为一种贵族饮料、"饮惟祀"的文献规定相印证，同时也决定了《诗经》宴饮诗在性质上属于贵族文学和政治诗歌，在题材上以宴享活动、祭祀活动为主。这与当时西周建立起来的"礼以体政"的政治体制构架和礼乐意

识形态的影响分不开，它不仅支配了大小贵族饮酒的行为动机、观念心态、内向封闭的思维特征，而且决定了《诗经》宴饮诗的内容以反映祭祀、宴礼等场合下贵族酒事活动及其观念为主，思想上主要以反映"礼以体政""宴以合好"的礼乐文化精神为主，在情感表达方式上是"发乎情，止乎礼义"的，语言是均齐整肃、平衡稳定的，总体风貌上是庄严肃穆、矜持雍容的，呈现出一种中和之美，是中华民族主体文化精神的表现。《诗经》是中国宴饮文学的辉煌的第一页，以数量众多、题材广泛、内涵深刻、影响深远等特点体现了中华民族主体文化精神，说它是中国宴饮诗的第一个高峰绝不过分。它所建立的日神文化模式是古典宴饮文学的重要源头，对历来庙堂宴礼诗、侍宴诗产生了深远的影响。但由于《诗经》宴饮诗内涵上表现了浓重的重礼乐、重道德、重政教、重群体和尚雅正、主讽谏等特征，较少地宣导酒的自身特点和个体的饮酒体验，作家个性抒发得极不充分，诗与酒的结合尚不成熟，因此归结为"形成期"。先秦历史散文、诸子散文中的宴饮文学片段体现的也多是日神精神，对后世宴饮散文也具有深远影响。

另一方面值得注意的是，先秦两汉时期酒与礼也开始出现"分"的迹象，最有代表性的就是以庄、骚为代表的南方强烈的酒神、酒仙文化色彩。与中原文化地域不同，楚巫之风的放纵性、自由性与民众性，楚国文化的晚熟性，带来了政治上礼乐、伦理观念的淡薄，从而决定楚国社会饮酒之风的自由性、沉醉性、狂放性乃至荒淫性。《楚辞》中两《招》表现的"酒"与"性"的结合，《庄子》学派体现出来的饮酒与"天真"的结合，代表了南方酒神精神、酒仙精神模式，在先秦虽然不占主导地位，但代表了一种新的开放而外倾的思维模式和一种新的文化发展趋向，是中华民族主体文化精神的一个重要补充，对魏晋饮酒以自然对抗名教产生了积极的影响。

（二）汉末魏晋南北朝为成熟期：文士文学之一

随着汉代酒业的进一步发展，一方面酒的使用范围日渐扩大到社会各个阶层，从而使贵族对酒的垄断局面成为历史；另一方面，两汉时期文人地位较低，统治者"以俳优蓄之"，但到了汉末建安，随着文士逐渐摆脱"俳优"处境，并发展壮大成为具有显著社会地位和文化主导作用的社会群体，饮酒成为他们脱略名教、驱忧徕乐、美化生活、发扬个性的重要凭借。与整个中国文化的自觉时代发生在魏晋时期同步，中国文士饮酒观念上开始"自觉"，其标志就是抗争意识、生命意识和审美意识的觉醒，构成了最具民族特色的诗酒文化精神，成为后人艳称的魏晋风度的一个组成部分。文士地位的提高和饮酒文化的觉醒，标志着中国酒文化进入由贵族化转向"文士化"的时代，为文人与酒的进一步融合，为宴饮文学的成熟奠定了文化基础。

从这一时期酒诗发展情况来看，汉末、建安时期大量酒诗表现饮酒生命意识的觉醒，标志着古代酒诗摆脱了礼乐功利文化观念的束缚，开始走向独立发展的道路；与之相应，酒诗实现了从抒写"社会我"向抒发"个性我"的抒情内容及方式的转变，诗材、诗体、诗思、诗味、句法、章法、意境、气态等由于受到醉态思维的全方位的影响而发生相应的变化。另一个变化就是从建安、正始到东晋，饮酒心态、酒诗创作风貌发生了从"忧愤格"转向"平淡格"的变化，至陶渊明时，酒诗才真正具有自身独到的基本特质、情感内涵和艺术风格，标志着中国酒诗的成熟。汉末魏晋南北朝时期为成熟期，宴饮文学成熟的标志就是陶渊明酒仙文化模式的确立。

陶渊明酒仙文化模式的建立，将文人与酒、诗与酒的关系发展到一个成熟的阶段。其标志主要有两点。一是"酒中有诗"，他的饮酒生活及美学追求紧紧围绕着"酒"和"真"两个字，充满了诗情画意，酒及其相关的音乐、诗歌、漉巾，都被赋予了真率任真的文化内涵。二是"诗中有酒"，陶渊明饮酒生活及美学追求在他的饮酒诗中得到了艺术反映，决定着他的饮酒诗的艺术审美情趣和艺术风格的重要特征。一方面，陶渊明在饮酒诗中反复咏叹生命，高歌"天真"，极言醉境之美，在《庄子》的基础上，进一步将酒与返璞归真的理想社会的追求联系了起来，以理想社会的天真对抗现实社会的虚伪，实际上是对饮酒的"真"的境界的新的描述，具有一种以抗世为出发点的酒神文化因子。但不能由此认定他的酒诗就是酒神的，因为其酒诗并没有将"天真"与"人伪"推到极端极致对抗的程度，相反地，他的生命痛苦与悲剧意识已经在"酒"这种特殊物质饮料和庄玄这两种特殊哲学的作用下，得到了消解。这就是中国酒仙文化模式的特点，既有淡淡的酒神式抗争，更有庄玄式的消解。陶渊明酒诗的主要成就代表了这一时期饮酒诗歌创作的主流，与古代酒诗发展方向是一致的。另一方面，由于一些文学侍臣尚未完全摆脱对最高统治集团的依附关系和俳优地位（如邺下刘桢、王粲之辈，西晋张华、荀勖之辈），或者由于西晋初期崇儒尚博、润饰鸿业的政治需要，礼乐文化的建设恢复，导致公宴诗、侍宴诗、燕射歌辞等酒诗的产生，情感内容上感恩颂美，表现形式上雅颂体化，这是日神文化模式的酒诗在新时期的翻版，终非主流。

（三）初盛唐时期为繁荣期：文士文学之二

从初唐到盛唐，国势、文化呈现出一种积极向上的态势。特别是科举制度的发展，造就了一大批庶族知识分子力量的兴起，他们的豪饮成风、主宰文坛，独领诗酒风骚，导致了文士饮酒庶族化、文明化乃至于艺术化，从而使得浪漫乐观的时代精神与雄豪恣肆的饮酒之风进一步"化合"到歌筵酒肆上，形成了酒文化与诗歌创作互动的新一轮高潮，酿出了一大批热烈、豪放、浪漫、狂幻的酒诗篇章，无论是在意象选择还是艺术创造上，都洋溢着浓烈的酒神精神。所以说，初盛唐时期仍是酒文化的文士化时代，他们大多狂饮，功名进取心强，反映到酒诗创作上，普遍塑造了嗜酒尚武的少年游侠形象，这不仅是一代士人形象的显现，而且是李唐帝国青春活力、赫赫武力的象征。继陶渊明之后，酒在唐诗中成为文学家们瞩目的重要对象之一，从帝王将相、文人墨客到下层民众，乃至于缁衣、羽流、艺妓等社会各个阶层都有饮酒作品问世。内容、风格上既有狂歌恣肆的主旋律大合唱，也有或儒味的、或道味的、或平淡的、或旷达的酒诗，呈现出多样化局面。而代表这一时期酒诗最高成就的就是李白。他所创作的酒神文化模式的酒诗，是放射式的、开放式的，是典型的偏于酒神文化模式的一种酒诗类型。

李白酒诗的酒神精神从内在精神上可以概括为深度的悲剧精神、反传统的非道德精神、强烈的抗争精神、"过度"快乐原则与自由精神等方面，这种精神也融进了他的酒诗所创造的"酒"意象，以及酒月、酒侠、酒色、醉舞等一系列复合意象中，形成了酒与性、力量的充溢、胡气氛氲（"蛮夷的"）文化因子等酒神精神元素；在超人的自我形象、醉态强力意志、悲剧的崇高、醉态思维等方面，呈现出气势充沛、力度雄厚、格律不拘、意象跳跃、想象丰富、夸张极度、醉态狂幻之美等特点，无不具足酒神精神。可以说李白将酒诗的酒神精神推向了极致。尽管他的酒诗也有平淡近陶、孟之作，具有酒仙文化模式的特点，但这不代表李白酒诗的主流；最能代表他的酒诗成就的是那些表现酒神精神最为深刻、表现个体个性最为鲜明之作，从而也形成了他的独特的艺术个性、艺术风格。这就是他的极富酒神精神的酒诗，构成了他生命存在和艺术表现的主要方式。这种生命存在和艺术追求对后人酒诗创作、酒后作诗影响深远。

（四）从中晚唐到隆宋为转化期：从文士化到世俗化

唐宋时期是宴饮文学发展的鼎盛阶段，但由于盛唐与隆宋两代政治、国力、文化、学术气氛不同，思维方式、社会心理也呈现外倾和内敛的不同，因此也决定了两者饮酒方式、心态的不同。而在这种转型过程中，中唐是一个大的转折关键期。一是唐代经过安史之乱，国力由盛而衰，接踵而至的是藩镇割据以至于五代政权迭相更替，北宋的积贫积弱，无复盛唐之辉煌；饮酒、作诗亦无复盛唐之豪放、浪漫，文人心态也相应地从盛唐的开放转向了封闭，由进取转向敛退，由刚强转向了柔弱。所以，与初盛唐英雄主义与享乐主义并存的时代精神在使幕、在宫廷、在马上不同，中晚唐、五代、北宋的时代精神在闺房、在庭园、在歌舞酒筵上，虽然同初盛唐一样普遍存在着一种享乐心理，但失去了具有英雄主义精神的阳刚之美，失去了建功立业的进取精神。从杜甫、白居易，经晚唐的小李杜，到北宋的欧阳修、苏轼，完成了这一历史性转型。二是随着城市商品经济逐渐走向发达与繁荣，城市物质生活水平的提高，带来了城市居民享乐意识的增长，这种新的发展趋势促使酒文化由盛唐的文士化朝着世俗化方向发展，进入了"世俗化"的时代。中唐开始的酒文学"世俗化"，标志之一就是城市宴饮生活普遍突出了娱乐的文化需求，因而酒令——一种介于文艺与娱乐之间的酒戏形式获得了高度发展，并由此产生了酒令这种特别的宴饮文学样式；标志之二就是为了适应城市游乐生活的需要，一种新兴的酒诗歌创作——酒词正式诞生。而独领酒令、酒词风骚的是文人与酒妓（或者称饮妓），是他们把著辞酒令发展成词这种新的文学样式，从而决定了早期词不可避免地打上了酒令的烙印。这两种创作主体的结合表明，中唐以后的文人在酒文化与酒诗领域中正在与世俗化接轨，从而产生一种新兴的酒词文学样式——"浅斟低唱"文化模式的宴饮文学。

浅斟低唱文化模式的宴饮文学就是早期发展起来的酒词。夏承焘先生曾在《词学季刊》1936年第三卷第二号发表了《令词出于酒令考》一文，正说明了词的起源与酒文化密不可分。唐代酒令，特别是著辞酒令、抛打酒令，具有三个方面的特征：一是酒令曲谱，具有音乐特征；二是酒令著辞，具有文学特征；三是酒令歌舞，具有表演特征。这三个方面都对词的产生发生影响，甚至可以说这种酒令就是早期词的原生状态。处在浅斟低唱文化模式下的宴饮文学内容上多写酒筵场面，具有催酒劝酒成分、娱乐游戏色彩，保存了酒令艺伎痕迹；社会功能方面，无论是应歌还是应社，无非是侑酒佐欢、娱宾遣兴，这也是宴饮文学世俗化的重要标志；在篇幅上也短小精悍，艺术上逞才斗巧，具有游戏性质；在审美情结上，呈现出情欲萌发与理性制约的对立与统一的态势；在审美风格上，呈现出狂放之美与阴柔之美结合的态势。唐代酒令文学对后世影响甚远，它不仅是词的起源时的原生状态乃至本体状态，而且成为词的重要组成部分。

与中唐到隆宋酒文化转型相联系的，是这一时期传统的宴饮文学创作也在发展变化。作为这个时期代表的苏轼，与盛唐代表的李白不同，苏轼的饮酒是非常理性化、哲学化与精致化的，这首先与饮酒形式上发生了从盛唐的"颠饮狂歌"到宋代的"浅斟低唱"的转变有关，同时也与苏轼作为诗人兼蜀学领袖、酒文化专家的特殊身份和特殊经历有关。饮酒在他这里完全是一种道的追求，体现了他的旷达酣适的人生观点。他站在实用主义立场，将儒家的"仁者不忧""君子坦荡荡""无入而不自得"等精神，道家的"法天贵真""饮酒以乐""坐忘""心斋"等理论，禅宗的"顿了诸妄""当下即是""看穿忧患"等观念糅合起来，融进他的"半酣"之味、旷适之美的审美理想中，不仅使得他的饮酒观念具有了哲学的高度，富有很强的思辨色彩和玄妙色彩，而且导致他在这种精神支配下创作的宴饮文学呈现出与盛唐迥异的色彩，成为宋代宴饮文学创作的一大代表。苏轼的宴饮文学特点在情感内容上主要表现为一种半酣少饮的饮酒生活方式和一种愉悦酣适的精神追求，虽然与李白并称"豪放"，但与李白豪饮狂吸的生活方式、借酒大写意而不注重内心的细细品嚼之乐不同，苏轼偏重于表现品鉴酒味、品味人生、品评酒人，因而决定了他的宴饮文学在艺术表现上的某些特征，诸如表现手法上的以议论为诗，以谐戏为诗，以及审美情趣上对旷达闲适之美的追求。这种创作倾向，从中唐白居易到宋代苏东坡，是一种文化转型，其影响不仅表现在人们对酒味的欣赏趣味的转变，而且是诗歌风格的转变，文人人格的转变，饮酒文化心态、社会心理由开放到内敛的转变。从文化模式上来说，就是从酒神文化模式到酒仙文化模式的转型。

（五）从北宋中期以后至南宋为酒神精神的复归期：从伶工到文士主体精神

宋代的政治、经济既培植了一代歌舞享乐的文士与将军，也铸就了精致内省的宋型文化。浅斟低唱型宴饮文学正适应了宋人歌酒舞筵的文化需求，这依然属于伶工之词。但是，从伶工之词到士大夫之词的转变，虽说始于后主李煜，但真正实现这种转变的就是北宋中叶的苏轼。如果说他的宴饮词《水调歌头》（明月几时有）、《定风波》（莫听穿林打叶声）体现了典型的酒仙文化模式的话，那么《江城子》之"老夫聊发少年狂""酒酣胸胆尚开张"，洋溢的则是词人醉态强力的生命精神，是酒神精神的迸发。但是，这种宴饮文学作品在苏轼身上很少见，并没有发展成酒神文化模式；真正恢复诗坛的阳刚精神、确立词坛酒神精神的是南渡之际的陆游酒诗与辛弃疾酒词，代表了新的时代精神的崛起。

金人的铁骑踏碎了北宋表面上的繁华，同时也粉碎了诗词家们浅斟低唱的温馨醉梦。抗金复国成为时代强音。而主和派、投降派的一再打击，只能使这种强音迸发得更加强烈。与这种时代气息相一致的是，在诗坛词坛上，自中唐以后盛行了几百年的"雌声""闺音"渐渐让位，李白之后沉寂了四百年的阳刚雄风、酒神精神应运复兴，出现一批英雄志士型的诗酒文士，如张元干、辛弃疾、陆游、陈亮、刘过等。然而与盛唐不同的一点是，辛陆的政治行为、饮酒生活、酒词风格上，首先是曹操的"霸气"式的，其次才是魏晋的"名士气"的。情感内容上，志在恢复是第一位的，都能借酒性的刺激体验着生命的有限性与忧患性，形成一种慷慨悲凉的诗之风。同李白酒诗一样的是，他们的酒诗词也常常表现一种情绪巅峰体验，即酒神体验。他们的宴饮文学作品都体现了深度的悲剧精神、强烈的抗争精神，快乐放纵原则与自由精神，以及醉态强力意志、超人哲学与悲剧的崇高。陆游、辛弃疾身上的时代痕迹是非常明显的。由于激烈动感的时代旋律，由于儒家"事功"思想的影响，同时又由于主和派、投降派的打压，他们的爱国理想、恢复志向在现实生活中无法实现，只有把它付之于醉态的巅峰体验中去了。如辛弃疾的《破阵子》、陆游的《楼上醉书》在醉梦中反复咀嚼着抗金胜利的喜悦，他们的积极进取、逞强好勇的酒神般的生命力在醉歌与梦诗中得到淋漓尽致的发挥。另外，他们高歌标明与世俗对抗，像《鹧鸪天》"掩鼻人间臭腐场，古来唯有酒偏香"，其实就是公开与主和派、投降派所把持的官场与世俗力量的对抗，是他们的酒诗词中最富叛逆精神的表现之一，表现了一种彻底的追求自由、张扬个性的生命精神，一种"尚力""尚气"的刚性精神。

（六）元明清酒戏曲、酒小说：宴饮文学的世俗化

自中晚唐之后，随着城市经济的发展带来了城市宴饮文化活动的繁荣，民间音乐歌舞的渗入，酒令文学开始走上宴饮文学史舞台，并对词曲的形成起到相当大的影响，以及形成浅斟低唱模式主导下的宴饮文学，它的世俗化特征非常明显；随着北宋后期词的雅化之后，这种文学样式逐渐与新兴的世俗化文学样式结合，形成了元代酒散曲。元代酒散曲兼酒神、酒仙、浅斟低唱模式而有之。历史到了元明清三代，正统的以诗、词、文为代表的雅文学走向衰落，而以戏曲、小说等为代表的世俗文学样式走上了历史舞台，焕发出耀眼的光彩。与之相应地，与酒有关的叙事文学也走上文坛，呈现出新的世俗化趋势，以通俗文学的形式与内容赢得了广大社会底层的世俗化观众的喜爱。诚然，元明清时代以宴饮为题材的传统诗词也不乏精彩之作，独放异彩的宴饮小品文，如袁宏道《觞政》，无论题材内容、主题

表达还是文体建设上，都值得大书特书；但元明清三代宴饮文学，最能代表一个时代特色的，还是与酒相关的戏曲、小说。元代杂剧表演"酒""宴会"题目的就有十多部，99%以上都有涉酒内容，并且形成一系列与酒相关的曲子、表演角色、表演科介、表演道具等，说明酒的内容与表演占很大的戏份。由于中国戏剧缺乏真正西方意义上的悲剧，所以酒神精神在这里基本上是缺失的；但在通俗小说领域里，并不缺失，《水浒传》展示的是中国底层的酒神文化模式，并将中国宴饮文学中的酒神文化模式推向极端、极致；而最后一部古典小说《红楼梦》虽然也存在着酒神文化色彩，但它的佛道命定（度脱与解脱）、礼乐精神、中和精神，大大中和、消解了故事的悲剧色彩与酒神精神，其日神、酒仙色彩浓厚，成为最能代表中国文化模式的文学作品之一。

综上所述，我们可以得出关于酒文化与文学的一些总体认识：宴饮风气与宴饮文学都是特定的社会时代精神的产物，饮酒生活、心态、思维、审美等对宴饮文学的情感内容、艺术创造和审美风格的发展起着重要的决定作用；不同时代的宴饮风气还决定着中国宴饮文学的模式发展趋势是从日神走向酒神为主、酒仙为辅，最后走上世俗化、中国特色化的酒仙文化模式与浅斟低唱文化模式；情感内涵上从礼乐文化走向儒道互补、而以道为主轴，从远离于酒性、诗性到摆脱政治功利束缚，抒发诗人个性，走向独立发展道路。由于道路不同，中国宴饮文学的文化模式主要归纳为四大类，塑造了四种人格精神，代表四种不同的人群。一是宴以合好、礼以体政的群体和谐品格（相当于日神文化模式），以贵族人群为主，代表人物或作品是《诗经》、魏晋雅颂体的大小贵族，《红楼梦》中的贾史王薛的贵族宴席。二是傲视权贵、独立不移的个体解放精神（相当于酒神文化模式），以异端人群为主，代表人物是魏晋名士、李白、陆游、辛弃疾等异端文人，以及《水浒传》中的梁山好汉。三是旷达酣适、平淡道味、度脱解脱式的悲剧消解精神（中国特色的酒仙文化模式），以佛道玄禅以及受其影响的人群为主，代表人物有庄子、陶渊明、白居易、苏轼等，还有神仙道化剧中的佛道人物、《红楼梦》中受佛道度脱影响的新生一代。四是在歌舞侑酒的生活方式下，"忍把浮名，换了浅斟低唱"式的世俗化娱乐精神，以及情欲萌发与理性制约的对立统一品格（中国特色的浅斟低唱文化模式），以歌筵场上市井气息浓厚的人群为主，代表人物有晚唐以来酒令、伶工酒词作家与酒散曲作家。当然这种人群、人格的划分不是绝对的，往往一个作家同时具备两种或两种以上的模式和人格，但有主次之分。酒、诗都是个性化艺术，如果与政治功利联系密切，那么必然与酒性、诗性疏远，与艺术创作规律疏远，在"礼酳""囚饮"状态下是很难写出好的宴饮文学作品来的；而只有走近酒性、诗性，人的创造力才能得到最佳程度上的发挥，从而更充分地抒发真情真性，写出好的宴饮文学作品来。而后者在抒发真情真性的方式上，又形成了放射、内敛这两种范型，个体解放精神表现为放射范型，而悲剧消解精神表现为内敛范型。酒神文化模式倾向于前者，而日神、酒仙与浅斟低唱文化模式则倾向于后者。

中国宴饮文学走的是一条多元、多样化发展的道路，从以《诗经》宴饮诗、汉代酒赋为代表的日神文化模式，发展到以陶渊明、白居易和苏轼宴饮文学为代表的酒仙文化模式；从楚国浪漫主义文学开启的，经过魏晋风流，发展到以李白、陆游、辛弃疾、《水浒传》宴饮文学为代表的酒神文化模式；从酒令、酒词发展起来的浅斟低唱模式，世俗化了的酒仙文化模式，到元曲度脱结局式的神仙道化剧、隐居乐道剧、《红楼梦》宴饮文学，成为中国宴饮文学发展的三条鲜明主线。而从《诗经》雅颂酒诗发展到后代的应诏侍宴、应酬唱和、台阁庙堂之作，则是中国宴饮文学发展的辅线，是支流。主、辅线互相交叉进行，共同谱写着中国古代宴饮文学从发轫形成、成熟繁荣、文化转型到世俗化的发展历史。

主要参考文献
（按拼音首字母排序）

［奥］西格蒙德·弗洛伊德：《自我与本我》，林尘等译，上海译文出版社 2011 年版。

（北齐）颜之推：《颜氏家训》，景印文渊阁四库全书子部第 848 册。

（北宋）窦苹：《酒谱》，景印文渊阁四库全书子部第 844 册。

（北宋）方勺：《泊宅编》，景印文渊阁四库全书子部第 1037 册。

（北宋）李昉等：《太平广记》，景印文渊阁四库全书集部第 1046 册。

（北宋）欧阳修、宋祁：《新唐书》，中华书局 1975 年版。

（北宋）欧阳修：《文忠集》，景印文渊阁四库全书集部第 1102—1103 册。

（北宋）阮阅：《诗话总龟》前集，人民文学出版社 1987 年版。

（北宋）沈括：《梦溪笔谈》，景印文渊阁四库全书子部第 862 册。

（北宋）苏轼：《东坡全集》，景印文渊阁四库全书集部第 1107—1108 册。

（北宋）苏轼：《东坡志林》，青岛出版社 2010 年版。

（北宋）苏轼：《东坡题跋》，浙江人民美术出版社 2016 年版。

（北宋）苏轼：《苏轼全集》，中国文史出版社 1999 年版。

（北宋）苏辙：《栾城集》，曾枣庄等校点，上海古籍出版社 2009 年版。

（北宋）魏泰：《东轩笔录》，中华书局 1983 年版。

（北宋）叶梦得：《避暑录话》卷上，《丛书集成》初编本。

（北宋）朱翼中：《北山酒经》，景印文渊阁四库全书子部第 844 册。

（北魏）郦道元：《水经注》，景印文渊阁四库全书史部第 573 册。

（春秋）老子：《老子校释》，朱谦之校释，中华书局 1984 年版。

（春秋）墨翟：《墨子》，景印文渊阁四库全书子部第 848 册。

（春秋）左丘明：《春秋左传注疏》，（西晋）杜预注，景印文渊阁四库全书经部第 143—144 册。

［德］康德：《判断力批判》，彭笑远译，北京出版社 2008 年版。

［德］尼采：《悲剧的诞生——尼采美学文选》，周国平译，生活·读书·新知三联书店 1986 年版。

［德］尼采：《查拉图斯特拉如是说》，黄明嘉译，漓江出版社 2000 年版。

［德］尼采：《尼采诗集》，周国平译，中国文联出版社 1986 年版。

［德］尼采：《尼采谈自由与偏见》，天津社会科学院出版社 2011 年版。

［德］尼采：《在世纪的转折点上》，周国平译，上海人民出版社 1986 年版。

（东汉）班固：《汉书》，中华书局 1962 年版。

（东汉）郑玄注，（唐）孔颖达疏：《礼记注疏》，景印文渊阁四库全书经部第 115—116 册。

（东汉）郑玄注，（唐）贾公彦疏：《仪礼注疏》，景印文渊阁四库全书经部第 102 册。

（东汉）郑玄注，（唐）贾公彦疏：《周礼注疏》，景印文渊阁四库全书经部第 90 册。

（东晋）葛洪：《西京杂记》，景印文渊阁四库全书子部第 1035 册。

（东晋）陶渊明：《陶渊明集》，逯钦立校，中华书局 1979 年版。

［法］韦尔南：《古希腊的神话与宗教》，杜小真译，生活·读书·新知三联书店 2001 年版。

［美］露丝·本尼迪克特：《文化模式》，何锡章、黄欢译，中国社会出版社 1999 年版。

（明）贝琼：《清江贝先生集》，四部丛刊初编集部第 319 册。

（明）冯时化：《酒史》，四库全书存目丛书子部 80 册，齐鲁书社 1995 年版。

（明）解缙等：《永乐大典》，中华书局 1986 年影印本。

（明）兰陵笑笑生著，刘辉、吴敢会评会校：《会评会校金瓶梅》，天地图书有限公司 2010 年版。

（明）申涵光：《聪山集》，新文丰出版公司 1985 年版。

（明）施耐庵：《水浒传》（百家精评本），崇文书局 2019 年版。

（明）施耐庵：《古本水浒传》，中央民族大学出版社 1996 年版。

（明）袁宏道：《觞政》，四库全书存目丛书子部 80 册，齐鲁书社 1995 年版。

（南朝梁）沈约：《宋书》，中华书局 1974 年版。

（南朝梁）萧统：《文选》，（唐）李善注，上海古籍出版社 1986 年版。

（南朝梁）萧子显：《南齐书》，中华书局 1972 年版。

（南朝梁）宗懔：《荆楚岁时记》，景印文渊阁四库全书史部第 589 册。

（南朝宋）范晔：《后汉书》，景印文渊阁四库全书史部第 252—253 册。

（南朝宋）刘义庆：《世说新语》，刘孝标注，景印文渊阁四库全书子部第 1035 册。

（南宋）陆游：《剑南诗稿》《渭南文集》《放翁逸稿》，景印文渊阁四库全书集部第 1162—1163 册。

（南宋）辛弃疾：《稼轩词编年笺注》，邓广铭笺注，上海古籍出版社 1978 年版。

（南宋）葛立方：《韵语阳秋》，中华书局 1985 年版。

（南宋）胡仔：《渔溪茗隐丛话前集、后集》，人民文学出版社 1981 年版。

（南宋）江少虞：《宋朝事实类苑》，上海古籍出版社 1981 年版。

（南宋）黎靖德：《朱子语类》，景印文渊阁四库全书集部第 700—702 册。

（南宋）罗大经：《鹤林玉露》，景印文渊阁四库全书子部第 865 册。

（南宋）吴自牧：《梦梁录》，景印文渊阁四库全书史部第 590 册。

（南宋）岳珂：《桯史》，中华书局 1981 年版。

（南宋）周密：《癸辛杂识》，上海古籍出版社 2012 年版。

（南宋）周密：《齐东野语》，景印文渊阁四库全书子部第 865 册。

（南宋）周密：《武林旧事》，浙江古籍出版社 2011 年版。

（南宋）朱熹：《诗经集传》，景印文渊阁四库全书经部第 72 册。

（南宋）朱熹：《四书章句集注》，景印文渊阁四库全书经部第 197 册。

（南宋）朱熹：《朱子语类》，景印文渊阁四库全书子部第 702 册。

（清）曹雪芹、高鹗：《红楼梦》，中华书局 2014 年版。

（清）曹雪芹著，脂砚斋评：《脂砚斋评石头记》，生活·读书·新知三联书店 2011 年版。

（清）董诰等：《全唐文》，中华书局 1983 年版。

（清）方玉润：《诗经原始》，中华书局 1986 年版。

（清）顾炎武：《日知录集释》，黄汝成集释，岳麓书社 1996 年版。

（清）何文焕：《历代诗话》，中华书局 1981 年版。

（清）胡培翚：《仪礼正义》，四部备要。

（清）李渔：《闲情偶寄》，浙江古籍出版社 1985 年版。

（清）李宗礼：《宋稗类钞》，景印文渊阁四库全书子部第 1034 册。

（清）刘熙载：《艺概》，上海古籍出版社 1978 年版。

（清）彭定求等：《御定全唐诗》，景印文渊阁四库全书集部第 1423—1431 册。

（清）孙诒让：《籀廎述林》，中华书局 2010 年版。

（清）王先谦：《庄子集解》，中华书局 1954 年版。

（清）王之春：《王之春集》，岳麓书社 2010 年版。

（清）徐珂：《清稗类钞》，中华书局 1986 年版。

（清）严可均：《全上古三代秦汉三国六朝文》，商务印书馆 1999 年版。

（清）严可均：《全上古三代秦汉三国六朝文》，河北教育出版社 1997 年版。

（清）叶燮：《原诗》，人民文学出版社 1979 年版。

（清）俞敦培：《酒令丛抄》，《笔记小说大观》第 30 册，江苏广陵古籍刻印社 1984 年版。

（清）赵翼：《陔馀丛考》，上海古籍出版社 2011 年版。

（清）赵翼：《瓯北诗话》，人民文学出版社 1963 年版。

（三国魏）曹植：《曹子建集》，景印文渊阁四库全书集部第 1063 册。

（三国魏）何晏：《论语集解义疏》，（梁）皇侃疏，景印文渊阁四库全书经部第 195 册。

（唐）白居易：《白居易集》，中华书局 1979 年版。

（唐）白居易：《白氏长庆集》，景印文渊阁四库全书集部第 1080 册。

（唐）崔令钦：《教坊记》，景印文渊阁四库全书子部第 1035 册。

（唐）杜甫：《杜诗详注》，仇兆鳌注，中华书局 1979 年版。

（唐）杜牧：《樊川文集》，景印文渊阁四库全书集部第 1081 册。

（唐）房玄龄等：《晋书》，景印文渊阁四库全书史部第 255—256 册。

（唐）李白：《李白集校注》，瞿蜕园、朱金城校注，上海古籍出版社 1979 年版。

（唐）李商隐：《李义山诗集》《李义山诗集注》，景印文渊阁四库全书集部第 1082 册。

（唐）李延寿：《北史》，景印文渊阁四库全书史部第 266—267 册。

（唐）李延寿：《南史》，景印文渊阁四库全书史部第 265 册。

（唐）欧阳询：《艺文类聚》，景印文渊阁四库全书子部第 887—888 册。

（唐）韦浚：《松窗杂录》，景印文渊阁四库全书子部第 1035 册。

（唐）魏徵等：《隋书》，景印文渊阁四库全书史部第 264 册。

（唐）姚思廉：《陈书》，景印文渊阁四库全书史部第 260 册。

（唐）姚思廉：《梁书》，景印文渊阁四库全书史部第 260 册。

（五代）王保定：《唐摭言》，景印文渊阁四库全书子部第 1035 册。

（西汉）戴德：《大戴礼记》，（北周）卢辩注，景印文渊阁四库全书经部第 128 册。

（西汉）桓宽：《盐铁论校注》，王利器校注，中华书局 1992 年版。

（西汉）刘安等：《淮南子鸿烈解》，景印文渊阁四库全书子部第 848 册。

（西汉）刘向：《说苑》，景印文渊阁四库全书子部第 696 册。

（西汉）司马迁：《史记》，景印文渊阁四库全书史部第 243—244 册。

（西晋）陈寿：《三国志》，裴松之注，景印文渊阁四库全书史部第 254 册。

（西晋）崔豹：《古今注》，辽宁教育出版社 1998 年版。

（元）陈澔：《礼记集说》，天津市古籍书店 1988 年版。

（元）方回：《瀛奎律髓》，（清）纪昀刊误，黄山书社 1994 年版。

（元）顾瑛：《玉山逸稿》，中华书局 1985 年版。

（元）陶宗仪：《南村辍耕录》，中华书局 1959 年版。

（元）脱脱等：《宋史》，景印文渊阁四库全书史部第 280—288 册。

（元）钟嗣成：《录鬼簿》，天一阁本。

（战国）韩非子：《韩非子》，景印文渊阁四库全书子部第 729 册。

（战国）列御寇等：《列子》，上海古籍出版社 2014 年版。

蔡守湘、江风：《历代诗话论两汉诗赋》，武汉出版社 1993 年版。

蔡毅、胡有清：《中国历代饮酒诗赏析》，江苏文艺出版社 1991 年版。

常玉芝：《商代周祭制度》，中国社会科学出版社 1987 年版。

陈洪、孙勇进：《漫说水浒》，人民文学出版社 2000 年版。

陈桥生：《诗酒风流》，华文出版社 1997 年版。

陈寅恪：《金明馆丛稿初编》，生活·读书·新知三联书店 2001 年版。

陈寅恪：《元白诗笺证稿》，生活·读书·新知三联书店 2001 年版。

程德明：《御注孝经》，海南出版社 2012 年版。

丁福保：《清诗话》，中华书局 1963 年版。

范文澜：《中国通史简编》，人民出版社 1955 年版。

费振刚、胡双宝、宗明华：《全汉赋》，北京大学出版社 1993 年版。

冯天瑜、何晓明、周积明：《中华文化史》，上海人民出版社 1997 年版。

傅雷：《傅雷译文集》，安徽文艺出版社 1981 年版。

高亨：《周易古经今注》，中华书局 1989 年版。

郭宝钧：《商周青铜器群综合研究》，文物出版社 1981 年版。

郭宝钧：《中国青铜器时代》，生活·读书·新知三联书店 1968 年版。

郭沫若：《李白与杜甫》，人民文学出版社 1971 年版。

郭绍虞：《清诗话续编》，上海古籍出版社 1983 年版。

郭正谊：《中国科学技术典籍通汇》（化学卷），河南教育出版社 1993 年版。

台湾成功大学中文系编：《魏晋南北朝文学与思想学术研讨会论文集》，台湾文史出版社 1991 年版。

郝志达、王锡三：《东方诗魂》，东方出版社 1993 年版。

何满子：《中国酒文化（图文本）》，上海古籍出版社 2001 年版。

胡忌：《宋金杂剧考》，上海古籍出版社 1957 年版。

胡山源：《古今酒事》，上海书店 1992 年影印。

贾明：《尼采肖像：一个漂泊者的人生与思想》，上海社会科学院出版社 2008 年版。

金开诚：《饮酒与行令》，吉林出版集团 2012 年版。

寇鹏程：《美学与人生》，西南师范大学出版社 2015 年版。

李麦逊：《舌尖下的中国：一个饕餮民族的前世今生》，重庆出版社 2013 年版。

李泽厚：《华夏美学》，生活·读书·新知三联书店 1988 年版。

李泽厚：《美的历程》，文物出版社 1981 年版。

梁宗岱：《诗与真二集》，外国文学出版社 1984 年版。

廖奔、刘彦君：《中国戏曲发展史》，中国戏剧出版社 2013 年版。

刘彬徽：《楚系青铜器研究》，湖北教育出版社 1995 年版。

刘洁编：《中国古代文人与传统文化》，甘肃人民出版社 2012 年版。

刘文峰：《中国戏曲文化史》，中国戏剧出版社 2004 年版。

柳萌：《闻香识酒》，中国文联出版社 2003 年版。

鲁迅：《鲁迅全集》，人民文学出版社 1981 年版。

陆坚：《陆游诗词赏析集》，巴蜀书社 1990 年版。

逯钦立：《先秦汉魏晋南北朝诗》，中华书局 1983 年版。

宁稼雨：《〈水浒传〉趣谈与索解》，春风文艺出版社 1997 年版。

欧阳光：《元明清戏剧分类选讲》，高等教育出版社 2007 年版。

裴斐、刘善良：《李白资料汇编》，中华书局 1994 年版。

屈兴国：《词话丛编二编》，浙江古籍出版社 2013 年版。

沈汉、朱自振：《中国茶酒文化史》，文津出版社 1995 年版。

沈松勤：《唐宋词社会文化学研究》，浙江大学出版社 2000 年版。

宋公文、张君：《楚国风俗志》，湖北教育出版社 1995 年版。

宋镇豪：《夏商社会生活史》，中国社会科学出版社 1996 年版。

隋树森：《全元散曲》，中华书局 2000 年版。

唐珪璋：《全宋词》，中华书局 1965 年版。

万伟成：《酒诗三百首》，南方日报出版社 2002 年版。

万伟成：《中华酒经》，正中书局 1997 年版。

万伟成：《中华酒诗的文化阐释》，中国文联出版社 2002 年版。

万伟成：《学术视阈下的中华酒道研究》，华夏翰林出版社 2009 年版。

王国维：《红楼梦评论》，浙江古籍出版社 2012 年版。

王国维：《宋元戏曲史》，上海古籍出版社 2000 年版。

王季思：《全元戏曲》，人民文学出版社 1990 年版。

王昆吾：《唐代酒令艺术》，知识出版社 1995 年版。

王炎、何天正：《辉煌的世界酒文化：首届国际酒文化学术讨论会论文集》，成都出版社 1993 年版。

王瑶：《王瑶全集》，河北教育出版社 2000 年版。

隗静秋：《中外饮食文化》，经济管理出版社 2015 年版。

闻一多：《唐诗杂论》，安徽人民出版社 2013 年版。

谢柏梁：《中国悲剧文学史》，上海古籍出版社 2014 年版。

谢定源：《中国饮食文化》，浙江大学出版社 2008 年版。

姚思廉：《陈书》，中华书局 1972 年版。

叶昌建：《中国饮食文化》，北京理工大学出版社 2011 年版。

于光远：《于光远经济论著全集》，知识产权出版社 2015 年版。

余英时：《士与中国文化》，上海人民出版社 1987 年版。

詹锳：《詹锳全集》，河北教育出版社 2016 年版。

张法：《中国文化与悲剧意识》，中国人民大学出版社 1997 年版。

赵荣光：《中国饮食文化史》，上海人民出版社 2014 年版。

郑振铎：《中国俗文学史》，作家出版社 1954 年版。

中国社会科学院考古研究所:《殷墟妇好墓》,文物出版社 1980 年版。

中国戏曲研究院:《中国古典戏曲论著集成》,中国戏剧出版社 1959 年版。

中国戏曲志编辑委员会:《中国戏曲志》,中国 ISBN 中心 1995 年版。

王云五:《明清史料乙编》,商务印书馆 1936 年印本。

周平远:《维纳斯艺术史》,生活·读书·新知三联书店 2006 年版。

周纵策:《古巫医与六经考》,联经出版公司 1986 年版。

朱大渭、刘驰、梁满仓、陈勇:《魏晋南北朝社会生活史》,中国社会科学出版社 1998 年版。

朱光潜:《西方美学史》,商务印书馆 2017 年版。

朱光潜:《朱光潜全集》,安徽教育出版社 1991 年版。

朱一玄、刘毓忱:《水浒传资料汇编》,南开大学出版社 2002 年版。

朱一玄编:《金瓶梅资料汇编》,南开大学出版社 2012 年版。

宗白华:《美学散步》,上海人民出版社 1981 年版。

邹志方:《陆游诗词选》,中华书局 2004 年版。

后 记

余尝考诸史，"酒"字始于甲骨文，从酉从彡，迄今已三千六百余年；即以周初酒文献《酒诰》《大盂鼎铭文》论，迄今也有三千余年，题名《文酒三千年》，不亦宜乎？余本治史学，丁卯秋转入文学，庚午春兼治酒学，迄今三十余载，不知老之已至矣。以三十余年，随三千余年，不亦殆乎？庚辰夏博士毕业后入佛大，年年讲习《中国酒文学史》课程，不断增损与修订，遂成长篇。前蒙中山大学黄天骥师，不辞耄耋，欣然题序，重劳心力，弟子尤所感愧，衔环难报师恩也。此际又获"佛山科学技术学院学术著作出版资助基金"部分资助，遂令陈编得以问世，祈请方家赐正，以求进步。当此梓行之际，信笔题记，以志墨缘云尔。

壬寅年辛亥月万伟成于南海